北大中文文库

吴组缃文选

吴组缃 著／ 刘勇强 编选

北京大学出版社
PEKING UNIVERSITY PRESS

图书在版编目(CIP)数据

吴组缃文选/吴组缃著;刘勇强编选.—北京:北京大学出版社,2010.10

(北大中文文库)

ISBN 978-7-301-17872-0

Ⅰ. ①吴… Ⅱ. ①吴… ②刘… Ⅲ. ①古典文学-文学研究-中国-文集 Ⅳ. ①I206.2-53

中国版本图书馆 CIP 数据核字(2010)第 192163 号

书　　　名:吴组缃文选

著作责任者:吴组缃　著　刘勇强　编选

责 任 编 辑:徐丹丽

封 面 设 计:奇文云海

标 准 书 号:ISBN 978-7-301-17872-0/I·2267

出 版 发 行:北京大学出版社

地　　　址:北京市海淀区成府路 205 号　100871

网　　　址:http://www.pup.cn　电子邮箱:pkuwsz@yahoo.com.cn

电　　　话:邮购部 62752015　发行部 62750672　出版部 62754962

编辑部 62752022

印　刷　者:三河市北燕印装有限公司

经　销　者:新华书店

650mm×980mm　16 开本　18.5 印张　265 千字

2010 年 10 月第 1 版　2010 年 10 月第 1 次印刷

定　　　价:35.00 元

目　录

那些日渐清晰的足迹(代序)

随着时光流逝,前辈们渐行渐远,其足迹本该日渐模糊才是;可实际上并非如此。因为有心人的不断追忆与阐释,加上学术史眼光的烛照,那些上下求索、坚定前行的身影与足迹,不但没有泯灭,反而变得日渐清晰。

为什么?道理很简单,距离太近,难辨清浊与高低;大风扬尘,剩下来的,方才是"真金子"。今日活跃在舞台中心的,二十年后、五十年后、一百年后,是否还能常被学界记忆,很难说。作为读者,或许眼前浮云太厚,遮蔽了你我的视线;或许观察角度不对,限制了你我的眼光。借用鲁迅的话,"伟大也要有人懂"。就像今天学界纷纷传诵王国维、陈寅恪,二十年前可不是这样。在这个意义上,时间是最好的裁判,不管多厚的油彩,总会有剥落的时候,那时,什么是"生命之真",何者为学术史上的"关键时刻",方才一目了然。

当然,这里有个前提,那就是,对于那些曾经作出若干贡献的先行者,后人须保有足够的敬意与同情。十五年前,我写《与学者结缘》,提及"并非每个文人都经得起'阅读',学者自然也不例外。在觅到一本绝妙好书的同时,遭遇值得再三品味的学者,实在是一种幸运"。所谓"结缘",除了讨论学理是非,更希望兼及人格魅力。在我看来,与第一流学者——尤其是有思想家气质的学者"结缘",是一种提高自己趣味与境界的"捷径"。举例来说,从事现代文学或现代思想研究的,多愿意与鲁迅"结缘",就因其有助于心灵的净化与精神的提升。

对于学生来说,与第一流学者的"结缘"是在课堂。他们直接面对、且日后追怀不已的,并非那些枯燥无味的"课程表",而是曾生气勃勃地活跃在讲台上的教授们——20 世纪中国的"大历史"、此时此地的"小环境",讲授者个人的学识与才情,与作为听众的学生们共同酿造了诸多充满灵气、变化莫测、让后世读者追怀不已的"文学课堂"。

如此说来，后人论及某某教授，只谈“学问”大小，而不关心其“教学”好坏，这其实是偏颇的。没有录音录像设备，所谓北大课堂上黄侃如何狂放，黄节怎么深沉，还有鲁迅的借题发挥等，所有这些，都只能借助当事人或旁观者的“言说”。即便穷尽所有存世史料，也无法完整地“重建现场”；但搜集、稽考并解读这些零星史料，还是有助于我们“进入历史”。

时人谈论大学，喜欢引梅贻琦半个多世纪前的名言：“所谓大学者，非谓有大楼之谓也，有大师之谓也。”何为大师，除了学问渊深，还有人格魅力。记得鲁迅《关于太炎先生二三事》中有这么一句话：“先生的音容笑貌，还在目前，而所讲的《说文解字》，却一句也不记得了。”其实，对于很多老学生来说，走出校门，让你获益无穷、一辈子无法忘怀的，不是具体的专业知识，而是教授们的言谈举止，即所谓“先生的音容笑貌”是也。在我看来，那些课堂内外的朗朗笑声，那些师生间真诚的精神对话，才是最最要紧的。

除了井然有序、正襟危坐的“学术史”，那些隽永的学人“侧影”与学界“闲话”，同样值得珍惜。前者见其学养，后者显出精神，长短厚薄间，互相呼应，方能显示百年老系的“英雄本色”。老北大的中国文学门（系），有灿若繁星的名教授，若姚永朴、黄节、鲁迅、刘师培、吴梅、周作人、黄侃、钱玄同、沈兼士、刘文典、杨振声、胡适、刘半农、废名、孙楷第、罗常培、俞平伯、罗庸、唐兰、沈从文等（按生年排列，下同），这回就不说了，因其业绩广为人知；需要表彰的，是1952年院系调整后，长期执教于北大中文系的诸多先生。因为，正是他们的努力，奠定了今日北大中文系的根基。

有鉴于此，我们将推出“北大中文文库”，选择二十位已去世的北大中文系名教授（游国恩、杨晦、王力、魏建功、袁家骅、岑麒祥、浦江清、吴组缃、林庚、高名凯、季镇淮、王瑶、周祖谟、阴法鲁、朱德熙、林焘、陈贻焮、徐通锵、金开诚、褚斌杰），为其编纂适合于大学生/研究生阅读的“文选”，让其与年轻一辈展开持久且深入的“对话”。此外，还将刊行《我们的师长》、《我们的学友》、《我们的五院》、《我们的青春》、《我们的园地》、《我们的诗文》等散文随笔集，献给北大中文系百年庆典。也就是说，除了著述，还有课堂；除了教授，还有学生；除了学问，还有心情；除了大师之登高一呼，还有同事之配合默契；除了风和日丽时之引吭高歌，还有风雨如晦时的相濡以沫——这才是值得我们永远追怀的“大学生活”。

没错，学问乃天下之公器，可有了“师承”，有了“同窗之谊”，阅读传世佳作，以及这些书籍背后透露出来的或灿烂或惨淡的人生，则另有一番滋味在心头。正因此，长久凝视着百年间那些歪歪斜斜、时深时浅，但永远向前的前辈们的足迹，有一种说不出的感动。

作为弟子、作为后学、作为读者，有机会与曾在北大中文系传道授业解惑的诸多先贤们“结缘”，实在幸福。

陈平原

2010年3月5日于京西圆明园花园

前　言

吴组缃先生是现代著名的小说家,同时也是杰出的文学史家。在长达六十余年的文学实践中,吴先生的文学思想、创作和研究,与中国现代文学的发展和文学史学科的构建同步。而无论是在创作还是在研究中,吴先生都表现出了鲜明的个性。一方面,在与时俱进中力争思想的先进性;另一方面,又在强大的社会潮流中,努力保持和彰显独立的精神追求与学术人格,这正是吴先生文学研究最具活力的地方。

一　文学的使命意识与小说家的眼光

吴先生的创作以对社会现实问题的关注著称。早在1930年代初他还在清华大学求学时,他就在《斥徐祖正先生》、《谈谈清华的文风》等文章中,强调了文学作品必须反映出时代和社会。吴先生的这种文学使命感毫无疑问受到了“左倾”思想的影响,但他的认识并非一般的盲从,而是基于对中国社会变化现实的切身感受。事实上,具有与吴先生一样使命感的作家在当时并不少见,但比较而言,吴先生更主张、也更善于从日常生活中、从普通人的命运中,揭示时代的脉动。

重视文学对时代、社会的使命意识与作品的现实意义,是吴先生创作的原则,也是他文学批评与研究的标尺。而吴先生既受过系统的学术训练,又有高超的创作经验,恰是他能将丰富的生活阅历、敏锐的文学感悟及睿智的理论思辨结合起来,从而在文学史学科建设过程中,阐述不同流俗学术见解的前提。

上个世纪五六十年代以来,文学作品的“主题”探讨是一个研究热点问题,吴先生认为:

> 一篇现实主义的作品,它的主题思想必然是从它所描写的客观现实生活里提出来的内在的问题,而决不是任谁的主观偏见成

见从外部强加到作品内容上去的概念或说教。[①]

正是这样的思想,引导他从文学作品的实际内容与社会历史和现实的关联中,发掘作品的精神内涵。相反,对"主题"与现实疏离的描写,吴先生是不以为然的。实际上,早在40年代的《关于〈霜叶红似二月花〉》中,吴先生就秉持这样的思想,对茅盾的一些作品"主题"有所批评。50年代初写的《谈〈春蚕〉》,全面分析了茅盾的创作方法及其艺术特点,把他对茅盾的追踪评论作了一个总结。除了继续高度评价茅盾小说深刻的社会意义,吴先生对其作品中某些脱离生活的描写仍持批评意见。例如,他指出《春蚕》中作为小说关键情节的老通宝盲目扩大养蚕,违反了生活的真实。而这种不真实,不但影响了人物的性格,也伤害了作品的思想。就茅盾的具体作品而言,自然会有不同的看法,但吴先生的批评,至今仍值得我们汲取的,是那种实事求是的思维方法。

吴先生对鲁迅作品的研究也是如此。50年代初,为配合教学,他写出了《谈〈阿Q正传〉》、《说〈离婚〉》两篇宏论。在前一篇论文中,吴先生指出阿Q的形象并不是一个思想的概念,也不是一个具有那种思想概念的人物的类型或标本。相反,阿Q是个有血有肉、有个性的人物。这当然是对将阿Q视为类型或符号人物观点的反驳。吴先生还认为这部作品的结构,实际就是作品中的故事所表现的内在的矛盾斗争的发展的形式。这也是很精辟的见解。

不少人都说吴先生的研究特点是作家型的,这是不错的。但仔细想来,又稍嫌笼统。因为作家也是有不同风格的,作家治学当然也会由此形成不同个性。比较明显的例子是吴先生与何其芳先生在《红楼梦》研究中的分歧。

上个世纪50年代,吴先生与何其芳先生同时从事《红楼梦》的研究与教学,也形成了不同看法。何其芳在《论红楼梦》中认为宝钗是一个标准的"封建淑女",而吴先生却认为薛宝钗工于心计,城府很深,有

---

① 《对于〈长恨歌〉主题思想的一点理解》,《苑外集》,北京大学出版社,1988年。

很明显的市侩习气，一些行为表明她算不得“淑女”，而作者对她也有讽刺的意味。

下面我们就看看吴先生是如何分析宝钗的。吴先生首先提到“一个不为人注意的琐屑问题”，即薛宝钗一家进京的住处。他指出，薛家是皇商，很有钱，在京城开有店铺，也有房子，娘家王子腾家，也住北京。可是薛进京，一不住自己的房子，二不住娘家，却住到外亲（姨亲）贾家来，这是不合常情常理的，也就是说必定另有原因。再从贾府来看，薛家入住后，先是被安排在梨香院，后来采买了12个小女戏子，又让薛家迁到东北角的一处房子去住了。贾家的这一安排对薛家来说至少是失礼的。可是薛家并不感到屈辱，没有生气，还是赖在贾家不走。这也说明薛家必有不搬出的深曲隐衷。那么，薛家进京有什么理由呢？作品写了四条。其中第一条是送宝钗进京候选，此外就是探亲、整理店务（销算旧账、再计新支）以及游览上都风光。吴先生分析说，在封建社会，寻常百姓家的女儿都不愿意送到宫里去做宫女，而宝钗却主动进京候选。曹雪芹这一笔，就是贬了薛家，把他们市侩主义的实质点出来了。因为当时薛家这个豪门正走向衰落，迫切需要寻求政治靠山，需要“富”与“贵”的结合。薛蟠是不成器的，只能靠宝钗。不但如此，住进贾府，又使宝钗与宝玉的婚姻纠葛关联到一起了，这也是此一琐屑细节的意义。

当小说正面描写宝、黛、钗的爱情纠葛时，宝钗的一些表现在吴先生看来更算不上所谓“淑女”。他指出，如果是“淑女”的话，像宝钗这样的人，应该成天与李纨、迎春、探春、惜春等人在一起才是，但小说却描写宝钗总是跟着宝玉转，每当宝玉、黛玉在一起时，总是“一语未了，宝姑娘来了”。而在第二十二回以后，精明的宝钗发现争取上边的支持更重要。这一回，描写贾母因喜爱宝钗的“稳重和平”，要给她做生日。而宝钗也开始有意识地讨好贾母等人。贾母要她点菜，她就点老太太爱吃的甜食；要她点戏，她就点吉利热闹的戏。元妃出灯谜让大家猜，明明很简单，她偏装猜不着。特别是元妃送端午节礼物，给宝玉与宝钗送的东西一样，都是一挂红麝串。宝玉问：“怎么林姑娘的倒不同我的一样，倒是宝姐姐的同我一样，别是传错了罢？”很明显，这份礼物是有其特殊意义的，有暗示订婚的意思。宝钗平素是不喜欢这些东西的，这次却不然，把这串礼物戴在身上。吴先生指出，如果宝钗真的是一个淑女的话，拿到这样的礼物应该是害羞的。况且当时正逢炎夏，宜于戴翡翠、玛瑙之类饰物，戴红麝串并不舒服。所以，宝钗显然有得意、炫耀之意。吴先生并不是说宝钗没有追求宝玉的权利，而是说宝钗不必嘴上一套，心里又是一套，因为这牵涉到人品的问题。《红楼梦》描写过宝钗金蝉脱壳、移祸黛玉，这样的事就不是很光明磊落了。小说中还写到，她主动提出要送燕窝给黛玉补身子，吴先生认为这一手也有些阴损。黛玉、宝钗同是贾府客人，黛玉有什么要求，应由主人去解决。宝钗的行为突出了黛玉的有病、麻烦，而这正是寄人篱下的黛玉所担心的。①

对于自己与何其芳先生的分歧，吴先生曾戏言，何其芳是诗人，习惯用理想化的眼光看世界，把人都看得那么单纯、那么好；而自己是小说家，小说家的眼光往往是剖析的、批判的，所以会把人看得很坏。②就宝钗的性格而言，当然还可以继续讨论，但吴先生的诛心之论自有他的道理，他是从生活体验出发得出这一认识的，着眼于人物的基本性格所反映出来的社会文化特点。尽管读者不一定完全认同他的观点，但在这种分析中，我们可以看出，一部古代小说在吴先生面前，并不是呆板的陈述，而是活生生的现实。更为可贵的是，吴先生的这种从生活出发的研究，并不只是一种经验性的感想。在对生活的体悟中，吴先生总是通过缜密的思考将深切的体会提高到理论的层面，从而得出具有普遍意义的结论，这才是最值得我们重视与效法的地方。

事实上，不仅仅是一个薛宝钗的形象，综观吴先生的论著，我们可以发现一个很明显的特点，那就是他的研究比较多地集中在人物形象的分析上，而这与吴先生作为一个小说家对人物描写的重视是分不开

---

① 吴先生有关薛宝钗形象的分析，见《贾宝玉的性格特点和他的恋爱婚姻悲剧》一文，《说稗集》，北京大学出版社，1987 年。

② 笔者曾亲聆吴先生提到这一看法，其他师长也间有叙及此事者，如张锦池的《忆恩师吴组缃教授》，见《吴组缃先生纪念集》，北京大学出版社，1995 年，第 139 页。

的。他在1941年写的《如何创作小说中的人物》一文中说：

> 什么是写小说的中心？我个人以为就是描写人物（他的人和他的生活）。因为时代与社会的中心就是人。没有人，就无所谓时代与社会；没有写出人物，严格的说，也就不成其为小说。把人物真实地，具体地，活生生地描写了出来，时代与社会自然也就真实地具体地活生生地表现了出来。[①]

他还声明："我看小说，喜欢看人物……那种专讲故事，没有写出人物的，我私心甚至不承认它是真正的小说。只要人物写的好，我就评量它是好小说。"[②]也就是说，通过人物的分析，把握人物所处的时代与社会，把握作品的思想倾向与艺术特点，才是吴先生人物研究的目的所在。

那么，怎样分析小说的人物呢？对研究者来说，也与创作者一样，需要有深刻的观察和丰富的阅历。吴先生在《如何创作小说中的人物》中说："比如一种感觉，一种情绪，一种微妙而复杂的心理；这些，全凭客观的观察是不能有所得的，必须自己曾经有这些经验和体味。"[③]只有具备这种条件，才能创造真实、生动的人物，也才能对此作入情入理的批评。吴先生在《读〈动摇〉》中就批评了这部小说对胡国光的描写"不近人情"，作者很不熟悉这样的人物，"只有凭了自己理想来乱七八糟的加以描摹"[④]。相反，吴先生盛赞书中对方、陆、孙恋爱心理的描写，因为这样的人"在我们所熟稔的朋友中随处都是，有时或竟便是自己"[⑤]。而作者对这些人物的心理有独到的体味。此文作于1932年，后来，吴先生在进一步研究茅盾、鲁迅的小说以及阐释《水浒传》中林冲的转变、《红楼梦》中贾宝玉、薛宝钗等人的性格时，始终坚持从现实出发，对人物的思想感情与性格特征作符合生活逻辑的揭示。例如吴

---

① 《苑外集》，第34页。

② 《介绍短篇小说四篇》，《苑外集》，第204页。

③ 《苑外集》，第38页。

④ 《苑外集》，第182页。

⑤ 《苑外集》，第182页。

先生在《说〈离婚〉》中，就再次强调：

> 读小说，要看人物描写。一般的经验是，看人物的主次关系和性格特征、思想要点；看人物彼此间进行的矛盾斗争，他们所处的斗争地位以及性格矛盾的发展变化；还看作者透露的用心和爱憎褒贬的态度等等。再把这些方面的实质意义实事求是地寻思出来，归总到一起，就容易明白它的主旨，从而评量它的得失与高下。

他正是根据这样的思想对爱姑、庄木三、七大人等作了入木三分的解剖，不但使我们读懂了《离婚》，也为我们提供了一把开启文学宝库的钥匙。

重视文学反映时代与社会的使命意识、围绕人物、特别是人物与现实生活的关系这一中心把握文学作品的精神命脉，构成了吴先生最基本的文学思想，这一思想既与吴先生所处时代的社会思潮息息相通，又处处体现出吴先生对生活的敏锐观察与感悟，从而奠定了吴先生学术研究个性化的基础。

二　小说的读法与研究的重点

吴先生文学研究的重点在古代小说上。

从学术史看，近代意义的小说史研究始于蔡元培、鲁迅、胡适等人，他们彻底扭转了自古以来对小说的偏见，使小说研究成为一门真正的学问。这以后，孙楷第、郑振铎、赵景深、阿英等人，对小说史料进行了系统的发掘、整理，为进一步研究打下了良好的基础。吴先生可以说是古代小说研究第三代的代表之一，他不仅对《水浒传》、《儒林外史》、《红楼梦》等重要作品都有精深的研究和独到的见解，而且对中国小说的发展历史及其规律也有整体的把握和论述，形成了自己的理论体系，把中国小说史的研究向着社会批评与艺术阐释的方向推进了一步。

研究小说，首先要会读小说。时过境迁，人们对吴先生在古代小说研究中的一些具体见解也许会有不同意见，但吴先生通过他的小说研究所昭示的小说的读法，却依然有启发意义。概括地说，有以下几方面最为突出。

一、如上所述,吴先生重视文学反映时代与社会的使命意识,因此,在古代小说的研究中,他也特别强调小说的历史感与现实针对性。他在评论一部作品时,总是将其放在特定的时代中去考察,指出作品的思想内容、人物性格与当时社会现实的内在联系。他的《〈儒林外史〉的思想与艺术》就相当全面地阐明了吴敬梓的思想与明末清初新思潮运动的关系,作品的内容与当时的政治和社会现实的关系。值得注意的是,即使生活在同一个时代,也并非每个作家的创作都能达到同样的水平。因此,吴先生还注重分析作家的身世阅历、思想性格等创作的主观条件。他在考察了吴敬梓家庭破落和广泛接触士大夫的经历后指出:"没有这种占去他大半生的切身苦难经验,他不能有那种强烈敏锐的憎恶八股制艺、憎恶功名富贵的感情;更不能通过日常现象中的一些人与事,那样深刻地领会到那根源和本质——政治和社会的罪恶;也就不能有鲁迅所说的'秉持公心,指摘时弊','戚而能谐,婉而多讽'的他的这种对现实的态度和看法。"虽说用的还是知人论世的方法,探讨的问题和达到的高度却是前人所不及的。

在吴先生看来,古代小说的历史感与现实针对性,绝不仅仅是一种逝去的历史风景,其中还可能包含着与当代的社会生活密切相关的思想启示。因此,他的研究不仅仅着眼于文学,他还关注整个社会。他认为《儒林外史》的描写与当代知识分子的命运与切身体验有某种相似性。他对《金瓶梅》等小说的评论也是如此,他认为西门庆是一个市侩的典型,宝钗身上也有市侩气。这种"利之所在,无所不为"的市侩气,是吴先生对中国社会特性的一种认识。他认为,"文化大革命"就是教条主义、信仰主义加市侩主义的恶性爆发[1]。在这一意义上,古代小说就具有了借古鉴今的思想价值,而这既是古代小说研究所不可缺少的一种现实关怀,也是一种审视作品的角度。

事实上,吴先生在他的一系列论著中,都注重将古今打通,他在晚年曾写过一篇对话体的文章《关于现代派与现实主义》,反映出了吴先

① 《苑外集》,第152页。

生这一老而弥坚、老而弥新的思想风貌。

二、吴先生的小说创作与研究都特别重视人物所反映的现实意义，因此，吴先生在揭示小说的读法和研究的重点时，也在人物及关系上大做文章。例如，针对《红楼梦》的研究，他主张：

> 我们研究《红楼梦》这样一部伟大的古典现实主义作品的内容，正应该从人物形象的研究着手。研究众多人物主次从属的关系，研究众多人物形象的特征，研究众多人物在矛盾斗争中的地位和彼此间的关系，研究人物性格的形成和发展，研究作者在处理上所表现的态度或爱憎感情等等。只有这样的来作研究，才能了解作品的思想内容和他所反映的现实意义。

实际上，人物论在20世纪中期是相当普遍的一种研究。但在具体研究中，却存在不少不科学或者说违反艺术规律的现象。比如以人物为中心，吴先生认为当时很多人物论实际上是把小说中的人物等同于历史人物，在那里孤立地讨论人物的是非、善恶，忽视了这是艺术形象。而我们应该注意的是作者的态度、注意作者是怎样描写这个人物的、他要通过这个人物表达什么。如果我们把艺术形象当成历史人物，就将问题简单化了。

吴先生的长篇论文《论贾宝玉典型形象》被推为"通过分析人物形象阐发《红楼梦》的思想内容和解剖作者创作思想的拔萃之作"①。在这篇论文中，吴先生从多方面对人物的性格及促成其形成的环境作了认真的考察。例如他客观地指出在贾宝玉的性格中，还有十足的贵家公子的恶劣作风。不过，他并没有停留在指出这一事实上面，而是进一步分析了这种作风的具体表现。第三十回，贾宝玉刚从与宝钗、黛玉的纠葛中走脱，又因与金钏儿说笑触怒了母亲，"在苦恼的心绪之上，又加上难忍的苦痛和不安"，以致误把开门的袭人当成那些小丫头们踢了一脚。接着，吴先生评论说："这里贾宝玉爆发出来的恶劣的封建主义习气和意识，和他平日一般表现的思想性格正相矛盾，和刚才一路来

① 刘梦溪：《红楼梦新论》，中国社会科学出版社，1982年，第388页。

对女孩子所流露的心情也是严重地抵触的。这个骄生惯养、缺乏历练的公子,在刚受到一些切身挫折的特殊情况下,就不由自主地把他最坏的阶级本性暴露出来了。这是真实而且深刻的:这时处此具体情况下的贾宝玉势必有这种表现。”这就从情节的整体关联中揭示出人物性格发展变化的轨迹,又用人物性格的变化印证了作品情节的丰富内涵。

不仅对主要人物的分析,吴先生注重他们的人物关系、注重贴近艺术规律的把握,对一些次要人物,同样如此。吴先生另一篇堪称典范的论文《谈〈红楼梦〉里几个陪衬人物的安排》也是以艺术创作的眼光来讨论小说中人物的设置与描写的。他指出,《红楼梦》开篇不是写贾、林、薛三个中心人物,而是写的甄士隐和贾雨村。这之前有过一个灵河畔神话说明宝黛的性格关系的“前因”。从神话写到现实就安排了甄士隐,让他联系那个超现实的世界和现实世界。同时又写了贾雨村,让他一头联系甄士隐,一头分别联系贾、林、薛三个方面。所以,甄士隐和贾雨村在开头是笼罩全书的主题思想,为准备开展悲剧故事而安排的两个人物。就贾雨村而言,作者安排他,就有多方面的作用与意义。这个穷书生原住在葫芦庙里,受了甄士隐的帮助,进京考上进士,升了县官,不到一年,却被革职。由此做了巡盐御史林如海家里的西席,这时恰好接到起复旧员的消息。林如海荐他找贾政谋官,同时让他带女儿林黛玉到外婆家去。这样,贾、林两个人就见面了。紧接着,写贾雨村因为贾政的帮助,题奏复职,选授了金陵应天府。一到任,就审理薛蟠为了买丫头,倚财仗势打死人命的案子:于是薛家进京,薛宝钗也随母亲和哥哥住进贾家。而贾、林、薛三个人都会到一处了。在贾雨村先后“送”林、薛两个人进府和主人公会合的过程中,还就手分别介绍了贾、林、薛三家的家世和境况。

在这篇文章中,吴先生对冷子兴的分析也很精彩。冷子兴“演说荣国府”通常被看做是作者介绍贾府的一种手段或角度。吴先生不仅注意到了这个陪衬人物的细微描写,而且注意到了他在小说中的重要作用,那就是通过冷子兴与贾雨村及贾府直接或间接的关系,衬托贾府显赫的地位,揭露当时社会和政治吏治的内幕,而这些又是“构成贾、林、薛的在贾家以外的全面大范围的生活环境”的要素。

对刘老老的分析也是如此,吴先生指出,在贾府居于特殊重要地位的有两个人,一是贾母,一是凤姐,而刘老老前两次进贾府,既突出了贾府的生活势派,又分别对比了她们的性格。“贾母一贯把别人当做自己享乐装门面的资料。这次留住刘老老玩了几天,她就尽量卖富、卖贵、卖福气、卖能干、卖聪明。她得到最好的机会来满足自己的优越感,取得异乎寻常的享受和快乐。”这种对人物言行与心理微妙关系的深刻分析,切中肯綮,令人叹服。比之当时学术界争论刘老老是不是劳动人民的问题,更符合艺术规律,因而也更符合作品的实际的思想内容。

通过甄士隐、贾雨村、冷子兴、刘老老等陪衬人物,吴先生令人信服地揭示出曹雪芹在人物安排上的艺术匠心。如此周密的分析,没有丰富的创作经验是难以做到的。它不但对我们认识作品思想底蕴大有启发,对学习作品的艺术手法,运用到今天的创作中来也是不无裨益的。

三、由于吴先生从事过小说创作,深谙艺术规律,所以,他分析古代小说往往具有一种作家的艺术敏感,能揭示出人物安排、情节设置、细节描写的深隐内涵与艺术魅力。例如在《林冲的转变》一文中,吴先生就结合情节的进展,细致入微地分析了林冲性格的发展变化。

除了精确地把握情节的流程,对具体细节的深入剖析,也是吴先生在古代小说研究中的过人之处。在《〈儒林外史〉的思想与艺术》这一论文中,吴先生指出,《儒林外史》“有许多生活细节,好像写得过于琐屑,但人物的思想性格及其内心深刻处,正从这些描写与刻画里透露出来”。他举了不少例子,处处表现了一个小说家对另一个小说家的会心。如对第二十八回乡里人诸葛天申不认识香肠、海蜇事,吴先生说:“这写的好像毫没意义。但试想想,就是这样一个香肠海蜇都不认识的老好人,有了二三百银子,却不肯在家好好过日子,一心带着钱到南京来,诚诚恳恳要找‘名士’选刻一部八股文章,带上自己的名,‘以附骥尾’,硬把钱给穷极无聊的萧金铉和季恬逸等吃个光:我们难道不觉得可笑,又为之惨然么?”这不起眼的细节很容易被我们轻轻滑过,甚至连诸葛天申这个人物也不会记得,但一经吴先生慧眼点出,我们确有一睹堂奥之感。

我们知道,中国古代小说理论很早就形成一个以阅读为中心的评点式的理论架构，金圣叹评《水浒传》，特意作了一篇《读第五才子书法》放在前面，用以统括散金碎玉般的评点。以后，毛宗岗有《读三国志法》、张竹坡有《金瓶梅读法》、张新之有《红楼梦读法》、刘一明有《西游原旨读法》，等等。这些“读法论”，与具体评点相互补充、生发，对阅读确实产生过引导作用，这也是为什么古代小说评点能附骥于小说、乃至成为书商招徕读者的一个招牌。但就总体而言，无论“读法”也好，评点也好，都不免零散之病，致使这一产生过良好社会效益和经济效益的传统，在现代西方文艺理论的冲击之下，几无立足之地。其实，作为一种批评方式、特别是作为以阅读为中心的批评态度与目的，传统的小说理论架构还是有存在价值的。而在吴先生的小说研究中，我们也可以明显地感到他对阅读的重视。他经常在论文中，指示小说的读法。不言而喻，他所说的“读法”是建立在新的文艺理论基础上的，因而具有更高的实践意义。如前所述，对《红楼梦》，他就反对只依靠作者在书中的主观解说和有心暗示之笔去做“研究”，而强调从人物的关系等具体描写入手。他还反对当时很常见的只摘取一些枝节的事项和细节来论断作品反映了怎样的思想的简单化方法，他提醒人们：

> 凡是阉割了艺术的生命，抹杀了文学作品的特点，那方法都是错误的。[①]
>
> 原作者安排人物，都从整体着眼，摆在某一地位，赋予它必要的作用和意义。我们的评论，也应该从作品的整体、从全部关联上看它所摆的地位、所显示的意义和所起的作用，那才有意思。反之，说句笑话，比如我们若把人的鼻子从脸上揪下来，单独拿在手里，讨论这是不是个好鼻子，应不应该在上面戴副近视眼镜等等，这样的讨论自然没什么道理。[②]

在《〈儒林外史〉的思想与艺术》中，吴先生结合具体情节，更明确而详细地总结了阅读时不可忽略的三点：一是书中所写每一场合的形

① 《说稗集》，第148页。

② 《说稗集》，第211页。

象的本身，哪怕是轻描淡写的几笔，一般都蕴藏丰富深厚，不可从表面滑过；二是必须从各个场合形象关联上、发展上来作体会和了解；三是就各个场合的形象以外去寻求那所暗示的。这些精湛的观点，对我们今天研读小说仍有重要的启发意义。

在吴先生看来，作品的思想内容与艺术表现形式、技巧是不能分割的，而他对小说艺术特点的分析也不同于一般的鉴赏，常能将感悟与思辨融为一体，既避免了立论的空疏、抽象，又摆脱了对文学作品隔靴搔痒的公式化评论。尤其难能可贵的是，吴先生的上述思想与学术实践大多是在上个世纪中期那一特定的社会环境下提出的。在这之后的二十多年里，吴先生所说的那种阉割艺术生命、抹杀文学特点的研究却在中国学术界大行其道，这既是一个遗憾，也更让人对吴先生的敏锐由衷地敬佩。就是在今天，研究方法日新月异，特别是一些形式化研究颇为流行之时，牢记吴先生所揭示的艺术是活生生的这一基本前提，仍有着极为重要的意义。

三　宏观视野与文学史的个性

吴先生的文学研究大多数是就具体的作家作品展开的，但这并不意味着简单地就事论事或孤立的论述，相反，他总是将研究对象置于历史发展的进程中加以考察，即便在有的论文中可能没有直接的历史叙述，其中的判断仍然体现着对小说史、文学史的宏观视野。

《宋元文学史稿》是沈天佑先生根据吴先生50年代的讲义整理而成的一本专著。在这本书的《前言》中，吴先生对以往的文学史教学作了深刻的批判性总结，提出了一系列建设性意见，值得我们特别重视。而一部五十多年前的基础课讲义，至今仍令人有神思飞跃、精见迭出之感，也是耐人寻味的。

众所周知，词至柳永而一变。但究竟如何评价柳词，历来看法不一。而对其狂荡生活、俚俗倾向、庸俗思想，非议常居主流，五十年前尤其如此。吴先生却充分肯定了柳词在“精神上已离开了士大夫的身份和趣味而迈入了普通市民的圈子。那种高贵、秀洁、含蕴、精致的风度不见了，代之而来的是一种满面风尘、乱头粗服、无拘无束、称心而道的样子”[①]。在吴先生看来，广和深往往是相关联的，因而柳词内容开拓了，格调也随之提高了。他认为，“从词的发展上看，必须对柳词以较高的评价。若说其思想内容上有病，那是词所共有的病，相比之下，他词中所表现出来的感伤、哀愁之类的病也许要病得正常些，因为它不是低声的呻吟，而是仰头呼叫。在一个病态的社会阶层里，要求作者写出来的东西毫无毛病，是不可能的”[②]。

杨万里也是一个容易引起非议的作家，特别是他对生活的玩赏态度，使得当时的文学史著对他的评价不能不打折扣。吴先生却指出：“杨万里的精神世界较窄狭，在此狭窄天地中，对其生活之爱好，并不是和大众绝缘的。它能给人以平常易见、亲切明爽、健康愉快的感觉。”“比起他所处的时代来，杨诗虽显得轻松飘浮，缺乏力量；但其风格却在我国抒情诗的发展上开创了一条新的道路。”[③]这也是很精到的评价。

除了这部文学史著，吴先生还撰写过一些从宏观角度阐发古代文学规律性现象的单篇论文，如《关于古典作家的世界观》、《关于我国古代小说的发展和理论》等。综合起来看，吴先生治文学史有其鲜明的学术追求。

首先，高屋建瓴，致力于对文学现象与发展规律的整体把握。在《宋元文学史稿》的《概况》一节中，吴先生就对宋代诗、词、文“总的倾向”作了言简意赅的概括，指出它们“面对现实，两脚落地，而少幻想；头脑冷静而少狂热，这与宋代理学的格物致知的精神有关”。吴先生认为，宋人“能对现实生活、眼前的景物，作出细致的观察与深入的体会”，宋人讲究理趣，“这种理趣与南朝的玄理不同。玄理出于幻想，而宋之理趣是从具体生活与事物之中概括出来的”[④]，“唐诗多以热烈的

① 《宋元文学史稿》，北京大学出版社，1989 年，第 46 页。

② 《宋元文学史稿》，第 49 页。

③ 《宋元文学史稿》，第 139—140 页。

④ 《宋元文学史稿》，第 6 页。

感情去感受现实生活,宋诗多以冷静态度去体察客观事物”①。这种概括看上去有些粗略,但联系上面所提到的吴先生对杨万里等人的评价,我们就可以发现,吴先生的这些宏观之论是建立在他对具体作家作品的精细体察基础之上,而又对把握具体作家作品的特点有指导意义的。事实上,在讨论具体作家作品时,吴先生也常能由小见大。如在论述辛弃疾时,他就指出辛词“无论用典或写眼前之事物,都寄托遥深,情思摇曳,含义丰富。我国传统文学中极为重视的所谓‘韵’、‘味’,往往即指此”②。

在《宋元文学史稿》中,我们还可以发现,吴先生很少孤立地评论一个作家或文学现象,而常常将有关作家或现象相互比较,既明其特点,又见其地位,这是吴先生视野开阔,立论恢弘的又一表现。比如在论及李清照的散文时,吴先生就指出明清时代散文“如《浮生六记》、《影梅庵忆语》,显然是受其影响的。然那是出于男子之手,且思想艺术水平远不能及”③,这就扼要地揭示出李清照散文的真正价值。

对于某一文体的发展或某一时代的文学倾向与风格,他也多有综合分析、评价,显示了极强的概括力和历史感。在《关于古典作家的世界观》中,吴先生全面分析了世界观、创作方法与创作之间的关系,虽然论文的命题与思路都带有那个时代的痕迹,但是,其中一些具有普遍性的问题,今天也未必没有思考的必要。在《关于我国古代小说的发展和理论》中,他又总结了古代小说理论和实践的几个特点(器识、孤愤、真实及神似等),并要言不烦地勾勒了小说发展的线索,表现了他对中国小说传统的深刻理解。如他很强调史传文学对小说的影响,他说:“史传文学是要‘寓褒贬’、‘别善恶’的,就是将善恶褒贬包含在里头,不是直接说出来的。这就是所谓‘春秋笔法’。春秋笔法也叫‘皮里阳秋’。是非、善恶不直接说,通过情节场面,通过人物的对话言论,让读者自己去分辨评判。”而中国古代小说则继承了这一叙事传统。

---

① 《宋元文学史稿》,第 7 页。

② 《宋元文学史稿》,第 155—156 页。

③ 《宋元文学史稿》,第 104 页。

所以,在论述《儒林外史》的讽刺手法时,他就着重分析了其中对“史笔”或“皮里阳秋”手法的运用,颇耐咀嚼。

其次,在历史与现实的互证中,致力于强化古代文学及其研究的现实意义。“古为今用”曾经是一个被滥用、甚至被曲解了的口号,但作为文化发展与建设的原则与目的,仍然具有无可置疑的合理性,吴先生的研究可以说是这样做的典范。作为一个亲身参与了现代文学进程的学者,他一向反对学究气,认为研究古代文学,目的之一是为当代文学服务。① 因此,他不仅写过《关于向优秀古典作品学习技巧的问题》这样的专论,在其他论文中,也都着重探讨对当下文学创作有借鉴意义的经验与教训。

第三,不囿于成说,致力于提出独到的学术创见。对于文学史著而言,因袭承继前人之说,实属必然。然而面对浩瀚的作家作品,从中发现具有独到价值的个案,本身就需要史家的博闻与多识。虽然《宋元文学史稿》本身是一本特定时代的教材,但吴先生仍然尽可能地拓展了文学史的关注面。例如一般谈话本,往往不离《碾玉观音》、《错斩崔宁》、《快嘴李翠莲记》等篇,吴先生对这些作品也作了精辟的分析。但吴先生还能见人之所未见。比如《金鳗记》,一些小说史专著都很少论及,间或提及,无非指斥其迷信。吴先生却认为,话本中所谓金鳗产祸“这种宿命论只像幅画的木框子,里面装的却是一张高度的现实主义的绘画”②。而这在此书中并不是特例,如叙及辽代文学时,吴先生特别举出了萧观音的十首《回心院》词和她的《绝命词》,其重视程度在当时流行的游国恩等主编的《中国文学史》和中国社会科学院文学研究所的《中国文学史》之上,其中对金代文学特别是诗歌发展三个时期的划分及相应的论述,也不见于这两部文学史。

佛斯特的《小说面面观》被译介到中国后,人们常引用其中“圆形人物”与“平面人物”的观点。这在分析古代小说人物塑造的演进方面,确有参考意义。但同时也存在简单化的倾向,把从“平面人物”到

---

① 《略谈红楼梦研究》,第248页。

② 《宋元文学史稿》,第240页。

"圆形人物"(或从类型化人物到性格化人物)视为一个单纯的线性发展过程,而吴先生却早在这一理论流行之前,就指出《史记》中的人物描写不同于早期长篇小说如《三国演义》的单一和缺少变化。因此,对人物描写的发展不能作简单化的描述,更不能不恰当地扬此抑彼。他说:"我国民间的年画,画人物没有阴阳影,一律'单线平涂',事实上是不会有这种'平面'人物的。可是我们却非常喜爱这种'单线平涂'的人物画。《三国演义》里的人物描写能够赢得人们的喜爱,情况与此相类。(《关于三国演义》)"显然,这样的见解是更符合艺术规律与人们的审美意识的。

吴先生的文学研究,在将现代文学理论与中国传统文论相结合方面,也作了积极的尝试,为我们提供了宝贵的启示。比如在论及中国古代小说的真实性问题时,他就标举出刘知幾《史通》中的一些观点,如"明镜照物,妍媸毕露"、"虚空传响,清浊必闻"、"爱而知其丑,憎而知其善,善恶必书,是为实录"以及"用晦"的主张等。在吴先生的论述中,这些观点至少有三层意思:一、追求真实,通过对现实生活的观察体验,写出有血有肉的人来;二、这种真实不是客观主义的,而是"寓褒贬"、"别善恶",有一定的倾向性的;三、在表现方式上,强调通过情节场面加以表现,而非直接宣示。因此,史传的"春秋笔法"、"皮里阳秋"等,也常为古代小说家所运用(《关于我国古代小说的发展和理论》)。这样,通过发掘传统的史传文学理论,吴先生对古代小说中的真实性及其表现手法,作了全面而深刻的概括。他还将小说的形象刻画与传统的"神似"理论、当时流行的作家世界观问题的探讨与传统的"孤愤"、"器识"说联系起来探讨,也都有发人深省的见解。如果联系 20 世纪文学理论界对现实主义、真实论及反映论的提倡来看,吴先生借用古代文论的论述,不仅更贴近中国文学的实际,也拓宽了人们的思维空间。

对学术研究来说,重视论述的客观性毫无疑问是必要的。但是文学研究也有不同于其他研究的地方,文学创作是一种个性化的艺术活动,文学研究如果完全没有研究者的体验在里面,作者的艺术匠心也难以得到充分的揭示。如上所述,吴先生在研究中,始终贯彻着两个理念：一方面，他强调文学的现实意义，但不是刻板地、机械地用某种社会观念去套作品，而是通过对历史的感悟、对生活的体验，将现实意义上升为一种深刻的思想启示；另一方面，他又强调对艺术规律的尊重，总是以一个作家对艺术真谛的把握，去发现作品的深隐内涵，并说明其赖以彰显的艺术手段。而将现代文学理论与中国传统文论相结合，则为他的文学批评与研究提供了坚持而灵活的理论基础，也强化了他的观点的学术指导性。

事实上，吴先生的文学研究、特别是在古代小说研究方面的卓识精见，曾经给一代学人以多方面的启迪。很多小说史专家都在他们的著作中表达过对吴先生的敬仰。例如，周兆新先生在他的专著《三国演义考评》的《后记》中就曾这样说："吴先生的《说稗集》一书，对我国古典小说作了全面、系统、精辟的论述。假如本书偶有点滴可取之处，那必定是学习《说稗集》的心得体会。"这既代表了许多研究者共同的心声，也向后人昭示了吴先生的学术地位。

吴先生的著作1988年曾由北京大学出版社结为《宿草集》（小说卷）、《拾荒集》（散文卷）、《说稗集》（古典小说论评卷）、《苑外集》（文艺论评卷）四集出版，1998年北京大学出版社又出版过吴先生的《中国小说研究论集》。这次，我们从吴先生的论文中选出一部分来，大体分为三辑，一辑为论述文学及文学史重大理论问题的，一辑为研究中国古代小说的，一辑为分析现代文学名著的。

刘勇强

2010年2月28日于奇子轩

文字永远追不上语言

现在活在中国人嘴上的中国话，最主要的大约有两类：一是知识分子等上层的人们所说的国语或普通话，一是老百姓所说的各地方言。前者的成分颇为复杂，其中有普通化了的方言，古籍中的词句语汇，被选译了的和未经选译的东西洋语言等等。此是一种新兴的语言，比较长于说明，与五四以来通行的白话文大致接近。后者的成分较为单纯，都自切近的日常生活取材，故内容浩瀚宏丽，表现方法富有艺术性，都是精炼了的民族语言，足以代表中国人的生活与文化的真正的中国话，但是处处相异，地地不同，其与文字的距离是很远很远的。

我们爱好文艺的人，大概都把兴趣放在方言的一类上面。近年新文化所鼓吹提倡的所谓“大众语”，怕也应该是指的此类语言。

笔者自己是皖南人，自小学会本地土话。平时说惯了这种土话，觉不出什么，但与现行的白话文比较起来一想，就发现它可惊的丰富与活泼。略举数点说：第一，它能以千变万化的语气，表达出千变万化的感情；第二，它能用一两个简单的字眼儿，极丰富极精当地表达出一种可意会而无法明言的意思。这两点，我都不能在纸上举出例子。再说第三点，它表达情意多用具体的描写，不作概念的叙述。这可以举例：如说“着急”，曰“急得卵子上了颈”；如说“生气”，曰“气得颈子比水桶还粗”；如说“欣喜”，曰“喜得嘴巴都抿不起来”；如说“受吓”，曰“吓得心里统呀统”（“统呀统”言心跳之声音），或“吓得心肝跳到喉咙里”；如说“焦躁”，曰“焦得心里点得着火”；他如“哭得牵棉拉丝的”，“长气叹得屋都动”，等等，无用多举。第四，善于取譬。如表明决心，曰“这回不是鱼死就是网破”；如说不可掩藏，曰“丑媳妇总要见公婆的面”；他如“裤子没穿，还当你跟头翻的好看呢”，“骑马碰不见亲家公，骑驴碰见了亲家公”，“山高压不住太阳，官高压不住家乡”，等等。第五，掺用韵语，使句法活泼生色。如“他是三个不晓得，回家老早得”。如“你是半夜下扬州，天亮还没跨阳沟”，等等。其他多用格言，多用古籍句子，多用成语、歇后语、谐音词的花样等等，不及细列。又句法变化无穷。如为着重某点，即将某点接前，于是句法颠倒。如“在祖宗牌位面前，这是，你老哥赌过咒！”又在引说别人一番话之后，再说明这话是谁说的。这种句法的变化，新体白话文中常用之，但都以为是欧化的结果，其实我们口语中原即有之。乡人见面接谈，虽口舌笨拙者，亦能说出很巧妙很有力很活泼很精彩的话来；因为大家的口语都由上述种种成分组合而成，随口摭合，无尽无穷。想来自然不只我所知道的这种方言为然，各地方言都是如此。我常常劝告研究修辞学的朋友当以方言口语为研究对象，不要只从写成文字的语句中找材料。老百姓口语中的修辞，完全从他们自己的生活中取材，而经过创作与精炼；他们的生活丰富，他们的语言有悠久的历史，所以可贵。

“你写出来呀，不写出来，从那里去着手研究呢？”我的研究修辞学的朋友说。

在我的很少几篇创作中，曾在人物的对话里采用了几句方言。因为怕读者不懂，我选用的很仔细，我读过《九尾鱼》、《海上花》等苏语的作品和山东土语的《金瓶梅》和蒲松龄先生的变文之类的作品，想来他们的运用土语也曾经过选择，并且受了文字的限制，未必能够纯粹，更未必与其口语符合一致，但我们读者已经感觉许多地方不能懂得。而且象苏州或上海话及山东话，还算是通都大地方的话，若穷乡僻壤的土话，就更不易于使人懂，所以我过去运用方言来写小说的勇气，即是对话中所采用的，也是数经推敲，估量着读者一定可以懂得的几个词儿或成语之类而已。在最近的一个长篇小说中，私下有一种野心，想试着在人物对话中纯用方言，使之与口语相符，藉以活龙活现的表现出人物，但这次的试验，完全碰了钉子。

其困难大约如下：

第一，方言口语各有其严格的窄狭的地方性。许多习用的俗字俗语，一则离奇乖僻，非本土的人万不能懂：如谓妇女，曰“老贤得”或“老相得”；谓女孩子，曰“丫姑”；二则那些俗词俗语多数找不着相当的汉字来写下它，若是勉强写了出来，即本土的人读着也半天想不出是句什么话。

第二，各地因其特殊的用物与人物以及特殊的生活习惯而创造出某些特殊的语言。举例说：皖南人家的厨房中都在屋顶开一天窗，下面以砖砌栏，以便倾倒污水，这名字叫“水窗”。“水窗”中都养三两只乌龟；因为其中污秽潮湿，蠓虫滋生，乌龟可吃它们。就因这一种“水窗”，乃创造出许多语言。如骂人，曰“我把你关到水窗里去！”“你是吃蠓虫子长大的！”等等。这在别地人如何懂得？又如一种旧家破落子弟，因烟赌而致精穷，每至年终岁逼，他们即到街上向买办年货的人们乞讨。他们的形貌是这样的：身披麻袋，胫肘裸露，高耸着肩头，皮肤冻成青紫色，这已经很像文昌庙中泥塑的“魁星”模样；又加一手捧着一只火钵，一手罩遮着头，以免檐溜滴下，（因街道窄狭，年终又多雨雪。）此种姿态亦与一手持斗一手举笔的魁星相同。因此俗称此种破落子弟为“魁星”，而有“某某少爷点了魁星了！”“他明朝总是个点魁星的货”一类话。此类取喻极是传神。但别地人未必领会。又如春天山上产蕨，（大约即是伯夷叔齐在首阳山采以为食者。）乡人以之为一重要蔬菜，吃时总与笋子同炒，二者有不可分的关系。若有人做事冒失，或行为不通人情，即讽之曰：“你吃了笋没有吃蕨！”又有韵语曰：“天上雨夹雪，地下铜夹铁，山上笋夹蕨，河里鱼夹鳖。”

第三，最难办的恐怕要算助足语气的所谓语助词和表达情感的叹喟词之类。此类词儿，差不多每一句话中都须用之。话里缺少此类词，即等于菜里没有放盐，花草没了颜色，树木抽去了水分，美人没了眼睛，变成僵硬枯死毫无意味的东西。但此类词，第一是多到不可胜数，却找不着适当的汉字为其符号，白话文中通用的“么”，“吗”，“呢”，“了”等等，不过是牛身上拔下的几根毛，以视方言口语中所用的何止挂一漏万？第二是因语气不同，而有不同的说法。如表示征求对方同意的一个词曰“噢？”“这屋子不坏，噢？”有时语气缓慢，此一字即说成两个，成为“哦呜？”若写“噢”字，看惯白话文的人已未必都晓其意；若写“哦呜”，读者更难领会。这还是普通话中通用的一个词，若夫方言口语中那些光怪陆离的字眼，又如何写的出？纵使以罗马字拼音之类写了出来，读者又如何懂得？第三是此类词因千变万化的感情或说话神气，而有千变万化的抑扬、轻重、清浊的声调。如上举的一个“噢”字,可表达多少种不同的微妙感情或神气?有多少种毫厘之差千里之别的声调?这又如何可以写出来呢?

第四,我再补说一种习惯的用语。如我们江南以一百枚铜板为“一吊钱”,平津以十枚为“一吊钱”,山东泰安一带却以五十枚为“一吊钱”。又山东济南一带讲“不知道”,曰“知不道”。我曾在一篇小文中用“一吊钱”字样,自注曰“五十枚为一吊”。在杂志发表时,编者先生改为“一百枚为一吊”;结集单行本时,我仍把它改为“五十枚”,可是编者又把它改为“十枚为一吊”。所用“知不道”一语,亦被钩改而为“不知道”。又如称谓词亦因习俗而各不相同。我们普通称丈夫的母亲曰“婆婆”,东川的“婆婆”却是老太太的意思。东川称母亲为“奶奶”,我们普通却是称祖母为“奶奶”。此种词写出来,最易使读者误会。

第五,还有方言口语中常用许多文言的成语,但说者只是沿用成习,并不明其本意,因此往往说的声音讹误,似是而非,此时却已另有它的意思与情味了。如我们乡间谓闹得骨肉分离,曰“妻离之散”,其实即是“妻离子散”。若即写作“妻离子散”,即显得文绉绉的,读者会怀疑这样一个粗野无知的人,怎么会说出这种文雅的话?其实在说者嘴上此语极为俗气,并无文雅意味。此等处又如何在文字中传达之?

上述各种困难,都是随手举例,不成系统,自然也太不完全,但即此已可见出梗概。其中第一第二等类,或可以注解补救之。但实在注不胜注,也无法注得曲尽其意;何况写几句对话,须一大篇的注子,不但显得作者卖弄,读者亦必望而生厌。第三类原非方言为然,普通话或国语亦有同样困难;非止中国文字不能表达,外国文亦拿他没有办法。他们只好在对话之下解说道:“他说这个字的时候,声音拖得很长。”或“他说这话时,略表一点讥刺的意思。”等等。但此又何等笼统?何等不可捉摸?

文字永远追不上语言。“我手写我口”?“言文一致”?“怎么说怎么写”?我认为根本无此可能。

一九四二年

(原载 1942 年 9 月 5 日、11 日《时事新报》副刊)

关于古典作家的世界观

文艺界有些人不承认作家的世界观对于文艺创作的指导作用,硬说艺术创作方法和世界观没有关系。他们搜罗种种理由来支撑自己的妙论。他们想出来的理由之一,是说“古典现实主义大作家从来不讲什么世界观,也不谈什么思想改造;他们的思想或世界观并不高明,可是反倒写出了伟大不朽的作品”。类似这样的唠叨,近两年我们常常可以听到的。

像世界各国一样,我国古代有许多大作家出身于上层统治阶级,这是事实。他们有没有像我们今天这样,主动地要求自我思想意识的改造呢?他们是否曾经像我们今天这样,要求自己抛弃陈腐落后的世界观,努力掌握新的先进的世界观呢?我们回答说,诚然,这是没有的。因为他们生当那种长夜漫漫的时代,历史没有为他们提供像我们今天这样的优越条件,他们自己也不可能有这样高明的自觉认识和要求。在我们看来,很显然,这是他们的不幸。

但是——请注意,我们却万万不可因此就认为他们持着一套陈旧过时的世界观,倒可以创作出富有人民性的作品来;只要稍有一点文学史的知识,就知道这是绝对没有的事。事实恰好相反。他们总由于各自特有的身世遭遇和生活变化,在思想感情上或思想意识的某一点上突破了旧有的世界观,探出鼻子呼吸到时代的新鲜空气,放开胸怀感触到广大人民跳动的脉搏,这时他们才拨云雾而见青天,看到了一些生活现实的真相,有了一些自己的社会生活的理想,他们由此才获得支持自己不容于当时世俗的内心的力量,才获得欲罢不能苦心孤诣的从事创作以反拨世俗、批判现实的热情和动力。这是说,古代的大作家,虽然没有条件和可能,完全抛开自己的旧世界观,但总在原有的世界观里面,萌生了进步的思想意识,感情上靠近了广大的人民群众,精神上站到了时代的前列,他们这才有可能掌握较好的创作方法,这才有可能写出有光采的作品来。

拿我国清代几个现实主义大作家来说,吴敬梓和曹雪芹都是大官僚地主家庭出身。可是他们年纪不大,家庭就开始没落。到了他们从事小说创作的时候,已经弄得精穷,有时连饭也吃不饱了。这是大家知道的。他们当然没有经过主动自觉的思想改造。可是他们家庭败落的过程,他们长期沉沦以至陷入穷困不堪的境遇的过程,说不尽的丰富深刻的阅历和体验,自会逼使他们内心发生剧烈的自我斗争,自会逼使他们的思想感情发生巨大的变化。他们从富贵家庭子弟,成为本阶级的叛逆;从封建统治阵营里面走出来,靠近到广大被压迫人民这边来:这种思想感情的转变,在当时具体条件下,难道不就是他们所能达到的阶级立场观点的转变么?正是他们在实际生活锻炼里所导致的这种世界观巨大的变化,才保证了他们取得现实主义创作方法;这明显的表现在他们作品的具体描写里面,构成为他们的作品的主要部分。

吴敬梓的《儒林外史》从功名富贵问题,即当时知识分子的出路问题,辛辣地揭露了统治集团的堕落与无耻,有力地抨击了社会政治制度的腐朽和罪恶。曹雪芹的《红楼梦》,则以恋爱与婚姻的悲剧为中心,对当时上层统治阶级和封建主义社会制度展开极其广阔、极其深彻的批判。他们不仅仅以清醒的头脑抨击了走向崩溃的黑暗现实,同时也以正义的敏锐感觉和饱满的热情,歌颂了他们所能看到的显示未来光明的力量,以及崭露头角的鲜嫩的苗芽。这是他们作品的主要内容明白告诉我们的。

我们还可以根据一些文献资料,看看他们生前亲密知交的思想情况来作个比较。资料虽很不够,但可以这样说——即他们所交往的朋友们的思想,在当时都不算落后,可是比起这两位作家来,思想见解就显得远不能及。他们虽然交情很深,可是有些亲密朋友,并不能真正了解这两位大作家的精神内心。比如"脂砚斋红楼梦"的批语,有许多确是出于和作者亲近的人的手笔。其中有关人物褒贬的,往往站在封建家长的地位,发些维护礼法的议论。尤其涉及父母管教子女或子弟受封建教育的事,总是拿贾宝玉作借鉴,深致慨叹和惋惜之情;而对薛宝钗和花袭人的行为品德,则一贯表示欣羡和赞赏。可见这些批者并不懂得作者曹雪芹反封建的进步思想。又比如吴敬梓的一位最知己的朋友是程廷祚。程廷祚有一封给吴敬梓的关于所谓“葺(茸)城女士”的信[①]。这个女子因为反抗被迫的婚姻,丢开豪富的夫家,和“名门旧族”的父母,只身逃到南京独立谋生。吴敬梓对这样一个奇女子表示非常的尊敬和同情,特意拿她作为影子,创造了反封建反世俗的沈琼枝的光辉形象[②]。可是程廷祚的信里却对这个女子的特立独行加以贬斥,发了一些什么“反物为妖,是为邪慝”的腐旧议论,并且责备吴敬梓对她“有矜奇好异之心”,要他劝导那女子“翻然改悔”,回到自己父母那里去。从这事,就知道为吴敬梓所钦敬的这位知友,比起吴敬梓自己来,那思想水平就矮了一大段。

这也并不足怪。古来的大作家感觉自己不为人所了解,感觉内心的孤独与寂寞,是常有的事。

上面这些简单的事实,可以说明,我们古代大作家的思想具有他的当代人难于企及的崭新的地方,他们是站在时代的前列来看社会现实的。

当然,我们不能说,这些大作家,已经完全抛开旧有的世界观,取得了另一完整体系的新的世界观了。事实并不是这样。在他们的具体条件下,要他们的立场观点获得根本的蜕变,那是不可能的。上面说过,他们只能在思想感情的主要方面,或在思想意识的某一方面,突破旧有世界观的束缚,因此产生了或接受了新的思想因素;在他们旧有世界观里面,形成一个新的相互矛盾着的部分。就吴敬梓和曹雪芹说,构成他们作品主要内容的,是他们从初步民主主义思想观点所认识到的生活真实。但就他们整个世界观来看,不管说吴敬梓的思想属于正统儒家体系也好,说曹雪芹的思想属于佛老体系也好,总之他们的世界观都还没有脱出封建主义的范围。这是说,主导着他们写出作品主要内容的那民主主义思想的新的因素,还是包括在旧有的封建主义世界观里面的。这种精神内心的矛盾状态,会使人感到难于忍受的苦痛。我们看

① 见程廷祚《青溪文集续编》。

② 见《儒林外史》第四十一回。

见过一种“大眠”里的蚕，它的新体已生，可还被旧的皮蜕紧紧地包着，要脱一时也脱不出来。像吴敬梓和曹雪芹的精神内心，是有这种苦痛的。但这是当时历史条件所决定的。他们虽然伟大，也没有本领揪着自己的头发从他们所处的那个时代和社会环境里拔出来。因此我们说，像他们这些大作家是不幸的。

吴敬梓和曹雪芹这种思想观点的矛盾状态，在他们的作品里是清清楚楚摆着的。

比如《儒林外史》从唾弃功名富贵这一点着眼，否定了当时封建社会的君臣关系，否定了臣对君的“忠”的伦理道德；并由此鼓吹安贫乐道的淡泊襟怀，提倡夫妇相敬相爱和对于妇女人权的尊重。更重要的是书中一贯倾心于下层社会的小民，颂扬他们朴厚笃诚的高尚品性。这些都可以说属于民主主义范畴的思想因素，在当时是非常了不起的进步思想。但是同时，他又极力宣扬“孝”道和“悌”道以及朋友之间的“信”“义”之道；他所宣扬的这些，仍然不出封建主义伦理的范围。而且他倾心于贫贱小民，可又赞美他们的安本分，守规矩，如书中所写鲍文卿对向鼎的关系[①]。相反的，一个妓院老板戴了书生的方巾[②]，两个唱戏的老艺员穿戴了士大夫的衣冠[③]，作者都认为越礼僭分，在描写中流露出世风大变，人心不古之叹。他尊重女性，也有限度。五河县乡绅跟一个大脚牙婆在“尊经阁”廊沿上说说笑笑看热闹[④]，作者也看不顺眼，以为是有失体统的事。庸俗的宿命论和神道观念，这位持正统儒家思想的大作家也是有的。书中写王惠梦见和荀玫会试同榜，后来果然应验[⑤]；王惠和荀玫卜问升迁的事，各得到一个乩判，不久都一一证明灵验不爽[⑥]。书中写蘧公孙和鲁编修的小姐的婚宴，用大量笔墨描绘

---

① 见《儒林外史》第二十四回至第二十六回。

② 见《儒林外史》第二十二回。

③ 见《儒林外史》第二十四回。

④ 见《儒林外史》第二十七回。

⑤ 见《儒林外史》第二回和第七回。

⑥ 见《儒林外史》第七回和第八回。

了老鼠落汤，钉鞋打翻席面等一连串“不吉利”的可笑事故[1]，到头来，果然，鲁编修在接到升官的喜报时身死[2]、蘧太守也一病不起[3]，而蘧公孙则险些遭了“钦案”之祸[4]。

再看《红楼梦》。这部伟大的作品所反映的民主主义思想，其轮廓更为清楚，色彩更为鲜明，从当时的思想水平看，可说登峰造极。但是和这种民主主义新思想纠结在一起的，却是虚无主义、神秘主义的思想和透骨的感伤主义情绪。书中的主人公贾宝玉，一方面热烈地进行了自由恋爱，迫切地要求婚姻自主，可是同时又不得不期待着家长的作主，不得不仰赖着封建主义势力的支持。作者在描写中坚持了民主主义的观点，可是同时对封建主义统治又显然深信不疑地遵从着。贾宝玉在生活现实中找不到出路，正是作者自己的思想关闭在封建主义的牢笼里，看不见社会发展前途的具体反映。作者对他自己所描写的贾宝玉的性格和悲剧，自然也都不能理解；他只能根据他的世界观里一些现成的虚无主义、神秘主义、宿命论、神道思想，来作解释和说明。因此在书的开篇，安排了关于“补天遗石”、关于“草木前盟”，以及“太虚幻境”和“风月宝鉴”等等一系列超现实的情节描写。而且这些神秘的东西，如“癞僧”、“跛道”都到了现实世界里，那“石头”所化的“宝玉”也被我们的主人公衔着从胎里带了来，构成为书中人物描写和事件发展的重要节目。更严重的是，属于现实主义艺术血肉部分的有关主要人物日常生活的描写——在对话动作里，在笑话故事里，在制灯谜、行酒令、点戏文、唱曲子、作诗词等等活动里，往往羼入神秘性的“谶语”，以暗示人物的下场和故事结局。这种种含有“谶语”的节目，在刻画人物内心、描绘场面气氛和艺术结构方面，都可以见出作者的匠心。但更为重要的，却是作者借此深入地宣传了神秘主义和宿命论思想，使读者时时觉得一切都是命里注定，人力无法抗拒；与此相关，一种浓厚的感伤

---

① 见《儒林外史》第十回。

② 见《儒林外史》第十二回。

③ 见《儒林外史》第十三回。

④ 同上。

主义情绪,也就渗透了全书,强有力地感染着读者。我们这位伟大的现实主义艺术家,还认真地描写了江南甄家甄宝玉[①]和“魇魔法叔嫂逢五鬼”[②]这样的奇闻怪事。关于后者,郭沫若先生根据描写,认为那次贾宝玉和凤姐患的是“真性斑疹伤寒”,并说他们的病,可能是送秦可卿的殡时,在农庄、在水月庵歇脚住宿,被虱子传染来的[③]。就所从取材的现实生活经验说,郭先生的解释自可言之成理。但作者明明以为这是由于赵姨娘的捣鬼和马道婆作的邪法;书中的描写正是根据他的这种理解来处理的。这样的处理,对揭露家庭矛盾和社会黑暗,对人物描写和事件发展,固然都有它的意义,可是,问题却是作者借此又宣传了庸俗的神道迷信观念,为他的现实主义艺术造成另一严重的瑕疵。

列宁论托尔斯泰,指说了这位大作家一系列的矛盾情状[④]。那种种矛盾,我们都能从他的作品里很清楚的看到;列宁在文章里也一再指明这都是“托尔斯泰观点中的矛盾”。恩格斯论巴尔扎克所指说的思想观点的矛盾[⑤],也是就作品内容分析而得出的判断。若是有人因为列宁说托尔斯泰“一方面,是一个天才的艺术家”,“另一方面,是一个发狂地笃信基督的地主”;若是有人因为恩格斯说巴尔扎克“在政治上是一个正统派”,同时又在艺术上取得“现实主义的最伟大的胜利”,就认为艺术和思想可以分割,就认为作家的世界观和他的艺术内容无关,那是天大的误解与曲解。

至于古典现实主义作家对他笔下所描绘的生活现实不能正确的理解,并且总是作了极端错误的理解,这是必不可免的事,他所具体描绘的,多是从他生活实践中来的偏于感性阶段的认识;这些体验或认识,构成他新的思想的内容;而他的一套旧有的理论体系或偏见成见,却无法把它很好地提高统一起来:于是两方并存着,形成他世界观复杂矛盾

---

① 见《红楼梦》第五十六回。

② 见《红楼梦》第二十五回。

③ 见《文艺月报》1957 年第 3 期《红楼梦第二十五回的一种解释》一文。

④ 见列宁:《列夫 · 托尔斯泰是俄国革命的镜子》。

⑤ 见恩格斯:《致玛 · 哈克奈斯》。

的状态。当他创作时，这些新的认识自要主导他的构思，否则他就不能取得现实主义的胜利，就不能写成好的作品。但他的一套旧有的理论体系或偏见成见，也不会客气、不会袖手旁观，一定要出而加以干扰和歪曲；一定要强不知以为知，加以谬误的解释与说明。前面以《红楼梦》和《儒林外史》为例所作的粗略分析，已经说明这个道理。马克思教育我们必须辨别"作家从客观现实所提出的东西和他从主观思想所提出的东西"[①]，我以为就是指此而言。毛主席教导我们整理文化遗产要吸收"民主性的精华"，批判"封建性的糟粕"[②]，我以为也可以说明这个意思。如果一定要把这种矛盾叫做"世界观和创作方法的矛盾"（这是一句含义混淆的话），那我们必须心里有底，明白这所说的矛盾，仍然是作家的世界观里面的矛盾。有些人别有用心，想偷偷摸摸从这里下手，来为他们的"创作方法和世界观无关论"或"艺术与思想无关论"建立据点，那也妄费心计。我们都知道文艺工作本身是一种思想工作；是思想工作，而又说和思想无关，天下岂有这样的奇谈？我们又知道所谓世界观，就是人对整个客观世界的看法，就是人的思想、人对万事万物的观点；说是作家对生活现实的观点，对艺术地表现思想感情、表现生活现实这一工作的看法和方法，都和他的思想、和他的世界观截然分割，彼此不生关系，这样的疯话，难道有谁相信么？

根据以上所论，可见作家的世界观和他的艺术创作方法、和他的作品内容，是密切相关，不可分割的。他有哪些进步思想，有哪些落后思想；有哪些新的有益的思想，有哪些腐旧的有害的思想，都会不可免地表现在他的创作方法上，表现在他的作品内容里。现代作家如此，古典作家也是如此。

其次，我们古代的大作家，像吴敬梓和曹雪芹，虽然生活在黑暗的时代，看不见社会发展的前景，但是他们的思想确实站到了时代的前列，触着了历史的脉搏和人民的呼吸。因此能够在作品里提出具有重大意义的最尖端的问题。他们在深彻有力地批判了当时现实的同时，

---

① 见马克思 1879 年给科瓦列夫斯基的信。

② 见《新民主主义论》。

还以敏锐的感觉和饱满的热情，创造了作为显示未来光明的力量和自己还不能理解的新生事物的形象。那么，看看今天的我们。我们是生活在一个“自有历史以来未曾有过的重大时节，这就是整个儿地推翻世界和中国的黑暗面，把它们转变过来成为前所未有的光明世界”①。人们有目共睹，我们的“改造客观世界，也改造自己的主观世界”的伟大工作，正在克服重重困难中飞速地跃进，不断地取得奇迹似的胜利。多少黑暗的落后的旧事物，在觉醒起来的人民的强大力量面前，如热汤沃雪似的大批大批地在消灭、在转化；我们的先代所不能想像的说不尽的新的光明的事物，在每个角落里都正在涌现和将要涌现出来。当此“全人类都自觉地改造自己和改造世界的时候，那就是世界的共产主义时代”就在不远的前面的年代，我们的作家、我们的有志于文艺工作的青年，紧密地和劳动人民结合在一起，全身心地投入到当前祖国社会主义革命建设的热浪里去，投入到世界和平民主运动大发展的斗争里去，并且努力学习马克思列宁主义理论，掌握人类最先进的世界观，以求深入具体地认识我们的光华灿烂的生活现实，以求全面正确地理解我们的日新月异的生活现实——这难道不是应该的而且是必须的么？

一九五八年二月二十三日

（原载《人民文学》1958 年第 4 期）

① 此处及以下引文均见《实践论》。

关于现代派与现实主义

一

甲:记得从前你写过一副对联:“但有余闲思写稿,若逢友好喜谈天”。还记得吗?

乙:思写稿,只是“思”罢了。这么多年,倒是讨论问题检查问题的时候多,谈天么,也只是“喜”而已。三两个人促膝而谈,称心而道,确实有点意思。可也确实是文人的旧习气。像孔夫子说的,“七十而从心所欲不逾矩”,这不容易。我早七十多了,总觉得自己还很幼稚。

甲:在外国,比如美国,我看他们就没有谈天的习惯和风气。“时间是金钱么!”但是,回来看到几个售货员、服务员,挤在一起旁若无人地尽聊,确也不起好感。咱们今天这么办:把谈天和写稿结合起来。漫谈一顿,写成一篇稿子。好不好?

乙:那么,你出题目,我来响应。

甲:我是想跟你谈现代派艺术。因为我搞不清楚。我看你也未必透彻明白。咱们漫谈一下,彼此有益。

乙:前几天在一个会上,跟北师大教授启功先生坐在一起。他说笑话,说“我讲课讲的多是些猪跑学”。

甲:(笑)猪跑学,这我懂。

乙:你说说。

甲:从前我们那里老百姓有句俗话:“没吃过猪肉,见过猪跑。”

乙:对,这恐怕就是启功教授的话的出处。他说笑话,也是自谦。咱们今天谈的,可真只能算是“猪跑学”。

甲:我喜欢“猪跑学”。看有些学术论文,连编累牍的正文之外,还有注(一)注(二)一大摊。我怀疑谁读着真去查对那些原文。读这样的大文,我看不如读鲁迅杂文的几句话解决问题。

乙:这是你的偏见。而且,鲁迅的杂文可不是"猪跑学"。

甲:那是的。别扯远了。

乙:你提现代派艺术么,我确实不大懂。首先是看不懂。因之,我也不喜欢,就是,不能欣赏。

甲:你说"朦胧诗"是什么?

乙:这,我搞不清楚。是不是也是指现代派的那种诗?我弄不清这个概念,它具体指什么。这先要弄清楚。

甲:对呀,问题要具体分析。从概念出发,往往误事。望文生义地了解,朦胧,就是模糊不清,不明白它的意思。你刚才说,你看不懂,你就不喜欢,就不能欣赏。你这话可靠吗?李商隐的《锦瑟》和许多《无题》,你看得懂吗?可我知道,你却是喜欢读的。你能背诵许多篇!

乙:这我承认。我刚才那句话,是随口说的,实在不确切。岂止李商隐,许多我看不懂、或一时没能看懂的,我还真有点喜欢。常翻出来揣摩。鲁迅的《野草》,有许多也看不懂;《故事新编》里也有。

甲:(笑)你肯认错就好。不但此也。我国传统的包括一切艺术门类的理论,都讲究意蕴、含蓄,反对浅显和直露;作品的传诵、欣赏,也多持这个准则。"诗无达诂"、"不落言诠"、"不着一字,尽得风流"、"言有尽而意无穷",这些论诗的信条,数不清。散文也是,"言近而旨远,辞浅而义深,虽发语已殚,而含义未尽。使夫读者望表而知里,扪毛而辨骨,睹一事于句中,反三隅于字外。晦之时义,不亦大哉!"这是刘知几的《史通》指评《左传》的话。你不是常提刘知几吗!"晦之时义,不亦大哉!"他把"晦"上纲上得这么高。"晦"是什么?是不是也就是"朦胧"?

乙:你这么一说,倒提醒我要向你申辩了。

甲:你想"翻"?

乙:我不是翻案,是申辩。刚才提的这些,李商隐、鲁迅的有些作品,传统的评诗论文的理论主张,等等,我认为都是艺术构思和表达手法问题,不是思想内容问题。李商隐的诗,有丰富的现实生活内容和尖锐深刻的感触与见地。他的许多政治讽刺和写景抒情诗,都很清新有魅力。《无题》之类是一部分,也不是全然不可了解。其中许多诗句为世代普遍传诵。连曾国藩那样桐城派老顽固,编选《十八家诗钞》,也把他尊为一位大家。至于鲁迅,更不用说了。我刚才说看不懂我就不欣赏,不喜欢,当时我心目中是指内容空虚荒诞的作品,不是指艺术表现手法而言。就是说,那样一些作品的内容我看不懂。当然,我刚才那句话说得笼统,未加区分。

甲:那么,你说说,现代派的作品怎么个内容使你不懂?

乙:你出难题了。所谓现代派,恐怕派别很多,范围很广,也难一下划清界限。我读的作品太少太少。因为不喜欢,缺乏研究。这方面,不但没吃过猪肉,恐怕连猪跑也见得少。但我也绝不是人云亦云。有人说,提倡现代派,是因为现在我们的作品搞不出新花样,跳不出老框框,作品从内容到形式、从思想到技巧,太陈旧,太僵化了。因此要从西方搞些新门道过来。据说,现代化,必须现代派。依我看,这些流派不是什么新门道,也是老掉牙的外国古董,根本谈不上可以帮我们搞社会主义现代化。相反,倒会帮倒忙。我做学生的时候,有位名詹姆生的外国教授教过我们《欧洲文学史》,吴可读(华名)教过《欧洲小说史》,也读了欧美的诗和散文。这是我们系主任朱自清先生指导我选修这些课的,说,你不适宜走考据的路。后来我也不断读过这类著作。我记性差,又不很用功。可那些外国教授抓得紧,不但指定的参考书多,往往还要我们背诵、默写。因此,留下一点印象。这是题外话。我的印象,差不多早在十九世纪欧洲现实主义兴盛的同时,就出现了这样一些古里八怪的流派。这里面自然也颇为复杂,而且各家评述看法不一,不可胡子头发一把抓。我只就资料说,他们所持的理论观点多是另一套的。其中除法国的最突出而外,后来在俄国也有什么“未来派”、“达达派”之类。

甲:你还是说说它们的思想内容。

乙:思想内容么,是不是这样:在欧洲资本主义趋于成熟,破绽百出、病象丛生之时,一些敏感的知识界、文化界,面对现实社会,大致有两种不同的态度和反应:一种,持积极的态度,敢于正视它,了解它,评议它,寻求补救或改革之道。我以为,这是属于现实主义的观点的,也可以包括革命思想家在内。另一种,持消极悲观态度,极力回避客观现实,甚至根本否定人生,要躲到主观自我、内心精神世界里面去,以梦幻与妄想自娱;否定理性,反对思维,鼓吹感觉、心灵与情绪……

甲:实包括一切意识形态领域。但,你说的嫌零碎、偏颇,理论性不强。作为你个人的体会,就这么说罢。

乙:当然,谈的是我自己的体会。你不是喜欢猪跑学,不喜欢洋洋洒洒的论文么!唉呀,你要学术性强的,我可以翻一本出来给你照本宣读。

甲:你还是说说作品罢。

乙:作品么,你比我知道的多得多,你为什么不谈?

甲:我谈中国的。你知道不知道:三十年代有个青年小说家刘呐鸥?四十年代有个无名氏,还有个什么……我忘了。

乙:《都市风景线》、《塔里的女人》,是不是?这些,文字上我好像看得懂,就是不懂那内容,莫测高深。"新月派"有些诗,也是。

甲:战后,在欧美,有不少"垮掉的一代"的作品,也叫"疲塌的一代"、"迷惘的一代"的,名目繁多。现在又有什么荒诞派之类,一直发展到所谓"嬉皮士运动"。说实在的,我试图耐心看,可看不下去。

乙:我的印象,这类作品写的,都是一些胡思乱想,观念的游戏。有腐朽不堪的,也是一些非非之想。根本谈不上有什么实在的内容。

甲:我不同意你说谈不上有什么内容。不能这么说,它有它的内容。

乙:我说的是现实的生活内容、正常的生活感情。可它只是离奇古怪,荒诞不经,不可思议。从前老舍闹着玩,模拟过这种派头的诗,"在远古红蝙蝠第五神经之末梢颤动着三颗蓝色的泪珠"。大约是这么个调调。

甲:(笑)有些像,还不够标准。句法还算通顺。确实,读这种诗,常引我想起早年闹着玩的一种游戏:各人用纸条写上什么人,在何处,同什么在一起,在做什么:各写这么三四个条子。而后大家挨着次序随手乱拿,再连起来读。于是可以出现这样的句子:"某小姐,在水牛左边的鼻孔里,同绿头苍蝇在一起,在打桥牌。"

乙：(笑)你不是要写成稿子吗？咱们还是谈的严肃些才好。

甲：怎么谈，就怎么写。我不认为是咱们不严肃。是这类作家作品本身拿文学艺术作游戏。有时我怀疑是作者们存心自欺欺人。最能说明问题的是那些画和雕塑。我在欧洲看一个现代派或叫抽象派画展。这种画展，各国经常有，美国也多。那真千奇百怪，令人咋舌。比如，有一幅画着黑的绿的金色的横、竖、粗、细不同的杠子或管子，繁复地相互穿插，排列得十分整齐。题曰《永恒的心》。标价两万美元。又一幅，好像把一个鸡蛋狠狠摔破在纸面上，蛋黄和蛋白由中心向四围溅开，满目淋漓，再填上几种什么颜色。题曰：《忆》。标价五万美元。这是记在我的笔记本上的。

乙：真有人买？

甲：不见得。我所知一般男青年房里或床上挂的钉的，还多是平常复制名画和美女画儿。你知道，他们卖画片的店里，销路最好的是那种所谓"钉起来的姑娘"。青年工人或职员选一张这样的美女画片买了去，用图钉钉在他劳动的对面。他一面操作机器，一面眼睛盯着她，据说，精神就有了寄托，免得心里慌悠悠的。我在画展上问过青年们，这种抽象派的画，你们能懂，能欣赏吗？他们也多是笑着摇摇头。可有些公共场所和富有人家客厅里，多挂着那种怪画，以示时新，超俗，与众不同。在美国，许多州的城市里，博物馆、陈列馆等等的院子里、大门口，许多大型雕塑，也多属这一类。旧金山水族馆门前一座石雕，看上去，像一截大腿，像一段蛇头(没眼睛)，像半个蘑菇，这许多股互相纠缠，成一整体，莫名其妙。爱荷华州有家著名的农机公司，是大规模企业，厂房也是现代派的艺术建筑；还收藏、陈列了世界各国现代派或什么派名家的绘画、雕塑和工艺品，也有不少中国的古字画。看来只为标新奇、摆阔气、充高雅。我们参观，每人赠一本装帧讲究的艺术品印本。看他们是这样不惜工本地作商业广告，真"匪夷所思"！

乙：你说的这些，也有我说的，给人一种印象，好像这类作品因为脱离现实生活和健康感情，不可能有人真正喜爱欣赏。我看，这也是我们的主观偏见。我们不能欣赏，推己及人，断言别人不会喜欢；这看法，站不住脚。因为不愿正视现实社会，脱离人民生活，精神无所寄托，势必要到主观自我的内心去寻求;那么,非理性的幻觉、妄想等等,就正是他们所寻求而且衷心喜爱的。因为借此可以麻痹自己,自得其乐。

甲:诚然。这只能是极少数。不管你思想上怎么反对理性,否定现实,但你总是身在现实之中:你不是生活在一个时代社会里?你不吃饭、行动、说话?还有,人是理性动物,能思维的动物。各人的思维方法可以不同,立足尽管各异,可是总是会思维、有理性的。

乙:思维、理性,往往管不住人的癖好和嗜欲,抵御不了风气和习尚。长时期的裹小脚、吸鸦片,那时的人就不会思维,没有理性?外国目前酗酒成习、吸毒成风,他们就不会思维,没有理性?他们首先需要的就是麻痹自己,沉溺心志。你说,这些是不是事实?(十年动乱,那是另一码事,这里不谈。)

甲:是事实。很清楚。我同意。因此社会舆论重要,思想政治指导重要。要防微杜渐,不可软瘫不管。由此我倒想起一件事,提出来谈一谈。前几年,你记得吗,一提形象思维,许多论文一哄而起,有关报刊多发表这类文章。有些论文,不多,可也不少,把形象思维跟逻辑思维两者对立起来,绝然分割开来。好像文艺创作,只需要形象思维,只能有形象思维,不能有逻辑思维。有了逻辑思维,就没有了文学艺术。我当时觉得奇怪。难道文学艺术家进行创作的时候,能排除逻辑思维吗,就成为只有感性没有理性起作用了吗?文学创作,没有理性思维(尽管高下不同)作指导,来构思和组织形象,写出来作品岂不成为疯子说话了么?我以为,这样的理解与论点,实际是在召唤现代派,为现代派开路。这正是现代派所持的理论!你以为呢?

乙:我以为,那以前,人们好像否定了形象思维,即不承认有艺术。那次一哄而起,恐怕也是一种反响。可是,学术问题应该用心钻研,一哄而起总不好;还应该有争论,有驳辩,最好不一面倒。我们百家争鸣百花齐放的局面,还有待于很好地开展。人们怕错。说错了,好像就抹不开脸了,就倒霉了!我有一种想法:老要求说得正确、没错,人类社会文化就将永远停滞不进。我打个比喻:比如你写篇论文,论证我是个人。这完全正确,没半点错。但你这样的论文,未免水平太低,可以说没什么价值可言。一个民族社会的学术界,像这样的立论成风,还有什么前途？若是，另一位写篇论文，说我是个汽车司机。这完全错了，因为我根本不会开汽车，和开汽车从来没沾过边。可是，你承认不承认，这错误论点倒提出了新问题。我看水平比前者要高。由此经过争鸣讨论，就可以走向或得出较高的正确论点，社会学术文化或认识水平就提高了一步。这一提高，那个错误论点也有所贡献，你能不承认？可过去，人们只敢像前者那么说。就文化学术而言，这很糟！

甲：你这个说法，很能迷惑人。让我想想。啊，照你这么说，述而不作就是罪过了？传授正确知识是必要的么！啊，照你这么说，胡说八道也是好事了？反面教员应该受表扬？——真新鲜！咱们谈的题目，是现代派艺术和它的思想理论基础。经你此说一鼓励，势必要泛滥成灾！

乙：看你扯到那里去了！我是说还要经过调查研究、争论，辩驳纠正了错误以接近或达到正确。你急什么？还有，你知道，苏联的革命诗人马雅可夫斯基，当初也写过什么派的怪诗的。我们南宋的伟大爱国诗人陆游，本来也是个寻章摘句的江西诗派。

甲：那么，我再给你补充一个：筹安会六君子之一的杨度，最后还成了有功劳的共产党员！

乙：对对！我那片面说法，你好像又可以接受了？

甲：话说回来。现代派什么的，在欧美确有它产生的历史的现实的土壤。在咱中国，可从来没有过；这几年有些偶然的机会，可绝无此土壤或客观条件。有些人却要硬把它搬过来！刚才说过，就在咱中国，它也并不新鲜，三十、四十年代一度曾有过，昙花一现，搞出什么名堂来？

乙：可有影响。只能说是“十年”的后遗症。这没有什么可谈论的。

甲：有人说，这种外国流派，它所从产生的理论基础或思想观点是不可取的，但看看它们的技巧和手法，可以开拓我们的匠心，颇有可资借鉴之处。这论点你以为如何？

乙：借鉴外国的文化当然好。我国汉唐以来以至“五四”前后，不断吸收外来的东西，经过消融，大大开扩丰富了自己。鲁迅就宣扬“拿来主义”。但说到技巧手法，我一向有一种管见。我认为，艺术的技巧手法的应用，必然在一定思想感情的指导之下，用以处理或组织生活素材。这就是说，一方面，它离不开一定的思想感情，一方面它离不开生活素材。思想感情愈高明、浓冽，生活素材愈熟悉、丰富，你的技巧就会得心应手，左右逢源，下笔如有神。撇开了这主客观的两方面，它就无从起作用。我谈一点教训给你听：建国初期，我们作协党组派我们几个人到鞍钢去访问劳模，让我们几个拿过笔杆的能写点报道速写之类的作品出来。我回来，用心写了几篇。我家里的人一过目，苦笑起来大摇其头，说："咦！这算什么文学作品，干巴巴，又笨又乏，怎么拙劣到这样！你不是自以为还有点技巧吗？"确实，我写得很苦，本也自知拿不出手。我记了一大本笔记，老孟泰几位劳模在工厂的事迹和思想表现我尽可能记的详详细细。可回来一想，老孟泰怎么跟别人说话的，他回到家怎么跟妻子儿女相处的，他日常是怎么个神情态度等等，我怎么也想象不出来。我下笔无法想象！而且，在我的神经细胞里，从来没有一点儿工厂和工人的生活感情的影子。在概念上、道理上，我懂得钢铁工业和劳动模范的重要和可敬，可这种概念与道理，跟我的内心感情还没沾上边……

甲：（笑）好了，好了，我懂你的意思了。

乙：这是说，我不相信有什么单纯的技巧或手法可以生搬硬套。俗话说，熟能生巧。这熟，指感情，也指素材。当然，我不是说不可以从别人的作品的写法得到启发借鉴。相反，艺术修养很重要。可怎么让它起作用，那是另一回事。内容不对头，你生硬地搬弄技巧，那只会叫人看着难受、可笑！我们老百姓有句话："他以为他跟斗翻得好看，可不知道自己没有穿裤子！"

甲：（笑）听说，现代派这类，因为钻研感觉，作品往往表现所谓"感觉错综"。据说，像这种手法，很新鲜。

乙："感觉错综"？是不是把各种感觉：视觉、听觉、味觉什么的交错混淆起来？依我说，我们日常生活里就有这种错综的感觉。如，红色的，叫人觉得热烈；蓝色的，叫人感到沉静，诸如此类。当然，说法不一定相同。又比如，"她笑得很甜"，这是常说的话。有什么希奇？可像刚才所举老舍模拟的那句诗，什么"蓝色的眼泪"，我就不懂什么意思，现实世界里没有这种眼泪，我们也没有这种感觉。你见过吗？有过吗？

也无法想象。

甲:(笑)可是,我看过一些这类作品,还不是用得这么简单。他们有时大段大段的用来描写一种什么意境。我说,看多了,会使人神经错乱!

乙:还有语言文字上的一些门道。从前我们闻一多先生——你知道,他写过《死水》这样的新诗的,他教过我们许多专题课:王维、杜甫、《诗经》等等。他自己的有些诗,是很有点法国波得莱尔的《恶之花》的味道的。他给我们讲诗,有许多新的见解。他讲王维一首《观猎》,开头一句,"风劲角弓鸣"。说"劲"、"角"、"弓",是义,也是声:就是表达了打猎时风吹角弓的声音。这和英国浪漫主义名诗人柯力支的一首《忽必烈汗》诗的声调相同,也是在诗句里用声音作描写的。他举一诗进一步说明:"塔上铃声独自语,明日风帆当断渡。""当"、"断"、"渡",是义,也是声,就是塔上的铃声。

甲:这很新奇,没听说过。

乙:闻先生给我们讲杜甫一首七律的名句:"香稻啄余鹦鹉粒,碧梧栖老凤凰枝。"他讲了足足一堂课。我们很感兴趣。

甲:老杜也喜欢这类门道?只会是鹦鹉啄香稻,只会是凤凰栖碧梧,为什么倒过来说,有什么必要?

乙:这是咱中国的旧体诗的技巧。这和咱中国语言是分不开的。外国的有些技巧,也是从语言产生的。离开了语言,也没法搬弄。

甲:我说,这种技巧,偶一用之,未尝不可,用多了,也叫人腻味。我们再谈谈"意识流"好不好?

乙:"意识流",要看怎么个写法。比如写小说,塑造人物,当然写到内心深处的好。思想还是属于上层的;写到潜意识,就深入了一层。你还记得《聊斋志异》有篇《凤阳士人》吗?它写一个妇人,丈夫出远门了。她独自一人在家。作品写她的一个梦。那梦完全是这个"游子"的"思妇"的潜意识活动,写得真切极了。这是唐传奇的一个传统题材。唐人传奇里如《三梦记》之类,也是写这种梦的。"游子思妇"的题材,是我国古代诗词写得很多很多的。蒲松龄这篇,我以为写意识活动写得最动人。《红楼梦》写人物,也多写到了意识里面。你说,贾宝玉以为女子是水做的骨肉，他觉得最洁净；男人是泥做的骨肉，他觉得最污浊。这只能说是一个小孩子的感觉意识，不成其为一种理性的思想。这就写得深，有重大的时代社会意义。林黛玉在与贾宝玉经过"诉肺腑"，疑虑彻底解除，即对贾宝玉完全信赖之后，曾多次流着眼泪买瓜果祭祀自己的父母。你说，她怎么忽然这样思念起父母来？难道曹雪芹要写这个可怜姑娘的孝心吗？当然不是。这写的是林黛玉自念孤苦无依，无人关心自己、出来为自己主持婚姻。她的祭祀，我以为也是一种潜意识主使的活动。这写得深切，也十分动人。我们一般小说，写人物内心，写得这么深的，好像还不多见。

甲：我是说，前一向一度有许多人写的那种叫做意识流的小说。你以为如何？

乙：我说实话：我怕看。看着，像听嘎嘎刺耳受干扰的收音机播音，像看没有调好频率闪烁刺眼的电视，一会儿，就头昏脑涨，简直受不了！而且，也许我头脑迟钝，常常看不懂意思。

甲：（笑）那还是现实主义的写法，与许多外国的好像不同道。

乙：我以为，潜意识也不是都有现实意义。我们有许多潜意识就莫名其妙。我前两天做梦，梦见在一片沙地上捡"钢镚儿"，即硬币，一分的、二分的、五分的，先看见一两个，后来越捡越多，满地都是。我不知怎么处理才好。一急，就醒了。这当然是一种潜意识的反映。但它说明什么？是我心里想钱？想得意外之财？我拿的薪水，每月用不完。我想捡这一分二分的钢镚儿干什么！你若拿我写小说，写上这个梦，能表现我性格什么有意义的特点？我看到的意识流小说，就没看出写出了什么有意义的门道来！

甲：别人可不一定同意你的话。好，不早了，下次再谈吧。

二

甲：上次咱们说的，有一段是关于思想感情、生活素材和手法技巧的关系的问题。这个问题，我回去想了想，似乎很重要。你当时发了一通议论，先不管对不对，实际是，没有把问题说明白。咱们今天可以提出来再谈一谈。

乙:你说,先不管对不对,这话说得好。其实也多余。咱们是即兴式漫谈,我,也包括你,怎么能要求说得不错呢!只能是姑妄言之罢了。

甲:(笑)你这说的,难道不多余吗?——好,咱们还是言归正传。你先说罢。

乙:就上次谈的那种现代派文艺说,是否定人的主观理性思维,同时否定客观的现实社会生活。这两个否定,你和我,都是思想不通,难于接受的。跟这两个否定相反,不言而喻,你和我,都看重这主客观两方面。两者中,处于决定性主导地位的,我以为,当然应该是客观的现实社会生活。一个人,只有跟客观现实世界打交道,才形成自己主观世界的思想感情或好恶褒贬。试看印度狼孩这类的故事,八九岁的孩子了,还是把手当脚在地上爬,吃起东西来像狼那么吞,发的声音是狼那么嗥。不是常说人性吗?看这个狼孩,哪有什么人性可言。我以为,像现代派艺术家,自以为否定了、超越了现实的客观世界,其实他那种主观世界的理论主张和所走的道路,实际仍然是他在自己所曾与之打交道的客观现实世界里造成的。在主观客观的关系方面,咱们得首先承认这一条,即客观决定主观;而后再谈人的主观能动性。

甲:那么,你可以根本否定了“才”?“才”总是主观的,先天的。我国古代思想家、学术家、文学家,多鼓吹“才”、“学”、“识”的重要。才、学、识,还是“才”字打头!

乙:我先提醒你,所谓才、学、识,不能把打头的总看作最重要的。你知道谭鑫培、梅兰芳的压轴戏排在哪里?这且不谈。你怎么看“才”?完全属于先天的?

甲:天才,天才。才,当然是先天的。连这个你都有异议,你的头脑是不是过于机械化了?

乙:这,还有研究讨论的余地。你不要急于堵死这条路。

甲:有什么可讨论的?我说事实:我有两个侄儿从家乡来看我。我带他们逛天安门、逛公园、逛王府井。回到寓所,一个什么也谈不出,好像一切与己无关,全都不感兴趣,也全没留下印象。另一个,一路问东问西,眉飞色舞,回来谈观感谈个没完没了……

乙:你这无非说的是聪明不聪明。所谓耳聪目明,一般看做先天方面的差异。我当然承认有这种差异。可是,你认为这类差异全都是先天的?

甲:你不要搬理论。理论书上有,我也会搬。

乙:那好。我也跟你谈事实。我是早婚,我有儿女的时候,还很年轻;有了第三代,我才有照料他们、仔细观察他们的兴趣。他们在襁褓中,睁着一双乌亮的眼珠,确是聪明样子。可我用手指逗他,直到在面上和眼前百般撩拨,那双明亮的瞳孔,却什么反应也没有,眼球不动,眼睛一下也不眨。我问了护士和医生,又翻看了些有关的书,才知道刚生下的婴儿,视觉听觉等等本来没作用。耳目的功能是在生活里和客观世界打交道的过程中培养出来的。其实,这种事例,我早就知道一些:《饮冰室文集》里就有关于岩洞里盲鱼的记载。好像鲁迅也讲过,小孩不下地,永远不会走路。我因为不留心,读过就丢掉了。怎么样?你认为这能说明什么问题?

甲:有意思!我不是不相信理论——我觉得人们对理论的理解往往绝对化了。

乙:我不喜欢拿理论当教条,也不喜欢把理论绝对化。这,咱们所见略同。有许多生理现象,像穆铁柱、陈月芳个子那么高,不少声乐家嗓子那么美妙动听,朱建华能取得那样优异成绩,等等,有的我能说明一些,有的我就不明白,只能认为是天生的。先天因素我不否定;说天才,我也不反对,比如遗传因素,当然有的。从前曾把遗传学一脚踢开,似乎只能讲巴甫洛夫、米丘林,我当时也不通。清华陈桢教授给我们讲授过生物学,包括遗传学,细胞学;我们也参加过实验室实习。那些事理,我是信服的。我七岁入蒙塾念《三字经》,有一句"性相近,习相远"。现在我还觉得这话有意思。世界上、宇宙间事物,有许多许多我们人类还没有认识。今天科学很发达,这是对比过去说的。若想到将来,可以说,人类今天还只是一知半解,或所知极少。我们古人说,客观世界"其大无外,其小无内"。这说得好!我不明白古人怎么有此认识的!现在我们满口"宏观""微观",好像这进口的名词很新鲜,其实我们古人千多年前早说过这意思的话了。

甲：你扯远了！咱们今天的题目，不是谈哲学科学；咱们是谈文学。

乙：我没有扯远。陆游根据自己的创作经验，教他的儿子说："汝果欲学诗，工夫在诗外。"我信服这句话。在我的心目中，刚才谈的这一切，都是关于文学的最最重要的问题。就是，一个作家怎么看世界，怎么看文学，怎么认识社会生活，怎么写人写事，如此等等。

甲：我主张具体的谈。谈作家作品，拿你我都熟悉的来谈。

乙：那好，你打头。

甲：所谓现实主义作品——如小说，你认为应该有哪些要点？

乙：好罢，我谈的可能抓瞎，不得要领。你要提醒，补正。我记得，明代的思想家李卓吾，即李贽带了一个小和尚在身边，也许替李作些文书工作，署名怀林，在《忠义水浒传》前面写了几句话，算是小小序言罢。大意说，是世界上先有王婆这样的人，而后《水浒》写了个王婆"以实之"；是世界上先有江湖好汉，而后《水浒》写出鲁智深、李逵、武松等人物"以实之"。在此以前，唐代的刘知几早说过史传文学如"明镜照物"，"虚空传响"的话。这就是咱们中国古代的"反映论"，亦即咱们中国古代的现实主义文学的基本理论。

甲：咱们中国的古代文学，尤其小说，从开始以至整个发展过程中，人民性或大众性都特别鲜明突出。《诗经》、《乐府》，来自民间。小说更是的，而且越到后来，越受到封建统治的歧视和严酷的压制，从来不登大雅之堂。我们伟大作家和许多作品的遭遇和惨局，无须多说。我谈一事，不知你可还记得。五二年院系调整以后，我们中文系的教学改革在苏联专家的指导和负责同志的主持之下，照搬苏俄文学系的经验，把"人民口头创作"这门课摆在极其重要的地位；这当然没有什么不对。可是，到规划具体方案时，竟把《诗经》、《乐府》，以及《三国》、《水浒》、《西游》和《聊斋志异》，以至宋元南戏杂剧词曲统统从《中国文学史》里面划归了"人民口头创作"。我们的教授思想搞不通，说，这么一划，那我们的文学史不但支离破碎，而且连根也挖掉了；没了《诗经》、《乐府》，哪有以后的诗歌发展？哪有汉魏诗和李白、杜甫？没了南戏，杂剧、董解元，哪有《西厢记》、《牡丹亭》？没了"说话"和话本，哪有拟话本、《金瓶》、《儒林》和《红楼》？那，咱们中国文学史这门主课怎么讲法，还要不要？我说这些干吗？是给你刚说的补上一条，即咱们中国文学的传统，在反映现实的一条之外，还有来自人民的一条。这是咱们中国古代文学主流之主流。我以为，毛泽东文艺思想基本方针，不仅为"五四"以来的文学指明了新路，也总结了咱们中国古代文学传统，又加以划时代的提高与发展。

乙：你补的这一条好。从古代看，确实，谁面向了现实，作品就有了生气；谁靠拢了人民，作品就有了活力。反之，文学就变得苍白、空虚、衰落、腐朽，陷入绝境，走上死路，咱们的整部中国文学史，包括"五四"来的新文学，充分地、明确地验证了这个真理。

甲：咱们还是搁下文学史，把话说回来，就是具体地谈作品。

乙：很难抓到头绪，只能随口乱说。

甲：你就先谈人物罢。

乙：我看，我国古代小说名著，最最注重对人物的处理。所说处理，包括对人物怎么个看法、怎么个摆法；就在这看法摆法里，为全书立下了主旨。

甲：就拿《红楼梦》为例，咱们谈谈贾宝玉。

乙：你对贾宝玉怎么个看法？

甲：贾宝玉性格的特点是，以豪门公子的身分，能够平等待人，坚决反对或抗拒封建统治为他安排的生活道路，包括自身的爱情婚姻问题；坚持与林黛玉的"木石前盟"，拒绝与薛宝钗的"金玉良缘"。在此之外，他同情，或说，一个心紧紧贴在处于封建统治下被压迫者的一边。因此，说他是个初步的民主主义者，我认为是对的。当然，他有严重的局限性。谈起他的局限性，往往令我们读者觉得泄气。比如，他跟林黛玉，进行了热烈的自由恋爱，迫切地要求婚姻自主，他们的爱情是罕见的，有共同进步的新思想作基础的，有生死不渝的爱情的，可是同时却死心踏地地仰仗他所反对的，或尖锐对立的封建统治——即家长为之主婚。

乙：所以，这就只能成为悲剧。

甲：有许多读者，也包括我，对于为什么在那种豪门贵族的环境里，在那种贵家宠儿养尊处优的生活里，产生这样一个了不起的先进新人物,实在难于理解。

乙:根据你谈的,我想说两点体会。第一点,你所谈的关于贾宝玉性格的主要之点,我大致没有异议。就是这样一分为二:又有种种严重缺点和局限,在现实世界找不到出路,又有可惊的民主主义新思想,他是我们封建时代从来没有出现过的最新最新的艺术形象。这个艺术形象,从它产生之时起,几百年来,使无数读者心魂震动,铭刻难忘,从而受到无从说明的潜移默化的深远影响,为我国民主主义文化思想运动贡献了一份难于评价的推动力量。

甲:妙的是,这个贾宝玉,只有内心的活动,只有实在的行为,只有日常生活活动中的态度和倾向的表露,却没有一句诸如"自由"、"平等"、"个性解放"、"争取人权"这类言词的宣讲。

乙:他根本不会说这些话,他头脑里没有这些思想概念。首先是,作者曹雪芹就不会说这些话,也不知道这体系的思想政治理论。这且不谈。你知道,贾宝玉这个艺术典型的生命可长啦!我有一次说过,曹禺的《雷雨》里的那两位少爷;《日出》里那个方达生;巴金的《家》里那几位少爷;还有,柔石的《二月》里的肖涧秋,等等,你说是不是和贾宝玉有些相像?

甲:有意思。也像,也不像。让我想想:都有反封建、爱护被压迫者的热情,都有进步的民主主义思想倾向。可面对黑暗现实,没有什么有力的作为,只能对身边被压迫的不幸者尽力送点儿温情。这种人同样是悲剧人物,实质上跟贾宝玉差不多。啊!是不是可以称它们"三十年代的贾宝玉"?

乙:它们在当时仍然是活生生的艺术典型,有进步意义的艺术典型。这些名作,在我国新民主主义运动的发展中,在我国现代文学史上,当然应该获得人民的赞赏和优异的评价。你说都是悲剧人物,那原因,主要是在历史,在社会。在根深蒂固的反动势力统治之下,社会性质未变,所有制未变,人民哪儿来的喜剧结局?

甲:三座大山推倒了,社会主义新中国早就诞生了,你说就没有人民的悲剧了?显然,还会有的,还是有的。

乙:那原因,还是在旧社会:老百姓叫做阴魂不散。但贾宝玉的典型理应并且自然要以我们的社会主义新人来取代了。

甲:我补充一句,诸如在真心实意平等待人方面,在死心踏地把自己的生活幸福和同辈人的生活幸福结为一体方面,在海枯石烂此心不渝、与孤苦瘦弱的林黛玉以共同思想志趣为基础的纯真高尚爱情方面,贾宝玉这个艺术形象的生命、活力和现实意义仍然光彩照人,仍然是不死的。也许不恰当,我可不是说笑话,今天,统战工作仍然是必要的法宝。

乙:好了,关于贾宝玉形象的思想艺术高度造诣和时代社会多方面的意义谈得差不多了。咱们再谈谈你刚才提出的另一个问题,即贾宝玉性格的产生或形成的问题。我以为,这也可以进一步看到曹雪芹这位艺术家的伟大和高明。这一点也极其重要。现在我说,关于典型环境中的典型性格这句话,你怎么理解?

甲:看来,这一名言,可以从不同的角度理解。我的体会,此话应该来自这个法则:客观决定主观,存在决定意识(主观思想意识又有相对独立性),这在上面咱们已经谈过。生活里自有唯物辩证法,曹雪芹当然不可能知道马克思主义,我提的问题正在这里:国公府一个宠儿,怎会养成那样一种性格?

乙:咱们是漫谈,几句话说不明白。据我管窥蠡测,说这几点:一、所谓"君子之泽,五世而斩"。书一开头,国公府已处末世。现象之一,居统治地位的男性都腐朽无能,形成"牝鸡司晨"之局。二、在绝对利己享乐主义的老祖宗贾母宠溺之下,贾宝玉从未受到正常的封建主义的家庭、学塾及生活的教育。更为重要的是,三、作者为书中主人翁及中心事件贾与林薛爱情婚姻悲剧铺开一个广阔的生活环境。作者把环境中所有人物从中划一条线,一边是以男性为主的统治势力,一边是以女子为主的被统治被压迫的人物,两相比照,黑白分明。女子是水、男子是泥的名言,正是对其环境的敏锐反映。贾宝玉从小是在那些悲苦无依的女孩子亲切侍奉关护之下长大的。

甲:慢!我插一句:你这么一说,我想到,贾在生活上亲近她们,思想感情上倾向她们,这点很重要,是形成他性格的根据所在。

乙:还有重要的。贾宝玉在生活中、阅历中,不断体验到青年友伴们的惨酷遭遇，统治势力的狰狞面目；加上他自己在生活道路和爱情婚姻切身问题上遭到的压制与打击，他的特殊性格就日益发展与巩固了。

甲：看来，你所说的诸点，作者都在自然而然的生活描写中集中笔力着意渲染了的。

乙：这样全面深入地来着意描写人物性格的形成，作者的见解与匠心何等高妙！如此，贾宝玉性格的产生是必然的，无可奇怪的。我们还没有触及当日的时代社会方面。这方面，也暂且搁着再说。

甲：咱们不是研究《红楼梦》，咱们的题目是现实主义的要点。

乙：是的，要谈现实主义的要点。《红楼梦》还有不可忽略的一个方面，那就是关于“发展”的描写。万事万物都在发展，不可能一成不变。曹雪芹也牢牢掌握了这一规律。拿贾宝玉说，这个豪门宠儿，不可能入污泥而不染。记得五四年在批判活动中，文化部和作协组织了多次座谈讨论。当时也是首先讨论贾宝玉。有人反对把贾宝玉说成正面人物，更谈不上有进步思想；断言，这个贵族公子是个流氓、是个坏分子。后来，此论成为笑谈。可是，此论不是没有根据的。贾宝玉小小年纪就“初试云雨情”；一发脾气，把茶碗砸了，把丫头撵了；他最亲近的大丫头开迟了门，他一脚踢去，把人踢得吐了血。可是，随着前面刚说过的阅历经验的增多和切身所遭的挫折与打击的加重；重要的，还加上他倾心爱慕的林黛玉对他不信任，经常跟他吵闹，斗争，他对女子的爱护尊重日益加深了，在男女关系方面日益严肃了。你若留心看书，就能看出贾宝玉思想性格的发展，脉络清楚，而且着意写了那变化进程和所以然之故。此外，与林爱情关系的发展，从青梅竹马，至自觉恋爱，至热恋以至疑虑消除、心心相印，都写得阶段分明，不枝不蔓。同薛宝钗关系的步步发展，也是迹象鲜明，有根有据的。同样，整个国公府环境的发展演变过程，虽事象纷繁，却毫不含糊。发展的规律，自然、社会与思维——万事万物所同有。其内容，即对立两方的矛盾；其阶段，如春夏秋冬四时之序（正、反、合之正是并春夏而言）。有的小说作品，写人写事，令人觉得堆砌臃肿，繁琐杂乱，眉目不清，层次不明，不能引人入胜，症结即在于此。这绝非缚人手脚的框框或教条，也非什么手法技巧的问题，而实为是否符合生活真实的精义之所在。越剧《红楼梦》，丢开生活环境,只取中心事件,格于戏曲形制,这不能怪。但在贾、林关系上,在发展到“诉肺腑”两方矛盾消除之后,忽又来个哭哭啼啼“葬花”;这一情节场面的调动,就大背原作的匠心和生活事理,使人觉得遗憾。不只《红楼梦》,《水浒》写几个英雄人物,写性格、写发展及转变,其思想艺术也非常高明。如武松,作者写他个人意识强,私人恩仇观念深。他上景阳岗之前,酒保告诉他山上有虎,他不听,到山下看到县衙告示,心里犹疑顾虑;若是回去,会丢了好汉的体面,只好硬着头皮侥幸上山。到白额虎真跳出来了,他心里实在慌张——不慌张,怎会一棍子打到树桠上,把棍子也打断了?再说打蒋门神,明明是受施恩的收买(名叫“施恩”,用意甚明)。蒋施争霸,有什么是非善恶可言?张都监设陷,他视为恩主;拿侍女许他,他感恩戴德;甚至说情受贿,留起钱来,一心想成家立业,过自己的好日子。等到识破受骗上当,才“大闹飞云浦、血溅鸳鸯楼”,思想转变,才成为梁山英雄。看施耐庵笔下,武松性格的发展转变,写得多棒,其思想艺术多么高妙!可到电视剧的《武松》,却成了一成不变、一贯正确、形而上学观念的傀儡英雄。相形之下,只能使人慨叹“今不如古”!我说得太直,实在对不起!

甲:(笑)现在有些人认为,写正面人物,不能写缺点;写了缺点劣点,就不成其为学习的榜样,不能起好的教育作用。

乙:咱们今天谈得过于死板了,简直不成其为漫谈了。请你再听我说一件生活琐事。有一次,我带我的小孙子看杂技,一个女孩子走钢丝,走得很稳很活,可忽然失脚掉下了地。于是,再上去,再走,走了很长时间,从容自如越走越好。观众爆发出震耳的掌声。我的小孙子很高兴,对我说:“这个,我也能学,我也能学得会。”他这意思给我很大的启发。他看过许多完美无失、神乎其神的杂技表演,看来太神奇了,绝不是普通人可以学会的,因此,从来没引起他想学的念头。我问他,他正是这么个想法的。

甲:(笑)我懂你的意思。现实世界的人,都不可能完美无缺,除非是神。可是神只能叫人崇拜它、迷信它,绝不能叫人亲近它、想学它。

乙:咱们刚才谈了关于曹雪芹手笔的许多高不可及之处,而且是略举一二,远未谈及全书;可也没有碰及他的思想艺术的局限以及他不朽作品的瑕疵和败笔。有些红学家，我看他们也有点把他的人物神化，把他的书神化，一味五体投地拜倒在面前的意味。我是不以为然的。时间许可，等会儿再谈。

甲：关于现实主义，咱们也有许多方面没有谈到，比如：情节场面、艺术结构、语言表达等等。

乙：但主要之点，总算谈得不少了。

甲：最后，我还要提一个问题。上面谈的尤其有关世界观的问题，你指说我不重视理论学习，其实你具体谈的关于现实主义，给我一种印象，你好像是更抹煞了理论学习的重要性，比如说生活中自有唯物辩证法之类。你怎么自圆其说呢？

乙：你问得好，不然，我忘记说了。比如曹雪芹，我认为他少年时在南京长大。你看《红楼梦》，许多自然景物——如红梅花树、桂花树、大观园还长笋子之类；生活日用——如总是吃米饭，王熙凤接见刘姥姥拿着个手炉，凡此都是南边才有的。更重要的是那些人，尤其那些女孩子们，不说小戏子，就是袭人、晴雯众丫头，在二百年前的当时，看那些精神面貌，也都是商品经济发达的南边的姑娘才有的。大观园里的文化生活活动，如男女结社做诗之类，也都是当时南边的风气，帝辇之下的北京不可能有。他的好友赠他的诗，屡有什么“秦淮旧梦”的话可证。《红楼梦》的故事，只有当时南方才能发生。没有资料证明他读过顾、黄、王等先进学术家思想家的理论著作，但他从小在祖父的织造府里长大，难道就不可能接受当时社会文化思想的影响？他从一个贵家公子跌落到赤贫的地步，他的思想感情必然步步贴近人民。没有这种生活经历，他写不出这部书！说到理论学习吗，他的作品处理的明明是社会问题，可是他知道他面对的是个末期封建社会吗？谁都可以断言，他不会知道，因为他不可能读过社会发展史。于是他只能把他面对的社会问题看成人生问题。他有没有理论的指导呢？怎么会没有？儒家的、佛家的、道家的，三教合一，他的不朽作品绝对摆不脱封建时代这些成套思想理论的指导。他的书里随处都有“人生无常”的悲观论、出世论，定命论。有些论者说他反儒。北大中文系女同学马欣来写文章说，他反的是变了质的儒，即“儒表佛里”的宋明理学之“儒”。这正是当时明清之际东南先进思想家所反的，也正是他们所坚持的正统之儒。《儒林外史》作者吴敬梓，和曹雪芹恐怕不相识，可他们所持正统儒家思想、反对宋明理学方面的观点，却是一致的。

甲：那么，咱们今天则如何？

乙：要学习理论！但我主张，不要忘记孔夫子说的一句话，即《论语》头一句："子曰：学而时习之，不亦说乎。"他把"学"和"习"分开来说，而且特别强调了"习"，说要不断地"习"。孔夫子的业务是搞"六艺"，若不"时习之"，怎么学得到家？毛主席教我们，不要总说好箭好箭，而不肯用手中之箭来弯弓射"的"。总听人说"学习、学习"，可多是"学"而不"习"。你看我们的运动员，谁不是天天苦"习"？学而不肯"时习之"，就必然"穷马恩列毛之词，背唯物辩证之道"！我可以指出许多实例来！咱们怎么"习"？在生活体验中"习"，在社会观察中"习"，在实际工作中"习"，在创作实践中"习"，在作品阅读中"习"。一直"习"到书本理论化成自己的血肉观点，化成自己的生活感情！完了。

一九八三年十二月

（原载《小说选刊》1984 年第 1、2、4 期）

《宋元文学史稿》前言

这部《宋元文学史稿》是我与沈天佑同志合著的。我们先后在北大讲授宋元明清文学多年，编撰了有关讲稿。为出版的方便，现分为宋元和明清两个部分加以整理，本书即其前者。由于我那份讲稿最初写于五十年代，有些情况需要作一点说明。

一九五二年院系调整，认为原有的旧大学都是英美的即资本主义体制的，必须一边倒地学苏联，大学中文系的专业、课程设置与教学计划也不例外。这带来不少问题。首先，中文系分为语言和文学两个专业就不科学。语言与文学本来是统一的。文学是语言的艺术，它的工具是语言，杰出的文学家也必是语言的大师。就文学史而言，如果对古代汉语茫然无知，对它的特别性能、表现方式及它的演变缺乏了解，阅读与欣赏古代文学作品时，可能连基本意思都搞不清乃至误解，更何谈从这一角度体会作品的底蕴和情采、把握文学形式的发展。同样，语言学也离不开文学。最优美、最典范的语言正体现在文学作品中，抛开了它，语言研究恐怕也无从谈起。

再就是文学史的教学方案问题。苏联的文学教学把文学史和人民口头创作两部分摆在最突出的地位。十月革命后，苏联曾着重搜集、整理大量的民间故事、歌谣，并把它们引入大学讲坛，名为“人民口头创作”，使之与托尔斯泰等文人创作区分开来。这对我国产生很大影响。有的负责同志就把它当作重大原则来强调，硬将《诗经》的《国风》、汉乐府、《搜神记》以及后来的说话艺术和一些有关小说，都划入人民口头创作的范围。可是抽掉了这些内容，中国文学史就支离破碎、不复存在了。实际上，民间文学始终是中国古代文学的一个渊源或不可缺少的组成部分，它与文人创作或有题材的影响、或有体裁的承传、或有手法的借鉴，至于思想观念的渗透就更为复杂。同时，优秀的作家总是自觉地吸收民间文学的营养，努力作人民的代言人。以后经过争持，这部分内容算是没有变动，另开了一门人民口头创作的课。

但是，文学史的规模、体制问题却一直没有解决。苏联的文学史课程就是一门，从开创到现代，大约要讲四年半。对苏联来说，文学史课程这样开设是可以的。因为它的文学发展史短，只有几百年。高尔基的《俄国文学史》就是从十八世纪后半期写起的，布罗茨基主编的《俄国文学史》追溯的远一点，也不过从十一世纪写起。而且它的重要作家、作品不是太多，有四年半的时间，契诃夫的不妨逐篇分析，托尔斯泰的可以讲上两个月，因此，能够讲深讲透。中国则不然，当俄国文学发轫之作《伊戈尔远征记》问世时（相当于我国南宋），中国文学的诗词、散文和文言小说等基本形式早已辉煌灿然、硕果累累。在长达两千多年的历史中，作家灿若繁星，作品浩如烟海，体裁不断更新，流派争奇斗艳。即使略而言之，名家也代不乏人，杰作更层出不穷。面对如此丰富的内容，采用苏联的模式，时间根本不够。当时，宋代至清代的文学，每周三次课，一年必须讲完，无论如何是做不到的。所以计划虽然庞大，讲稿虽然详细，课堂上却无法兑现，只能挑一点讲。也就是说，这部讲稿并不能反映讲课的真实情况。例如陆游在世八十余年，最初师从曾几，属于“江西诗派”，有脱离生活的倾向。后来投身军旅，参加抗战，逐步领悟到诗歌创作“工夫在诗外”，才摆脱旧习，诗境渐高，自成风格。尽管我在讲稿中论述了他丰富的经历与诗风的转变，实际却没有在讲台上讲出来。通常一个作家，下挂几篇作品，作些浮光掠影、蜻蜓点水的介绍，阐述作家“全人”远不能及，遑论揭示发展、联系，给人以完整的、“史”的印象？至于时间分配上，前面不得不占用过多，后面又不得不草草收场，也是常有的事。当然更不必说因为某种政治原因不能讲的，如李后主、李清照表现的“没落阶级的感伤主义”等等。大体上讲思想内容多于讲艺术特点，因为一讲艺术，就涉嫌资产阶级艺术观、就是“艺术至上”。反右以后，文学史更难讲了。一九五八年有人指责我“放毒”，把同学引向古代，课也自然讲不下去了。以后就由天佑同志接着开，本书内容也是由他整修、补齐的。

我在这里介绍以上情况，是为了让读者诸君对本书产生的背景有一个大致的了解，也是为了引起人们对文学史编写与教学问题的关注。

事实上，现在基本上还是沿袭过去的办法。如果不适时调整文学史的教学内容和方法，矛盾永远得不到解决。记得我原来在清华读书期间，文学史只讲源流与规律，为时一年左右，然后就是专题课，如《诗经》研究、《楚辞》研究、三曹研究、王维、杜甫、传奇之类专题研究，以及许多外国文学的选修课。文学之外，又有语言、校勘、版本、目录等方面的课。其中有些经验是值得参考的。在我看来，文学史就应以源流演变为基本线索和主要内容，探讨文学的发展规律。时间不必太长，一年就可以了。同时，辅之以多种多样的专题课。“文革”前、后，我和其他同志也曾开过一些专题课，但还不是很系统，还没有与文学史教学积极地配合起来。其实，专题课设置不妨灵活些，时间可长可短，范围可大可小。可以讲专门史，如诗歌史、小说史、戏曲史等；也可以讲断代文学或某个流派，如明代散文、清代诗歌、前后七子、公安竟陵等；还可以只讲一个作家、一部作品。有了源流概述与专题研究的相互补充、生发，文学史的知识就充实饱满了。从教和学两方面来说，专题课便于发挥教师专长，鼓励竞争，百花齐放。同时能够把学生引导到对具体问题的深入思考上去，并通过“鸳鸯绣了从教看”，又把治学的门径传授给他们。举一反三，学生自然比被动地接受文学史的粗略介绍收获要大。这绝不是轻视一般的文学史课程。相反，由于规模压缩了，对它的要求也更高了。

如此等等的一些问题，提出来希望大家讨论，从而开创文学史教学的新局面。

一九八八年九月八日

（载《宋元文学史稿》，北京大学出版社 1989 年版）

短篇和长篇小说创作漫谈

××同志：

前几天你来我这里，谈到目前文艺领域（像现在天气）春意渐浓，创作方面引人注目的是小说。但是，普遍反映，长篇不如短篇受欢迎和赞赏。你叫我谈谈有关这个问题的看法。今天想起这事，就写这封信给你。

的确，当前全国各地大小刊物和新出著作如雨季蘑菇，令人应接不暇；任何时期从来没有过。我读过一些短篇，往往出乎意料的精彩，不禁拍手称快。但我读的毕竟不多。长篇读的更少，又多是匆匆翻过，记性又坏，留下的印象不能作准。

你说长篇不如短篇受欢迎，我想原因怕也不会很简单。比如现在人们各务本业，时间非常宝贵，难得余暇读长篇。还有作品的题材问题。是不是长篇写的多是过去年代积累下来的材料，现在时过境迁，一时不能适合新时期读者的心意？

若是撇开这些想当然的原因，只就我平日对长短篇创作的一般认识和体会来谈，我当然也有些不切实际的想法看法可以跟你谈谈的。

上学期我在北大开过《中国古代小说史论要》的专题课。因此，我想起我国古代小说的一些实例。

比如明代以来产生的许多小说，就拿《三言》说，我以为经得起读的好作品，比例数字就很大。比较起来，长篇就显得少些，能经得起读的名著，点来数去就那么几部。

再看清代的文言小说。在蒲松龄的《聊斋志异》之后，涌现了数不清的同类作品。但是够格的很少，可以赶上《聊斋》的简直没有。蒲松龄真显得鹤立鸡群。于今过了三百几十年，我们极其广泛的读者翻开这部书，仍然舍不得放手。可是你知道他还有一部在《金瓶梅》影响之下写的长篇《醒世姻缘》。这部书几百年来不为读者所熟知。以至鲁迅在二十年代研究中国小说史的时候，写给钱玄同的信上，说是出于明人之手。这不能怪鲁迅。当时蒲用乡土口语写的许多俗曲还没有发现，只读那样典奥文言写的《聊斋》，想不到他也能写酣畅恣肆的口语长篇。这一疑案，后来胡适已作过考证。但至今有些文学史还在存疑，有些小说史则宁愿信赖鲁迅早先的话。今年是蒲松龄诞生三百四十年纪念。受山东朋友之约，前几天我写了《颂蒲绝句》二十五首。有一首说：

醒世姻缘实蒲文，迅翁误说出明人。试查俗曲口头语，奇字相同写土音。

因为不少的山东土话没法写，作者采用了许多奇字怪字。这在蒲作的俗曲跟《醒世姻缘》里的完全相同。这是不是可以算做一个“硬”证，姑以补充胡适的论据。

话扯远了。回到本题，我还想举《三国演义》的例子。这是一部所谓历史小说。你知道的，我国从有史以来，每一朝代最少有一部演义。可是赢得了家喻户晓、脍炙人口而且历久不衰的声誉的只有一部《三国演义》。

以上的例子，《三言》许多情况不明，且搁着不谈。《聊斋志异》近五百个短篇，总的说，写得那么吸引人，无数同类作品相形见绌；轮到同一作者写的长篇，却又显得差劲。同是历史演义，《三国》那么久享盛名，而别的众多演义简直没法跟它比。

这都是事实。其中诀窍何在？道理不容易探讨明白。我谈一点试试。

鲁迅说，《聊斋》“用传奇法，而以志怪”。“志怪”，是用简朴的文字记录民间神话传说。这是我国小说的起源，即原始状态的小说。到唐代，产生文人创作的“传奇”，有了“幻设”即虚构，讲究描写、讲究文采。这是我国古代小说一大重要的发展。蒲松龄把二者结合起来：一方面走“志怪”的路，努力搜求民间传说；一方面又走“传奇”的路，把民间传说拿来加工再创作。我有一首绝句专说这个：

民间传说广搜求，写事志人来有由。集结世时活血肉，真情实感作虚构。

民间传说是人民生活思想的结晶,它凝结了时代社会的血肉。“传奇法”,就是本着作者自己的真情和实感,来描写情节场面,生发故事人物。缺乏真情,作品就不能动人;缺乏实感,作品就没有生活血肉。二者是作品的艺术生命之所系,至关紧要。

民间传说来自人民群众,“传奇”的创作成于文人作者:两者结合,需要两方真情和实感的基本一致或协调。别以为《聊斋》搜集的以及加工创作的多是一些狐鬼妖魅的故事,谈不上什么真情和实感。关于这个文题,我只想说,蒲松龄生当明末清初。这是个大动乱,大破坏,满目萧条,满心惨伤的时代;清政权建立并渐趋巩固,所行制度和人员任用,多还沿袭旧朝。这就是《聊斋》故事产生的历史背景。说到作者自己,他自恃才学,热中功名,可是直到老死没有爬上去;一辈子是个坐冷板凳的穷书生,被逼着跟普通百姓生活在一起。我有几首绝句专说他跟人民群众的关系:

痌瘝在抱食为天,最是救灾前后篇。体察描摹靡不至,惊神泣鬼直无前。

这是指《蒲松龄集》里《纪灾前篇》和《后篇》,写的是蝗蝻生态和为害庄稼的真相以及救灾的方案。

蚕桑杂字并医方,实地为民见热肠。请读周堂嫁娶谱,洞明隐曲入微芒。

这是指他为老百姓编写的许多实用杂书。看来,在他的尖锐矛盾对立的内心世界里,同情人民,关心人民,跟人民的心紧紧靠拢着:这无疑是主导的方面。他在作品里所揭发控诉、揶揄笑骂、赞赏颂扬、悲怜痛惜以至惊叹忧念的等等,可以说,多同当时人民的内心相通。在那阴黯的悲剧时代,作为一个郁抑难申的书生,对生活现实始终保持积极的态度,对人民的处境和遭遇总抱着善良的愿望和乐观精神,不能不说从人民跟前吸取了力量。当然,作品里表露的许多因袭落后、低劣的、不健康的情趣,也随处都有;但毕竟不是主要的方面。所以我颂赞他说:

人民之子为人民，憎爱贬褒情意深。屈指于今三百载，笔歌墨舞何鲜新。

关于《聊斋》的现实性方面，我有诗句说："万落千村白骨枯，冤魂夜夜泪成珠。"这是说产生那么多鬼故事的现实原由。"虫鸟花卉兽与鱼，百千情态足欣娱。"这是说他笔下种种物妖，各有本性，是出于他对生活的体察工夫。我还说：

湘江水莽曹州花，训鸽斗秋又豢蛇。熟悉世间活学问，不徒弄笔逞才华。

这是说他生活知识之丰富。"斗秋"，是斗蟋蟀。作品里写蟋蟀那么些名目，寻捉以及相斗的神态虽寥寥几笔，若没有多年的体验，不可能写得那么活。这不必多说。我又说：

绘声绘影绘精神，狐鬼物妖皆可亲。纸上栩栩欲跃出，多情多义孰非人。

无论狐鬼妖魅，是仙是神，各有不同的新鲜活跳的性格，令人觉得熟稔；实际写的是现实生活里的人，凭的是平日深切的实感，同时溶入了自己鲜明的激情。

关于他的作品，打破许多封建主义框框，颂扬了不少表现出特立独行和时代社会新面貌、新精神的新人，这里且不详述。

《聊斋》文体有三种：一是"志怪"式，即三五行的简短记事；二是唐人"传奇"式，臻于成熟的文言小说；此外还有一种没有故事，专写一个场面、一个片断的散文特写。三者篇数差不多。它们不止样式上渊源有自，技法风格也融进了古代史传文学的传统；同时又有明显的创新：例如对唐宋古文的借鉴，宋明以来口语作品造诣的启发，使我国文言小说的风貌和文言本身的表现能力达到前所没有的新境界。他沿用《史记》"太史公曰"的款式，在篇后加上"异史氏曰"一段话；这在唐人传奇有时也有的。但"异史氏曰"的议论不一定就事论事，而是现实针对性特别强，有时索性离开了本题，或取某一点引申发挥，成为批评时事的"杂感"。有些记事，本文不过几行，后面却大发议论，不顾喧宾夺主：

实际成为先鲁迅出现的一种直接指摘时弊的杂文。

综合以上所谈，关于《聊斋》的成功之处，是不是可以提出以下几点：

一、站在时代前列，关心现实，向人民学习、作人民的代言人；

二、对所写主题有真情或激情；

三、对所写题材有生活实感；

四、有丰富广阔的知识和文学修养，吸取了前人的好经验而有所创新。

在这几条上，作者都具备很好的水平。我以为这些就是《聊斋》取得成功的条件或因素。

那些比它不过的同类作品，所以比不过，不出这四方面原因。

就这类作品说，过去的传统好经验尤其不可抛弃。可是绝大多数作者，恰恰就丢掉了“志怪”的路子不走，而自作聪明，坐在房里向壁臆造。哪知凭你多大才情，也凭空造不出内容深厚，引人喜爱的故事来。于是，首先在故事上就砸了锅。那里面不过寄托了个人一点小小牢骚和浅妄的想象，并且老是跑不出套套。这当然同思想感情上跟人民和现实的关系不可分。

另一种，记叙了不少的来自民间的传说，也有些较好的思想倾向。可是囿于士大夫的泥古成见，反对《聊斋》走唐人传奇的路，嘲笑那是“才子之笔”，不是“著作者之笔”。什么是“著作者之笔”呢？就是史家记事之笔。还是不肯承认小说的虚构和描写，要求保持“稗史”的原始状态。这就使他们的作品远远落后于《聊斋》，无法跟它齐肩并步，同受读者的欢迎。其实这也是思想感情的问题。

除此之外，在《聊斋》的影响下，也有很多又志怪又传奇的，但往往内容干瘪，急于说教：都是上述四方面因素缺乏或不同程度的不足之故；当然水平高下各有差异，不可一概而论。

至于长篇《醒世姻缘》的不同处，一是用的白话口语，二是写的现实社会平凡人物的生活活动，三是有百回、百万字的篇幅。单就这三点说，比起文言短篇的《聊斋》，首先就需要对现实社会生活和各种人物具有更广阔丰富、更深入细致和更详尽踏实的体察与认识。在《聊斋》

里，为怪异故事反映的现实内容，以及许多直接描写现实人物和日常见闻所具备的生活素材，若是支离的、片断的，就可以够用，就可使笔下驰骋自如，游刃有余，那么，拿到这里来用，就会变成左支右绌，捉襟见肘。打个简单化的比喻，若是做背心衬衫的料子拿来做成大衣，那就只能拼拼凑凑、补补连连，成为百结鹑衣了。

其次，有个艺术构思的问题。当时新开创起来的这种近代意义的长篇小说，它的艺术方法跟《聊斋》式的文言小说的构思是大异其趣的。一个略如文人写意画，要求"得其意忘其形"，讲究"神似"；大量超现实的想象，构成云蒸霞蔚、色调淡远的画面；其血肉内容，往往藏头露尾，别有生动蕴藉的意趣。一个则有些像工笔写生长卷，要求情景逼真，毫末皆现，而且景物连贯，格调一致。两者是有这样的不同之处的。遗憾的是《姻缘》仍然沿用《聊斋》式的一套狐精复仇、轮回报应的故事，描写了前后两个豪绅家里夫妇妻妾之间"伦常乖舛"的家庭纠纷，突出地渲染了几个《聊斋》写过多次的虐待狂的病态妇女和一个行善奉佛而得好报的老夫人的形象。其中有些游离的或相关的片断和几个陪衬人物写得不差。就整体说，则显得极不匀称、协调。《聊斋》里那些很高明、很优美的主要成分，到这里好像退居次要的从属地位，这部书就不那么教人喜爱了。这里面自会有眼界器识或思想认识问题。看来这是作者早期年轻时候的作品，不够成熟是难免的。我曾听说有一种手写本的《聊斋摘钞》，其中一篇人物故事跟《姻缘》中的一段插曲相同。我们可以设想，《姻缘》有些素材，原是准备写《聊斋》式短篇的。

在蒲的年代，我国近代意义的长篇，刚从文人加工创作的以群众口头文艺为基础的英雄传奇，发展到文人作者独力创作的取材于现实社会平凡人物日常生活的作品的新阶段的初期。这时除《金瓶梅》之外，还没有什么前人的好作品或好经验足资借鉴。这比《聊斋》之有丰富悠久的多方面优良传统就远不能及了。这可能也是《姻缘》写得不如《聊斋》成功的一个原因吧。

再谈谈历史小说《三国演义》的问题。我以为要紧的一点，要搞清它究竟是小说还是历史。这好像是说着玩的。其实不然。我国稀有动物 Panda,我们叫它熊猫;外国朋友说,应该叫猫熊;因为它是一种熊,而非猫。究竟是熊是猫,确实不应混为一谈。

那么你说《三国演义》是什么?

回答:是小说,不是历史。是取许多史事为题材的文学作品,是名副其实的历史小说。可是自古以来,这部作品一直被人拿历史书的标准来要求。清代章学诚以其史学家的偏见,指斥作者知识浅陋,淆乱历史:"桃园结义,甚至忘其君臣,而直称兄弟!""叙昭烈、关、张、诸葛,俱以《水浒传》中萑苻啸聚行径拟之。""桓侯,直拟《水浒》之李逵,则侮慢极矣!"你说这是封建观点作祟? 也不尽然。我们新时代的史学家们为给历史人物曹操恢复名誉,也嫌这部作品(还有有关的戏曲等文艺)是个障碍,看不顺眼。直到八十年代的今天,我们刊物上还有古典文学论文,把它当历史书来衡量,核对史书记载,批评创作加工者罗贯中和毛宗岗。这样一部为广大读者所喜爱的影响深远的小说名著,人们就是不肯实事求是地承认它。你说怪不怪?

为什么一定就是小说? 我谈点大概的意思。

三国故事早在群众口头,就有鲜明的拥刘反曹倾向。罗贯中的再创作,接受、掌握了这一长时期形成的主题思想,并且大大加强又提高了它。毛宗岗的加工又从而加饰、添描之。显然,这是封建时代人民群众,借三国故事,针对当时的现实,发表自己的政治见解或观感,寄托自己的理想和愿望。正是在这里,使三国故事脱离了历史的范畴,而成为文艺作品。这一总的倾向体现在两个方面:一在全书的布局,一在主要人物的塑造。

先谈全书设计。它把三国的刘和曹处理成为矛盾斗争的主要对立面。把两个统治集团之间的矛盾斗争看作义与不义、仁与不仁、圣君与奸雄的斗争。刘是正面,曹是反面。孙吴呢,在对曹的斗争中,是刘的同盟者;在对刘的问题上,仍然居于刘的对立地位。这就是:作为反曹的盟友,刘为主,孙为次,以辅成反曹的倾向;作为刘的敌对方,曹为主,孙为次,以补足拥刘的倾向。在以刘为中心的同曹同孙的矛盾斗争之外,一般不写孙吴的活动以及孙吴与曹魏之间的矛盾斗争。三国争雄在政治、军事以至思想方面的斗争,繁复综错、变化多端,经过这样的处理和安排，亦即艺术概括，写来就显得头绪清楚，眉目显豁了。如此，因为熔铸了世代人民思想感情的血肉，加上加工创作者自己的生活体验和思想认识，它的内容，就不再是历史上曾经个别存在过的人和事，其含义要广阔得多、丰富得多，尽管可说是“七分实事，三分虚构”，但这绝不是七分三分的数量问题，而是精神实质完全不同了。

再说人物塑造。曹的种种性格特征使人痛恨、憎恶；刘方则使人倾心爱慕。孙吴方面因被置于上述地位，所以不给人统一的褒贬印象，这里可以不谈。

对曹魏集团，文臣武将一般并不被反，有的还予以应有的赞扬，以集中火力于曹操一人。“醉翁之意不在酒”，人民群众是借史事以抒发主观胸臆，而绝不受史事的约束；加工创作者虽大量采用史事，但可贵之处也在于跳出它的羁绊。作品不顾史实，把曹操写成一个奸雄的典型。这个典型性格实际概括了世代邪恶的封建执政者，或统治势力的特征。我们不可忽略这一事实：三国故事在口头酝酿以至写完成书，自唐末、五代、宋、元至明，即我国封建社会后期的千年长时期中，面临剧烈的阶级斗争、民族斗争以及派系斗争，封建统治政权里一贯地不断地出现凶残诡诈、祸国殃民的权奸；对这种现实的统治势力，人民有切肤之痛，切齿之恨，有丰富深刻的体察与认识。他们情不自已、自然而然把自己的认识和感情集中到这个垛子上来。惟其曹操的典型具有如此这般的现实内容和时代意义，所以能唤起后世人民极大的兴趣。这个反面典型的性格特征也绝不简单化。总之，他有种种雄才大略，而实质则是个诡诈阴险的大坏蛋、大野心家。惟其如此，就更可痛恨。这个典型形象的塑造，无论在认识作用上或艺术力量上都是成功的。

正面形象的刘备，被塑造成为一个理想的人物。它的要点：一方面是理想的起义领袖，一方面是理想的仁君；一方面有些像宋江，一方面有些像周文王。是综合了“义”与“仁”两者于一身的一个复合物。这个复合形象，寄托了古代人民群众在历史局限下所怀抱的素朴愿望与理想。他们所希望的君主，即昔日的起义领袖，能跟起义兄弟们义重如山，共享富贵，同生同死，始终如一。不可像汉高祖刘邦那样，一旦建立了自己的皇朝，回过头来就背信弃义，大杀功臣。《三国志平话》的“入话”开头的《司马貌断狱》的故事，点明的正是这种愿望；开宗明义第一回的《桃园三结义》强调的也是这个意愿。另一方面，他们希望自己所拥戴的君主，能像古代传说中的圣君，礼贤下士，知人善任，建立一个安邦定国、保爱苍生的圣君贤相仁政皇朝。他们以这样的政治理想针锋相对地来抨击现实的昏暴黑暗的统治。因此之故，作品对刘方跟对曹方的处理不同，被拥的不止刘备一人，而是他整个的集团。其中又把诸葛亮和关羽放在最特殊的地位来描写。突出诸葛之忠，除它本身的意义，乃所以宣扬这个君主之仁或圣；突出关羽等之义，除它本身的意义，乃所以宣扬这个起义领袖之义。一部《三国演义》，除上述反面形象的曹操而外，正面形象的刘备是苍白无力的，可是诸葛和关羽的形象则具有极大的艺术魅力，抓住了世代读者的最大兴趣，留给了人们最深刻的印象。毛宗岗说这部书主要写了三个人，即曹操、诸葛和关羽，他称为“三绝”。这话是符合实际的。惟其如此，“拥刘反曹”的倾向就充分有力地表现出来了。

今日人们对此书不满的是“拥刘反曹”总的倾向里面贯串着一个封建正统思想，反曹的一个重要理由，是他欺汉室之君、篡汉室之位；被拥的刘方则口口声声以汉室之裔的刘皇叔作标榜，以恢复汉室正统相号召。书中确实极力宣扬了这一思想观点。这种正统观念，作为历史观来看，当然出于封建统治者的反动思想。人民群众有此思想，也是受封建统治思想的影响，同样不能肯定它。但我以为我们不能表面地看问题。如前所述，这部书是文学作品，它所宣扬的正统观，并不是对三国历史的看法，而是对三国故事从口头创作以至写完成书的当时政治现实而发。上面刚说过，这一长时期，即唐末、五代至宋、元时代，民族矛盾或汉以外民族统治是主要问题；同时政治的黑暗，当权执政者的专横恣肆也是非常突出的。人民的现实处境，是内忧外患相互促进，持续加重加深。我曾说过，《水浒》所宣扬的“忠”，并非忠于宋皇朝；所谓“大宋”、所谓“赵官家”，都是汉民族或汉家的象征性称号；同样，这里的所谓“汉裔”和“汉室”也是同一意思的象征性称号。因此，如若“反曹”倾向的实质内容，是旧时代人民群众反对黑暗统治的民主性要求，则这个正统概念里面，反映的就是民族观念或“爱国”思想。

我们知道关于三国的历史著作,也透露了同一意义的消息。习凿齿的《汉晋春秋》和朱熹的《通鉴纲目》都一反陈寿《三国志》和司马光《资治通鉴》尊曹魏为帝王正统的传统先例,而把蜀刘置于正统地位。若说历史的正统观是封建统治者的观点,那么这四家,哪个不是封建阶级史家?那么,这种重大的改弦更张怎么产生的呢?很明显,习凿齿和朱熹,一个是东晋人,一个是南宋人:他们面临的是偏安一隅的汉家残局,大半个锦绣江山和父老同胞沦于汉以外民族统治政权之手。处此境局他们自必也借所谓"汉室之裔"的蜀刘这个带象征意味的把鼻,以表示忠心尊崇汉家正统、不能承认"夷"族统治的思想观念了。这还不能说明问题吗?

你说,就这样,也是大汉族主义思想。那是不错的。但你不能拿今天的标准要求古人。

这部名著的再创作者是罗贯中。一个封建时代的知识分子,能把这部历史演义写得这样动人,确实是难能可贵的。因为这里面写的是非同寻常的大主题大场面,非同寻常的古代英雄们所从事的政治军事斗争,而能写得如此有血有肉、如火如荼!这首先要具有一般后世书生少有的开阔的心胸与眼界,要具有雄大的真情与实感,要具有宽广的知识和高超的才能。旧时代一个普通的文人作者,面对这样的题材和主题,应该是无从设想,无法下笔的。我们对作者的生平所知极少。据他的同时人的记载,他生当元末,参加过推翻元皇朝的农民革命,并且是个"有志图王者"。到朱洪武建立了明皇朝,他才退而从事写作。从这简略的介绍,他能完成这部书并取得成功,是可以理解的。

反过来,从另一方面看,上面提的其他许多历史演义,有些是有民间口头创作的基础,但加工再创作不够成功;而大多数只是罗列、排比或组织正史野史的材料,照演义的款式编写成书:思想艺术上跟《三国演义》比,不能望其项背,都因没能具备或达到上述四个条件的水平。其中历史题材的具体情况各有不同也不是没有关系。相传同一作者重写过的几部演义,也未能取得相似的成就,原因非只一端,不遑一一谈论。

要赘说一下。以上所谈,当然无意全面阐论作品;那是复杂的问题。这里只为说明它是一部造诣很了不起和为什么那么了不起的长篇小说,试图解答提出来的问题。抱歉的是没说清楚,或说得似是而非,没抓到痒处。总之,我是说,关于历史题材的小说。不要以为已经有了足够的史实材料,就有把握把它编写好。那是不然的。它们的成败得失这时又不在材料够不够,不在仅凭史料编写,而是在构成作品生命的许多要素方面了。

我本来还想结合我自己搞小说创作的一些失败教训和我所知的相熟师友们写小说的好经验来谈谈所提的问题。但我的这封信已经写的太长,而且我以为道理古今大致相同;搞各种文艺创作也是基本一理,所以就不在此多啰嗦了。

我们故乡江南蚕区老百姓关于养蚕有几句常说的话:一句是,无桑不能养蚕;一句是,有多少桑叶养多少蚕;一句是,桑叶并不就是蚕丝。这几句老话朴实得如同废话。可确乎是来自长期实践的经验之谈。因为,你知道,恰有许多人手里没有桑叶却要养蚕(好像真以为巧妇能为无米之炊),又恰有许多人桑叶不多却要养很多的蚕(如《春蚕》里的老通宝)。那最后一句的意思是说有了足够的桑叶了,还得辛苦劳动,尽心尽力,把蚕喂养到成熟上架,吐丝做成了茧子,那才能有收成。

这里我是想拿搞创作比做蚕吐丝。我看我们写小说也要像蚕一样,把蚕叶吃到肚里,经过去取提炼,积累并酝酿成为丝的溶液,而后吐出丝来做成茧。

你观察过蚕吃叶和吐丝做茧的劲头吗?那种"生命以之"的劲头是多么令人神往啊!

即此奉布,并颂编祺!

一九八〇年三月三十日

(原载《文艺研究》1980年第3期)

关于我国古代小说的发展和理论

中国的小说，也和世界各国一样，是从神话传说开始的；发展到魏晋南北朝，成为志怪志人。这是鲁迅在《中国小说史略》中起的名字，我觉得概括得很恰切。神话传说也好，志怪志人也好，都是作为一种史实的记载，是靠实地访问，从民间搜集，把它记录下来，因此叫"志"。"志"就是记录的意思，而不是创作。创作在古代不叫"志"，而是"作"。所以最初的小说，同史归为一类。比如《穆天子传》，是个神话传说，可史书上却把它归在帝王的"起居注"一类；《山海经》也是神话传说，《汉书》中却把它归在地理志里。

什么时候开始脱离史，发展成为文艺创作呢？我国自古文史不分。梁代的萧统编了《文选》，它的序提出"事出于沉思，义归乎翰藻"的话，是给文学下的定义，这才把文学和史学区分了开来。但这只是指诗和散文，并没把小说包括在内。中国的小说脱离史而成为文学创作，那是到了唐代的传奇。唐代传奇就有意识地虚构，而且讲究文采；发展到唐人传奇，一方面虚构故事搞创作，另一方面文词很讲究，讲文采。原来文史不分，这时候就发展了，小说就是文学创作了。但作为史的志怪志人并没有停止。

再往下，传奇到了宋代就衰落了，随之兴起的是话本。话本经过文人加工，就变成许多话本小说和演义小说。像《西游记》、《水浒》、《三国演义》，还有其它许多历史演义，大都是文人根据民间创作再创作的。话本是民间说书的底本，它是经过说书艺术的千锤百炼才产生、才流传的。它以精彩动人的情节场面的描绘和生动跳跃的人物性格的塑造见长。我国的小说与外国本是写给人阅读的小说相比，有明显不同的独特风格，就因为它原是讲给人听的说书艺术的老底子。

从这里再发展，便成为文人的独立的创作。不是拿民间的东西来加工了，主要是自己创作。这就产生了《金瓶梅》。《金瓶梅》当然有许多地方不好,但它在小说的发展上面开辟了一条新路。因为《三国》也好,《水浒》也好,《西游记》也好,都是中世纪英雄传奇,写的都是非凡人物,了不起的英雄。《金瓶梅》开辟了一条道路,现实主义显出长足的发展,发展到了新的阶段,写平凡的人,写平凡人的日常生活。《金瓶梅》之后又产生了《红楼梦》。《红楼梦》走的路,是《金瓶梅》开创出来的。到了《红楼梦》,中国的古代现实主义小说,发展到了一个辉煌的顶点。

中国的小说发展的脉络及其特点,大概就是这么个情况。

即使不谈我们出现《金瓶梅》的时候,就是出现《红楼梦》的时候,中国的小说在全世界也是站在最前列了。我们的《儒林外史》是讽刺文学,比俄国的果戈里的讽刺作品早了一百多年。我们的曹雪芹,比托尔斯泰也早一百多年。那个时候,我们中国的文化在人类文化里头是站在最前列的,最先进的。我们现在好像文化很落后,那是鸦片战争以来,变成半殖民地、半封建的社会以后,封建主义在作祟,帝国主义在作祟,官僚资本主义在作祟。三座大山压在我们头上,使我们的物质生产和精神文化都落后了。

人类的文明是继承发展的,没有继承就发展不了。人同动物的区别在哪里?最要紧的区别,就是我们人可以积累经验,传授知识,而动物没有这个本领。像"四人帮"那样,一下子把过去的文化全都否定掉了,完全是荒唐的,是愚民政策。社会主义文化不是从天上掉下来的,无产阶级文化不是关在屋子里胡思乱想出来的,它必须对封建社会的文化、资本主义社会的文化批判地继承,必须把古代的文化继承下来。为什么要批判?因为封建社会的文化、资本主义社会的文化,有很多地方是错误的,有些地方当时不算错,但现在对于我们不适用。社会主义文化、无产阶级文化,必须是对封建社会的文化、资本主义社会的文化的继承,批判地继承。首先是为继承,继承必须有批判。像我们吃花生,把壳剥掉,把皮搓掉,吃花生仁。你要吃,这就是继承;你要吃必须把壳剥掉,把皮剥掉,这就是批判。我们过去的批判,有很多是不对的,把花生仁也扔掉了。我的意思是说,对古代文化的继承是重要的一方面。没有这个继承,我们就寸步难行。必须在继承的基础上,发展我们新的文化。

我国古代小说理论里头有很多好的经验，有些我们就没有很好地继承下来。唐代有个刘知几，是个史学家，他把史传文学的经验总结出来，写了一部书叫《史通》。他很讲究“识”。先秦早就讲究“器识”，所谓“士先器识，而后文艺”。器识，就是心胸开阔，目光远大。司马迁为什么能写出一部《史记》来呢？他认为，必须读万卷书，行万里路。读了万卷书不行，还要行万里路。这样他的见识就多了，心胸就开阔了。中国小说理论的头一条，要想写好小说，首先要心胸开阔，眼界宽广，首先要在“器识”上下功夫。而不能心胸狭窄，眼光如豆，只见个人的眼前的那么一点东西，要能高瞻远瞩地看问题。

第二条，你要写好一篇小说，必须要有“孤愤”。李贽说《史记》为什么写得好？因为太史公有“孤愤”；《左传》为什么写得好？因为左丘明有“孤愤”。《水浒传》为什么写得好？施耐庵有“孤愤”。后来许多评论《聊斋志异》、评论《红楼梦》的，也都说蒲松龄、曹雪芹有“孤愤”。“孤愤”是什么？拿现在的话说，就是有个人的真实感情，个人所独有的激情。就是你对这个题材、这个主题有极大的热情，你自己被这个题材、这个主题所感动，使你欲罢不能，非要把它写出来不可。不是为了有名气，更不是为了稿费。古代写小说是倒霉的事，哪来的名利！如果你对你要写的没有深刻的感受，没有极大的热情，没有被它深深地感动了，就没有必要来写它，而且也写不好。

第三条，中国小说很讲究“真实”。现在，我们的有些评论对于这个写真实还是起反感。一写真实就是自然主义了，就是暴露我们社会的黑暗面了，要作反动宣传了。其实，我们不能因噎废食，打了一次嗝儿，你就不吃饭了？当然，你以写真实为借口，写坏小说，我们要批评；但不能因为这个缘故，就反对写真实。怎么能反对写真实呢？“真、美、善”三个东西我们都要。可这三个东西并不是平列的，真美善以真为基本。没有真，你那个美是假美，你那个善是伪善。假美、假善有什么价值？所以要大胆地写真实。至于你写得好不好，那是你的思想观点、思想感情问题。真是文学艺术的生命，也是小说的生命。没有真，就失去了它的生命。我们要使文艺成为人民的工具，很好地为人民服务，首先要尊重它的性能。真实是它的性能，把真实丢掉了，就不能很好地为人民服务，就变成不顶用的东西。过去我们常常把文艺这个性能抹煞了，忽略了。

要讲写真实，很要紧的一条，就是必须深入生活。没有生活你就胡编生造，坐在屋子里想入非非，尽是想当然，那是不行的。《史通》上总结史传文学一条经验，拿现成的话说，就是"反映论"。马克思讲过一句话，原话我记不清了，意思是说，我们读一篇小说，一篇文学作品，要区分哪些是作者主观世界的东西，哪些是客观世界的东西。就是说，作品是反映，它是通过作家的主观来反映客观，反映客观的社会生活、时代气息、历史面貌。《史通》总结我国的史传文学，如"明镜照物，妍媸毕露"，就像明镜照物一样，漂亮的（妍）、难看的（媸）都照出来；像"虚空传响，清浊必闻"，就同空气传播声音一样，好听的（清）、难听的（浊）都传过来。这就是真实，真实地反映客观事物，反映客观的社会生活、时代面貌和历史面貌。这并不是客观主义，史传文学是要"寓褒贬"、"别善恶"的，就是将善恶褒贬包含在里头，不是直接说出来的。这就是所谓"春秋笔法"。春秋笔法也叫"皮里阳秋"。是非、善恶不直接说，通过情节场面，通过人物的对话言论，让读者自己去分辨评判。中国诗歌理论中有句话叫作"不落言诠"。言诠就是解释说明。《史通》标举一个"晦"字，以与"显"相对。"显"是浅露，也就是直截说明；"晦"就是具体叙写，反对直说。中国文学有这个传统的信条，就是不允许解释说明，要通过情节场面，通过形象来表现褒贬。所以"明镜照物"并不是客观主义，而是含有褒贬，暗藏着褒与贬。这也是鲁迅极力信奉的。有些人不了解此意，作了相反的评价，应该考虑！

由此，《史通》还总结了一条，就是"爱而知其丑，憎而知其善，善恶必书，是为实录"。就是说，爱它而晓得它有缺点，憎它而晓得它有所长。正如我们所理解的：世界上万事万物都是对立的矛盾的统一体，不可能有纯粹的东西。好人身上有缺点，坏人身上有长处。这完全符合辩证法。但这不是说没有善恶、是非之分。所爱、所憎，分得清清楚楚；在此前提下，再看次要的方面。比如吴承恩写《西游记》，创造了个猪八戒，它是个小农生产者。他眼光如豆，心胸也不开阔，而且动摇得很厉害,一遇困难就要散伙,回高老庄去。遇到妖魔鬼怪,孙悟空去打,他却躲起来睡大觉;回来一看,孙悟空快打赢了,他怕功劳全是别人的了,赶快跑过去打几耙子。他还爱挑拨离间,几次在唐僧面前说孙悟空的坏话,把孙悟空赶走。总之,这个人的缺点是很多很严重的。但我们并不觉得这个人特别可恨,我们小孩看到他就笑,并没有把他当成敌人来看。为什么?因为作者还写了猪八戒的许多更为主要的长处。比如劳而又苦的事情都是猪八戒干的,长途挑经担,孙悟空是不干的;过那个稀柿衕,硬是猪八戒拿嘴巴拱出一条路来;妖魔鬼怪把他抓起来,他骂到底,从来不投降的。还有,他闹情绪是常事,可始终没有脱离取经队伍,取经队伍少不了这么一个人。这就是说,作者在创作猪八戒的时候,是"爱而知其丑"的,而且把他的丑大胆放手地写得很充分。《水浒传》写林冲,写武松,写鲁智深、李逵,都是采取这种态度。"憎而知其善",也是如此。《三国演义》写曹操,作者是恨他的,把他当作反面人物来写。可曹操有雄才大略,最后胜利的还是他。他有很多优点,善于用人,善于识才。抓住一点好处就写出来,决不掩藏、抹煞。可这些好处,这些雄才大略,就使他成为一个大坏蛋,不是普通的坏蛋。司马迁写刘邦,写项羽,也持这样的看法。这就是要通过对现实生活的观察体验,写出真实的人来,写出有血有肉的人来。《红楼梦》更是这样。林黛玉是作者同情的,可是写了她很多缺点;薛宝钗是作者不喜欢的,但也并不抹煞她种种的长处。正因为这样,《红楼梦》里写了许许多多的人物,一个个都是活生生的,使我们感动。"爱而知其丑,憎而知其善",善恶必书,这一条经验我们就没有很好地继承下来。我们为什么不能把人物写得真实起来呢?生活中有多少使人感动的新人新事,叫我们一写,往往就显得不真实了。

中国小说还讲究神似。只写得形貌真实还不行,还要神似。苏东坡就讲:"绘画以形似,见与儿童邻。"是说绘画只讲究外形相似,这个见解同小孩子的见解一样,太浅薄了,太幼稚了,因此一定还要神似。鲁迅先生也讲,画头发,画得怎么细,也不可贵。要紧的是画神,画眼睛,把眼睛的神态画出来。我国古代的小说,都讲究形似和神似,更讲究神似。《水浒传》中的几个主要人物,宋江、李逵、鲁智深、武松、林冲等,都写得神似。《红楼梦》更讲究神似,而且写人与人的关系,也写得神似。比如说,黄莺儿,你仔细看看,她必然是薛宝钗的丫环;紫鹃,一看就是林黛玉的丫环;还有,侍书是探春的丫环,入画是惜春的丫环,一看就有这种特点。把人与人之间的关系写得入神了。托尔斯泰的小说《战争与和平》,写了五家贵族。每家的人一个个性格不同。可总起来每家各有一个共同的家风,一看就是这家的。我们现在的小说,能写到这样子的,还不多。

我在学校念书的时候,美术学院有个同学,他会画画,他是主张"写意",主张画神似的。他替我画像,画了一个头,画了几笔头发,再画了眉毛、眼睛。底下就不画了。连个轮廓都没有,鼻子也没有,嘴巴也没有。可是挂在宿舍走廊里,大家一看就说这是我。都说,怎么几笔就画得这么像?我说你为什么不把鼻子画出来,不把嘴巴画出来?你把我搞得太不像样子了。他说,你的鼻子我没看出特点,嘴巴也没特点,画它干什么?你的特点在上部。因此,就抓住了这个,画出神似。《红楼梦》里有很多地方也是这样写的。黛玉葬花,一边哭着,一边念着葬花词。贾宝玉隔着好几十米,在那个山石后面就听清了,把它一句句,一字字记录下来。实际生活里这不可能,这就不形似。林黛玉的声音本来就小,又是哭哭啼啼的,念出来的葬花词你离那么远就听清楚了?可作者不管这一套,如同刚才说的美术学院的同学给我画像一样,他不讲形似,要紧的是抓住神似。黛玉葬花,抓住了林黛玉典型性格中一个最精要的东西。为什么葬花呀?她在怜花。为什么可怜花?她在可怜她自己,就像一朵花一样,在那样恶浊的社会环境里,她这么一个女子,这么一朵美丽的花,就要被摧残践踏成污泥了。她想把花埋起来,"质本洁来还洁去"。这就是抓住了林黛玉典型性格的一个要点,一个"意",一个"神"。在这种情况下丢开了形似,而只抓神似。黛玉葬花,构成一个盛传久远的画面,就因为它画了"神"。当然,我是主张要形似的,形似还是基本的。你写现实题材的小说,不形似不行。不过古代有这个传统,我们不能反对。可我们要理解,理解以后评论起来就不同。这在诗歌也是如此。杜甫的名句:"霜皮溜雨四十围,黛色参天二千尺",有评论者说写这棵柏树太粗;有的又说太高,不符合真实。

有高明的论者,就指这是笑话:杜甫不是用尺来量树,而是写它的神态与气势。李白的"白发三千丈",难道可以理解为真有三千丈的白发吗?它是写人的"愁"。古人说,追风逐电的千里马,不能从骊、黄、牝、牡去辨认,也是这个意思。有些红学家寻摘《红楼梦》里的数字之类的实际东西来作考证,我以为也是不必的。

最后再讲一条,就是语言和表达问题。《史通》里很讲究语言,讲语言要精炼。对生活的描写也要提炼。《史通》说:"举重以明轻,略小而存大。"这就是艺术概括。现在我们的语言和构思往往不精炼,嫌啰嗦。多余的字和描写摆在一个人的文章里头,就等于是在一张脸上,本来应该是一个鼻子,你画了两个、三个;本来是一个嘴巴,你画了两个、三个,多余的,看着就不像人了。鲁迅先生很讲究这个方面,我们搞文学工作的同志在语言和表达修养上是否可以好好下点功夫。

一九八三年

(原载《文艺报》1983 年第 3 期)

谈《三国演义》

《三国演义》是作家罗贯中在民间传说的基础上，又依据历史资料进行加工创作的一部长篇小说。这部小说，自始至终贯穿着“拥刘反曹”的思想。这种思想倾向，早在三国故事的民间传说阶段就已经形成了。例如北宋文人苏轼在《志林》中记述当时小孩听书的情形说：“至说三国事，闻刘玄德败，颦蹙有出涕者；闻曹操败，即喜唱快。以是知君子小人之泽，百世不斩。”罗贯中在写作《三国演义》的时候，不仅接受了这种思想，而且更进一步把它突出了，这正是这部作品获得成功的根本原因。文人作家加工整理群众的创作，必须得与群众的思想观点相近，否则他就不能真正接受群众创作的思想内容，而往往会以自己的感情代替群众的感情，以致完全以自己的创作代替群众的创作。明代另有一些以民间传说为基础的小说之所以失败了，其原因就在这儿。

《三国演义》所描述的是汉末三国争雄的动乱局面，反映了魏、蜀、吴三个封建统治集团的矛盾斗争，是一部历史题材的小说。尽管作者把历史人物和历史事件加以典型化、传奇化了，但基本上还是历史事实。

《三国演义》的内容不同于《水浒传》。《水浒传》写的是被压迫者同压迫者之间的阶级斗争；而《三国演义》写的却是封建阶级的内部矛盾斗争，但它同样受到了历代人民群众的欢迎。为什么人民群众对统治阶级的内部斗争也感兴趣呢？其主要原因不外乎两方面：一方面，他们通过对这些斗争的了解，可以从中吸取政治斗争和军事斗争的知识和经验，以便自己更好地展开对统治者的斗争。老百姓有句话：“看《水浒》叫人勇敢，看《三国》叫人聪明。”正说明了这个道理。另一方面，“拥刘反曹”的思想反映了旧时代农民的感情，因为封建统治集团之间的斗争与阶级矛盾彼此影响，互相推动。统治阶级内部稍有动静，就会直接影响到人民群众的生活，所以老百姓不仅关心统治集团之间的斗争,而且在历史局限和思想局限之下,他们还不免把自己的思想感情寄托在某一个统治集团身上。“拥刘反曹”的思想,就是人民群众对三国争雄的态度,就是他们的政治见解和理想愿望的表达。

罗贯中创作《三国演义》主要从两个方面突出了“拥刘反曹”的思想:一是从总的布局上;二是从人物形象的塑造上。

在总的布局上,作者把刘备、曹操作为全书主要矛盾的对立面,把他们的斗争写成“王者”同“霸主”的斗争,写成“善”与“恶”、“是”与“非”、“义”与“不义”的斗争;把曹操写成绝对的反面,把刘备写成被歌颂的正面。而把东吴放在刘备反曹的同盟者的地位,使之成为反曹的一个辅助(虽然刘备和东吴之间也是矛盾对立的,但和刘、曹的关系比较起来,却显得非常次要)。“反曹”以刘备为主,以东吴为次,这样就使刘备成为三国争雄的中心,成为封建政权的正统。按照历史的帝王系统来看,三国的正统不是刘备而是曹操,作者改变了历史,其目的和效果都是突出了“拥刘反曹”的思想。所以说,《三国演义》这部小说是不同于历史的艺术创作,是“七分历史,三分虚构”。其实,还不只是七分、三分的问题,而是根本改变了性质。历来常常有历史家把《三国演义》当成历史,直到现在还有些历史家为曹操翻案,这是历史家的偏见,是不正确的。我们说,正因为《三国演义》是文学作品,所以它才可以改变历史事实,才可以把刘备写成“王者”,把曹操写成“霸主”。

再说从人物塑造上加强了“拥刘反曹”思想。所谓“反曹”,主要是反对曹操一个人,对他手下的人并没表现出什么反感,比如像典韦、张辽等。而“拥刘”却不只是热爱刘备一个人,同时也热爱他手下的人。作者歌颂刘备的手下人,其用意在于通过刘备和他手下人的关系来歌颂刘备,从而突出“拥刘”的思想。

曹操是个历史人物。在历史上,曹操是个压迫人民的封建统治者也是事实;但更主要的方面是他的雄才大略的政治家的风度。他曾把分散的局面统一在一起,对中国历史的发展,起过很好的作用。他又是一个文学家,“三曹”的诗以老曹的最好,是建安文学的代表。可是到了小说中,却专门写他的坏处,把他塑造成了一个“奸雄”的典型,这就不再是历史了。从唐末到宋代,是三国故事的创作年代。人民群众在这个时代,面对着无数的坏蛋执政,经受了各种各样的压榨和剥削,于是他们就把自己在统治者压迫之下的一切感受都集中在曹操这个艺术形象身上,可以说这个形象是广大人民千百年来受封建压迫一切感受的化身。因此,他不是历史人物,而是个艺术典型。老百姓从这个典型中,可以更深刻地认识到统治阶级的丑恶本质。把曹操写成一个有才略的大坏蛋,这对旧时代的人民认识敌人更有帮助,所以这个典型创作得很成功,有现实根据,又有教育意义。

刘备这一形象比起曹操来,显得苍白无力,显得没有血肉,显得概念化。这是因为在封建时代创作这样一个"王者"的形象没有现实根据。老百姓没有这样的生活体验,只是把他们在历史局限和思想局限之下的希望寄托在这一理想的形象中罢了。旧时代的人民群众的理想就是"王者"行"仁政"。斯大林说:历史上的农民起义反对地主而拥护"好皇帝"正说明了这个道理。因为在沉重的压迫之下,他们希望能出现行"仁政"的"好皇帝",所以就把刘备写得那样仁爱。但另一方面,老百姓也看得出刘备毕竟是封建统治集团的领袖,所以也通过刘备的哭哭啼啼、推推让让透露了他的野心和欲望。比如长坂坡赵云救阿斗一事,老百姓就看出了刘备的"收买人心"。因此,鲁迅先生说:"欲显刘备之长厚而似伪。"(《中国小说史略》)可见,"拥刘"的思想也不是绝对的。

刘备这一形象主要有两个特点:首先,他是一个理想的起义领袖,从他身上反映出了人民群众的希望,即起义领袖在建立政权之后不要像刘邦那样忘恩,大杀功臣,背信弃义;其次,他又是一个理想的"王者",有点像周文王那样礼贤下士。所以刘备是一个起义领袖和帝王的统一体(有人说二者不能统一,我们说可以统一,历史上的朱元璋就是一个很好的例子),但这两方面都很少有现实根据。

另外,作者还通过对刘备手下人的描写强调了"拥刘"的思想。作者为了突出刘备是起义的领袖,因此就特别突出了他的"义";而要突出他的"义",就必须写他与关羽、张飞的兄弟关系。为了突出他是"王者",又必须强调他与关羽、张飞是君臣关系。在《三国演义》以前的《三国志平话》中,关羽、诸葛亮的形象都很简单,《三国演义》则特别突出了他们的形象，作者的目的就是想通过对他们的描写来表现“拥刘”。下面我们来分析一下这两个人物。

先说诸葛亮。诸葛亮的性格特点是：

第一，智慧超人。老百姓把许多美好理想都放在了他的身上。在政治斗争、军事斗争以及对自然的斗争中，他发挥了无穷无尽的智慧，他简直是一个智慧的化身。第二，他具有“鞠躬尽瘁，死而后已”，克服困难、艰苦奋斗的可贵精神。诸葛亮这些优秀品质与刘备有着非常密切的关系。他的“鞠躬尽瘁”完全是为了报答刘备的“知遇之恩”。没有刘备的恩，诸葛亮就不可能那样忠，也发挥不出那样高度的智慧。因此，写诸葛亮也正是为了表现刘备的礼贤下士、知人善任。但是从诸葛亮身上，也表现了作者对知识分子的偏爱，他过分夸大了知识分子在历史上的作用。诸葛亮当时年纪还很轻，只有二十多岁，整天在隆中抱膝长吟，不看报；又没有“情报网”，天下大事从哪儿得来？很显然，罗贯中仅凭着自己的主观意志把诸葛亮有意地提高了，使他成为了小说的主人公。虽然到三十多回诸葛亮才出场，但在三十回以前，作者写刘备因屡遭失败而访贤实际上就是在写诸葛亮。《三国演义》从来也不离开刘备单写东吴，也不大单写吴、魏之间的斗争，这是以刘备为中心；而刘备这方面的中心又是孔明。凡是大的军事斗争、政治斗争，都必须有孔明参加。这么一个二十多岁的青年人，哪儿来的那么多斗争经验呢？有才干也需要经过锻炼嘛！不经过锻炼，一上来就是个成熟的人物，而且好像三国鼎立的局面完全是由孔明一人创造的，这与现实主义精神不相符合，不能不令人怀疑。与《水浒传》里吴用的形象比较起来，就更明显地看出了这一点。因此《三国演义》不能避免鲁迅说的“状诸葛之多智而近妖”(《中国小说史略》)的缺点。的确在诸葛亮身上带有妖道的形象，比如“借东风”，作者把他写成披头散发，一手拿宝剑，一手拿酒杯，弄得乌烟瘴气，形象非常不美，简直让人不想看。现在有些人写剧本把诸葛亮描写成一个拿着锄头和农民打成一片的知识分子，并且写农民很热爱他，给他送茶送水，甚至为他杀猪宰羊……几乎把诸葛亮写得有毛泽东思想。这样把古人写成现代人，当然也不能起好作用。处理历史题材，不能把古人写成现代人。《三国演义》把曹操这个在历史上起过好作用的人物写成了坏人，这是古代的文艺创作，是既成的事实，无法改变了。但我们今天不能再把历史上的好人随便改写成坏人。古代的艺术与现代的艺术不同，我们对古代的艺术的要求与现代的艺术的要求也是不同的。古代艺术不完整，但是不影响其艺术价值。我们不能说，凡是艺术创作就可以把历史上的正面人物写成反面人物，或者把历史上的反面人物写成正面人物。

关羽这个形象问题更多。他是一个武将，作者把对知识分子的偏爱也加到了他的身上，硬把他写成了一个儒将。他的性格特点是：出奇的自高自大，个人英雄主义简直到了发狂的地步，以致使人有敬而远之的感觉。关羽的动力也与他和刘备的关系分不开，因此罗贯中着力刻划关羽其用意也是在强调“拥刘”。关羽身上的“义”在社会上有极大的影响。《三国演义》一开始就写刘、关、张桃园结义（《平话》也是如此），这正是为了强调“义”。陈寿《三国志·关羽传》有这样的记载：“先主（刘备）与二人（关、张）寝则同床，恩若兄弟。而稠人广座，侍立终日。”虽然这里也表现了他们三人的“义”，但却有着明显的上下君臣的关系，而不是兄弟关系。《三国演义》把他们之间的关系写成了兄弟关系，这和人民把《西游记》宗教的主题改写成社会的主题有着近似的道理。“义”有着强烈的阶级性，剥削阶级有他们的“义”，被剥削阶级也有自己的“义”。剥削阶级的“义”是以个人主义为中心的。《三国演义》刘、关、张的“义”很显然就是以刘备的利益为中心的这种“义”。例如“古城会”关羽千里走单骑，过五关斩六将，就是为了这种“义”；张飞不认关羽，对关羽劈面便刺，好像是大公无私，但细想想，他也是以刘备的个人利益为出发点。他责备关羽投降曹操的不义，实际上就是谴责关羽对刘备不忠，因此，这绝不是广大人民的“义”。罗贯中通过关羽的形象把这种“义”作了极大的渲染。比如：除了“千里走单骑”之外，“华容道义释曹操”，作者把关羽的背叛也当成了崇高的“义”来歌颂，这样的“义”太受封建统治者所欢迎了，因为他们可以利用这小恩小惠来买人心，分化和瓦解人民的反抗力量。所以统治者要大修关羽庙，给他加封号，说他“义薄云天”，把一些“神道说教”加在他身上。特别是在明清时代阶级斗争十分尖锐的形势下，统治者推崇关羽，其作用更坏。因此,《三国演义》所鼓吹的"义"与《水浒传》所歌颂的"义"是本质不同的。《水浒传》所歌颂的"义"是有政治纲领的人民群众大公无私的义。过去有人争论《水浒传》的作者有没有罗贯中的问题,我看就从这两部书所表彰的"义"来讲,也可以断定:假如《水浒传》的作者有罗贯中,那么《三国演义》的作者就不会是罗贯中了。

当然,从另一方面看,被压迫者向压迫者进行斗争的时候,以"义"为号召,通过它组织力量,作为奋斗的动力,这其中会有民主平等的精神,具有反对封建等级制度的意义;同时,在反对出卖大伙利益而追求个人富贵,"义"也有一定的作用。但像《三国演义》中关、张死后刘备为报私仇不顾联吴抗魏的基本国策而发狂地去打东吴,以致造成失败的局面,却有莫大的局限性。罗贯中对"义"的解释即让一切一切都服从"义"是消极的。刘备的失败,主要原因就是放弃了联吴抗曹的基本国策,是个思想策略问题,而罗贯中却用宿命论的观点来解释,认为这是命运注定,以至诸葛亮一出山就带有悲剧气氛。这也是《三国演义》的消极思想。《三国演义》中还存在着英雄造时势的历史唯心主义色彩,这主要表现在作者对知识分子的过分偏爱上。

此外,《三国演义》在"拥刘反曹"的思想之下,表现了"正统"思想。刘备之所以好,是因为他是"中山靖王之后",是刘家的宗室;曹操之所以坏,是因为他是篡位者,是汉贼。封建正统思想作为历史观来说,是反动的。但《三国演义》不是历史著作而是对现实进行艺术描绘的文学作品;作者的正统思想不是表现在对历史问题的评价上,而是表现在对一个充满了阶级矛盾的黑暗社会的具体描写中。那么,这种正统思想实际上是一种要求开明政治的民主思想的反映,是爱国思想的流露,因此,它有一个不可忽视的合理内核。我们在文学史上不能一见到正统思想就批判,因为有些正统思想有着一定的进步意义。比如明清时代的正统思想的实在内容就是民主思想。这种思想在当时起了反对假道学的作用。我们对《三国演义》的正统思想也不能不加分析地全面否定。

关于《三国演义》的艺术价值,我想主要谈以下几点:

首先是文笔高明。必须说明,我们现在所看到的《三国演义》是经过清代毛宗岗加工过的。原来罗贯中写的《三国演义》比较粗糙，毛宗岗的加工提高了它的艺术性。《三国演义》把这么复杂的场面，众多的人物，尖锐的斗争，组织得这样好，写的头头是道，丝毫不乱，引人入胜；既写刘、曹之间的斗争，又写刘、吴之间的斗争，它的文笔实在是超过了《水浒传》。

其次是写战争写得好。抓住了战争中的人物性格，把战争写得波澜起伏，曲折复杂，变化多端，对不同的战争，采取了不同的手法来描写。写了无数次战争，没有一次是相同的。而且写战争时不是一味的光写战争，还往往穿插一些别的东西。比如"赤壁之战"，在写这场战争的同时，一会儿插入写写隐士，一会儿又插入写写政治斗争，这样就使所写的战争更富有生活气息。写战争不写一刀一枪的"斗武"，而是着重写"斗智"，写各种各样的计谋（"赤壁之战"就着重写了孔明的智）。否则光写斗武，就会把对立面简单化。比如我们要写陈镜开举重，只有着重写他举的东西如何重，才能突出他的力气大。所以"赤壁之战"要写孔明的智，就必须得着重写曹操的力量和智，写出双方是棋逢对手，才更易于表现一方的智。作者写"赤壁之战"没有把曹操简单化，才使诸葛亮的智表现得充分。当然作者也没有忘记随时随地地暴露曹操的弱点，为诸葛亮的胜利创造条件。比如曹军远来的疲劳、供给的不足、北兵不习水战、荆州兵是乌合之众以及曹操本人的自高自大等等，这就使得情节的发展更为合理。

第三是人物出场写得好。《三国演义》的主人公是诸葛亮，作者在写他出场之前，首先写了刘备军事的不利，因而遂起访贤之心，接着就是三顾茅庐。这些虽然不是直接写诸葛亮，实际上也是在极力表现诸葛亮。尤其是三顾茅庐，头两顾先对孔明大加了渲染，最后再让他出场，这样就产生了极好的艺术效果。写文学作品，主人公出场的好坏关系着全面：出不好就等于主人公瘫痪了，以后走起路来就没有力量；出得好能为后面的情节发展打下极为坚实的基础。《三国演义》写诸葛亮出场写得十分充分，因此诸葛亮一上场就让人感到坚实，所以后面写他对刘备的"鞠躬尽瘁"的忠就有了根据和基础。

一九六三年九月

(本文是1963年9月在郑州大学中文系讲学时的记录稿,由郑州大学中文系古代文学教研室记录整理。收入本书时略有修改。)

谈《水浒》

一

《水浒传》是我国古代,也是世界文学罕有的一部描写农民革命斗争的长篇小说,它的产生,跟我国文学史上许多家喻户晓、为人民喜爱的名著一样,是有进步思想的文人作者采取民间流传的群众创作,加工再创作而成的。

北宋末,本有"宋江三十六人"起义的史事。到了南宋,在民族矛盾和阶级斗争持续剧烈发展的历史背景下,这些起义英雄为人民群众倾心爱慕,广泛流传,以至纷纷起而效尤。

我们知道,北宋腐朽政权面对严重"内忧外患",一贯对外屈降,对内镇压。镇压了内部,才可以偷生苟安混下去。但这个政权"民穷、财匮、兵弱、士大夫无耻",他们哪有力量"安内"?《宋史·侯蒙传》说宋江在京东起事,侯蒙给宋徽宗上书,建议"不若赦江,使讨方腊以自赎"。徽宗对侯蒙的建议大加称赏,就要他照他的献策去办。可是侯蒙受命,在路上就死了,他的建议远没有成为事实。不久,北宋亡国了。南宋统治者是更加无耻的投降主义者,而当时南北广大人民群众对金统治者侵扰是坚决抗战的。他们一批批建立山寨水寨,对金反侵略、反扩张,对宋反投降、反压迫;与南宋统治者相对立,形成大是大非黑白分明的阵线。苟延残喘的南宋统治者处此局势,当年侯蒙的献策自然而然成为他们"安内"最好的政策,想方设法加以提倡和号召。

这其中,插手传闻传说,就是一个方面:"正史"、"野史"及各种私家笔记,所记关于宋江三十六人受招安、征方腊的事,就由原来远未实现的主观愿望,俨然变成"真人真事"了。

利用当时受群众欢迎的所谓"瓦舍技艺"的"说话",进行反动政策的宣传,是另一个重要的方面。有史书记载,说宋高宗赵构在宫里喜欢听“说话”,有个内侍会说“小说”,搜集了据说在金兵渡江时受骗上当接受了招安的义军邵青的事,编成“小说”。赵构最爱听这种故事,极力赞美邵青手下有些将领的所谓忠义之气。“瓦舍”艺人到宫里表演也是常事,“说话”人很多有“待诏”、“御前供奉”之类名衔。由此可知最高统治者亲自插手利用“说话”技艺来宣传他们罪恶政策的情况。

利用流行的画像题赞的方式来进行宣传提倡,是又一个方面。据宋末画像龚开《宋江三十六人赞》所说的看来,为宋江三十六人作画赞,在当时统治阶层长时期来已经蔚成风气,他的先辈“高如李嵩辈”多次传写过。这李嵩,是出身贵族的南宋三朝画苑的著名画家。封建统治者的御用画苑,百般给他们所称为的“虎狼”、“巨盗”塑造美术形象,意欲何为?用心难道还不明显!再看龚开的自述和赞语,他持封建统治者的观点,痛骂误国的奸臣贼子,比照之下,对巨盗宋江之流深表敬慕和赞赏;每人四句赞语,说他们“酒色粗人”,“志在金宝”,“酒色财气,更要杀人”,极尽歧视和污蔑,可对宋江却说:“不假称王,而呼保义,岂若狂卓,专犯忌讳!”这四句就说到点子上:这是指所捏造的受招安、征方腊说的。

“若要官,杀人放火受招安。”这是南宋时流行的一句民谚。鲁迅说,“这是当时的百姓提取了朝政的精华的结语”。当时统治者正是这样施展其阴谋以瓦解起义军的反抗的。受招安、征方腊、效忠于赵官家的宋江,就是他们精心树立的一个黑样板。这是事实,把它揭露出来,对我们研究《水浒》以至史事是有必要的。

我们知道三十六人,除宋江外,本无姓名,更不必说别号和性格了。龚开的赞里,每人都有了别号和姓名,而且隐约有了性格和故事。与此同时的《大宋宣和遗事》关于水浒故事部分,有花石纲、杨志卖刀、取生辰纲、晁盖落草、宋江杀惜上山以及受招安、征方腊、封节度使等段子,所记草率粗略。但人物故事发展起来了。这两种资料都产生在宋元时期,看来,这些都是从南宋百多年来所谓“街谈巷议”,其中主要是“瓦舍技艺”的“说话”等慢慢积累起来,而后被采取过来,填进,或拼凑到上述以宋江这个黑样板为主的最初的胚胎上来的。

宋元时代除“说话”外，还有“杂剧”不断由此取材。由于当时人民的爱国热情和反抗黑暗统治的要求，这种说英雄故事、演英雄戏的风气形成高潮。他们热烈向往那样一些传说中的英雄，水浒原来的人物故事就日益发展丰富起来。例如由三十六人，发展为七十二人，又发展为一百零八人等等。但也都是单个的片断故事。

统治阶级的思想就是统治思想。当时随着商品经济和城市规模的发展而兴起的所谓市人或市民（亦即城市居民）以及被迫脱离土地和农村的劳动者、流浪者，实包括广泛的阶级阶层。他们的思想意识是很复杂的。他们的主体当然是处于被压迫、被剥削的地位，跟封建统治者必然存在着对立的一面，但同时，就是这些下层人民对封建统治又存在依赖性的一面。要这些人民群众不受封建统治思想的影响，应该说是不可能的。可是他们绝大多数毕竟还是下层被压迫者。因此，人民口头创作的人物故事，其思想内容和官方的要求往往不但不相符合，相反，绝大部分和官方的观点形成尖锐的对立。比如龚开画赞中的人物多是流氓盗贼的面目，但民间创作的则多是抑强扶弱，劫富济贫的英雄好汉。就拿宋江说，例如有人记一个篙师口述的宋江，说他“为人勇悍狂侠”。这个口述，看来也是一种传说，但这样风貌，跟他“横行齐魏”的行径就很相合。拿来跟统治者塑造的黑样板形象比一比，就成为鲜明的对照了。

如上所述，今存宋元时代的《大宋宣和遗事》，其中关于水浒的故事，才开始把几个零散故事编排在一起。梁山泊故事已成雏型，但远远谈不上有机的艺术整体。元末有个施耐庵，就在上述长期积累的群众创作基础上，用他自己的思想观点、斗争经验和文化涵养，写成这一部在封建时代可称“奇迹”的《水浒传》。

关于施耐庵的生平，我们所知极少。但从作品的内容看，我认为作者若没有相当的斗争实践，一个古代文人，尽管在元代统治下处于受压迫歧视的地位，而能具有作品里所表现的基本观点和爱憎感情，能够把那些英雄好汉写得有血有肉，激动人心，都是难于设想的。

二

施耐庵的加工再创作，不只是把单个的英雄故事联贯起来，使短篇发展成为长篇；更可重视的是他提高、加强了人物故事的思想内容和艺术力量。这可以从以下三方面略加说明：

一、着重揭露了封建统治的罪恶和社会的黑暗。为了突出“乱由上作”、“官逼民反”，书中首先描写了“道君皇帝”所宠用的以高俅为代表的六贼。这是最高统治集团，贯穿全书。“六贼”之下，有许多无恶不作的地方官，如大名府梁中书、冀州殷天锡、江州蔡九知府等；以下还有一处处基层的贪官污吏、土豪恶霸，如张都监、蒋门神、西门庆等；另外各级官府都有无数的爪牙，如陆谦、富安、董超、薛霸等。这样，从中央到地方以至基层，构成一个压在良民百姓头上使之求生无路的极端凶残黑暗的统治势力。在《水浒传》之前，包括宋元“话本”和“杂剧”，往往把封建时代的社会、政治问题，理解为个别人的好坏问题。写坏人，只写他个人坏，好像是偶然的事例，因而强调命运注定。施耐庵站得高一些，把这样一些个人和个人行为，当做整个的社会、政治问题来处理（虽然后来也写了一些好官），因此揭露得很深刻。例如高俅的义子高衙内调戏林冲的妻子，若将此看作个人恶行，意义不大。作者却把此事同统治集团的代表人物联系起来。高太尉使用权力，帮同儿子干坏事，不惜下毒手百般陷害林冲。在发展中再联上许多人物和社会面，形成了广阔的如火如荼的社会阶级斗争。这就赋予它以强烈的政治社会意义。作品写了一系列这样的人与事，旨在揭露封建统治者及其社会的罪恶的实质，无不贯注着作者的义愤，其深广程度是以往的作品从来没有达到过的。

二、更为可贵的是作品塑造了许多起义英雄的正面形象。作者以高度热情，清醒头脑，把那些在旧时代被称为“寇盗”、被当作洪水猛兽的革命反抗者放在主要地位，歌颂他们的品德和反抗精神，描写他们通过不同道路在火炽的残酷的斗争中发展成长，以及造反上梁山的过程，把他们写得非常可敬可爱、真切动人。其中，鲁智深和李逵是突出的。

尽管像李逵也还有一些不良作风。鲁智深性格的特点是路见不平就挺身而出,他不能容忍任何欺压人的事。他不存私心,“杀人须见血,救人要救彻”,干完了就丢开忘掉。作者写他这些性格的特点,同时也写明了形成他性格的社会根源。就是说,这和他的出身、经历和现实处境不可分:他是个一无所有、身居卑贱的江湖好汉。李逵的性格和鲁智深有些相近,但具体表现迥不相同。他听到谣言说他素所爱戴的宋江强娶民女,他就抡起板斧要杀宋江;等到确知枉屈了人,又立刻负荆请罪。他的单纯与勇于反抗,以及嫉恶如仇,都显现出一个贫苦农民子弟的优美品性。武松是属于另一种性格,他最初受城市小私有者的思想影响,个人意识强,私人恩仇观念重。武松出场时,作者一面尽情赞扬他英雄了得,说是“说开星月无光彩,道破江山水倒流”;一面却用连续的情节场面,毫不声张地描写他性格中的缺陷和丑行。例如为哥哥武大雪冤报仇,事前告状,事后自首(李逵、鲁智深绝不肯这么干)。充军到孟州后,又被土豪施恩利用,大打另一地霸蒋门神。直到横遭他看做靠山和恩主的张都监的陷害,这才幻想破灭,大闹飞云浦,血溅鸳鸯楼,转变思想,上了梁山。林冲和杨志属于较上层的人物,一个是“禁军教头”,一个是“三代将门”之后。他们转变立场,走上革命道路,更是艰难曲折,作者又各有不同的处理。作者对这些英雄人物怀着热爱,同时又以严峻的态度,对他们作了分析。在大大肯定他们的前提之下,写他们的缺点或弱点,着力描写他们如何在火炽的阶级斗争中克服了存在的缺点和弱点,提高了思想认识,从而成为英勇坚强的革命者。作者塑造的许多主要英雄,一面显得很高大,不平凡,了不起,一面又像我们的老朋友一样,令人感到熟悉和亲切。他们都是古代现实生活中的具体的人,同时其内心精神又显然有了适度的提高。在这方面,作者在深厚的民间创作基础上所取得的作品内容和艺术方法上的成就,在当时是具有划时代意义的创新。它的要点在于他能以当时被压迫人民的观点与要求来评价人物,并且还能以朴素唯物论和辩证法观察现实,分析问题。就前一点说,封建时代作品能以被压迫人民的观点来处理、评价人物,不止在《水浒传》以前是罕见的,即在《水浒传》以后也是少有的。所谓把颠倒的历史颠倒了过来,就是因为作者掌握了这种令人惊奇的高明观点。上面说,《水浒传》的产生是个“奇迹”,主要也指这点说的。再就后一点说,在古代小说发展史上,《水浒传》使我国中世纪源于民间的英雄传奇式的作品,在现实主义艺术方法上异军突起,造诣很深,成就惊人!什么叫做现实主义创作方法?我的一孔之见,就是作者在观察现实、塑造人物时,能够符合唯物论辩证法。生活里,本有朴素唯物辩证法,作者在生活实践中,如能逐步掌握,他的观察现实就能符合客观实际,塑造人物就能栩栩如生,真实动人。除此之外,当然还需要相当的文化知识,从前人的经验中获得借鉴与启发。明清时代的评论者总从文笔方面赞赏《水浒传》,说他从《左传》、《史记》学到了高明的笔法。这种评论是形式主义的。但说《水浒传》借鉴了古代史传文学的经验,在艺术概括方面,接受了古代史传文学的传统,看来确是事实。我国古代史传文学跟我国的小说属于不同的体系,不能混为一谈。但它们是以写人物为主,跟此后以记事为主的史书不同。它们在写人物方面的成就给予后世小说作品以巨大影响,应该说就是从《水浒传》开始的。明清出现的文人作者创作的许多现实主义名著,在人物处理和艺术概括方面,接受了这一传统,也是不能抹煞的。毛主席在《矛盾论》里指出:“《水浒传》上有很多唯物辩证法的事例”,并说“三打祝家庄,算是最好的一个”。毛主席的教导,我们读《水浒传》应该加深学习。

三、《水浒传》不止写了一个个英雄的发展成长,每个英雄都是梁山泊队伍的一员。他们的成长、转变的过程,也就是革命队伍的形成与发展的过程。作品着眼要写的就是这个革命队伍的发展壮大以至最后惨遭败灭的全部过程。这是《水浒传》全书的主要之所在。梁山成员有许多是从统治阵营分化出来的。他们被逼上梁山,成为义军的骨干。还有不少的人是被生拉硬扯过来的。这有两种:一种是社会地位高,名望大,拉过来可以扩大义军的政治影响;一种是有高强的武艺和特殊技能,可以壮大义军的战斗实力。此外凡有一技之长者,都被视为义军所必需。作者让所有这些人都团结在宋江的周围,统一在一个纲领之下,发挥各自的才能。梁山义军的纲领,是所谓“替天行道”,劫富济贫,其理想是一种空想的平等社会。作品的重要部分是描写反抗黑暗封建统治的革命斗争。作者对义军队伍的描写,比起他作为再创作基础的前人的创作来,无论在政治素质或精神面貌各方面,都作了明显的很大的提高。例如元人杂剧中的鲁智深、燕青等人多为一些奸情事件大卖气力,李逵总是满口"桃花流水"、"黄莺杜鹃",看一看元杂剧《诗酒丽春院》的名目,就知道李逵是个什么样的人物。元杂剧的英雄人物,多写得非常萎缩狼狈,往往忍冻挨饿,躲躲藏藏,跳墙头搞偷窃,都是常事。这其中也包括鲁智深。《水浒传》上的英雄就明显地高大起来了。再举一例:石秀和时迁两人投奔梁山;英雄来投,向例会受热烈欢迎隆重接待的。可是晁盖听说时迁在祝家庄偷了人家的鸡,勃然大怒,说他们败坏了梁山的荣誉,要杀时迁祭旗。

作者尽可能把理想与愿望赋予了这支队伍,同时对队伍里众多人物,又区分了内外亲疏,予以不同的对待。对那些骨干人物,着重写他们思想政治品德,给人印象很深;对另外许多拉过来的人物,只突出他们擅长的武艺和技能,给人印象浅。这些拉过来的人多是上层分子,看来作者不止认定必须分化敌方以壮大义军,同时也深思熟虑到义军团结问题和走什么道路的问题。因此,作者一贯十分强调宋江的核心团结作用和方向领导作用。可是,问题恰就出在宋江这个领袖身上。宋江问题和他领导的义军受招安问题,是作品不容忽视的两个大问题,也是必须从中对作者的思想政治观点作具体研讨的问题。

三

宋江是作品的主要中心人物。作者有心要写这样一个人物作义军领袖,放在显著地位,着力描写了他。宋江出身地主家庭,身居县吏的职位(书中特意叙明宋代县吏受压迫与损害的情况)。他的性格具有革命性和妥协、动摇性的两面。对宋江这种两面性,作品里描写得很清楚。他冒着性命干系给晁盖报信,为维护和梁山关系而杀阎婆惜,这算是他革命性的表现。他有极其广阔的社会关系,上至官僚地主,下至江湖好汉和劳动人民,识与不识,多同他有深厚的情谊;绝大多数英雄好汉直接或间接是因为他的关系而参加义军。他们也深受他的感召,一心拥护他，紧密团结在他周围。他没有个人权位欲望，谦虚谨慎，能平等待人等等。凡此描写，都表明作者把可能有的最好的理想与愿望赋予了他，极力抬他作义军领袖，并且认做最好的领袖。另一方面是他的动摇、妥协性。在《宣和遗事》和元人杂剧里，宋江杀惜之后即上梁山。作者把这点作了改动：宋江杀惜之后不肯上山，而是逃到了官僚花荣、大地主柴进和孔太公庄上。这些描写是符合宋江性格的。可是大闹清风寨之后，大批人马跟着他上梁山，中途接到宋太公病危的假信，就丢下大家，坚决回家去。回家之后，竟又报官自首，甘愿流配江州；发配途中，故意绕过梁山，惟恐被劫上山去。这已经够使人起反感了，作者却不以为意，认为宋江这些作为有道理。到江州以后，不知哪里来的满腹牢骚，忽在江楼题反诗，而后在官府迫害下被梁山弟兄劫上山去。以上所说在杀惜之后，安排宋江一北一南转了两个大圈子，把大批英雄好汉串连上了梁山，作者用心，一方面是为把一人一事组织为长篇的即结构上的考虑，同时也借以显示宋江作为义军领袖的威望和作用。可是这里面就存在一个严重问题：作者写宋江上山，并无思想转变，完全出于被动；这个作为"众望所归"的领袖人物的思想立场问题远远没有解决。我们知道，上述作者所赋予宋江的种种美德，就一个领袖人物说，当然十分重要，因为义军的团结统一确乎是重大问题，从而也表明作者政治思想——尤其在封建时代确有崭新的高见。但说到底，这毕竟都属思想作风；而一个革命者——尤其领袖人物的思想立场问题，才是根本问题。作者一味偏重前者，显然本末倒置。作为艺术形象，宋江的性格本来显得现实血肉太少，概念化的成分太多；再加上这个根本缺陷，就愈益使人觉得此人只是作者的一个观念的傀儡。凡此，都反映了作者思想观点的严重局限；连到上述第二点所论，显示了作者世界观的尖锐矛盾。

这就关联到义军受招安的问题。作者有心安排这样一个立场不对头的人物作义军领袖，应该说，其主导思想就是认为受朝廷招安是义军唯一正确的道路；宋江念念不忘招安的思想，实即作者自己的思想。写义军走这样一条投降道路，作者在严重的思想局限下，内心确实存在着不能解决的矛盾。例如，作品里特意安排了几个坚定的骨干人物：李逵、鲁智深、武松,还有林冲,出面反对,对宋江的决策表示强烈的反感,连桌子也踢翻了。更有重要意义的是,走这条投降道路,导致了义军事业的彻底失败,落了个极其悲惨的结局。征方腊以及跟着而来的惨局据说都是《水浒传》最早本子里原有的,出于原作者的手笔。那么,作者是否通过这些安排与描写对宋江所抉择的道路加以批判和否定呢?仔细看,却又不能这么说。实际是,宋江走的这条死路,正是作者费尽心思筹划决定的。在《水浒传》以前,关于宋江义军的结局,正史、野史和民间传说有几种不同的记载:一种是义军被官军消灭了,二是说官军追困义军到海滨,而后击溃了,三是义军受招安,征方腊后,宋江作了节度使。作者对三种结局全都抛弃不用。他热爱梁山义军,还是写义军受招安,但作了迥不相同的处理:排了座次,宋江决策后,首先写大闹东京,如入无人之境,以显示他们若要夺取赵家政权,实易如反掌;接着又大写三败高俅,二败童贯,大长义军威风,如此通过走各种门路和严重艰巨的斗争,然后“光荣体面”地接受招安。由此可见,作品里所写受招安及其惨痛的悲剧结局,正是作者自以为给义军找到的“最好的理想道路”。

作者显然热爱义军,却安排这样一个宋江作领袖,从而又给义军寻求这样一条投降的死路。究竟为什么?真教人难解。

四

到这里,只有就作品内容再具体谈一谈作者的世界观问题。

先从“忠”的思想说。作品标榜与宣传“忠”:梁山“聚义厅”,宋江当上领袖,就改为“忠义堂”;后来的《水浒传》加上了“忠义”的头衔,也不是没有依据的。宋江口口声声说“今皇上至圣至明,只被奸臣闭塞,暂时昏昧”;阮氏兄弟大唱“忠心报答赵官家”,甚至鲁智深也说奸臣“蒙蔽圣聪”。作品里大写特写义军百般“争取”朝廷招安,明显地是出于这个“忠”的思想。一到征方腊,读者不禁为之疾首痛心,作品却写得振振有词,意思是,方腊起义,自立朝廷,违犯了“忠”的大伦。这以后,一面写义军的惨局,颇有揭出血的教训,垂戒后世之意,但一面仍然在对宋江的描写里流露肯定与赞美，意思是宋江效忠赵家政权，始终尽其在我，因而视死如归。作品的主要部分明明写的被压迫人民反抗封建统治的极其激烈残酷的阶级斗争，但到七十回正式提出“招安”的决策后，原来对抗的两方忽然“合二而一”，反对的只是统治势力中几个“蒙蔽圣聪”的奸佞；人民与封建统治的斗争，一变而为封建统治内部的“忠”与“奸”之争。于是统治政权里出现了几个“忠”臣，与义军协力同心，完成了招安之策，实现了作者的理想与愿望。这个“忠”的观念，使作者在不无内心矛盾的情况下甘愿牺牲艰难缔造的义军事业，以争取与达成“招安”，走上死路。历史唯物主义教导我们，评论任何事物，必须联系当时的历史环境。我们知道水浒故事从口头流传、逐步发展以至由文人加工再创作而成书的整个年代，民族矛盾是居第一位的。北、南宋之交以至整个南宋，坚决抗击侵略、反对投降主义，是上下各阶级阶层普遍的共同的强烈要求。我想这里不须多说。到南宋亡，在元代统治下，所谓“赵官家”，就逐步成为“汉家”的象征性称号。所谓“汉”“唐”，有时也用作这种意义的称号。书中多处提到“保国安民”之类口号，宋江勉励武松要到边庭上一刀一枪，博个封妻荫子、青史留名。鲁智深一出场就是要投奔卫国名将老种经略相公种师道。明代的思想家李卓吾，爱读《水浒传》，他写的一篇著名的《忠义水浒传叙》里把这意思说得很明白，有几句是“施罗二公，身在元，心在宋，虽生元日，实愤宋事”。愤什么宋事？就是愤两宋统治者不肯联合人民的力量坚决反抗侵略，而死心塌地坚持可耻的投降主义，以至惨遭亡国之痛。由此看来，书中着力写的大闹东京以及败高俅、败童贯的斗争，都出于争取与“赵官家”统治政权团结合作，共同抗击侵略的意图。这在我们今日的读者应该容易理解的。提出的所谓“忠”，与宋统治者提倡的“忠”，作者所采取的宋统治者捏造的宋江受招安、征方腊的黑样板，其实际意义与实质内容是有不同的。作者写义军的惨局同时，又称赞宋江被毒害而视死如归，也都有他的道理。但把话说回来，即在此历史背景下，宋江领导的、作者所宣扬的，这是一条不折不扣的投降主义路线。这是不容置疑的。可是在七百年前一个封建时代文人，要求他还能想出更高明一点的主意，拿我们今日新时代标准，要求于他，那就未免不实事求是。因此,我们不能说他存心宣扬宋江的投降主义路线,而只能说是出于古代作者思想的历史局限。若说"观今宜鉴古",拿水浒义军所走的路线及其惨局,作我们今日和今后的鉴戒,那我想施耐庵是会鼓掌欢呼,心悦诚服的。

其次谈到"义"。作品具体描写的义,在很大程度上有新的内容。它的意思,与谋求个人富贵的私"利"相对立,指一种被压迫者大伙儿的利益。在很多时候,"义"的概念与保国卫民、反抗侵略与压迫意思相通。"义"与"不义",意即是否同情与支持被压迫被剥削者、是否参加与坚持革命反抗。鲁智深打抱不平,行的是"义",李逵误信人言而要杀他素所拥护的宋江,讲的也是"义"。这比《三国演义》刘、关、张所讲的"义",确有大小高下的性质与内容的不同。这里重要的是要看把这个"义"放在什么地位。在具体描写里,这个"义",归根到底,不但放在"忠"之下,要服从于"忠";而且也服从于"孝"。"孝义黑三郎"宋江的所作所为,一到"义"与"孝"发生矛盾,作者笔下就理所当然地重"孝"而轻"义"。前面说到宋江性格的两面性,那实质内容主要就是"义"与"孝"的两面。在那些关于宋江的描写里,作者的褒贬,态度好像不明确,从作者的指导思想看,作品所写宋江许多妥协、动摇性,都不外为了尽"孝"道。在作者看来,那不止天经地义,无可非议,而且是特意提出来加以表扬,认为是他心目中的义军领袖不可缺少的美德。

作品里写了几个女性英雄。但作者的妇女观在当时也还是很落后的。作品中还有许多神道观念、宿命论迷信思想等。

由此可见,作者的世界观没有摆脱封建伦理体系。前面提到作者世界观的严重局限,从而指出他内心思想的尖锐矛盾,就是指此而言。实则不足为奇。在那个时代,一个作者思想里不存在矛盾以至尖锐的矛盾,是不可能的。鲁迅说,一个人无法揪着自己的头发离开地面。对于一个古代有成就的作者存在这样那样一些思想问题,当然应该指出来,但要理解,那是难于避免的。

一九七八年

(原载《文艺报》1978 年第 2 期)

林冲的转变

《水浒传》在创作上所取得的思想性和艺术性的成就，突出地表现在主要英雄形象的塑造上。这些英雄来自不同的阶级阶层，各有不同的典型意义。各个英雄造反上梁山，成为义军的骨干，都在火炽的阶级斗争中走过了不同的道路；这是他们性格成长或思想转变的过程，同时也是当时封建统治愈益暴露其罪恶日臻分化瓦解的过程和义军基本队伍不断发展壮大的过程。

第十回《风雪山神庙》是本书著名的章回之一，着力描写林冲的思想转变，从一个封建统治的依附者，一变而为革命的英雄。在诸多主要英雄中，林冲的典型性格有它独特的代表性。他受封建统治者的雇佣与赏识，凭家传武艺吃饭，地位和处境比武松、李逵等人高得多，优越得多。他是属于社会中上阶层。他的被逼上梁山，对体现统治政权的崩溃和义军的发展成长，都有特别重要的意义。

从第七回开始，在关于鲁智深的章回里就写了林冲的出场。这个"八十万禁军枪棒教头林武师"，头戴青纱抓角儿头巾，脑后两个白玉圈连珠鬓环；身穿绿罗战袍，腰系银带；脚穿皂靴，手拿一把西川折扇：完全是个有身家地位的官人。他家从父亲一代就做武官，鲁智深对他说，年幼时在东京"认得令尊林提辖"。他家有年轻美貌、有教养的妻子，有聪明伶俐的使女。日子过得很美满。作者安排他在同已经沦为一无所有的流浪者鲁智深相识的场合与读者见面，使之互相对比映衬，是有丰富的言外之意的。

作者认识得很清楚，像林冲这样的人，要他造反上梁山，那距离太远，是非常非常困难的。作者认为，人的性格，都有社会根源，都和他的生活境遇相联系，并且随着他的经历遭遇不断地发展变化。它不是天生的，不是无缘无故形成的，也不是一成不变的。正因为这种朴素的辩证唯物观，《水浒传》里的英雄人物固然显得不同于一般的平凡人，但又总是含有浓厚的生活气息，具有丰富的深刻的社会现实性，使我国中世纪英雄传奇作品显现出一个新面目。林冲和其他主要英雄典型性格的塑造及其发展正是这样。

作者进而描写林冲的内心，开门见山，一下就抓住他的性格的一个特点，即症结之所在。林冲出场，是同娘子到岳庙烧香；同鲁智深相识结拜后，正谈着，使女锦儿来告诉，说有人拦路调戏娘子。这是作者精心的安排：对一个当时的英雄，妻子被调戏，那是奇耻大辱，不可容忍的。林冲本要大打，跑去一看，却是高太尉的义子高衙内，此人在东京"倚势豪强"，专一戏弄人家妻女，外号"花花太岁"。林冲扳过他肩胛一看，先自手软了。但怒气未消，两眼瞪着那后生。他感受到社会恶势力的沉重压迫。这时鲁智深带着二三十个子弟来帮林冲厮打，林冲反倒极力劝解，说本要打他一顿，太尉面上不好看，自古道，不怕官，只怕管，不合领他"请受"，权且让他一次。鲁智深说："你都怕他本官太尉，洒家怕他甚鸟？"林冲还是把他劝住了。事情很简单，话也说得老实：他要保住饭碗，和由此而来的身家地位，绝不能和统治者决裂。这一下，林冲灵魂深处的思想实质就给挖出来了。

若是到此为止，林冲自会忍受侮辱，要把这个"禁军教头"做下去。但是高衙内肆无忌惮，听受爪牙的献计，收买了林冲的好友陆谦，再把林冲娘子骗去，企图加以污辱；接着高太尉又出面支持儿子，设下毒计陷害林冲，把林冲刺配沧州，并买嘱董超、薛霸在路上弄死他。林冲被迫给娘子写了休书，娘子自缢而死。于是，娘子被调戏这个小小情节，一步步发展成为有重大社会政治意义的事件；借着这一事件，把当时罪恶的封建统治一直暴露到最上层。这种暴露是深刻有力的。同时借此写林冲这个安分守己、忠实善良的武师弄到家破人亡、性命难保的地步，还是逆来顺受，再三容忍：他为对自己下毒手的董超、薛霸向鲁智深讨饶；在柴进庄上，忍受那个洪教头的傲慢无礼，惟恐刮了别人的面子，给自己闹下乱子。他的这种不断被揭示出来的内心世界，跟他长期来的身分和教养是完全符合的。有些论者曾说，林冲作为英雄性格的特点就是"忍"，说他能忍人之所不能忍，是个"能忍"的英雄。这种看法是完全错误的。没有什么抽象的"忍"，要看具体内容：对人民群众、对被压迫者能忍能让,不事事争较,自是一种表现阶级友爱的美德;对罪恶滔天的封建统治者那样暗无天日的欺凌与陷害,却苟安偷生,不敢挺身反抗,算得什么英雄性格的特点?事实正好相反,这种“忍”是林冲思想的阶级烙印,直接阻碍他成为反抗封建统治的英雄。作者正是在批判他,这是很明白的。在具体描写里,林冲就是在生死斗争中最终克服了这一严重弱点,亦即转变了思想立场,而后才走上反抗道路,成为起义英雄的。这就是作者思想观点的高明之处。在长夜漫漫的中世纪黑暗时代,这样的描写确乎人莫能及,算得一个“奇迹”。

当然,作品对林冲思想性格的描写,除了上述这一方面,同时还描写了另外的方面,如他的好义守信、爱重武艺、克己待人,以及处事冷静稳健等等,都是作为他的英雄本色而着意加以肯定的。但是他的思想的症结问题,即他的性格的主导方面,却是对统治者逆来顺受,不敢反抗。从故事开始即突出这一阶级烙印来加以描写,以为后来思想转变的张本;尽管作者在伦理思想上存在着严重局限,但对林冲性格的这种处理,认识还是很明确的。在我国古代这就叫做“爱而知其丑”。

以上是就第十回以前讲的。第十回一开头,写林冲与李小二的关系,着重描写林冲克己好义的英雄本色,并且把这一关系安排为本回情节发展的一个线索。林冲曾经救助李小二免送官司,为他赔了钱财,又接济他路费。在那黑暗的社会里,这样扶危济困的一片热肠,李小二怎不铭心刻骨地感激?所以一口一声称恩人,说“我夫妻二人正没个亲眷,今日得恩人到来,便是从天降下”。林冲说:“我是罪囚,恐怕玷辱你夫妻两口。”林冲在枉屈祸难之中,一点不想自己的苦,只为别人打算;这虽是轻描淡写,却很深刻,有分量。接着陆谦等人来店,嘱咐李小二找差拨管营。李小二为维护林冲,警惕着设法探听。但他是个普通小市民,惟恐林冲性急闯祸,连累了自己。这就和林冲的心胸器度有明显的区别。《水浒传》描写人物,往往三言两语,就写出人物内心深处的特征。惟其能够抓住性格特征,所以人物彼此之间自能产生种种对比映衬的作用,使人物性格更加鲜明突出。下面写林冲大雪天到草料场,接替一个老军的差事,那老军对林冲悉心照料,一点没有忌恨的意思,把火盆锅碗留给他,还指着大葫芦,告诉他在何处买酒;接着又写了酒店老板，都是极其次要的人物，都是简单几笔的勾勒，也无不具有个性，见出处在被压迫地位的人民彼此间相亲相助的关系及善良心性。这跟那个压迫人的上层统治社会，无处不成为鲜明的对照。

林冲睡在草料场屋子里，风吹屋动，他想这屋如何过得冬，天晴，要叫泥水匠来修理。因为冷，几块炭火不管事。于是照老军的嘱告，出去买酒，路过古庙，还去顶礼，说神明保佑，改日再来烧纸。买了酒，回住处，草料场已经倒塌。他一面想着怎么好，一面还怕火盆内炭火没有压灭。想到路过的那古庙可以安身，就锁上已倒的草屋门，搬了被子到庙里，用石头靠住了门，而后睡下。凡此，写得极其细致，而不是烦琐。因为从生活描写中无不深入到人物的内心世界：看来他处此境地，仍然想好好过平安日子，没有丝毫反叛的意思；另一方面，这些情节一步步连续发展着，使之形成关键的具体场景，以展开最后血的斗争与思想转变的描写。这是以周密的手法，圆熟的技巧，安排了许多生活细节，造成浓厚的环境气氛，使景物的描写、情节的发展和人物内心的展示，相互结合起来。那总的目的就在表现人物思想性格的转变。

最后，草料场被陆谦等放火，陆谦等三人在古庙门外对话，林冲隔着门，句句听在耳里。他们洋洋得意，说要拾一块林冲的骨头回去。让太尉、衙内知道他们会办事。于是在这一具体场面下，林冲忍无可忍。掇开靠门的石头，大喝一声，先把差拨、富安两人搠倒，而后再把陆谦丢翻，用脚踏住。这里的描写也只是几笔，也深入精到地写出了林冲的精神内心：第一，他是个老练的武艺能手，对付这几个小丑，从容沉着，游刃有余。对三人，他分清主次，先用枪搠倒两个，乃是为了要好好对付陆谦，陆谦才是他的主要对象。第二，更为重要的是，把陆谦作为主要对象，是抓住了导致林冲转变的一个思想要点，亦即使林冲最终走上反叛之路的基本思想。太尉高俅的种种诬陷与迫害，林冲一直容忍着。因为在他思想里，对于主要的罪魁祸首高俅是不敢触犯、也不想触犯，这本是一个严重的思想问题；而对于原是有较好交情的陆谦的卖友求荣，则认为不可容忍。因为这是负义行为，在他看来，这是最可恨最可杀的。当迫害开始，陆谦受高衙内之嘱，骗他去喝酒，使衙内趁机骗他娘子那次，他就已对陆谦不肯饶恕，怀了刀各处找陆谦不得；这次听李小二报告,知道又是陆谦来谋害他,又买了解腕刀,各处去找,也未找着。其实都因为他自己没有和统治者决裂的决心,所以一再犹豫因循。现在是第三次,隔着门,亲耳听到陆谦说的话。那真是仇人相见,分外眼红。他一脚踏住陆谦,丢开了枪,抽出刀,说:“我自来又和你无甚冤仇,你如何这等害我?正是杀人可恕,情理难容!”陆谦说,不干小人事,是太尉差遣,不敢不来。这话也揭出了陆谦卑鄙无耻的灵魂。林冲骂道:“我与你自幼相交,今日倒来害我,怎不干你事?”于是这个一向安分守己的好人竟剜了陆谦的心肝。所以,这里杀人的几笔描写,和以前的情节紧紧联系,抓住了林冲的一个基本思想,逐步发展而来,而林冲的思想转变也就有根有源,水到渠成,看来是自然而然的。他杀了统治者的爪牙,就再也不能在统治阵营内混下去,唯有投奔梁山。于是林冲反叛了。

就我所读过的写人物思想转变的作品说,像《水浒传》这样写得真实自然、深入精到,实在不是很多的。

林冲经过艰苦的思想斗争,克服了思想性格上的弱点,转变了立场以后,精神面貌就显得焕然一新:他雪夜上梁山,路上碰见几个烤火的老军,因讨酒被拒,就发怒大闹起来,他再也不能那么“温良恭俭让”了;尤其重要的是,上梁山后火并王伦,他是个最活跃最坚决的主将。他确实成为义军的骨干、革命的英雄了。

一九七八年

(原载 1978 年 8 月 8 日《光明日报》)

关于《西游记》

一

《西游记》是中国古典文学宝库里一部伟大的神话小说。它把可惊可喜的瑰丽幻想和深刻丰富的现实内容融合为一体，构成它特殊的艺术魅力。

《西游记》的群众影响之大，在中国古典长篇小说里，只有《三国演义》和《水浒传》可以和它匹敌。《西游记》最后成书虽较两书要迟一百多年，但这三部巨著有相同的产生过程：那就是，它们都或多或少以一些史事作为依据，经过多少年代人民群众的传说流播和民间艺人们的口头创作，而后由杰出的文人作家再行加工创作而成。它们是古典文学里专业作者和群众作者相结合、从群众中来到群众中去的光辉的典范作品。

《西游记》的史实根据是：唐代贞观二年（628）27 岁的玄奘和尚历尽艰难险阻，周游西域五十余国，至摩揭陀国（印度），入那烂陀寺，钻研梵籍，历时十七年，取得梵本经六百五十七部，献给朝廷。这个青年和尚的壮游经历，在当时及后世引起人们的惊叹和兴趣，又加佛教徒的宣扬，就在人民群众中发展成为寄托他们自己的幻想和愿望的传说故事。唐宋以来，民间的“说话”艺人们采取它作为题材，再加渲染生发，故事进一步神奇化。现存一册有些残缺的《大唐三藏取经诗话》，是宋代刊印的“话本”，写唐僧取经，经过了许多神奇地方；同时又添上一个能文能武、神通广大的“猴行者”，帮助唐僧克服途中重重祸难；另外，还有个“深沙神”，也对唐僧作了神奇的帮助。这个“话本”只一万多字，它使我们看到了今日《西游记》主要部分的原始规模。其中“猴行者”在《西游记》中发展成为主人公“孙悟空”，“深沙神”成为取经四众之一的“沙僧”；而且，《西游记》中有几个重要的故事，这个“话本”里也开始出现了，比如“火类坳”和“女儿国”等。“火类坳”即我们上面选择的“火焰山”故事的原始面目。

在元代（1271—1368），有不少取材于取经故事的戏曲。著名的是吴昌龄的《西游记杂剧》。这时的故事内容和人物性格已较宋代《取经诗话》有了很大的发展。除了“孙行者”和“沙僧”而外，又增添了“猪八戒”、“红孩儿”和“铁扇公主”等人物故事。与此同时，也已有人采取这些故事写成小说。明初（1403）编纂的大百科全书《永乐大典》里存有一则“魏徵梦斩泾河龙”的故事，标题是《西游记》。这段故事有一千多字，和今存《西游记》的第十回的详情细节已很接近。我们估计，这个《西游记平话》的内容和《西游记杂剧》是大致相同的。

但把《西游记》故事加工创作而成为一部真正的伟大艺术作品的，是明代的杰出作家吴承恩（1500—1582）。吴是长江北岸淮安府一个从士大夫没落下来的小商人家庭的儿子。他自幼家贫，喜欢读书，聪明，有才学，性情活泼，擅长滑稽讽刺，在本地很有名。但在科举上很不得意，曾长时期流寓南京，赖卖文和朋友的接济度日。到六十岁时，一度任长兴县丞，又因耻于奉承逢迎，和上级官员处得不好，不久即弃职而去。回到故乡，八十多岁才死。《西游记》是他晚年家居时的作品。吴承恩因为出身和经历，对当时极端腐朽黑暗的政治与社会现实，怀着愤懑。他一生受压抑的生活境遇，使他能够接近当时迫切要求社会变革的广大人民群众的思想感情。可是在昏暴的封建统治下，他难于表达自己的内心。他酷爱民间的神话传说。非常熟悉这些丰富多采的故事，并借用它们来抒发自己的情愫和理想，对现实社会进行讽刺和抨击。

吴承恩对《西游记》故事的再创作主要有这样几点：一是在总的主题思想方面，就民间流传的取经故事加以改造和提高，使一个还存有浓厚宗教色彩的民间故事，成为更加明显的具有丰富深刻的现实社会意义的神话小说。在这一点上，原来被颂扬的主人公唐僧相对地受到批判和嘲讽，退居较次要的地位，而反抗统治、扫荡妖魔的孙悟空，则以体现当时人民的理想的英雄，成为书中真正的主人。其次，作者在赋予众多人物——包括神佛和妖魔——以鲜明生动的艺术形象的同时，又概括了一定的社会的历史的特征内容。在情节穿插、场面描写上随处展开针对现实社会的揭露、批判和嘲笑，并且杂以诙谐和滑稽，引人深思，富有风趣。三是就原来故事的骨架，巧妙地集结和组织了许许多多人所熟知的其他民间神话传说的人物和故事进去，环绕着中心，自成完整的体系。其中有佛教的故事，有道教的故事，也有普通民间故事。

书中常常插入一些玄虚的议论，这是当时上层社会流行的所谓儒、佛、道“三教合一”的混乱思想。作者写这些，是出于游戏态度的。

二

《西游记》共一百回。头七回写孙猴子的诞生，求仙得道，学会七十二变化和腾空驾云种种神通广大的法术本领。为求自由，真正掌握自己的命运，他大闹龙宫、大闹地府、大闹天宫，展开了对象征封建统治势力的所谓“三界”的革命斗争，玉帝不得已，封他为齐天大圣。在取得一系列的光辉胜利以后，他终于这样失败了：和如来佛比法，他一个筋斗翻出十万八千里，翻到天的尽头处，回来之后却发觉自己并没有翻出如来佛的手掌心。因此他被压到佛的手变成的“五行山”下，不能动弹。从第八回起，有五回写唐僧赴西天取经的缘由和准备。从第十三回起的八十多回占着全书最主要篇幅的，就是那赴西天途中所经历的所谓“八十一难”的故事。这里面，唐僧路过“五行山”，救出压在山下的孙猴子，收作门徒，取名“孙悟空”，帮助他扫荡妖魔，克服途中祸难。随后又在孙悟空的战斗下收了一个猪精和一个水怪作门徒，就是“猪八戒”和“沙和尚”，成为“师徒四众”的取经团体；另外还收了一条龙，化作“龙马”，给唐僧骑着代步。他们途中所遇的种种祸难事件，有大有小。其中有许多错综和穿插；各个事件又尽可能前后彼此勾连起来，显得有完密的组织。这个作为主干的所谓“取经故事”，实际写的是以“孙悟空”为主的克服灾祸和困难的火炽的战斗；“取经”一事的本身是被有意忽视了的，及至到西天佛地，取经到手，全书也就结束了。

以孙悟空为主的全部《西游记》的神话故事，和任何古代神话一样，当然反映了人民在劳动生产经验中要求战胜自然、征服自然的理想和愿望。这不只像孙悟空的许多神通广大的法术和本领含有这方面的意义，就是诸天神佛和许多妖魔邪道，也同样有以幻想形式表现出来的自然力这方面的意义。而这些丰富瑰丽的幻想，决不是吴承恩或任何个人可以独自创造出来的，它们实反映了一个有悠久历史的民族的人民群众在自然斗争中的宏富经验和豪迈气魄。但是我们欣赏《西游记》神话的艺术，仅只从这方面去理解，还是不够的。因为这些神话的产生与发展主要是在中国的后期封建社会里，它们所反映的阶级斗争的意义则更为重要。在中国封建社会的历史上，农民起义是不断产生的，而自唐末至宋、元及明代。农民反抗封建统治的斗争愈来愈多、愈剧烈、规模愈大。这些农民革命运动在推动长期停滞的封建社会的发展上，起了巨大的作用；但每次的农民起义，都是以不同的结局而告失败。原故何在？主要地是这样一种历史限制：即广大被压迫剥削的劳动人民（其中也包括城市人民）在反抗封建统治的斗争中提不出自己的新的政治纲领和社会理想。他们一面进行着英勇的革命斗争，一面还不得不承认封建主义的政治体制和社会秩序，这是当时还不能解决的矛盾。

孙悟空这个神话形象的内容当然是复杂的，我们不可对它作机械的简单化的理解，不可在每一性格特征和情节场面的描写中牵强附会地探索其社会历史的意义。但从总的方面看，抛开了上述社会历史的背景，离开了上述革命现实中无数人民的英雄性格和革命群众的理想与愿望，这个艺术形象是不可能塑造出来的。孙悟空在前七回里是个狂热地追求自由、迫切地要求变革，敢于对任何统治万物、主宰命运的势力进行挑衅与反抗的叛逆者。无论诸天神佛权威有多大、地位有多高，显得多么堂皇尊严，也无论他们掌握着多么神奇的法宝或力量，但在孙悟空的斗争前面都显出他们卑怯无能、张皇狼狈的丑态。在描写中作者对这些神佛作了辛辣的嘲笑，同时对叛逆者的每一挑衅反抗及胜利作了热情洋溢的颂扬，正就在这种爱憎褒贬的态度里，作者驰骋着惊人的艺术想象天才。

孙悟空在某种意义上也像当时革命的人民群众一样，一面对封建统治进行了强有力的英勇斗争,同时却又始终不能突破这种制度的统治,他虽然一个跟斗能翻十万八千里,却无法翻出如来佛的手掌心,仍然逃不掉“五行山”的镇压。这种艺术处理,并非仅只出于作者个人的宿命论思想。

但是失败了以后“取经故事”中的孙悟空不是一个投降者、屈服者。他保唐僧赴西天取经,并非屈服于神佛势力、违背自己意志的行为。毋宁说,他被安排了保唐僧赴西天取经,是因为神佛们在经过他的一系列英勇斗争后认识了他的不可战胜的力量,承认了他的坚毅高贵的品格,被迫着不得不对他表示尊重,不得不让他去进行另一种正义斗争的举措。再就孙悟空方面说,此时保唐僧取经正是出于他自己的志愿。他原来对神佛的斗争,缺乏明确的目标和方向。他在大闹天宫时提的口号不过是“皇帝轮流做,明年到我家”。他反对现有的却提不出新的;于是失败了。但是他决不甘于失败,他还要去追求他认为的真理或理想。他保唐僧取经,正是出于这种迫切的内心要求。孙悟空的热情实际是倾注在取经途中扫荡妖魔邪恶势力上面,对取经的本身他真有多大的兴趣,他自己也不很明白,书里也没有具体告诉我们。

因为孙悟空在保唐僧取经的任务中寄托了自己对理想的追求,所以他能够以最大的热情和决心,很好地发挥他的勇武和智慧、克服万千险阻,表现出他伟大的乐观主义精神和英雄气概。大闹天宫的孙悟空和保唐僧取经的孙悟空,其实质精神是前后一贯的。

我们看取经故事中的孙悟空,有四方面的关系形态可以注意:一、此时他主要的斗争对象是诸多妖魔。这些妖魔都代表种种邪恶势力,和孙悟空所持的愿望理想是正面冲突的。他之扫荡妖魔,是正义的战斗。这些战斗无论多么艰苦,最终总是孙悟空取得胜利。二、孙悟空和妖魔的战斗中经常取得神佛的协助。但我们不能因此就简单地认为取经途中的孙悟空完全站在神佛的一边,成为神佛统治势力的爪牙。书中的描写很清楚:一方面这时的孙悟空与诸天神佛仍然保持着很大距离,他还受着神佛所施的“紧箍咒”的制约,而他在神佛面前完全是一种独立自主、傲慢不敬的态度;另一方面,那些妖魔,有许多和神佛暗中有关系,有许多正是神佛那里放出来的。它们的法宝或力量也多从神佛那里得来的。(这样的神话故事,在封建时代岂无揭露政治、讽刺现实的意义?我们知道当时直接鱼肉人民的地方恶势力无不从皇朝政权那里取得权力,而如明皇朝的锦衣卫和太监总是分布各地成为人民的最大祸害,而土豪地霸则都和中枢暗中勾结。)因此,与妖魔为敌的是孙悟空,并非神佛;主动地除魔的是孙悟空,而神佛实是处于被动、出于不得已。所以孙悟空在神佛统治一切的世间扫魔除妖,实质上是对神佛势力的间接斗争。三、孙悟空虽拜唐僧为师,虽然全心全意保唐僧取经,但他和唐僧之间有严重的矛盾。唐僧这个软善慈悲的"长者"身受妖魔所施的灾难,许多妖魔要吃他的心肝和肉,他却要对妖魔讲慈悲,不许孙悟空斩杀妖魔。孙悟空正相反,他坚决要斩杀妖魔,除恶务尽。于是师徒间常常爆发不可调和的冲突。唐僧曾多次驱逐孙悟空,都因孙悟空伤害了妖魔和其它邪恶的性命,反责其有意作恶、无心向善;但孙悟空一走,唐僧就立刻遭遇灾难。从孙悟空这个坚定的战斗者、正义的坚持者和恶势力的死敌的光辉形象的塑造上,有力地批判了代表统治阶级正统思想的唐僧的性格。四、孙悟空和他的战友猪八戒的关系也是富有意义的。猪八戒有许多小农私有者的性格特征。他在取经途中经常表现无信心、无决心、意志动摇,取经途中,一遇女子相诱,他就要留下不走。他好吃、贪睡、偷懒、爱占小便宜,结果总是吃亏。在剧烈的战斗中,他常自称无能,躲在后面,让孙悟空去打头阵;但看到妖魔战败,又恐孙悟空独得功劳,跑上去打几钉耙。但他也是一个质朴善良的人。在这些不可容忍的劣根性之上,他能够一贯地与妖魔为敌。从不对恶势力屈服,在取经队伍中他担当了像挑担、开荆棘路、开污秽的稀柿衕等最劳苦、最低下的工作,而且他不固执,勇于认错,终还以孙悟空为战友坚持到底,在取经的途中贡献了不可少的一份力量。《西游记》的读者对猪八戒总有深刻的印象,一面觉得他可鄙、可厌、可笑,但同时还是很喜爱他。显然,我们这种印象是和作者在肯定他的前提之下狠狠地批判他的缺点的处理态度分不开的。

三

过火焰山三调芭蕉扇的故事，在一百回书里占着第五十九至六十一回整三回的篇幅，取经队伍正在中途，扫除妖魔、克服阻难的战斗一个紧接一个地展开，正在方兴未艾；在所遇“八十一难”中被置于承前启后的地位，作为许多个重点故事之一来处理，显得很重要很有趣，一向引起读者的注意。无论小孩或大人都喜爱它，戏曲、木偶戏、故事画和装饰画多拿它作题材。

牛魔王及其妻铁扇公主不同于一切其他的妖魔，他们既不是从神佛那里来的，也未蓄意谋害取经者（牛魔王之子红孩儿却用许多神奇法力几次捉去唐僧，要剜他的心、吃他的肉，以图长生不老，并要请父亲牛魔王来同享）；他们在诸多妖魔中被描写为最善良的两个妖魔。这和孙悟空与牛魔王的旧关系有关，当孙悟空在花果山水帘洞做猴王时，他们原是盟友，这在全书开始的故事里曾经写到过。由于这种特殊关系，孙悟空最初并不把他们当一般的妖魔看待，借芭蕉扇时对他们一口一声亲热地称呼“嫂嫂”、“哥哥”（不忘旧情，执礼甚恭。封建时代的中国人民一向把重视朋友之“义”，当做优美的品德）。但这毕竟是私情，是小“义”；一到和“公理”和“大义”发生矛盾时，就只有“大义灭亲”。这个故事里的孙悟空对他的老朋友，先讲旧情，继因红孩儿之事，引起对方仇恨，不肯借扇解除困难，孙悟空立即不顾私情，以敌人相待，展开火炽的战斗。因此从孙悟空与牛魔王的关系中，作者正从一个特殊的角度来深入一步地描写他的主人公的伟大英雄性格，这是很有意义的。作者在这里非常有分寸地把牛魔王写成中国封建时代现实社会里一个普通封建主的典型，通过对他和妻与妾相互间的关系形态的描写，结合着战斗，穿插许多有趣的情节和场面，随时进行揶揄和嘲笑，都是针对当时世俗社会的讽刺。

“火焰山”一段的艺术成就，我以为有三点可以在这里说一下：一是孙悟空对待所遇险难的大无畏态度、积极乐观的战斗精神，通过许多细致的描写，表现得非常深刻、非常饱满；二是孙悟空对铁扇公主和牛魔王的战法,表现了最好的智慧,而不是单凭武器和法力。尤其对铁扇公主的战术:化作小虫,钻入肚内,头顶脚蹬,使之束手待毙,而后借扇。这样高明的战法,不只是有趣的奇想,也是富有启示意义的。在以前的战斗中,孙悟空还没有这样的战法。三是孙悟空的英雄性格此时还在成长过程中,他在战斗中还暴露许多弱点。他轻信自己的威力,也轻信敌方的心地。一调芭蕉扇,经过挖心战取胜,拿到芭蕉扇就走,一点不疑,结果借到的却是一把假扇,上了一个大当。二次运用智慧,再经苦战,把真扇拿到了手,此时被胜利冲昏头脑,毫不警惕,结果却被牛魔王化做猪八戒,把扇子骗了回去,又上一个大当。这里写他以一个小个子,背着一把放大了而不会收小的巨大的扇子在肩上,那种充满骄傲自满情绪的洋洋得意的神态,是十分令人好笑的。这正是作者对他所热爱的主人公的弱点的出于善意的批评。

孙悟空对牛魔王及其妻的一系列战斗,即"三调芭蕉扇",写得波澜壮阔,火炽异常。鲁迅在其《中国小说史略》里评为"变化施为,皆极奇恣",真是一个非常中肯的评语。

(本文是为英文版《中国文学》月刊刊登《西游记》第59至61回时所写的评介,原载该刊1961年第1期)

关于《金瓶梅》的漫谈

《金瓶梅》是一部杰出的古典小说，在中国小说史上占有重要地位。《金瓶梅》这部书最重要的贡献，就在于它塑造了西门庆这样一个典型形象。这个人物反映了鲜明的时代内容和深刻的社会意义。以小农经济为基础的中国封建社会，一直都是重农抑商的。但发展到明中叶以后就有了变化。从明人写的一些笔记可以看出，英宗正统时期，一些知识分子凑在一起谈的只是科举八股一类的事情，到了武宗正德时期，谈论的内容就有了变化，经商做买卖这样的事也挂到这些士人的嘴边了。这反映了明中叶以后商业资本的发展。西门庆这个人物，就是在这样的时代条件下产生的。

西门庆是一个商人。先是开中药铺，后来发展起来做了好几宗买卖。封建势力要压制商人的发展，同时又要利用商人。商人同封建势力相结合，彼此都有利。封建官僚只靠官薪难以维持他们奢侈享乐的生活，他们需要从富商那儿得到贿赂；而商人如果没有封建官僚做靠山，他的商业也很难维持和发展。这是中国封建社会发展到后期，到了明代中叶以后，商业资本发展时期的一个突出特点。《金瓶梅》非常真实地展现了这一时代特征。西门庆走的正是商人同封建势力相结合这条路。他利用送礼行贿，甚至不惜做干儿子，投靠了在朝中当权的蔡京，做了个提刑副千户，就掌了权，有了政治势力。有了靠山，他的资本就发展得很快了，买卖越做越大，聚敛的钱财越来越多。提刑副千户是一个司法的官，但他自己是从不守法的。他捣毁了蒋竹山的药铺，什么事也没有。他手里的权只是用来欺压百姓、牟取暴利的。西门庆追求财富无所顾忌，不择手段。他是一个市侩，是一个集官僚、地主、商人于一体的典型人物。这样的人物，只有在以小农经济为基础的中国家长制的封建宗法的社会土壤中才能孕育出来；如果没有明中叶以后资本主义生产关系萌芽的时代条件，也不可能产生。所以西门庆是一个具有非常深刻社会意义和时代意义的典型形象。

中国封建社会的末期，政治上并不是纯粹的封建主义专政，而是官僚、地主、商人三位一体的市侩专政。明代后期的刘瑾、严嵩、严世蕃父子，还有清代的和坤，再后是民国时期的某些政治上的头面人物，他们掌权，势力很大，也拼命聚敛钱财，都是市侩。所以，西门庆这个人物，对我们认识中国封建社会末期的特点和本质，是很有意义的。这个形象，在中国过去的长篇小说中是从来没有过的，这是《金瓶梅》作者杰出的艺术创造。

在艺术表现上《金瓶梅》也很了不起，标志了中国古典长篇小说的重大转变。中国的古典长篇小说从“讲史”脱胎而来，受到“说话”艺术的影响，很讲究故事情节。因为“说话”是要让人听的，故事不生动，就不能吸引听众。不仅长篇的“讲史”如此，短篇的“小说”也如此。明清文人的拟作也沿此传统。《拍案惊奇》、《今古奇观》，都突出一个“奇”字，追求故事的曲折奇警。但到了《金瓶梅》就有了明显的变化，将艺术创造的重点从故事情节转到人物性格的刻画上。所写都是平凡的日常生活，家庭琐事，但在平凡生活的细腻描写中，揭示了丰富的社会内容。写西门庆，就写他的日常生活，写得很细，从里写到外，写他的性格，写他的内心世界，写得非常深刻。

再有，《三国演义》、《水浒传》、《西游记》中的人物多是理想化的，带有浓厚的传奇色彩。《三国演义》写曹操、诸葛亮，性格都没有发展，缺乏立体感。《金瓶梅》中的人物就完全是生活中的人，脱掉了那种理想化的传奇色彩。这方面，对《红楼梦》的影响很大。可以说，中国古典小说的现实主义，是到了《金瓶梅》才真正成熟的。人物性格的真实深刻的描写，是一个重要的标志。没有《金瓶梅》在艺术上的这种开拓，《红楼梦》的产生是很难想象的。

中国的古典长篇小说，无论《三国演义》、《水浒传》和《西游记》，都是民间的无名作者和文人作家集体创作的成果。《金瓶梅》是第一部由文人作家独立创作的长篇小说。近年来有的学者提出《金瓶梅》也是经由民间讲说而后才由文人作家写定的，但是理由并不充足。明代的文人如袁宏道、袁中道和沈德符等人，初读到《金瓶梅》时那样的惊奇和震动,要是小说的内容在民间早有广泛流传,他们的这种感受是很难叫人理解的。再则,《三国演义》、《水浒传》和《西游记》的时代都比《金瓶梅》早,但有关的民间传说和民间艺人的底本都或多或少保留下来,至少有关的名目见诸记载或著录;《金瓶梅》的时代较晚,却至今没有发现有关民间传说的过硬材料。从旧时代群众娱乐场所的情况看,《金瓶梅》中有那么多露骨的性描写,由民间艺人在大庭广众中直接讲说也是难以想象的。

《金瓶梅》这部书是很值得我们重视和研究的。近几年,《金瓶梅》的研究比较活跃,发表的论文和出版的著作都不少,但多是偏重于版本和作者的考证的,对作品思想和艺术的探讨仍然不够。今将平日的管见所得写出来,作为一家之言,参加讨论。

(原载《文学遗产》1993 年第 5 期)

《儒林外史》的思想与艺术

——纪念吴敬梓逝世二百周年

一

历史悠久、丰富多采的中国古典现实主义文学,发展到十八世纪中叶,无独有偶,产生了两位值得我们自豪的杰出的大作家。这就是《红楼梦》的作者曹雪芹和《儒林外史》的作者吴敬梓。他们的不朽的作品,不只使我国优秀的文学传统获得前所未有的新的发展,就是在世界文学历史中,他们也应该居于最先进最光辉的行列。就产生的年代说,曹雪芹比俄罗斯的巨匠托尔斯泰要早一个世纪;吴敬梓比俄罗斯的讽刺家果戈理也早一个世纪,比契诃夫则早一个半世纪。这里我们将曹雪芹和托尔斯泰作比,将吴敬梓和果戈理、契诃夫作比,不仅因为他们笔下所反映的社会现实与历史面貌具有某些类似之处,也因为他们作品的气派或风格、思想与艺术的造诣,都是两相交辉、相互媲美的。

至于吴敬梓和曹雪芹呢,吴比曹要大二十多岁,但作品的写作年代几乎相同。他们都生当鸦片战争以前——中国开始半殖民地化以前一百年顷:几千年长期停滞的中国封建社会已经到了衰朽不堪的地步;同时清的势力侵入,经过几十年武力与政治的统治,政权逐渐巩固起来。本来尖锐激烈的阶级斗争和民族斗争至此都转趋消沉。这可以说是古老中国封建主义统治最后的"回光返照"时期。在此时期,中国广大被压迫人民实际处在一种沉郁苦闷的境遇之中,中国社会的矛盾,是突出地表现在统治阶级阶层的内部。即是,统治阶级自相倾轧,剧烈分化,生活越趋腐烂,精神越趋崩溃,封建主义制度破绽百出,加速的走向穷途末路。曹雪芹和吴敬梓都出身于没落的统治阶级家庭,他们各以自己的切身感受，绘成充满诗情的巨幅图画：一个以两性婚姻问题为中心，反映了贵族统治阶级的罪恶和崩溃；一个则从"功名富贵"的问题着眼，反映了士大夫阶层的堕落和政治的黑暗与窳败。他们对现实的态度和所反映的社会层、生活面都有不同，但是所提出的问题的性质则同一范畴，同是给当时罪恶的封建主义社会制度和政权统治以无比深刻的揭露和有力的狙击。因此，他们都成为当时中国广大被压迫人民的代言人，他们的控诉，正反映了中国人民的心声。近二百年来，他们的作品在读者中间广泛流传，深入人心，一直在直接、间接地教育着中国人民；这对民主主义思想的启发和培养，无疑地作了出色的贡献。

《儒林外史》，因为它的高度的讽刺艺术这一特色，向来对社会有特殊的影响。同治年间惺园退士的序引述这样一句话："慎勿读《儒林外史》，读之乃觉身世酬应之间，无往而非《儒林外史》！"鲁迅在《中国小说史略》里说，从有了《儒林外史》，中国的小说"乃始有足称讽刺之书"；又说，以后也少有"以公心讽世之书如《儒林外史》者"。我们的鲁迅，在思想与艺术方面所受此书的影响很大，他在许多篇杂文里论及它，推崇备至。《且介亭杂文二集》为叶紫作《丰收》序说：

> 《儒林外史》作者的手段何尝在罗贯中下，然而留学生漫天塞地以来，这部书就好像不永久，也不伟大了。伟大也要有人懂。

鲁迅的这话，对于今天的我们，也是很重要的提示。由于《儒林外史》的题材和主题的一些具体问题，也由于艺术手法方面的一些特点，我们今天读起来，是会发生许多隔阂的。要向这部可珍贵的文学遗产进行学习，很好的认识它的思想和艺术，困难似乎比读《红楼梦》还要多些（《红楼梦》写的两性问题，这是有普遍性的题材；书中充满一个青年人的感觉情绪，这也容易为一般读者领会）。本文提出几点粗浅的见解和体会，希望得到指正。

二

关于吴敬梓的生平和思想，有几个要点，对我们了解《儒林外史》

是不可忽略的。

吴敬梓(1701—1754)生长在长江北岸安徽省全椒县一个“名门望族”的大家庭。他的曾祖和祖父两辈宗族,官做的特别发达,在明清之际,有五十年光景的“家门鼎盛”时期。但他自己的祖父在同辈中功名很小,而且早就死去;他自己的父亲也只做了几年县教谕,后来得罪上司,官弄丢了,次年也就死去。吴敬梓十三岁死母亲,二十三岁死父亲,他既不热心功名,又轻视钱财,喜欢挥霍,喜欢帮助人。上代留给他的家产几年就被他花费掉,奴仆也逃散了。但是他的宗族多是富贵中人,自然看不惯他,讲势利的邻里们也歧视他。他在故乡住不下去,三十三岁那年搬家到南京,很快就弄到精穷。从这时直到五十四岁在扬州逝世,主要就依靠卖文和朋友的周济过活,有时不得不把几本旧书拿去换米,有时几天没米下锅。从这里我们可以知道,吴敬梓自幼处在富贵宗族或“名门望族”的社会环境中,而在自己的、从祖父起就已经衰微下来的家庭里长大,到中年以后又骤然陷入贫困不堪的境地的。在他一生所经的这种由“渐”到“骤”的家庭破落过程中,他在家乡全椒县、在苏北赣榆县(他父亲任上)、在南京都曾久住过,到过扬州、安庆、芜湖等城市;从他几代上辈的关系,他的宗族们的关系和他自己的关系,他所接触的士大夫阶层很广泛,认识与熟知的人物也非常多。他看的嘴脸,受的冷暖,经历的人事,体验的世情,都很丰富深刻。这就培养了他的富有正义的敏锐感觉,和体察现实的清醒头脑,使他看透清朝黑暗统治下士大夫阶层的堕落与无耻,看透政治的罪恶与社会的腐败,使他的心倾向于他所接触的微贱的和落拓不得意的人物。总之,他的这种身世经历,就是他的严肃的现实主义精神的直接渊源。

吴敬梓的先代和他的许多宗族都以八股文起家,博得很大功名富贵。他的曾祖是顺治朝“探花”,做到翰林院侍读的官;曾祖兄弟五人,除了一个没有功名,其余四人都是明代或清代的“进士”。和他祖父同辈的宗族中,有“榜眼”,有“进士”,有“举人”。只有他自己的祖父是“监生”,父亲是“拔贡”,功名都不得意,却都有自己的信念,讲究“孔孟之徒”的德行与操守。吴敬梓在这方面受了上代——尤其父亲的深刻影响,他始终对父亲念念不忘。他轻视功名富贵,讲究“文行出处”,就有家庭这方面的根深蒂固的来头(明末清初许多爱国主义先辈大师们给他的思想影响后面再说)。但在当时的社会制度和士大夫风气中,在他自己的具体处境中,说他对功名富贵就毫不动心,那恐怕也不可能。他的诗文中就有“从来家声科第美”这类夸耀的话。尤其在他中年落拓贫困以后,那味道在他这样出身的人不是好受的。他在扬州看见本来富有的他的好朋友程晋芳这时也贫困了,拉着手流泪道:“你也到了我这样地步,这境况不好过呀,怎么办?”这话说的很真挚。他二十岁考得“秀才”以后,也还应过考;三十六岁时安徽巡抚征他应乾隆朝的“博学鸿词”科考试,他确实到省去考过。但到正式荐举他入京廷试时,他终于没有去。后来他的诗中可又流露失悔之情。到他亲眼看见赴京考“词科”的几个熟人一个个落第的狼狈丑态,他才死心塌地,而且从此真正断绝了这个念头。由此可见,他在“穷”“达”、“沉”“升”、“贫贱”与“富贵”之间,有过苦痛的思想斗争,到了写作《儒林外史》以前几年,他才斗争过来,思想上才完全坚定了下来。这不是很简单很轻易的思想斗争过程。没有这种占去他大半生的切身苦痛经验,他不能有那种强烈敏锐的憎恶八股制艺、憎恶功名富贵的感情;更不能通过日常现象中的一些人与事,那样深刻地领会到那根源和本质——政治和社会的罪恶;也就不能有鲁迅所说的“秉持公心,指摘时弊”,“戚而能谐,婉而多讽”的他的这种对现实的态度和看法。闲斋老人的《儒林外史序》说:

> 其书以功名富贵为一篇之骨,有心艳功名富贵而媚人下人者;有倚仗功名富贵而骄人傲人者;有假托无意功名富贵,自以为高,被人看破耻笑者;终乃以辞却功名富贵品地最上一层为中流砥柱。

这是全面概括地阐明了这书的主题,说得非常中肯和确切。作者所要表现的这个主题,和他内心深处的思想感情结合为一;书中的人和事,都经过他自己平日深切的体察和感受才写出来的。这是作者一生心血的结晶,它之所以写得深刻动人,不是偶然的。

因为家庭破落,才有清醒的头脑来看人与人之间的关系,才能通过生活经历和感受深刻地体察到事物的本质:这种高度的现实主义精神,曹雪芹和吴敬梓可以说没有区别。可是他们的具体的身世经历,环境教养,则有很大的差异,他们的思想也就完全不同。曹雪芹从小过着繁华绮丽的贵家公子生活,不到二十岁,突然一切化为乌有;这真恍如梦幻。他平日又多接触佛老思想,这就使他的思想很自然的带上一些虚无主义的色彩。他把他的悲剧的社会原因,了解成为整个的人生问题;把对现实的否定,归结为对人生的否定。于是创造一个"太虚幻境",作为他的理想世界(这里只是指出一些思想的特点,说明曹雪芹对现实的否定更为彻底一些,以与吴敬梓比较;当然没有贬低曹雪芹的意思)。吴敬梓的思想完全不是这样。如前面所说,他出身于上层中比较"寒素"的家庭,与曹家相比,属于另一个社会阶层。他到中年以后才经过他自己的手陷于贫困,他完全清楚自己家庭破落的根由。他自小受"孔孟之徒"的薰陶教养,他的思想虽含有许多新的进步因素,但并未跳出"名教"的范围;也就是说,他的思想基本上仍属封建主义思想体系。同时,他的先代在明朝即已发达,虽然曾祖吴国对做过清代顺治朝的大官,但他的家庭终究不是清朝的暴发户,倒是他祖、父两辈和他自身的沉落都在清朝。因此,他对清代外族统治,保有良知,抱有憎恨和反感。总之,他对现实并不全部否定,也绝无消极逃世之心。他主要只是憎恶清代外族黑暗的封建统治,憎恶士子们醉心八股制艺,热衷功名富贵,以及因此而造成的堕落窳败的社会风气。他的朋友程晋芳介绍他的思想,说他"好治经",把治"经"看做"人生立命处"。这很明白,他是要以正统的儒家思想作为自己立身处世的站脚点,以与清廷统治下的现实社会与政治对抗;并且也以一个自以为正统儒者的观点,以一种热爱自己民族与社会的积极态度,欲罢不能地要对当时罪恶窳败的政治与社会痛加攻击和针砭。闲斋老人序说:

> 故其为书亦必善善恶恶,俾读者有所观感戒惧,而风俗人心,庶以维持不坏也。

作者写作《儒林外史》的态度确是这样的。但必须点明,这一种态度的根本出发点,还是对清廷统治的憎恶。

三

但是，要了解吴敬梓所持的正统儒家思想的实质，他所谓“治经”和说“治经”是“人生立命处”的实际意义，我们还必须就明末清初的复古运动这一总的时代思潮的背景来加以说明。

我们都知道自宋代起统治者为了加强思想统制，就大力提倡程颐、朱熹的所谓“理学”；到了明代，“理学”又与八股制艺相结合，读书人以此争取功名富贵，风气日益堕落。关于“理学”的本身，这里不去谈，但提倡“理学”的结果，文化思想方面形成前所未有的黑暗时期；中国社会的“封建礼教”，是从宋代起发展到特别严重地步的。这是事实。

到了明末清初，爆发了一个思想革新运动；这是中国历史上隋唐以后的第二次复古运动。这个思想运动的重要人物非常之多，我们在这里只就顾炎武（1616—1682）、黄宗羲（？—1695）、王夫之（1619—1693）、颜元（1635—1704），还有后起的戴震（1723—1777）几个大师来说一说。他们都以复古的正统儒家思想来反对“理学”。最初对明代的理学家王阳明发动攻击，后来连宋代的程、朱也一并反对。他们复古思想的主要精神有下述几点：

第一，他们反对理学家“束书不观”，“游谈无根”；斥“理学”“儒表佛里”、“佛老混杂”。他们主张“穷经”。顾炎武说“理学”即“经学”，“经学”而外，古今无所谓“理学”。黄宗羲指斥明人袭程、朱语录糟粕，不以六经为根柢。戴震说宋以来儒者，以自己见解硬坐为古圣贤立言之意；因此孔孟的经书尽失其解，儒者杂袭老释之言以解之。

第二，他们攻击理学只空谈，不实践。他们主张“致用”与“力行”。顾炎武说理学家“言心言性”，讲“危微精一”，而置“四海穷困”不言；明代亡国，就是因为清谈孔孟之故。又说，孔子删述六经，即伊尹太公救民水火之心，所以说“载之空言，不如见诸行事”。他声言自己“凡文之不关于六经之指，当世之务者，一切不为”。他治学贵独创之见，反对依傍和因袭；贵有丰富确切的实证，反对空疏；而最终目的则是为了“经世致用”。黄宗羲在主张“穷经”之外，还以为“拘执经术，不适于用,欲免迂儒,必兼读史”。颜元攻击程、朱:“为爱静空谈之学久,必至厌事;厌事必至废事,遇事即茫然。故误人败天下者,宋学也。”说:“书本上见,心头上思,可无所不及,而最易自欺欺世。不特无能,其实无知也。”他拿行路作比,说宋儒如得一路程本,观一处又观一处,自喜为通天下路程,其实一处未行,一处未到。又拿行医作比,说满天下都是名医,“而天下之人病相枕、死相接”。除了颜元所说的实行另有意思而外,顾炎武、黄宗羲所说的“致用”,就是指“四海穷困”、“救民水火”这样的“当世之务”。他们不只如此说,确是如此去干的。他们是卓越的思想家、学术家,也是了不起的政治家和社会活动家。

第三,明朝亡国以后,在清廷外族统治之下,他们一身硬骨头,保持凛然的民族气节,始终与清政府对抗,不受它的收买和利用。清代在顺治、康熙各朝都在施用恐怖手段的同时,兼用对士大夫阶层的收买政策,先是征举“山林隐逸”,后来开“明史馆”和“博学鸿词”科试,但他们都坚决地拒绝荐举。顾炎武奔走南北,黄宗羲往来沿海,都是反清斗争的英勇参加者。他们研究经学,详考史事成败,精研山川要塞,兼通天文算法,讲究文字声韵,都是从“经世之务”、“利济天下”着眼;他们的研究学术,是为了心含隐痛,志图匡复明社。所以这个复古运动,含有强烈的民族思想。

第四,他们反对“理学”,实即具有明显的民主主义思想的因素。黄宗羲从民族斗争的实践,根据他的高超的史学眼光,提出极精辟的反对专制政治的理论。《明夷待访录·原君》篇说,古代是人民为主,君是人民的公仆;后世却以君为主,从此天下不得安宁。“后之为人君者不然……我以天下之利尽归于己,以天下之害尽归于人”,“以我之大私为天下之公”,“视天下为莫大之产业”,“凡天下之无地而得安宁者,为君也”,“天下之人,怨恶其君,视之如寇仇,名之为独夫,固其所也。而小儒规规焉,以君臣之义无所逃于天地之间,至桀纣之暴,犹谓汤武不当诛之”!《原法》篇说:“后之人主,既得天下,惟恐其祚命之不长也,子孙之不能保有也,思患于未然,以为之法。然则其所谓法者,一家之法,而非天下之法也。”这说得何等透辟!十八世纪初反映欧洲资产阶级民主革命思想的卢梭的《民约论》也不过是这些意思。此外,明亡后,起兵反抗清兵失败,逃入深山著书立说的王夫之,在攻击"理学"时,也发表了深刻的反封建礼教的见解。他说:"天理即在人欲之中,无人欲则天理亦无从发现。"这种新的学说,为后起的戴震加以发展。戴震指斥理学家"以释混儒","舍欲言理"。他的《孟子字义疏证》里说:"圣人之道,使天下无不达之情,求遂其欲,而天下治。后儒不知情之至于纤微无憾是谓理,而其所谓理者,同于酷吏所谓法。酷吏以法杀人,后儒以理杀人!"又说:"记曰,'饮食男女,人之大欲存焉'。圣人治天下,体民之情,遂民之欲,而王道备","君子之治天下也,使人各得其情,各遂其欲,勿悖于道义;君子之自治也,情与欲使一于道义。夫遏欲之害,甚于防川……"这些学说,都有"人性自由"或"个性解放"的民主主义因素,都含有反对封建主义政治与文化的要求,这是很清楚的。

第五,他们当然也反对科举制度。顾炎武在他的《日知录》中屡次痛骂八股,说"八股盛而六经微,十八房兴而二十一史废",认为八股的流毒比秦始皇焚书坑儒还要厉害得多。

这个思想运动波澜壮阔,方面很多,从顾炎武到戴震历十七世纪中叶至十八世纪中叶约一百多年之久。可是限于条件,随着满清封建统治的趋于巩固,因而衰退以至中断。但影响还是很大的,乾嘉的"朴学",虽然变了质,也是它的余绪;至清末康有为、梁启超、谭嗣同的维新变法运动,还接受了这个思潮的传统。我们应该注意,他们讲复古,讲正统儒家思想,不过拿来作为自己思想的依据,实质上,他们的思想本身含有新的内容。我们至少可以这样说:它反映了封建主义制度发展至衰朽不堪因而寻求变革之道的新精神(至明代亡国,则又转为反清的民族主义精神;这时反封建统治和反外族统治实际是一回事)。毛主席曾在《中国革命与中国共产党》文中指告我们,"中国封建社会内的商品经济的发展,已经孕育着资本主义的萌芽"。从明代起,中国封建社会内的商业经济有特殊的发展,而类如江、浙地区的织造业也脱离了小农经济家庭副业的地位而成为有独立规模的厂坊:不过这些萌芽状态的经济因素,因受封建主义统治的压迫与摧残,没有很好地成长起来。

马克思在他的《拿破仑第三政变记》的开端指告我们,历史上当人们从事于变革与创新时,总要"召唤过去的亡灵来为自己效力";并说,"其目的是在于赞美新的斗争,而不在于仿效旧的斗争"。梁启超著《清代学术概论》称这个复古思潮运动是"以复古求解放";又把宋以来"理学"的思想统治时期比之为宗教思想统治的欧洲中世纪黑暗时期,而把这个复古运动比之为欧洲的"文艺复兴"运动:这所比拟的两方,在一定范围内是有它们的相同之点的(但梁著《清代学术概论》把变了质的乾嘉"朴学"当成这一思潮运动的"全盛时期",那就完全不对了)。总之,这个复古运动,实质是一个要求变革,要求解放的具有重大历史意义和价值的新思潮运动,是不容置疑的。

吴敬梓生当这个新思潮运动的末期。顾炎武在他出生前二十年死,黄宗羲在他出生前六年死,颜元在他四岁时死。但后起的戴震则比他年小二十二岁。只有在戴震以后,称为这个新思潮的继承者的乾嘉学者们才抛开了"经世致用"的这一主要之点,完全转向脱离实际的为学术而学术的考据之学,即所谓"朴学",而这个新思潮运动才变了质,成为绝学而中断了。吴敬梓的思想一方面与顾炎武、黄宗羲的显然一脉相通,一方面又与后起的戴震的学说有共同之点。他的好朋友程廷祚、樊圣谟都是当时有名的古学家,和他的思想基本是一致的。他说"治经"是"人生立命处",正是这个思潮的特点。但是他的先辈大师们的"治经",是拿来反对当时居于权威地位的"理学"思想;到了吴敬梓的时代,"理学"已经失去它统制思想的力量("理学"虽经清代统治者极力提倡,也未收大效,后来不得不转而提倡"朴学"),所以在他就具体表现为与当时特别猖獗、严重地腐蚀着民族与社会的八股制艺风气作战。再则,他的先辈大师们之"治经",是为了"经世致用",也就是"救民水火","匡复明社";到了吴敬梓的时代,政治环境不同了,清朝的统治已经巩固,民族斗争已趋消沉,所以他的"治经"就具体表现为讲"文行出处"。这就是说,在他所处的现实形势下,他的先辈大师们作那样远大企图的客观条件没有了,在他只能以"治经"来作为个人与清朝外族统治下的腐朽社会和黑暗政治对抗的思想武装了。同时,也应该指出,他的"治经"和戴震以后的乾嘉学者们有根本不同。乾嘉"朴学"完全脱离实际,丢开了古学的思想内容,实际是为清朝统治者服务;而吴敬梓不只想以正统的儒家思想作为自己立身处世的准则,而且以一个所谓正统儒者的精神热情地关心着现实社会,热爱着自己的民族和人民,他始终对黑暗窳败的清朝封建统治保持着抗拒的和不妥协的态度。应该说,他的先辈大师们的复古思想的基本精神就是爱国主义;这一基本精神,是被在他以后的乾嘉学者们完全丢掉而且走到相反的路上去了。但我们的吴敬梓,则仍然保持着这个新思潮运动的基本精神,他仍然是个热烈的爱国主义者。

四

吴敬梓一生历清代康熙、雍正、乾隆三朝。他在康熙四十年出生,清廷已经结束了它的对内地本部的武力镇压,而转向对边疆少数民族的征服。但在本部,先代所遗留的民族思想的影响还是很大,因此清廷在逐步巩固了它的政权的同时,对文化思想的统制也变本加厉。康熙是个历史上少有的博学多能的皇帝,对内部的文化思想统制,他有一整套的内行办法。那就是一面怀柔,一面镇压与禁锢。他提倡"理学",主持多种古籍的整理编纂,同时严禁"小说淫词",又兴文字狱。著名的文字狱先有庄廷鑨明史案(这不是康熙自己搞的),死七十多人;后有戴名世和方孝标南山集案,处死刑流刑的几百人。到了雍正朝,因为他的皇位是抢夺来的,兄弟相残,君臣相忌,统治阵营内部分崩离析,他为了巩固自己,大量用特务,统治手段尤其恐怖。单说文字狱差不多年年都有,如汪景祺西征随笔案、钱名世作诗案(因为称颂了年羹尧)、查嗣庭出八股试题"维民所止"案、陆生楠通鉴论案、徐骏奏章笔误案;最著名的是吕留良案,牵连极广,杀戮极惨。雍正在朝十三年,正当吴敬梓自二十三岁至三十五岁的时候,他所感受的应该特别深刻。《儒林外史》的写作,大约开始在乾隆朝初期,他已经四十岁左右;到快五十岁的时候书即完成。这时政治恐怖空气暂时缓和了些,但老虎总是会吃人的,那威胁还是严重地存在(乾隆朝的文字狱更是吹毛求疵;搜查与焚毁书籍数十次,达一万数千部,多是些稗史笔记和诗文集;但这些都是吴敬梓死后的事)。鲁迅在蒋介石恐怖统治下作的诗有"城头变幻大王旗”、“怒向刀丛觅小诗”之句。我们可以想像，吴敬梓在当时的政治环境里，写作这样一部深刻揭露政治与社会，处处都可以触清廷忌讳的讽刺小说，该怀着怎样的战斗热情和勇气；而他的正义的爱国主义思想感情，又必须怎样巧妙的表现出来，才能没有违碍。

《儒林外史》所写的，多有当时实有的真人真事做影子。这不只是金和跋里一个个的指说过，我们根据有关的资料看，书中的杜少卿确实像作者自己，庄绍光确实像他的朋友程廷祚；书中写了杜少卿和庄绍光谢征辟的事，写了南京祭祀太伯祠的事，这也都是当时实有的事，但作者却把这些亲身的阅历（当然经过了很大的加工），也就是当时清代的政治与社会现实，假托为明代的故事；把明代的某些史事，拿来作成当时现实的背景，这在作者是怀着苦心的。因为这样办，一则可以规避现实政治，免得触犯忌讳；二则借事影射，可以很好的来攻击现实；三则也寄托了他对亡明故国之思，抒写他的隐痛。这样的假托，有《水浒》、《金瓶梅》的先例可以效法，但他运用得非常现成而且巧妙。

开宗明义第一回，作者就用饱含诗意的笔，写了一个他所悬为士子典范的历史人物王冕；他就王冕的历史材料加以概括和提高，创造为自己理想中最完美的形象，标题明白点出，这是为了“隐括全文”，“敷陈大义”。这一种士子的典型，在中国封建社会里，自来就被人敬慕的。士子这一阶层居于封建统治者与人民之间，为封建统治者统治人民，享有特殊的社会地位。按照传统的教导，他们应该替统治者行“仁政”，就是在适当范围内顾念人民利益，重视人民意见，使封建主义制度得以维持和巩固。因此，每当封建统治者坚决与人民为敌的时代，也就是所谓“无道之世”，有些洁身自爱的士子就退隐不出，过他们“安贫乐道”的生活。早在春秋时代，就有长沮、桀溺；在魏晋之世，最为人所知的有陶潜。另一种情形，每到有道的君主出来，就亲自到田园、山林或江湖去寻访有名的贤士，诚敬地请他来辅佐“仁政”，比如“渭水访贤”，周文王请出吕尚来；“三顾茅庐”，刘备请出诸葛亮来，这也都被人传为美谈。所谓“穷则独善其身，达则兼济天下”，就是士子讲“出处”讲“操守”的原则。因此，作者所创造的王冕这个典型，概括了历史上这种高明的贤士的传统精神。但同时又添上了新的特点，因为王冕是外民族统治的元朝人，他的退隐，除了表现反对一般“无道”的封建统治的精神而外，同时又含有反对外民族统治的意义。这一回中写推翻元代，复兴民族的朱洪武，写“大明”建国，都带有明显的称颂口气。作者笔下的王冕对朱洪武本怀着好感，后来从八股取士的制度，看到明朝也不是有道之世，才坚决地逃官到会稽山中。

作者用王冕这样一个典型来隐括全书，就形象地把主题思想揭示出来，评量全部人物也就有了明确的准绳或尺度。闲斋老人序里所归纳的四类人物，只有那不要功名富贵的最后一类，才是“品地最上一层”，才是“中流砥柱”，为什么呢？因为他们拒绝参加满清的黑暗政治，不受清代外族统治的利用；而另外那些占绝大多数的三类人物之所以可怜可笑，主要就因为他们忘掉了这个大道理。

书中揭露现实政治吏治黑暗之处，也都是对于清朝统治的攻击。最露骨的是第四十回极写萧云仙的战功和生聚教训的劳绩之后，不但没有得到朝廷一句奖励话，反倒被兵部工部斥为“任意浮开”工费，勒限严予追比，结果赔了七千两，把父亲的家产赔光了，还少三百两银子，仍被地方官紧追，后来沾了平少保的光，才不了了之。同样，第四十三回写汤镇台为顾全朝廷体统，积极主张兴师征苗，这事得到总督的支持，汤镇台野羊塘大胜，忠勇谋略都了不起，可是具了本奏进京去，却奉上谕指为“率意轻进，糜费钱粮，着降三级调用，以为好事贪功者戒”。汤镇台只好叹了一口气，收拾打点回家。我们知道康熙、雍正和乾隆各朝屡次攻略边疆，尤其雍正朝，有功勋的将领总被猜忌、受惩处，岳钟琪革职多次，年羹尧以征西功高受灭门之戮。所以这里对现实政治的讥弹意味是很明显的。全书一贯憎恶做官，对做官的有种种辛辣的讽刺，王冕的母亲说：“我看见那些做官的都不得有甚好收场。”蘧太守认为儿子亡化，晚景凄怆，“仔细想来，只怕还是做官的报应”。做官这样可憎，热衷功名那么可笑，所以书中一贯地单只颂扬孝弟之道，而且极力用了最美好的感情来写尽孝；这是以尽孝否定尽忠，也就是说，作者根本否定了“尽忠”这回事。另外，作者还一贯地表露一种态度，就是对于“旧家”和老年人总怀着好感，面对于暴发户和青年新贵总表示憎恶鄙视，给以嘲笑与挖苦。这不能单纯了解为守旧或落后意识。因为在作者的时代，凡是“旧家”总在明代就发达起来的，凡老年人总是明代的遗民，在作者眼里他们总保有较为淳厚笃实的家风和性格；而暴发户和新贵，都是在清朝统治下才飞黄腾达的，他们一得意，就忘了根本，带上满身奴才相和市侩气味了。书中反映的整个社会风气，也有江河日下之势，作者对这一发展趋向，寄与了无限忧愤悲慨之情。这都是作者主观的印象，也是客观真实的反映。因为在外族黑暗统治下，对社会人心所起的腐蚀作用总是特别严重。

以上说的各点，都表露了作者对清朝政权的态度，表露了作者的民族思想和感情；虽然表露得隐隐约约，曲曲折折，但贯串在主题，弥漫在全书，不一定枝枝节节在某一处。因为士大夫的堕落，社会的败坏，政治的黑暗，和清朝的外族统治分不开；人民与封建统治的矛盾和民族矛盾就是一回事。鲁迅说《儒林外史》的描写，“诚微词之妙选，亦狙击之辣手”；看来作者的“微词”和“狙击”，最终都指向了清朝罪恶黑暗的统治。

五

但是《儒林外史》攻击和揭露清朝封建统治下的政治与社会，主要还是就士大夫阶层下手，即以士子们对功名富贵的问题作为中心的。在过去封建时代，士子们在民族、社会中起着感官和神经的作用，他们对人民群众影响很大，往往左右着民心的向背。清廷征服者人口少，力量弱，文化落后，而被征服的这个大民族，则拥有历史悠久的高度文化。因此对于士子们的驾驭，对于文化思想的统制，清朝统治者在建立政权之初即特别重视；它很现成的沿用了明代八股制艺这一罪恶制度，作为牢笼士子，统治文化，禁锢思想，腐蚀人心的主要办法。特别在康熙、雍正和乾隆三朝，也就是吴敬梓生活着的年代，复古思潮运动的影响随着先辈大师们的凋谢与清朝统治的巩固而益趋淡薄，这是八股制艺最猖獗的年代，是清朝统治者的罪恶政策取得胜利果实的年代，是文化思想重又回到黑暗的年代，也是一般士子们堕落无耻、丧心病狂的年代。章学诚在他的《答沈枫墀论学书》中说，自雍正初年至乾隆十几年的时候，八股风气大盛，老生宿儒甚至把通经服古看成“杂学”，把诗和古文辞称为“杂作”，士子不会做八股制艺，就不能算“通”。章学诚这里说的，正和《儒林外史》所描写的完全符合。这样的情形，在保有清醒头脑和敏锐感觉的热情爱国主义者的吴敬梓，觉得最为沉痛而无法容忍：《儒林外史》痛击八股制艺，集中地讽刺士子们的热中功名富贵，那特殊意义是很可理解的。

在开头几回里，作者先就八股制度的本身作了深刻有力的揭露和攻击。周进和范进，在没有考中的时候，他们的生活和内心精神，是多么悲苦，多么令人不堪，可是一旦中了，就一步登天。像周进，受尽辛酸和屈辱，但后来科名得意了，原先侮弄他的梅三相，恬不知耻地在别人面前冒充他的学生了，他写的对联也要小心地揭下来，像宝贝一样珍藏起来了；轻视他贱视他，辞掉他的馆的薛家集的人，替他供起长生禄位牌，把他当做神明来看待了。像范进，原来穷得没米下锅，一家人饿了两三天，不得不将一只正生蛋的鸡拿到集上出卖。但转眼之间，田也有了，房子也有了，奴仆丫环也有了，细瓷碗盏和银镶杯箸也有了。他们都从踩在脚下的地位，骤然升为高高骑在人头上的缙绅大老爷。有功名就有富贵，这怎么不叫人拚死？不叫人发疯？但是中与不中，却全无凭准。周进考了一辈子，到老还是童生，忽然一下运气来了，就青云直上；范进也是考到胡须花白，只因遇上年老才发的考官周进，对他怀着同情和怜悯，有心要取他，把他做的八股文章连看三遍，先是觉得实在不好，“都说的是些什么话，怪不得不进学”，最后忽然看出是“天地间之至文，真乃一字一珠”，于是考生的卷子还未交齐，就把他取为第一名，把另一童生魏好古取做第二十。

八股取士就是这样一种瞎胡闹的制度，功名富贵的来头就是这样的滑稽扯淡。但就是这种滑稽胡闹的制度，使得士子们利欲薰心，丧魂失魄，什么是非观念也没有了，什么理想和抱负都抛掉了，人人变得堕落无耻，胡涂愚妄而不自知。第十三回写马二先生的一番议论，在他的观念里，自古以来，士子就是要做官，不管怎样才做得到手，“就日日讲究言寡尤，行寡悔，那个给你官做”？马二先生是个很诚笃的人，说得赤裸裸，一点没有矫饰。三十四回高翰林评论杜家，说杜少卿的父亲

"又逐日讲那敦孝弟，劝农桑的呆话，这些都是教养题目文章里的词藻，他竟拿着当了真"，在八股世界里，什么都公然成了骗取功名富贵的假文章，根本无所谓德行和作为了。于是这些士子们习于虚伪和谎骗，而不以为怪。像范进本是个拙朴的人，中举后，母亲死了，就被张静斋串掇着拿这做题目，到高要县汤知县处去打秋风，汤知县请他吃饭。他因要守孝尽礼，连象牙银箸都不肯用，可是大虾肉圆子却吃。荀玫本也是个诚实青年，科名一得意，就听从王惠的建议，要匿丧不报，悄悄去求周司业、范通政保举，而周、范两位为人伦师表的学官竟说"可以酌量而行"。我们知道在封建社会里孝是"百行之首"，是做人的最基本的德行，可是这些大人先生们拿它作伪，并且视为当然。与此相关联，这些功名中人另一个普遍的特征，就是愚妄无知。著名的选家马二先生呆头呆脑，把骗子洪憨仙认真当作神仙，诚诚恳恳地跟他做行骗的勾当，直到事情完全揭穿，他还对他怀着感激之情。王玉辉也是个正派的老好人，但迂腐到泯灭了人道和天性，他鼓励女儿绝食殉夫，满口说女儿死得好，他的老妻和亲家都不读书，但脑筋比他清楚。张静斋和范进两位举人在汤知县处大谈刘基的故事，满口胡说八道，眼面前的历史知识也一点没有；做了通政的范进，连苏轼是什么人都不知道。士子们的恶劣与无行，也成为风气。像严贡生关人的猪，赖人的钱，强夺寡妇的财产，甚至把云片糕硬说成值几百两银子的药。满口做官的张老爷、周老爷，如此诬赖和威吓船家，目的不过是不给赏钱。王德、王仁两兄弟，因为姊夫严监生以王氏名义每人赠了一百两银子，他们两人就马上哭得眼红红的，并且"义形于色"，拍着桌子说："我们念书的人全在纲常上做工夫。就是做文章，代孔子说话，也不过是这个理……"这类恬不知耻的人物，充满当时的儒林中，他们利欲薰心，各有一套招摇撞骗，趋炎附势的本领，妙的是大家习以为常，对自己的堕落无耻毫无一点自觉，反倒沾沾自喜，引为得计。

当时做官的，就多是这种八股取士制度所培养训练出来的愚妄与无耻的人，所以政治吏治的黑暗窳败是当然的事。看高要县的汤知县怎样办案，他为回民卖牛肉的事，自己没有主意，听了张静斋的一席话，搞出人命，闹得一团糟，结果还要发落几个为头的，以保持脸面。为盐船被抢一案，那彭泽县知县问原告舵工水手等："那些抢盐的姓甚名谁？平日认得不认得？"随即大怒，说："本县法令严明，地方清肃，那有这等事"，不由分说，把他们各打二十板，寄监再审，还要打朝奉。但汤少爷拿帖子一说情，就扯个淡一齐"开恩"赶出来。王太守一到南昌的任，一心记着"三年清知府，十万雪花银"的活，用戥子、板子和算盘来治理地方，因此被称为江西第一个能员，很快就升了上去。凡稍有一点好的倾向，比较为人民欢迎的，如温州知县李瑛，安东知县向鼎，就有摘印或被参的危险。有这样的衙门，他们的差役也就专干坏事，像杭州巡抚衙门的潘三等一批差役，像押解宦成的差役，他们久惯牢城，神通广大。像匡超人的打枪手，万青云从假中书变成真中书，都是公开的或合法的偷天换日。书中对当时政治吏治随处作漫不经意的但又是十分深刻的揭露。我们没有看见一个官是忠于朝廷的，他们一律徇私舞弊，欺上瞒下，这就是清朝统治的特点。

书中除写醉心功名的士子而外，还以同等的笔墨写了许多招摇撞骗的假名士。这种假名士，在中国封建社会里原也有悠久的来历。所谓名士，本应该是像吕尚、诸葛亮或陶潜这样的人，他们隐居着，不出来做官，心怀淡泊宁静，以品行、识见或才学而知名，所以称为名士。《礼记·月令》篇说："勉诸侯，聘名士。"名士是为有道的统治者所尊重的。因此就产生一种情形，就是一些并不高明，也无贤行的士子，装出隐居的姿态来，藉以邀得统治者和社会的尊重，博富贵和名誉。古书上称这种假名士是"身在江湖之上，心居乎魏阙之下"。但到了像《儒林外史》里的这些名士或山人，连隐退的姿态也干脆不做了，因为做了，也无人理睬了，除非像娄三娄四这样吉诃德式的公子才满怀幻想，自我陶醉地去访杨执中、权勿用这样莫名其妙的人。他们多是功名爬不上去，想谋富贵而不可能，想受人敬重而不可得，所以有的就走巧路，学着诌几句滥调的诗，冒称高雅；因为诗是写在斗方纸上，所以称为"斗方名士"。他们奔走富贵者之门，扯扯谎，帮帮闲，骗些银子，或混碗饭吃。杭州、扬州和南京，到处看见他们丧魂失魄地跑来跑去。像牛玉圃、景兰江、赵雪斋、浦墨卿、支剑峰、辛东之、金寓刘等等，都是当时社会制度制造出来的一群游民。

因此功名富贵不止腐蚀了士子们，也对士子们以外的广泛社会散布着恶劣影响。比如牛浦郎本是个市井贫家少年，他为了一心想相与官府老爷，就冒充了别人姓名，骗人，吓人，无所不为。妇女们像王太太之类，也一心想做诰命夫人，甚至妓女如聘娘也想做官太太想得做了梦。又比如五河县，整个儿成了利欲薰心的世界，正如余大先生说的："我们县里礼义廉耻一概都灭绝了。"

如上所述，作者全面地体察了功名富贵的制度对社会人心与政治吏治的腐蚀作用和恶劣影响，因此，他自然而然倾心于两种人物：一种是轻视功名富贵，襟怀冲淡的人，他们保有先代进步思想，讲究品德和学问，正和作者自己志同道合，因之也是书中的肯定人物，如虞育德、庄绍光、杜少卿和迟衡山等。另一种就是下层细民和落拓不得志的人物。他们都受当时政治社会的压迫，处境很悲惨；或者在功名富贵的圈外，因之能保有善良人民的本色或真性情。比如三十五回庄征君辞爵还家途中所见一对无人过问的年老夫妇的死；三十六回虞育德救助的，为田主所逼因而自杀的农民等等，书中虽没有着重地写，但那同情之心是显而可见的。二十四、五各回写鲍文卿的为人以及他和倪老爹的关系，尤其对于倪老爹，作者充满了同情、悲怜和不平；二十一回写卜老爹、牛老爹的友谊，二十回写甘露僧对牛布衣的情分，十六回写匡超人未发达时的家庭关系，十五回写马二先生对匡超人的关爱，作者都以深沉的赞叹和忧郁情绪，描写了这些在贫贱中的人物的真挚笃厚的人情。倾心欣慕之情还突出地寄托在头回对王冕的田家生活和末回对四个市井高士的描写里。作者着力写了这些人物的美好的品质与纯良高洁的内心精神，与功名富贵中人的丑恶习性作对比，以反照儒林中的寂寞无人。很明显，作者一心倾向于"微贱"人物的这种深切亲爱的感情，是从对于功名富贵中人的利欲薰心、堕落无耻的反感而来，也是从对于统治者所设"名缰利锁"的罪恶制度的憎恨而来。他觉得凡是功名富贵圈外的人，多比较可亲可爱，他们的心地多能保持本有的真诚与笃实。比如周进的姐夫金有余和他的朋友，牛浦郎在被牛玉圃痛打后路上所遇的那个黄客人，都是商人或做小买卖的，但他们帮助人，对待人都是一片真心实意；这是一般热中功名富贵的士大夫阶层所没有的人情。又如抚院差役潘三，三教九流，作恶多端，但作者不是取一种憎恶的态度来批判他，相反，从他的坏蛋行为中倒着重地描写了那种江湖豪杰式的慷慨义气，和真挚亲切的人情；这比起飞黄腾达后的匡超人，和那批浇薄虚矫的假名士来，就显得非常可爱了。

对于妇女和两性关系，作者也持着完全不同于世俗的，他自己的清新自由的独特见解和人道观点。这种见解和观点，并不彻底，而且有时显得自相矛盾，但是，却有明显的反对封建礼教的意味。他并不一般地反对封建婚姻，但二十五回写鲍廷玺娶王太太，却把封建婚姻的毒害作了深刻的揭露；十三回写宦成和双红的恋爱私奔，则寄与了欣喜和同情。他也并不一般地反对旌表节烈，但五十二回写王玉辉之女的殉夫，却深切有力地暴露了封建礼教的泯灭人性与惨无人道。他反对像玩弄男戏子这类上层社会盛行的腐朽恶劣的风气，三十回写"访友神乐观"、"高会莫愁湖"，对杜慎卿作了集中的挖苦。他对夫妇关系的观念，表现在正面人物庄绍光和杜少卿的家庭生活描写中。三十三回写杜少卿与娘子同游清凉山，三十五回写庄绍光居玄武湖与娘子饮酒读书，都是作者对世俗社会挑战的着意之笔，因为这样的夫妇关系，正为封建礼教所不容，为世俗社会看不入眼的。虞博士说："这正是他的风流文雅处，俗人怎么得知？"他所主张的无非是一种合乎道义与人情的真挚笃实的人伦关系，其主要内容还是反对功名富贵之泯灭人性和丧失天良。三十四回写杜少卿说《诗经》，就直接表露了这种见解。杜少卿说："溱洧之诗也只是夫妇同游，并非淫乱。"最明显的是讲女曰鸡鸣一章："但凡士君子横了一个做官的念头在心里，便先要骄傲妻子；妻子想做夫人，想不到手，便事事不遂心，吵闹起来。你看这夫妇两个，绝无一点心想到功名富贵上去，弹琴饮酒，知命乐天：这便是三代以上修身齐家之君子。"这番话，可以作书中许多描写的注脚，也具体见出作者以"治经"为"人生立命处"的精神。这里讲的是《诗经》，实际是发表他自己由世俗观念反激出来的清新自由的进步思想。因此他反对娶妾，认为娶妾最伤天害理，但理由是免使天下有无妻之客，所以主张人生四十无子，方许娶一妾；此妾如不生子，便遣别嫁。这番议论，被萧伯泉讥为"风流经济"，我们今日看来，他确实不够高明。但他还是尊重女性人格的。四十一回写沈琼枝,充分写出了当时社会制度下受压迫凌辱女性的内心深处的辛酸和苦痛。沈琼枝对杜少卿和武书说:"我在南京半年多,凡到我这里来的,不是把我当作倚门之娼,就是疑我为江湖之盗。两样人皆不足与言。今见二位先生,既无押玩我的意思,又无猜疑我的心肠……"作者对于沈琼枝的同情和尊敬,也还是由对于利欲薰心的世俗社会的反感而生。后来杜少卿说:"盐商富贵荣华,多少士大夫见了,就消魂夺魄;你一个弱女子,视如土芥,这就可敬的极了。"书中写沈琼枝言谈行动落落大方,对待拘捕她的差役,回答知县的审问,都从容沉着,理直气壮,有主意,有信念;一直写到沈琼枝的故事结束,都是笔歌墨舞,把这个反封建反世俗的女性英雄,塑造出光彩夺人的高尚形象,并从而对当时窳败黑暗的社会和政治作了真实深刻的揭发。

六

鲁迅说:"讽刺的生命是真实","非写实决不能成为所谓讽刺"。所以讽刺即是写实。吴敬梓的以爱国主义为内容的高度现实主义精神,是他的讽刺艺术的生命。《儒林外史》所写的人与事不止具有严格的真实性,而且也是平凡的生活中到处可见的,是日常普遍存在着的。不过这些日常生活现象,在别人司空见惯,不以为意,好像认为应该如此,理所当然似的。但作者则从爱国主义的正义思想出发,以其清醒头脑,敏锐感觉,随时随处明确地认识和强烈地感到那可笑、可鄙与可憎,这对他,犹如芒刺在背,骨鲠在喉;他以艺术的笔,善意地写它出来,希望"读之者,无论是何人品,无不可取以自镜"。

闲斋老人序说:"稗官为史之支流,善谈稗官者可进于史。"又说本书所以名为"外史",是表示不自居于"正史"之列的意思。作者在书中所表现的态度,正是我们中国古代史家的一种高明的传统态度。在我国古代史家所要求采取的实即是一种严肃的现实主义态度。这神态度的要点,是反对主观主义,力求客观真实。不但不容许无中生有或凭空臆造,而且力求"不虚美"、"不掩善",即不容许以主观去任意改动客观真实。认为国家大事的得失成败，如日月之蚀，绝不是“饰辞矫说”所可掩蔽的。所以要求做到“明镜照物，妍媸毕露；虚谷传声，清浊必闻”。但又绝不是置身事外，无是无非的客观主义态度。即在记载中，在处理上，要有明确的善恶观念，有一定的褒贬倾向。章学诚《文史通义》说：“春秋之所书以褒贬为主。”《三字经》说：“寓褒贬，别善恶。”史的目的就是分别善恶，有褒有贬，使后人借鉴。但这种别善恶，有褒贬，要能“爱而知其丑，憎能知其善，善恶必书”。对于所拥护爱戴的方面，不掩盖隐藏其缺失；对于所反对的方面，也不抹煞其优长。这就是，排除主观偏见成见，而将客观真实显示出来，让它本身去作褒贬。因为客观真实本身有善恶，有是非；史家要能发现它，掌握它，把它显示出来给人看。我国古代史家所讲究的这种态度，实是一种努力追求与坚持真理的合乎科学原则的态度；而这，在写作上也就是一种严肃的现实主义态度。

《儒林外史》的讽刺艺术，首先就生根在这种严肃的现实主义上面。他接受了我国古代史家的优良传统，具体运用在小说创作上，而加以发扬光大。

比如，书中写了几个正面人物，主要只是肯定他们不同于世俗、不热中功名富贵这一点。他们轻视功名富贵，所以心怀冲淡，为人笃实，有真性情，有真见解，有真信念。他们一个个是活的人，各有自己的个性和特点，而不是一些善的概念或标本。他们都生活在当时社会现实中，因此，也就不能完美无缺。比如被称为“真儒”的虞育德，就不是没有可疵议之处。他把家乡房子给表侄汤相公住，表侄拆卖了，又到南京来找他要银子租房住；他说拆卖房子是应该的，要的银子也照给。这就是只顾自己讲厚道或恕道，实际鼓励别人作坏。一个监生犯了赌博，送给他惩处，他却留在书房里天天一桌吃饭，大加优待，还替他向上面辩白。学生考文作弊，把夹带误夹在卷子里，交到他手里，他赶快悄悄还给那学生。发案之后，这学生考列二等，跑来谢他，他坚决不承认有这事。这样一些作法，当然都有他的不同于世俗——尤其反对功名富贵制度的高明之处，但既然如此，他何必做这国子监的学官？这实在是一个为社会风气反激出来的迂而无当的滥好人。又比如杜少卿，这是作者取他自己为影子而创作出来的一个正面人物，他在家乡相与臧荼和张俊民这些莫名其妙的人，他骂臧荼说："你这匪类！下流无耻极矣！"但仍和他们做亲戚，大把的拿钱帮助他们。所以娄老爹批评他"贤否不明"；这是十足的旧家大少爷脾气。余大先生，在书中也是作为有品行的君子来处理的，但他到无为州去打秋风，受贿赂，闹出一场官司。凤四老爹是个义侠，却在秦中书家作宾客，为冒官的万中书大卖气力，这样的"侠"和"义"，也未免无聊的很。从这些处理上，我们很难说对这些正面人物就毫无挖苦的意思。但他们在主要方面，毕竟还是应该被肯定的典型。这些正面人物并不使今日的我们读着觉得讨厌，起反感，正因为他们都是真实的有血有肉的活生生的人。这就是作者的"爱而知其丑"的态度。

同样，书中对于否定人物，主要也是只嘲笑他们热中功名富贵，醉心八股时文，此外决不一笔抹煞。而且对他们也不苛求，许多被挖苦的很没品行的人物，都让他们参加了祭祀太伯祠的典礼，担任着职位；其中如辛东之、金寓刘等性格有些恶劣，如储信、伊昭等很庸俗，景本蕙、臧荼等很无聊。但这些人物有一个共同点：就是功名上不得意，都不是富贵中人；参加太伯祠祭典的，没有一个飞黄腾达的人物。书中对一些高官厚禄、享有富贵的上层人物讽刺得最辛辣，最不留情，如对高翰林、秦中书和施御史等；那是因为这种人确实是那副嘴脸，我们只觉写的新鲜活泼，入木三分。但书中也并不一味否定做官的，比如向太守对鲍文卿的厚挚之情，李给谏对匡超人的提携之力，都写得真切动人。这就是作者的"憎而知其善"的态度。（这里也只是指出他处理人物的态度的特点，至于这种态度是否值得我们今天来学习，那是另一问题，这里不谈。）

鲁迅所说作者"秉持公心，指摘时弊"，更重要的应当是在"戚而能谐，婉而多讽"这一特点方面。就是作者对于人物的挖苦嘲笑，决不是对个人的人身攻击，相反，他对他们都怀着一种深切的同情。这就使我们在阅读中，觉得这些人可笑，可鄙与可憎，但同时又觉得他们处境很惨，十分可怜；我们忍不住要笑，但同时又不禁皱起眉头，沉下了心，觉得难过。因为书中揭露得很明显，不是这些人本身不可救药，而是他们的思想性格里体现了政治与社会的罪恶。作者好像坚决地相信：人多是些好人，比如匡超人、马二先生、王玉辉等等，他们只是受了政治与社会制度的作弄以致迷失本性，陷入这样堕落无耻、愚妄无知的不堪地步。这就是，从人物思想性格的描写中，深刻地揭露了那政治与社会的本质；从对于人物的嘲笑中，有力地攻击了统治者与社会制度。作者热爱着民族，热爱着祖国，热爱着人群，但是痛恨满清的罪恶统治，痛恨腐朽的社会制度。他清楚地指告给读者，要对那罪恶统治抗拒，要和那腐朽的社会制度隔离，要站得远远的，保持自己善良纯朴的品质，清新自由的合乎真理与人情的思想。书中对于士子的堕落与愚妄，对于社会的恶劣与庸俗，对于政治的黑暗窳败，都通过人物描写，作了无情的深刻的暴露和有力的鞭挞，但同时，他又对自己的民族、祖国与人群持着坚定不移的信心，认为我国先代所遗光辉传统和精神财富无比深厚，不可摧毁，世道人心可以变得好起来，一切的丑恶与耻辱都可以洗刷干净。因此他虽然身处日益沉沦的黑暗现实之中，但绝不悲观，绝不沮丧。他似饥若渴地热望着未来的光明，似饥若渴地寻求着那种继承了过去传统和显示着未来光明的力量；这种力量主要是表现在人性的尊严上面，表现在对于真理正义的理想的坚持上面，表现在对于生活和创造的执着与热爱上面。但是显然的，他已经渐渐不能在士子们——无论富贵的或贫贱的——社会里发现这种可贵的力量，因之他也渐渐不能再把对于未来光明的希望寄托在士子阶层了。在最后“添四客”、“弹一曲”一回的开端，他以黯然之情综括地叙明了这一点，而后，写了四个特立独行、有品格有信念的狷狂人物：一个“自小儿无家无业，总在这些寺院里安身”的会写字的季遐年；一个“祖代是三牌楼卖菜的”，卖火纸筒的棋手王太；一个家道破落后，沦为开茶馆的，会画画，喜读书的老人盖宽；一个“每日替人家做了生活，余下来工夫就弹琴写字，也极喜欢做诗”的，做裁缝的荆元。他在自己所接触到的生活范围里面，欣慰地发现所寻求的那种显示未来光明的力量，是存在于市井下层社会里面了。

吴敬梓的爱国主义是热烈深沉的，因此，他的现实主义是严肃的、高度的，因此，他的讽刺艺术也是无比深刻的。他总是从日常生活现象的体察之中，抓住事物内在的本质，透入人物内心的深微之处；总是从一些似乎是漫不经意的淡淡几笔描写中，饱满深到地托露出那发展的必然。比如周进游贡院，一头撞在号板上，他为什么这么伤心？在第二回中，一直抓紧了写这一点。当周进未出面时，先就为他布置好了那个利欲薰心、恶俗浇漓的社会环境；在这样的环境气氛中，这个考到胡子花白还是童生的主人翁的内心感受应该怎样？梅玖怎样挖苦他、凌辱他？王举人的言谈与生活势派怎样威胁着他、压迫着他？他又怎样连一个每年十二两银子束脩的馆也丢了，不得不受姊丈的照顾，跟着去做记账的：从这些描写里，无不深切入微地揭示了他积压在内心的辛酸、悲苦、屈辱和绝望之情；因此，我们也就不难想像从前以往、一直多年以来他是怎样生活过来的。这样，一旦进了号，看见两块号板，“不觉眼睛里酸酸的，长叹一声”，一头撞上去，直僵僵不醒人事，就成为事所必至，理有固然的发展焦点了；而这，是怎样准确与透彻地暴露了功名富贵制度的罪恶本质？范进为什么中举发了疯？因为他考到老，时时热切盼望这一日，但又从来没料到真会有这一日，这猛然的大喜，使他的长久郁结之情顿时大开，使他的神经不能承受；那发疯的状态和过程，无不使人发笑，又无不令人惨然，但写来丝丝入扣，笔笔深彻，毫无一点臆造或走样。这时与他的性格有相同之点的他的老太太却还不会受到什么刺激，因为她是一个贫家的妇女，她根本不了解中了举人有怎样的实际意义。但等到知道细瓷碗盏、银镶杯箸以及奴仆房屋都是自己家的，这对她就具体的很了，于是大笑一声，也不醒人事了。匡超人是怎样一个纯良勤谨的贫家少年，他是怎样一步步成为那种恶劣无耻的人的？他的性格中本来有聪明乖巧这种特点，他的处境使他要向上爬，他有向上爬的条件，并且得到那些际遇，于是他就自然而然那样发展起来了。所有这些描写，都是严格地真实、无比地深刻、不肯有一点苟且，有一丝模糊或差讹。唯其如此，书中所表现的人物性格、生活现实，其内部蕴藏都可惊地深厚，足够我们作步步深入的体会与发掘。我们常听人说，读《儒林外史》像吃橄榄，初上来似乎淡而无味，但愈是咀嚼，愈觉得味道淳厚隽永。这并不是神秘不可理解的，反映生活真实愈深刻丰富，就愈令人有咀嚼不尽的味道，而其动人之力也就愈大。

但有几回却不是如此。如三十八回写郭孝子寻亲途中经历，三十九回萧云仙救难、平少保奏凯，以至四十回上半劝农兴学；另外还有四十三回野羊塘大战：这些片段，有的写得完全不真实，有的写得概念平板，总之都没有实际生活经验；作为艺术看，显得很低劣，和书中所表现的一般高度的严肃的现实主义精神是迴不相牟的。其次，在这几段里有几处对话，那思想跟全书主题和作者的思想也正面冲突，不能相容。如三十九回郭孝子劝萧云仙不要作侠客，说“而今是四海一家的时候，任你荆柯聂政，也只好叫做乱民。像长兄有这样品貌才艺，又有这般义气肝胆，正该出来替朝廷效力；将来到疆场一刀一枪，博得个封妻荫子，也不枉了一个青史留名……长兄年力鼎盛，万不可蹉跎自误……”。萧云仙道：“晚生得蒙老先生指教，如拨云见日，感谢不尽。”后来父亲萧昊轩吩咐他投效平少保去打松潘，也说：“……你也可以借此报效朝廷，正是男子汉发奋有为之时。”这样再三宣扬“报效朝廷”、“替朝廷效力”、“博个封妻荫子”、“青史留名”，和全书精神、作者思想完全违背。若说是讽刺，全书中从没有这样蠢笨的讽刺；而且这些明明都是正面话，说话的也都是作为正面人物来处理的。尤其郭孝子，前面三十七回里的郭孝子是个反对统治者的狷介人物。武书要他去找虞老师，他说：“我草野之人，我那里去见那国子监的官府？”以后武书提及杜少卿，他说：“杜少卿？可是那天长不应征辟的豪杰么？”又说：“这人我倒要会他。”我们知道，郭孝子的父亲就是“曾在江西做官，降过宁王，所以逃窜在外的”王惠。他隐姓埋名称做郭孝子。这样一个人，怎么会忽然替朝廷宣扬起来？再看这几段里用的语言，也多陈词滥调，生硬呆滞，读着枯瘪无味；手法上也庸俗拙劣，有些地方对不起榫来，有些地方显然是坊间小说的老套。我们知道，现在最流行的五十六回本，除最末一回已公认是后人所加，还有五十五回。但程晋芳作的传和全椒志都说原书只有五十回。上面提出的几段（不是整回），可能不是原作者的手笔。

七

吴敬梓的讽刺艺术，从对现实的处理方面看，是取传统的史家态度而加以发展；若从表现手法或技巧方面看，则可称为“史笔”。

晋书有“皮里阳秋”一语，意思是“口无所臧否，而心有所褒贬”；这和“寓褒贬”意思相同。后人所说“皮里阳秋”的笔法，其实即是春秋笔法。我国古代文学与史学同流。孔子说：“不学诗无以言。”诗教所讲“温柔敦厚”、“主文谲谏”、“风人之旨”、“讽谕之义”等说法，那基本精神和史笔是一致的。过去作诗为文，讲“蕴藉”、“含蓄”，讲“意在言外”、“言有尽而意无穷”、“意到笔不到”；戒直言，戒浅露：是我国文学在表现上的传统准则。

所谓“寓褒贬”，用我们现在的话说，就是作者把自己的意见或思想寄寓在客观真实的具体形象里面传达出来给读者；因为表现出来的形象的特征，是经过作者挑选糅合的，即是，经过作者按照客观真实的本质和法则而概括、集中，而安排与处理的。在这里，作者的主观之见，不应该违背客观真实，而必须尽可能做到统一于或服从于客观真实——在这个前提之下，作者的看法，尤不容简单地直接拿出来硬塞给读者，而必须通过具体形象的本身和盘托出来。我国传统的这种所谓“史笔”，实是很高的现实主义手法。

《儒林外史》在表现上，就是用的这种“史笔”，或“皮里阳秋”的手法。上段说作者体察现实的深度，我们随手举出了一些例子作了粗浅的说明，这些例子同时也好说明他的艺术手法的特色。周进和范进的中举，匡超人的发迹，在全部描写中，都通过具体逼真的形象，表现了丰富深刻的思想，传达了明确的正义观点（这种思想与观点，是作者从爱国主义出发，由对生活的现实深入体察得来的）。作者并没有直接对我们褒贬什么，但那种种形象却无处不含有巨大力量的褒贬。这种地方很不容易说明；简单地说，我们在阅读时，不可忽略下述三点：

第一，书中所写每一场合的形象的本身，哪怕是轻描淡写的几笔，一般都蕴藏丰富深厚，我们阅读时不可从表面滑过。这一点，我想这里无须赘说。

第二,必须从各个场合形象关连上、发展上来作体会和了解。比如周进在薛家集教馆时,村上人怎样看待他,尤其梅玖对他怎样态度,说了些什么;后来周进做了学道,村上人怎样看待他,梅玖怎样看待他。范进未中举时,胡屠户怎样看待他,对他讲些什么;后来范进中了举,又怎样态度,讲了些什么。这些,都要前后关连起来看看,想想,不能看到后面丢了前面。又比如第四回严贡生和范进、张静斋见面,自吹汤知县如何特别赏识他(那说法揭露得很深广);又自称为人率真,在乡里间从不占人便宜(他特别表白这点的用意),所以很蒙父母官相爱(这些自吹与表白之点,以及特意对此时的范、张二人说的用心,都当关连起来寻求其意味);随后小厮来告讨猪之事,他和小厮几句对话的情状;后来汤知县接受王小二和黄梦统喊冤所诉之事,以及汤知县实际对他的观感:这些,都是前后对照着写严贡生的恶劣无耻的。同样,对于张静斋,在胡屠户、在那僧官、在汤知县各人心目中的印象,以及他与众光棍、与范进、与汤知县的关系和对他们所发生的影响:这些,各方面也都关连着,逐步深入地写出张静斋的为人和作风的。这是就大处说。有许多细节,也不可忽略。比如对于周进,写他在薛家集教馆,申祥甫拿出一副蓝布被褥,送他到观音庵歇宿;以后领来七长八短几个孩子;晚上拆着各家贽见;平日孩子淘气,他只得捺定性子坐着教导;天暖,他午间出来看河道春日风光,雨中见王举人船到;直写到王举人吃什么,他吃什么;次早王举人走了,他如何扫地:凡这些细小节目,也都当连到他游贡院头撞号板的事上来看,才能了解周进精神内心的具体情状及其发展。

第三,还必须就各个场合的形象以外去寻求那所暗示的。这就是所谓"睹一事于句中,反三隅于字外",所谓"事溢于句外",或所谓"神余象表"。比如,前面提过,周进从前以往,一直来的经历、遭遇,所受辛酸、悲苦,以及内心生活,书中都未提及,但读者从他到薛家集后的描述里,这些都可推知;他的头撞号板,不醒人事,是多年长久以来所积屈抑之情的总爆发,决不是到薛家集后短短一年中的那些情事刺激出来的:举此一端,我们就知道书中关于周进的一些有限的描写,暗示了多少深厚丰富的东西。又比如第六回写严监生死后，严贡生由省回来，赵氏请王德和王仁两位舅爷陪着他在书房摆饭，席上说话，两方唇枪舌剑，互相诋毁；说的都是考文章一类不相干的事，并无一语提及严监生的财产：我们应该知道，这时他们之间，心理意识中都横梗着一个财产的问题；正是为了孤儿寡妇的财产，他们才那样勾心斗角，嫉忌之情形于言色。书中没有明写这一要点。但是这一点，从前后许多描写里已经充分暗示出来，实在用不着再画蛇添足。又比如严监生之死，究竟是为什么致死的？书中也未明写（难道是为悼念已死的王氏，悲痛过度所致么？实在不是）。我们知道他吝啬到临死连灯盏里点了两根灯草也觉得费了油，不能断气。但是他为王氏丧事，被逼着花了四五千银子；为扶正赵氏，不得不大封大封的银子拿出来送给二位舅爷，还不时要送给他们新米、冬菜、火腿和鸡鸭小菜；又花钱请三党亲戚，一次就摆了二十多桌酒席。两位舅爷的为人他极清楚，他们的欲壑难填；只倚仗舅爷的力量，明摆着还不成，另外那不在家的老大还得准备花更多的钱来作无止境的笼络，他已经为他的官司白贴了不少银子了。他是个胆小怕事，心性懦弱，而拥有很大财产的守财奴，处在这样一种众多强横亲戚觊觎侵夺的形势里面，他的内心精神应该是何状态？在此处境中他无法自拔，只有不时哽咽哭泣；后来感觉心口疼痛，每晚算账到三更，渐渐饮食少进，又舍不得银子吃人参；儿子小，无人可托，少不得在一日自己料理一日；渐至卧床不起，还想着田租，打发仆人去，又不放心。“那一日，早上吃过药，听着萧萧落叶打的窗子响，自觉得心里虚怯，长叹了一口气，把脸朝床里面睡下。”于是二位舅爷又来辞行去省里乡试，他又不得不拿出几封银子送给他们“添着做恭喜的盘费”。像这样，这个守财奴的思想性格、精神内心、具体处境连同得病致死的原由和过程，都无比深刻地托出来了。

但书中也有几处不是这种“皮里阳秋”的写法。四十四回至四十七回，写到五河县风俗人心的地方，就有几处作者禁不住出而发议论，把自己的观点直接拿了出来。“其风俗恶如此”，“总是这般见识”，“欣欣得意，不以为羞耻”，“生活在这恶俗地方”等等，都是直接骂出来，而后再写具体的人和事。这几处的写法，在全书里是特殊的。

上面所说“皮里阳秋”的史笔，最主要的特点是“概括”和“简约”。这里还应该特别提出来说一说。我国传统的史笔，极其讲究“概括”、“集中”的手法，以及行文造语的简约凝炼。所谓“略小存大”、“举重明轻”，所谓“疏而不遗，俭而无阙”、“文如阔略，语实周赡”，所谓“一言而巨细咸该”，“词约事丰，神余象表”，“文虽简略，理皆要害”等等说法，都是讲如何不浪费笔墨，用最简单的语言，表现最深刻丰富的内容；如何将生活现象精工提炼，如何抓住特征性的东西，表现那最有深刻意义的内在本质（这里只是指出我国古代的史学与文学在手法上有其基本相同之点，至于具体运用，并不是毫无出入）。高尔基说契诃夫的短篇都是一个个的小瓶子，里面装着精炼过的无比浓冽的酒精；苏联叶尔米洛夫称契诃夫的作品为“现实主义的提高”。这些评语，用在《儒林外史》的描写，同样很恰当。

许多精彩的情节应该首先注意：周进头撞号板，范进中举发疯，范母一喜而死，范举人吃虾肉圆子，严监生伸着二指不断气，严贡生发病闹船家，娄公子捐金访杨执中，侠客虚设人头会，牛浦郎发阴私被打，王太太嫁鲍后下厨，徽州烈女殉夫，来宾楼灯花惊梦……数不完的这些情节，都给我们深刻不忘的印象，我们可以随口谈出来；它们也使人爱好，使人喜欢谈。那特色，是在于它们集中地、准确地揭露了矛盾，鲜明突出地表现了人物的思想性格，从而特征地、深刻地反映了政治与社会的内在本质；因此这些情节思想性和艺术性两皆高强。这决不是单纯的材料或手法问题，而必须有赖于正义的爱国主义观点，有赖于丰富深刻的生活体验和感受；因为这些都从生活现象中精炼出来，是现实的最大概括和最高集中。后来的《二十年目睹之怪现状》和《官场现形记》，等而下之的如《黑幕大观》之类小说，只是简单地追求新奇情节，就不能成为很好的艺术。

书中的对话和神情动作的描写，看去很自然，很生动逼真，但也尽了集中与提炼的能事。尤其是对话，多是声态并作，活灵活现，深入隐微地揭出思想性格及精神内心的特点，差不多每一处都值得仔细寻味。这在上面的举例里已经见出梗概。这里不妨任便再举几处。比如第六回严大闹船家，硬把云片糕说成珍贵的药，一口一个官，要写帖子送他们到汤老爷衙里打板子。这番话里有一要点，是威吓为主，胡赖为次。因为这谎太离奇，讹不住人家。在那声口语气里，严大的恶劣无耻，活现纸上。接着几个搬行李的脚夫上船劝解，说了一段话，表面是责备船家不是，骨子里却句句揭穿严大的无赖，为受屈的船家开脱。在那声口语气里，被压迫者雪亮的眼光，善良的品质，正义的心肠，无可奈何的抗议，和对于严大与官府的鄙视敌视之情等等，都可以具体感觉出来。二十三回牛浦和子午宫道士谈话，牛浦道：

> ……我一向在安东县董老爷衙门里。那董老爷好不好客！记得我起初到他那里时候，才送了帖子进去，他就连忙叫两个差人出来请我的轿。我不曾坐轿，却骑的是个驴，差人不肯，两个牵了我的驴头，一路走上去；走到暖阁上，走的地板格登格登的一路响。董老爷已开了宅门，自己迎了出来，同我手搀着手，走了进去，留我住了二十多天。我要辞他回来，他送我十七两四钱五分细丝银子，送我出到大堂上，看着我骑上了驴，口里说道："你别处若是得意就罢了，若不得意，再来寻我。"这样人真是难得，我如今还要到他那里去。

这番话，牛浦精神世界和内心活动的微妙处都勾了出来。他的吹牛，并不是漫天扯谎，而是根据实有的关系，运用他所能有的想像力编排出来，努力要说得适合自己身分，避免过火；努力要说得活现，确实，像真有过的事。这里面表现了他有限的见识和经验，他说的很幼稚可笑；但又表现了他的不平常的小聪明或"才气"；同时又表现了他心的深处的热切诚挚的愿望，他的扯谎吹牛，不仅为要抬高自己，以博对方重视，更重要的是对目前处境不甘，对牛玉圃怀着反感，他像说着自己最"美好"的理想，带着无限自我陶醉和不胜神往的意味。这种地方，我们读着，不能不在要笑的同时，又骤然感到心里沉重起来。

书中描写人物主要用对话，有时也写些神态动作，总是从生动传神的形象里勾画出内在的特征的东西。四十五回余敷、余设兄弟在宴席上验土谈风水，写了他们许多动作，那种毫无定见，毫无把握，而又故作神秘，自欺欺人的神气活现在我们眼前。五十三回陈四老爷到来宾楼妓女聘娘处,虔婆和邹泰来等满心艳羡地谈了一番国公府里像神话似的阔绰,而后陈四老爷到聘娘房里,聘娘递了茶,款待着并肩坐下——

> 聘娘拿大红汗巾搭在四老爷膝盖上,问道:"四老爷,你既同国公府里是亲戚,你几时才做官?……"

聘娘一片痴心想做官太太,全神倾注地沉醉在自己幻梦底柔情里,那心情意绪被这简单的几笔描画入骨。作者的嘲笑与怜悯,也整个儿传达给了我们读者。

全书一般都写这样的日常生活活动。有许多生活细节,好像写得过于琐屑,但人物的思想性格及其内心深微处,正从这些描写与刻画里透露出来。第十四回后半写马二先生游西湖,细写他东跑西走,吃吃喝喝,硬是要游名胜,对眼前风物却毫无领会,那迂腐诚笃的内心就这样描绘出来。十八回后半写胡三公子与景兰江等雅集,拿着所凑的分子到街上买酒饭,二十一回后半写牛卜二老为牛浦成亲,都是从极琐细的生活节目,写出难于捕捉的特征。二十八回写诸葛天申——

> 诸葛天申是乡里人,认不的香肠,说道:"这是什么东西?好像猪鸟。"萧金铉道:"你只吃罢了,不要问他。"诸葛天申吃着,说道:"这就是腊肉!"萧金铉道:"你又来了!腊肉有个皮长在一转的?这是猪肚内的小肠!"诸葛天申又不认的海蛰,说道:"这迸脆的是甚么东西?倒好吃!再买些迸脆的来吃吃。"

这写的好像毫没意义。但试想想,就是这样一个香肠海蜇都不认识的老好人,有了二三百银子,却不肯在家好好过日子,一心带着钱到南京来,诚诚恳恳要找"名士"选刻一部八股文章,带上自己的名,"以附骥尾",硬把钱给穷极无聊的萧金铉和季恬逸等吃个光:我们难道不觉得可笑,又为之惨然么?

《儒林外史》五十多回,约三十八万、不到四十万字,写出性格鲜明,令人不忘的人物近二百个,主要的人物有五六十个。每回以一个或多个人物作为中心,而以许多次要人物构成一个社会环境,从人与人的关系上,从种种日常生活活动中,来表现人的思想性格与内心世界。总是在这一回为主要人物,到另一回即退居次要地位,而以另一人居于主要:如此传递,转换,各有中心,各有起讫;而各个以某一人物为中心的生活片段,又互相勾连着,在空间上,时间上,连续推进;多少的社会生活面和人物活动面,好像后浪逐前浪,一一展开,彼此连贯,成为巨幅的画面。这种形式,显热受了《三言》《二拍》之类话本小说和《三国》、《水浒》之类长篇的影响;同时也有些像《史记》的《列传》或《五宗》、《外戚》诸篇形式的放大:总之,它综合了短篇与长篇的特点,创造一种特殊的崭新形式。这种形式运用起来极其灵活自由,毫无拘束,恰好适合于表现书中这样的内容;正和绘画上《清明上河图》、《千里江山图》或《长江万里图》之类"长卷"形式相类。若要将它取个名目,可以叫做"连环短篇"。

一九五四年六月二十四日

(原载《人民文学》1954年第8期)

论贾宝玉典型形象

一

《红楼梦》写了一个恋爱不能自由、婚姻不能自主的悲剧，就是贾宝玉和林黛玉、薛宝钗的恋爱、婚姻的悲剧。这是《红楼梦》悲剧的中心事件。

作者处理这个故事，跟我国过去任何关于恋爱或婚姻问题的作品不同。《红楼梦》的特点是，它写出了这个悲剧发生和发展的复杂细致的现实内容，写出了造成这个悲剧的全面的深刻的社会根源。这就是，一方面，作者不是简单地或表面地了解贾、林、薛的婚姻事件，而是从悲剧主人公的思想性格上来看那内在深处的真相，从日常生活活动中来看那多方面的内心精神的关系的；另一方面，作者不是把问题局限在本身的范围里面，使之和所在的环境绝缘，而是围绕着这个中心事件，同时铺开了一个由无数有关人物所构成的极其广阔的社会生活环境，亦即同时描写了这个步步走向崩溃的贵族统治阶级社会的真实内幕的：总之，作者是努力从人物性格和生活环境的极其复杂深邃的关联和发展上来连根地"和盘托出"这个悲剧的。

古今中外的文学，还少见这样一部作品，它展开这样广阔的一个生活环境，从多方面具有重大意义的矛盾斗争中，从无比地错综着的人与人的关系上，如此充分地来描写人物性格和事件发展的。《红楼梦》现实主义艺术高度的思想倾向性和它的宏大的结构，首先就是产生于作者这种深和广的对生活的认识能力和爱憎感情上面。

我们知道，现实主义艺术无不以从生活中塑造真实的人物形象为能事，无不以塑造具有丰富深刻的现实内容和巨大艺术感染力量的人物形象为能事。作品中写的场面、情节和无论什么事物与琐细节目，离开了人物形象的塑造，就失去了意义。作品的思想主题，社会和历史的特征内容，也总是从人物形象表现和反映出来。

因此，我们研究《红楼梦》这样一部伟大的古典现实主义作品的内容，正应该从人物形象的研究着手。研究众多人物主次从属的关系，研究众多人物形象的特征，研究众多人物在矛盾斗争中的地位和彼此间的关系，研究人物性格的形成和发展，研究作者在处理上所表现的态度或爱憎感情等等。只有这样的来作研究，才能了解作品的思想内容和他所反映的现实意义。

但是有些《红楼梦》研究者往往抛开人物形象，从书中摘取一些枝节的事项和节目，来论断作品反映了怎样的思想，提出了怎样的问题。还有不少这样的例子，比如列举大观园里一顿酒饭花了多少银子，乌庄头送来多少什么地租，诸如此类，以证明贾家生活的奢侈，如何剥削农民，和说明了什么性质的历史或经济问题，等等。

若是一部《红楼梦》只提供了这样一些干瘪的事实和数字，那它有什么价值？作为死的历史资料看，许多文献尽有更为翔实更为精确的记载，《红楼梦》和一切文学作品都远不能及。《红楼梦》的伟大与不朽之处，是在它以无比丰富的活生生的艺术形象，真实具体地反映了社会和历史的内容；在这一点上，任何历史记载都不能和它比拟。

凡是阉割了艺术的生命，抹杀了文学作品的特点，那方法都是错误的。

如前所述，《红楼梦》以贾宝玉和林黛玉、薛宝钗的恋爱和婚姻问题为中心事件，整个《红楼梦》悲剧都以这三个人物为中心。而贾宝玉在三个中心人物中又居于主要的地位，并且全书所有各类人物都是围绕着他作为一个完整的典型社会生活环境而展开的。因此，在阐论《红楼梦》现实主义艺术的思想倾向性这个总题目里，这里首先试从贾宝玉的典型形象着手。

二

贾宝玉这个艺术典型一如现实中的人一样，他的思想性格，是他的生活环境中多方面复杂的条件和因素,在他的具体遭遇和经历里,给予影响,发生作用,而于不知不觉中形成起来的。《红楼梦》描写贾宝玉性格的特点,同时充分地描写了造成他的性格的生活环境和他的具体境遇的各方面特点。使我们信服地看出来,贾宝玉的独特的性格,完全是一个必然的存在。

关于《红楼梦》的典型社会环境,这里不作全面和具体的分析;这里只能就形成贾宝玉性格的现实条件方面,简括地说明几点。

我们都知道贾宝玉生长在一个腐朽衰败的"侯门公府"的封建贵族大家庭的社会环境里。这个环境,在中国封建社会——尤其末期,作为上层统治阶级社会看,具有丰富的典型特征和意义。

在当时,官僚地主家庭一般都逃不出一个常例,即所谓"五世而斩"。意思是,这种家庭的所谓"荣华富贵",无法长久持续下去;传了几代,就衰败没落,据说不出五代也就往往垮台了。这是封建社会统治阶级的本质所规定,归纳了无数实例而得出来的一种认识。

《红楼梦》所写的贾家也是这样。开头第二回"冷子兴演说荣国府",先就借着冷子兴和贾雨村的谈话,扼要地介绍了贾家荣宁两宅的这种形势,并且指出那萧索衰败的征象:一是"人口日多,事务日繁,主仆上下都是安富尊荣,运筹谋画的竟无一个。那日用排场又不能将就省俭。如今外面的架子虽没很倒,内囊却也尽上来了"。二是"更有一件大事:谁知这样钟鸣鼎食的人家儿,如今养的儿孙竟一代不如一代了"。跟着就叙说贾家的世代,说出富贵家庭趋于衰败的必然发展过程和具体现象。

冷子兴说的第二点,即养的儿孙一代不如一代,被认为一件大事。强调指出这种"势所必至"的现象,是必要的;这是笼罩全书具体描写,有重要意义的一点。因为封建社会是以男性为中心建立它的统治权力的。儿孙的腐朽无能,在这种统治阶级家族是"理有固然"的,也是最严重的现象。比较起来,"内囊尽上来"倒是小事了。我们看贾家两宅的老爷少爷们,实在没有一个不是腐朽无能的。他们虽然各有不同的面目,但共同的特点是不管事,不负责,没脑筋,没识见,荒淫无耻,作恶多端,精神堕落,道德败坏。贾政算是他们之中的一面旗帜。但是他的毫无办法和极端庸陋,从他管教子侄、结交门客和言谈治事等等方面可以看出来。

其实不止贾家如此,《红楼梦》写到的整个统治阶级的社会,这一趋势是相同的。

和男性的腐朽无能相应而生的一个特征现象,就是妇女的掌握权柄。就封建社会——尤其统治阶级社会说,妇女当权,是常常不可免的,但同时也是纪纲毁堕的严重现象。他们的格言说,"牝鸡司晨,唯家之索"。所以母鸡打鸣,就要杀它;母鸡跳上了灶,就看做很不吉利的事。这些在我们今日看来觉得极为愚蠢可笑的意识,其实都反映了封建社会统治权力的特点。因为妇女在这个社会制度里是被当做奴隶看待的,她们没有独立的人格,没有自主之权,只应该遵守"三从四德"的教训,服从夫权和父权;祖母也须遵从儿子的权位,体察儿子的意旨,以襄助教育和家庭大事(所谓"女主内",应该是指日常家务和操作,并非指家庭大事的主权而言)。《红楼梦》里的贾家(其实不止贾家),却一反其道,原应居于被统治地位的妇女,却掌握了家庭中的一切大权。大势所趋,这个封建阶级大家庭就陷于他们的制度所忌讳的所谓"牝鸡司晨"的局面。

书中具体描写出来的,贾家治家教子的等等的大权是握在贾母的手里。这个"老祖宗",被全家上下尊崇为思想领导的最高权威;而凤姐,心目中无视公婆和丈夫,一心向"老祖宗"献好讨喜欢,于是攫取了总理全家事务的实际大权。

第三十三回贾政毒打宝玉,贾母走来,和儿子发生尖锐的冲突。贾母满心震怒,用种种讽刺和挖苦的话斥责了贾政。贾政忙叩头说:"母亲如此说,儿子无立足之地了!"贾母冷笑道:"你分明使我无立足之地,你反说起你来?"这里母子间所争的是关于教育方面的家庭大权。贾政说,"儿子管他为的是光宗耀祖"。按封建社会的"道理"说,讲孝道和遵从父权是并存而不相犯的,即贾政应该对贾母孝敬,以尽"子职",贾母也应该支持和遵从贾政的"父职",不当夺了他管教儿子的权威。但贾母不管这些。争执的结果,儿子只好服从了母亲,并且"直挺挺跪着,叩头谢罪",真心自悔"不该下毒手打到如此地步"。

第二十四回写贾芸谋差事。贾芹、贾蔷求事，直接找了凤姐，很快就成；贾芸不知底细，找了贾琏，就走错了道路。但贾芸机敏乖巧，看到风势不对，立刻纠正，设法买了冰片麝香去求凤姐，当天就得到管理园中种花木的事。贾芸说："求叔叔的事，婶娘别提，我这里正后悔呢。早知这样，我一起头儿就求婶娘，这会子也早完了。谁承望叔叔竟不能的！"又说："我倒要把叔叔搁开，少不得求婶娘。"凤姐冷笑道："你要拣远道儿走么！早告诉我一声儿，多大点子事，还值的耽误到这会子！……早说不早完了？"这里凤姐打下自己的丈夫，把家里任何一点权力都揽到手。

封建社会末期，统治阶级对于子弟的教育已经完全破产。封建礼教本是违反人性，先天地不合理的；到此时更显出虚伪和罪恶。为使子弟循规蹈矩，自必只有倒行逆施。古代所提倡的一套"以身作则"和"循循善诱"的教育原则，都谈不上了，野蛮的打和骂，成为他们使子弟"就范"的唯一方法。

第九、第十七、第三十三等各回，多次描写了贾政对宝玉的父子间的关系形态，一方面是辱骂和毒打，一方面像怕老虎。尤其在"大观园试才题对额"一回，作者着力描写了贾政这一封建典范人物和他左右的门客们头脑的愚蠢、心思的干枯和学养品格的迂腐卑劣；而贾宝玉以一个"不喜读书"的少年，却那样才华横溢，思想清新活泼，两方成为明显的对照。贾政对宝玉的题词和议论，心里不能不欣赏，口里却无理地一口一声辱骂他"畜生"和"蠢物"。这样的"父范"和教子的态度，怎么能够叫贾宝玉亲他敬他，接受他的影响和教育？显然是不能够的。作为旗帜人物的父亲尚且是这样，贾宝玉的伯父和兄长，如贾赦、贾珍、贾琏之流，就不必去说了。

除了父兄的榜样，应该还有学塾方面的教育。这个社会的学塾情形，第九回里作了具有特征意义的集中的暴露。师生和学童彼此间风气的腐朽败坏，完全是这个社会的投影。

更为重要的，是贾母这个利己享乐主义者对于孙儿的庇护和骄纵。

贾宝玉自幼受祖母溺爱，在祖母这边屋里居住，"和姐妹们一处娇养惯了的"，"无人敢管"（见第三回）。贾政来叫，贾宝玉吓得"死也不敢去”。贾母就说:“好宝贝,你只管去。有我呢,他不敢委屈了你。”又吩咐老嬷嬷,“好生带了去,别叫他老子唬着他”(见第二十三回)。又当着贾政的面骂赵姨娘等人,“都是你们素日调唆着逼他念书写字,把胆子唬破了,见了他老子,就像避猫鼠儿一样……我饶那一个”!(见第二十五回)。甚至男孩子受一切封建社会生活教育的机会也给挡开。贾宝玉挨打后,贾母因怕将来贾政又叫他,就把贾政的亲随小断头儿唤来吩咐:“以后倘有会人待客诸样的事,你老爷要叫宝玉,你不用上来传话。就回他说,我说的,一则打重了,得着实将养几个月才走得;二则他的星宿不利,祭了星,不见外人,过了八月才许出门。”并把这话告诉宝玉,叫他放心。从此宝玉“不但亲戚朋友一概杜绝,连家中晨昏定省,都随他便了”(皆见第三十六回)。

贾宝玉在十二三岁时受他的贵妃姐姐贾元春之命(也是体贴贾母的意思),随同众姊妹搬到大观园里去住。这在宝玉的现实社会里是一个非常独特的自由环境,使他得到机会和封建秩序进一步隔离了开来。于是他在另一种与封建主义范畴相背的生活方式和日常活动中(包括和林黛玉和薛宝钗的关系的发展)去发展自己的思想与性格。

第四十五回里赖嬷嬷指着宝玉说:“不怕你嫌我:如今老爷不过这么管你一管,老太太就护在里头。当日老爷小时,你爷爷那个打,谁没看见的?老爷小时,何曾像你这么天不怕地不怕的?还有那边大老爷,虽然淘气,也没像你这扎窝子的样儿,也是天天打。还有东府里你珍大哥哥的爷爷,那才是火上浇油的性子,说声恼了,什么儿子,竟是审贼!……”

第六十六回兴儿对尤三姐等谈到贾宝玉:“他长了这么大,独他没有上过正经学。我们家从祖宗直到二爷,谁不是学里的师老爷严严的管着念书?偏他不爱念书?是老太太的宝贝。老爷先还管,如今也不敢管了……”

赖嬷嬷和兴儿这番话,很好地概括了贾宝玉在受封建主义教育方面的特点。

三

由于这些特点，贾宝玉虽然生长在贵族统治阶级家庭里，但自幼并没有受到封建主义统治势力正常的薰陶教育。而在他的现实环境里，却有一个和罪恶腐败的统治势力鲜明地对照着的女孩子们的世界。

《红楼梦》的作者，一如贾宝玉对他的生活环境的看法，他把他所处理的社会现实从中画一条线，区分为两个相互对照的世界：一边是居于统治地位的罪恶腐败势力，一边则以居于被压迫被牺牲地位的女孩子们为主——不论她们的主观思想如何。

这些女孩子们，除了为数不多的姑娘们，绝大多数都是丫环们。贾家的丫环有两种：一种是所谓“家生子儿”，如鸳鸯和小红；一种是买来的，如袭人和晴雯。另外还有唱戏的女孩儿，是从苏州采买来的贫家女孩子，如芳官、龄官等。她们所受封建统治阶级的影响当然各有深浅，思想品格也各有不同，但在客观上都是处于被奴役和被蹂躏的地位，都各有一番辛酸悲苦、混和着血与泪的身世经历，还各有一个惨淡的未来运命等在前面：这方面她们是完全共同的。

贾宝玉实际就是在这些以丫环们为主的女孩子群里长大的。其中许多女孩子服侍他，看护他，各以一颗纯真的心围绕着他，倾注着他。贾宝玉自幼不止在生活上跟她们亲密，精神内心里也是亲爱着她们的。

作者特意为我们描写了跟贾宝玉生活上最密切的袭人的家庭和她的身世。袭人在思想品格上当然是书中的一个反面人物，但是她境遇的悲苦则和别的丫环有相同的一面，这却不可抹煞。她家是城市贫民，一家饿得没饭吃，几两银子把她卖给了贾家。

和袭人思想品格相对立的是被称为贾宝玉的“第一等人”的晴雯。她十岁上被人买来，孝敬了贾母。她的父母亲人都没了，只有个姑舅哥哥在贾家后门外居住，伺候园中买办杂差。

贾宝玉亲近的还有贾母的丫环鸳鸯。她的父亲在南京为贾家看屋子，得了痰迷的病，人事不知。娘死了也不能回去守孝，哥嫂都在贾家做奴仆。这是贾家所谓“根生土长”的丫环。

所有这些女孩子一般都有她们真挚纯洁、自由不羁的一面。像那些唱戏的女孩子们,都是些豪爽坦率、慷慨好义的小英雄。比如派给怡红院和贾宝玉发生了亲密友谊的芳官,那种勇敢无畏,豪迈开朗的性格,好像从来就没有受过封建礼教的拘检一样。她受了干妈的不平待遇,立刻抗争;她横遭赵姨娘的欺侮,别的小英雄就义愤填胸,一窝蜂跑去找赵姨娘对打(见第五十八回)。

另外,为贾宝玉所亲近,引为知心朋友的,还有外边的秦钟、柳湘莲和蒋玉函。他们有的身居贫贱,有的是没落了的旧家少年。贾宝玉在和他们的友情关系中自然要受到影响的。

这所说的影响,不只是指她们或他们的思想品格的本身,重要的还应该是她们或他们的社会存在。比如袭人,她屡次规劝贾宝玉走封建主义的道路,用阴柔的手段对贾宝玉进行无休止的斗争,但贾宝玉并没有在这些方面接受她的思想影响。可是她的社会存在,或者说她在社会关系上所处的地位、所遭的运命等等,总是不幸的,可悲的;因此她对贾宝玉的用心,仍然使他感动,从而蒙受巨大的积极影响。

在这种方面,不止贾宝玉精神上所亲近的众多丫环们给予他以巨大深刻的影响;这个社会所有的女孩子,包括那些姑娘们在内,也无不在日常耳鬓厮磨的亲密接触中,对贾宝玉性格的形成起着强力的积极作用。因为她们,在贾宝玉的直感生活里,和那以世俗男性为主的居于中心统治地位的势力,都在聪明和愚蠢,纯真和腐朽,洁净和污浊,天真和虚伪,善良和罪恶,美好和丑陋:每一点上都鲜明映照,尖锐对比着。

书中强调地写了贾宝玉的聪慧和早熟;以他这样感觉敏锐的小孩,在这两相对照的生活里耳濡目染着,很快就把事物的特征辨别体察出来,而在自己思想上形成强烈的倾向,感情上产生明确的爱憎,那是不难理解的。

我们知道阶级偏见不是天生的,而是在社会关系、在具体处境、在生活教育的不断的作用下形成起来的。旧社会有“赤子之心”的话,意思应该是说小孩入世不深,所受社会影响或阶级蒙蔽不大,因此能够有一些识辨是非、分别善恶的初步能力。当然,在剥削阶级的社会里,这种所谓“赤子之心”不能长久保持,等他对不合理的社会制度所造成的生活现象看惯了，尤其和他自身的实际利害结合起来了，那时他的敏感和纯真善良的心都会失掉的。

贾宝玉所以能够保持这种“赤子之心”，并且一步步和封建主义统治势力远离，成为自己阶级的叛逆者，而日益发展了他的进步思想，那原因，除了上面已经论到过的他所在的社会关系和具体生活境遇等等方面的特点和它们的总和而外，他的以上述条件为基础而产生的和林黛玉的恋爱关系的发展，以及步步逼来的在婚姻问题上、在整个生活道路问题上所遭受的封建主义势力的切身压迫，是不可忽视的重要原因。

关于贾宝玉的恋爱和婚姻的悲剧问题，当另文详论。这里应该指出他所亲爱与钟情的林黛玉和他俩的爱情关系，对他成长中的性格的巨大影响和重要意义。

我们知道林黛玉原是个衰落旧家的女儿，父亲死后，就成为一无所有、悲苦无依的孤女。她像小浮萍似的寄居在这个声势显赫的“公府”里，环境的势利与恶劣，使她自矜自重，警惕戒备；使她孤高自许，目下无尘；使她用真率与锋芒对社会势力抵御、抗拒，以保卫自我的高超纯洁，免受轻贱和玷辱。这就形成她的性格与所在环境的矛盾对立。

在贾宝玉心目中，林黛玉的身世处境和内心品格，可以说突出地、集中地包括了生活环境里所有女孩子们一切使他感动、使他亲爱的客观与主观的特征。贾宝玉对女孩子们广泛的同情爱护之心，就是他对林黛玉发生发展其缠绵悱恻、生死不渝的爱情的根据。唯其林黛玉的性格具有极其广阔丰富的特征意义，所以他和林黛玉的相爱是以根深蒂固含有深刻社会内容的思想感情为基础的。

因此，林黛玉性格与所在环境的矛盾、他们的爱情关系与社会秩序的矛盾，就成为贾宝玉和封建主义势力永不妥协，成为他对自己本阶级叛逆到底，并且从而步步克服自身的劣点和弱点，日益发展他进步的新的思想性格的主要的支持力量或牵引力量。

另一方面，自古以来中国封建社会里面传统的人民性或民主性的文化思想，自然也给贾宝玉的性格以重大的影响。贾宝玉喜读诗词，喜读《庄子》，喜读《西厢记》和《牡丹亭》，就是具体的例子。

第二回里，当时尚未发迹的贾雨村对贾宝玉的性格有一番评论，提了一大串古人的名字，其中有许由、陶潜、阮籍、嵇康、卓文君等等，认为他们和贾宝玉都是易地皆同之人；称为清明灵秀之气，仁者之所秉；说他们往往成为情痴情种，逸士高人，断不为庸俗所制。这正是说的贾宝玉性格的传统因素。

但这方面因素，对贾宝玉性格的形成，不能居于决定性的主要地位。因为离开了上述种种社会现实的条件，这种传统因素是不能够起多大的重要作用的。

四

但是，贾宝玉的生活环境既是罪恶腐败的统治阶级社会，他在里面生长起来，就不可能入污泥而不染。许多贵家公子的恶劣习气和腐朽观念，最初贾宝玉也同样沾染了，和他的性格中的好的倾向并存着的。但随着在生活环境中他所面对的重大事件给予的刺激和教育，随着他在参加现实斗争中精神上所受的挫折与打击，他的思想品格里一些腐朽恶劣的东西就慢慢减少了，消除了。

贾宝玉一如现实中的人，他的性格是不断发展着的。

贾宝玉在书中一被介绍出来，首先给我们的当然是一种与众不同的印象。他有许多清新自由的见解，有许多离奇与独特的性格，为他当时那个社会所不能理解；尤其是他关于女子的议论，和对于世俗的批评，都使人惊讶，认为大逆不道。王夫人称为“混世魔王”，“孽根祸胎”。他思想性格里这些同世俗社会相抵触，跟封建秩序相违背的苗芽，都是在上面所论述的一些具体条件之下培养成的。但是与此同时，作为当时封建统治阶级家庭里一个宠儿，许多坏思想、坏习性，他也不可能没有。

比如，他幼年时常跟着凤姐到宁宅去玩，第五、第七、第十、第十一各回，屡次写他被凤姐带领着到“东府里”去。在秦可卿死前，书中很着力地描写宁宅。正如第五回太虚幻境“金陵十二钗”册子和“红楼梦”曲子里的话：“漫言不肖皆荣出，造衅开端实在宁”，“箕裘颓堕皆从敬，家事消亡首罪宁”。宁宅是个荒淫无耻的魔窟，贾珍许多淫乱行为,凤姐一些暧昧关系,书中有种种隐约曲折的暗示。当然荣宅也不是没有这方面的事,但不如宁宅的厉害和显露,是事实。贾宝玉当时以一个小孩,经常习染在里面,自然就学会了腐朽。像第六回写的和袭人的苟且行为,第十五回写的和秦钟睡前说的胡话。

对于书中写的性行为,不能无区别地一律批判它。因为在当时那个社会环境里,有些两性关系可以看做自由爱情,具有反封建秩序的意义,如秦钟和智能的关系。但那不纯洁的、邪恶腐朽的行为,却不能承认它。贾宝玉在幼年时代有这种腐朽、邪恶的习性,这是不能掩饰和抹煞的。

可是贾宝玉的这些方面,经过秦可卿之死(见第十三回),经过秦钟之死(见第十六回)等等一连串事故的刺激以后,他渐渐有所警悟,思想起了变化。因为这些事故,都是腐朽的封建主义势力糟践女子,迫害人命,摧残自由爱情的极为罪恶的表现。与此同时,他所亲爱的林黛玉死了父亲,成为一个身世飘零的孤女,她开始更为执着、更为切挚地要求着他的情分;他又见到身为贵妃的姊姊归省时那种完全失去人伦天性、难于忍受的悲苦的内心生活。贾宝玉从这些阅历里面开始认识到了关于男女关系的严肃与玩弄、纯洁与腐朽、美好真挚与罪恶虚伪的区分。从此,他对女孩子有了进一步的尊重和同情,对两性关系开始显出了比较严肃的态度,对自己所在的社会表现了深一层的反感。更为明显的,是他对凤姐疏远起来了;到了宁宅,感到嫌厌,待不下去了。

第十九回写贾宝玉到宁宅看戏,“兄弟子侄,互为献酬;姊妹婢妾,共相笑语。独有宝玉,见那繁华热闹到如此不堪的田地,只略坐了一坐,便走往各处闲耍”。他显然感觉精神上的郁闷和孤寂,想到小书房里一轴美人“也自然是寂寞的,须得我去望慰他一回”,因而碰见茗烟和万儿的事;他对万儿流露了深切的关护,对两人的关系表示了由衷的同情。

第十六回一面写元春“封为凤藻宫尚书,加封贤德妃”,全家“莫不欢天喜地”,热闹非常;一面插写秦钟家里为智能恋爱私奔发生的惨剧:把这两个极端的事——皇家婚事和民间恋爱——拿来对比着。在荣宁两宅忙于谢恩庆贺,热闹得意的时候,贾宝玉却“置若罔闻”,“独他一个皆视有如无，毫不介意”，一心惦记着秦钟，跑去痛哭好友的惨死。这时贾宝玉在性爱或婚姻问题上划清的界限和表现的态度就明白起来了。

但贾宝玉有些行为却不能归入上面说的腐朽邪恶这类里面去。比如书中追叙他幼年时有过“吃胭脂”的事。我们知道他自小在女孩子们群里长大，所谓“七岁不同席”之类“男女之大防”的封建礼教观念，他是没有的。在当时这样一个年幼的孩子，这些只能说是对女孩子表示亲爱的行为，本身是天真无瑕的。

我们在书中看到直接描写这事的有两次。第二十三回贾宝玉怀着紧张害怕的心情去见贾政，廊檐下站着丫环们，金钏儿对他说了一句有才擦的胭脂吃不吃的话。这分明是逗他、取笑他。所以彩云推开金钏儿说“人家心里发虚，你还怄他！”第二十四回鸳鸯来传贾母的话，贾宝玉被袭人找回来，在等着换鞋的工夫，回头见鸳鸯作何打扮，是何面貌，就猴到她身上去亲热她，提到此事。这也应该看做贾宝玉不顾封建秩序违碍，对素日看顾他的女孩子（祖母的贴身丫环）表示亲爱的坦率纯真的行为。

贾宝玉一贯地被一种意识和情绪支配着：他对于在被糟践的运命笼罩之下的女孩子们，总抱着深切的爱护、亲热和体贴之心；因为比照起那些体现了封建主义统治势力罪恶的世俗男子来，她们从内心到外表都会显出耀人心目的纯洁、美丽和可亲可爱。

所以对贾宝玉跟女孩子们的关系，首先应该从他的思想性格和他所处的现实环境的关连与矛盾上，来了解那内在的社会意义。若一概看做性爱行为，那就掉进弗洛伊德精神分析方法的泥沼，必定得出离奇不经的论断。这并不是说，贾宝玉对于女孩子的感情完全没有性爱的因素；这种因素不免会有。但更具有重要意义并且主导着他那些行为活动的却无疑是其中的社会内容；这是不容忽略的。

五

其次，贾宝玉对人一般温存和顺，合情合理，尤其对女孩子们。可是在初期有时对女孩子也表现出暴厉脾气。

第八回里，在薛姨妈家喝多了酒，就一连两次对女孩子发怒：从薛家回来，一个小丫头替他戴斗笠，动作不如他的意，他就骂她“蠢东西”；跟着回到自己屋里，他留了豆腐皮包子给晴雯，又沏了一碗枫露茶，都被李嬷嬷吃了。他讨厌李嬷嬷，却把脾气发作在捧茶来的茜雪身上，摔了茶杯，跳起来大骂，说“撵出去”！

这是十足的贵家公子的恶劣作风，所谓阶级的烙印。他本是个大官僚地主家庭的骄子，当他在生活中未受什么锻炼和挫折时，他这些从大人处学来的恶劣脾气，是不可能没有的。若是贾宝玉在书中一出现就是个完美的新人性格，那对曹雪芹的现实主义艺术就要打个问号。但是当他历练较深，所受事实教训较多，或者说所受封建主义统治势力的压迫打击较为深重的时候，他的辨识能力提高了起来，思想感情进一步划清了界限，上述恶劣作风也就显见得澄清了。

这里所说的历练和教训，重要的有两件：一是金钏儿跳井惨死，一是他自己被贾政毒打。这是接连着发生，体现了贾宝玉新的性格和他父母的封建主义严重地矛盾冲突的事件。

金钏儿惨死事件，在书中是作为重要的脉络之一，来揭示在矛盾斗争中各方面有关人物的内心，而主要是描写贾宝玉性格的发展的。金钏从被打被撵以至跳井而死，占了第三十第三十二各回；跟着和第三十三回“大受笞挞”的事相结合，发展为另一重大事件；到第三十五回“亲尝莲叶羹”、第四十四回“撮土为香”，仍是这一事件的余绪。

现在不妨看一看第三十回中关于金钏儿事件发生的具体描写。我们知道这时贾宝玉为自己婚事、为林黛玉因“金玉”问题和他的吵闹，曾陷入从来没有的苦痛之中。这里跟林黛玉和解了，却受到薛宝钗冷酷尖刻的讽刺，林黛玉又从旁嘲弄他。他走出来，到了母亲的上房，看见母亲在床上午睡，金钏儿为她捶腿，一边打瞌盹；于是他动了金钏儿一下耳环子，掏出一丸“润津丹”放在她口里，并说要向母亲讨她过去。我以为这种场合下贾宝玉的心绪可以这样理解：他刚从林、薛之间苦恼的纠葛里逃避开来，这时看见这个坦率热情的丫环在这种苦境，就产生同情和亲近之心。他说要讨她去，因为怡红院是个自由天地，那里没有主奴之界，也不讲封建规矩；她若到他那里，就不会有这种替人捶腿自己打瞌盹的苦差和苦情。因此可以说贾宝玉这时并无邪念。至于金钏儿这个活泼真率的女子，她本和贾宝玉不拘形迹惯了，向来不知什么忌讳，说话就不免脱口而出。但贾宝玉想不到母亲向来“宽仁慈厚”的人，从来不曾打过丫头们一下子，这回却忽然翻身起来，给金钏儿一个嘴巴，指着骂起“下作的小娼妇儿”来。他料不到这会如此触怒母亲，他第一次看到母亲可怕的面目，切身受到封建主义一次迅雷不及掩耳的打击。在骤然惊震之下，当时他赶快溜开了。这样走到园子里，遇见龄官“画蔷”，心里不禁对女孩子生起更为深切的同情，于是甚至忘了自己，淋了一身雨回屋。

综看贾宝玉这段生活经历，可以说在苦恼的心绪之上，又加上难忍的苦痛和不安。因为叫不开门，所以火上添油，“不由得一肚子没好气”，他的恶劣的贵家公子脾气又有了一次严重的发作：他把开门的袭人当成“那些小丫头们”，对她踢了一脚，还骂道：“下流东西们！我素日担待你们得了意，一点儿也不怕，越发拿着我取笑儿了！”这里贾宝玉爆发出来的恶劣的封建主义习气和意识，和他平日一般表现的思想性格正相矛盾，和刚才一路来对女孩子所流露的心情也是严重地抵触的。这个娇生惯养、缺乏历练的公子，在刚受到一些切身挫折的特殊情况下，就不由自主地把他最坏的阶级本性暴露出来了。这是真实而且深刻的；这时处此具体情况下的贾宝玉势必有这种表现。

但他这时还不知道刚才在母亲那里的事所造成的悲惨的后果，连金钏被骂被打之后又被残酷地撵走了的事，他也不知道。等他知道了这全部的事实，他才算亲身受到一次惨痛的教训：他具体地感到了封建主义的血腥压迫，他清楚地看到了封建主义狞恶的面目。金钏儿死后，我们看到贾宝玉抱着怎样一种抱憾终古的苦痛的心；这表现在后来对玉钏儿的态度上（见第三十五回），表现在怎样在家长那么重视、全家上下那么隆重举行的凤姐生日那天，排除万难，不顾一切，逃到北门外水仙庵去“不了情撮土为香”的祭奠的事上（见第四十三回）。

由于金钏儿之死，由于和蒋玉函交好：以这两件事为导火线，引起贾政对贾宝玉的一顿痛打。这是贾宝玉的性格和封建主义势力正面冲突的另一重大事件。

蒋玉函的事和金钏儿的事性质是相同的。贾宝玉一贯不肯和上层士大夫交往,他鄙视他们功名利禄、庸俗恶劣的思想,却和处在被压迫被侮辱地位的优伶讲交情;他对蒋玉函只有亲近爱慕之心,实无腐朽玩弄之念。但那位忠顺王爷却以己度人,把他们纯洁的友谊看得那么腌臜,以为贾宝玉霸占了他,他要夺他回去;并且不承认、不允许蒋玉函有人身自由之权。这自然也是封建主义统治势力和民主自由思想之间的矛盾斗争。

但金钏儿和蒋玉函这两件事,都被贾政扣上罪名:"在外流荡优伶,表赠私物;在家荒疏学业,逼淫母婢。"这两件事所体现的矛盾斗争,都是通过封建统治阶级内部矛盾(庶出的贾环对正出的贾宝玉的挑拨诬陷和忠顺王府对国公贾府的争执),归总为贾政对贾宝玉父子之间封建主义势力和民主自由思想的矛盾而暴发出来。贾宝玉这次所受的严重打击,更是以前所没有经验过的。

六

贾宝玉受到父亲和母亲这两次封建主义势力的切身压迫,是向封建主义投降了呢,还是进一步对封建主义背叛了呢?或者说,是遵从了家长的训诫了呢,还是更加靠拢了被压迫者了呢?我们知道,贾宝玉走的不是前一条路,而是后一条路。经过这两次严重的考验和锻炼,他对封建主义进一步划清了界限,对封建主义的反感大大加深了,对封建主义的警惕大大提高了;原先留存的封建统治阶级的恶劣习性和意识显见得消除了,他的反封建的性格愈加成熟起来了。这具体表现在两方面:

第一,从此他对处于被压迫、被糟践地位的女孩子们的同情和体贴之心,更为深切、更为周到、更为无微不至了。看书中的描写上举一些打骂丫环的恶劣行为,此后就再没有发生过。那次对袭人脚踢而且辱骂的事,成为他性格中恶劣因素"回光返照"的最后一次的表露。

第二,他原先对女孩子们的亲近和好感,本是一视同仁,因为她们在封建社会所居的客观地位和所遭逢的运命总都是不幸的，可悲的；而对她们主观方面的思想性格，却不加区别，或没有明确认识。比如对于林黛玉和薛宝钗、史湘云，对于晴雯和袭人，他虽然经常地处在她们彼此间无休止的冲突斗争的纠葛里面，可是他一直认不清她们各自的内心思想，因而他对她们的态度也一直总是狼狈进退、模糊不明的。但经过两次历练之后，他对她们就能在一视同仁地怀着同情之心的原有态度之中，又进而对她们的思想性格有了明确的辨识能力，心里分出彼此来了。

在经过为跟金钏儿表示好心而在母亲面前受了打击以后（当时金钏儿还没有死），他对这方面已经表现有所认识。第三十二回“诉肺腑心迷活宝玉”，描写了贾宝玉和林黛玉恋爱关系发展到一个重要的新阶段。这一新阶段的发展，就是建立在贾宝玉这种思想认识的基础上面的：那就是他明确地辨认出薛宝钗、史湘云两人和林黛玉的思想有本质的不同。一听见史湘云规劝他的话，他就“大觉逆耳”，立刻给她下不去；同时自觉地认识到林黛玉是自己思想上的知己，于是怀着升高了的白热的爱情向路上遇见的林黛玉诉说了平日说不出的肺腑里的话。这种认识能力，是他过去所没有的。

但是一个人对于日常切近身边的事物，往往失去敏感，最不容易辨识。所谓“不识庐山真面目，只缘身在此山中”。贾宝玉对于近在身边的袭人和晴雯就是如此。他在被父亲痛打以前，对晴、袭两人的思想性格就缺乏实质的明确认识。有时甚至也对晴雯的率直和锐利表示嫌厌，为袭人的温和与柔媚深受迷惑。所以他一直有些亲袭而疏晴。第二十回里他对麝月说晴雯：“满屋里就只是她磨牙。”第三十一回写怡红院里一场争吵，贾宝玉显然跟袭人站在一边，而责备晴雯。（这时期各方面复杂的和激烈的矛盾斗争辏集在贾宝玉身上，他异乎寻常地显出感情波动，心绪烦躁；这是他思想上和爱情上产生重要变化的时期。）

可是在第三十三回挨打之后，他的思想骤见提高，反封建的感觉灵敏起来，这情形就完全转变。第三十四回，林黛玉悄悄地来看过他的伤，两眼哭得像桃子一样。过后，他心里惦记着林黛玉，要打发人去，只是怕袭人阻拦,便设法先使袭人到薛宝钗那里去借书,而后才命晴雯去看黛玉,并且拿了两条旧绢子给她送去。这事说明,他已经明确知道他和林黛玉的关系,袭人不会赞助,他把她归到薛宝钗那边去;而晴雯却可亲信,他托她为自己向黛玉传达爱情、递送私物。此后,贾宝玉所感受的封建主义压迫愈深——主要在婚姻和生活道路问题上,他在晴、袭之间内心倾向愈见分明;即是说,他愈把晴雯看做知己,流露特殊的亲切厚挚之心。晴雯被撵至惨死前后,他对晴雯的情分,不但瞒住了袭人,就连和袭人思想一致的麝月、秋纹也不让知道。

从这些我们可以明显看出:贾宝玉原是一般不加区分地对女孩子怀着同情的,但经过切肤之痛的斗争以后,就进而对她们思想性格的实质有了认识,因而在对她们怀着同情之中,又能有分明的取舍和爱憎了。

他对林黛玉的爱情,正就是在这种思想意识的基础上面成熟巩固起来的。

与此同时,另一方面,前文已经提到,他和林黛玉的关系,对他的思想的成长,也起着特别重大的作用。林黛玉从她孤苦无依的身世与处境和高洁的思想品格出发,一贯执着地、强烈地向他要求着彼此"知心"、"重人"、忠于自我,与封建主义秩序截然划分界限的严肃专一的爱情。为此她以血泪与生命,对他不断地进行了镂心刻骨的斗争,使他从苦痛的体验中逐步摆脱社会势力对他的纠缠和吸引,使他性格趋于纯化,头脑趋于清醒,思想感情趋于稳固与坚定。这一因素的力量,是必须充分估计到的。

这里应该顺便说一说贾宝玉对于仆妇们的看法和态度。我们不能因为贾宝玉一贯地爱护女孩子们而憎厌婆子媳妇们,就谴责他并不尊重在下层地位的人。

贾宝玉憎厌婆子媳妇们,是事实;而且一直不变,甚至愈来愈甚。第五十九回春燕对莺儿转述贾宝玉的话:"女孩儿未出嫁是颗无价宝珠;出了嫁,不知怎么,就变出许多不好的毛病儿来;再老了,更不是珠子,竟是鱼眼睛了! 分明一个人,怎么变出三样来?"春燕这里引此话,更为说明她的母亲和姨妈"老姐儿两个"越老越把钱看的真了。第七十七回周瑞家的带了司棋出去，迎春、绣橘都啼哭、赠物，依依不舍。周瑞家的不耐烦，只是催促。司棋要求到相好的姊妹跟前辞一辞，周瑞家的冷笑，坚决不许。这时恰好贾宝玉走来遇见，不觉如丧魂魄，连忙拦住。周瑞家的说，“我们只知太太的话，管不得许多”，又威吓司棋，“你如今不是副小姐了，要不听话，我就打得你了”……几个妇人不由分说，拉着司棋就出去了。贾宝玉恨道：“奇怪，奇怪！怎么这些人，只一嫁了汉子，染了男人的气味，就这样混账起来，比男人更可杀了。”守园门的婆子听了笑问：“这样说，凡女儿个个是好的了，女人个个是坏的了？”贾宝玉发狠道：“不错，不错！”

从这些具体的场合来看贾宝玉的话，已经可以了解他的意见的正义性。我们不妨再看看他对奶母李嬷嬷的态度。贾宝玉从早就十分讨厌他的奶母。第八回“奇缘识金锁”那次，他在薛姨妈家喝酒，正和薛宝钗、林黛玉说说笑笑，心甜意洽之时，也即在家长的管束以外作称心如愿的自由活动之际，李嬷嬷上来拦阻，说：“你可仔细！今儿老爷在家，提防着问你的书！”贾宝玉顿时垂头丧气。

我们常看到贾宝玉从李嬷嬷跟前受到封建主义的干涉和威胁，看到封建主义势力经常通过林之孝家的、周瑞家的、王善保家的这些人对贾宝玉、对女孩子们的活动进行控制和压迫。这些婆子媳妇们，实在就是封建主义统治机构的基层组织细胞，封建主义势力总是通过她们来作恶逞威的。当然，她们自己也处于被压迫被奴役的地位。但她们所体现的封建主义罪恶特征却是更为重要的方面；因为她们总是为主子执行命令，作为封建主义势力的爪牙而从事活动的。贾宝玉嫌恶她们、憎恨她们，正是他反封建思想感情的具体表现。前面曾举贾宝玉因李嬷嬷吃了他留给女孩子的东西而大发脾气，那实质上也含有对封建主义发生反感的意义；至于他对茜雪发作了那脾气，那是另一回事。

总之，关于贾宝玉性格的发展，书中的描写极其真实深到；以上不过举出荦荦大端，以见他在思想上爱情上进于成熟与稳定阶段的情况而已。贾宝玉性格全部的发展变化，前面已经一再指明，主要和他的恋爱婚姻问题密切结合，直到最后出走都应包括在内；这在后面研究作者的处理态度时还有论述。

七

现在就贾宝玉典型形象的主要特征作一些说明。

贾宝玉性格最初的也是最突出的一个特征就是对于世俗男性的憎恶和轻蔑,以及与此相应的对于女孩子的特殊的亲爱和尊重。这是他自幼所处的生活环境的特点在他思想感情上的具体反映,前面阐论他的性格形成的条件,对这一点已经作过说明,这里不须重复。

《红楼梦》非常强调地描写了它的主人公性格的这一特点。开篇第二回,作者借冷子兴演说荣国府,就特意介绍了贾宝玉这句名言:"女儿是水做的骨肉,男人是泥做的骨肉。我见了女儿便清爽,见了男子便觉浊臭逼人。"第二十回里作者又在旁叙中重说此点:"他便料定天地间灵淑之气只钟于女子,男儿们不过是些渣滓浊沫而已。因此,把一切男子都看成浊物,可有可无。"至于"国贼禄鬼","须眉浊物",就是他平日鄙视与厌恶男性的口号。重要的不是他这样说、这样想,他也是这样做人,这样生活的。全书里面,不只关于贾宝玉生活活动的描写一贯地表现了这一特征思想或基本精神,而且由众多人物所构成的现实环境,也为他这种思想的产生提出了无可置疑的具体根据。这不必多说。

与这点相关连的,贾宝玉还有一种意识,那就是对于自己出身的家庭或阶级阶层的憎恶,以及与此相应的对于有些比较寒素和微贱人物的爱慕和亲近。

第七回中描写贾宝玉和"年近七旬"、"宦囊羞涩"的"营缮司郎中"秦邦业的幼子秦钟见面:"那宝玉自一见秦钟,心中便如有所失。痴了半日,自己心中又起了个呆想,乃自思道:'天下竟有这等的人物!如今看了,我竟成了泥猪癞狗了!可恨我为什么生在这侯门公府之家?要也生在寒儒薄宦的家里,早得和他交接,也不枉生了一世。我虽比他尊贵,但绫锦纱罗,也不过裹了我这枯株朽木;羊羔美酒,也不过填了我这粪窟泥沟:"富贵"二字,真真把人荼毒了!'"他和"一贫如洗"、"父母早丧"的破落世家子弟柳湘莲缔结深厚的友谊,对为当时社会所轻贱的“唱小旦的”蒋玉函衷心倾慕，可以说，也含有同样的意识。

当然，秦钟、柳湘莲和蒋玉函的所谓“人品”，是使他和他们亲厚的主要原因。假如没有具备这种使他引为知己的“人品”，他对他们的交情是建立不起来的。比如对于贾芸，最初他很怀有好感，但是接谈几次之后，看到贾芸人品的庸俗，他就不愿和他交往了。那么这种所谓“人品”，究竟是什么呢？有人认为就是带有女性风格的美貌。我以为这是片面表面的看法。

第四十七回里写到在赖大家贾宝玉和柳湘莲见面的一个场面。他们的谈话主要是关于照管秦钟的坟墓和柳湘莲远行的事。贾宝玉一见柳湘莲，就问他这几日可曾去看秦钟的坟。一个说，想着雨水多，放心不下，特意绕路去看了坟，回家就弄了几百钱，雇人去收拾好了；一个自恨天天圈在家里，一点做不得主，但园子里结了莲蓬，就摘了十个，叫焙茗送到坟上供他。柳湘莲又说，“这个事也用不着你操心，外头有我，你只心里有了就是了”。柳湘莲虽然“一贫如洗，家里是没的积聚的”，但他早“已经打点下上坟的花消”。贾宝玉意欲打发焙茗送钱给他，柳说用不着，这也不过各尽其道。于是谈到远行的事，贾宝玉依依难舍，说：“你要果真远行，必须先告诉我一声，千万别悄悄的去了！”说着便滴下泪来。

这里流露出来的他们之间友情的内容，在当时社会里是一种慷慨义气、严肃而又高尚的品格和精神。这不但和同一回里映照着描写的呆霸王薛蟠对柳湘莲的腌臜无耻的用心和行为成为尖锐的对比，就是和封建统治阶级或上层士大夫间——如贾雨村对甄士隐和贾家、贾政及他的那些门客们——那种庸俗的势利关系，也同样属于不同的范畴。这意思是说，像这种金子似的心，是当时被压迫人民所崇尚，贾宝玉的本阶级里一般是没有的。

早年贾宝玉对北静王水溶也怀着好感。那不止因为水溶“面如美玉，目似明星，真好秀丽人物”，主要还因为水溶“风流跌宕，不为官俗国体所缚”，和他的思想有合拍之处的原故，尽管如此，仍然碍于身分与社会地位，贾宝玉后来和他没有什么交往，更未和他发生像和柳湘莲、秦钟那样的亲密的友谊关系。

贾宝玉对于世俗男子和对于自己社会出身的憎恶,实质上都是对他出身的本阶级的否定。他对世俗男子的否定,同样也就是对他本阶级的否定。因为封建主义社会以男性为中心建立其统治,妇女所受的压迫,实即反映了阶级的压迫;在旧社会,妇女的解放是必须在阶级斗争中去求取的。

贾宝玉的这种意识特别清楚地表现在对居于下层地位女子们的用心上。他对她们被糟践的命运,怀着无限同情;对她们纯真敏慧的资质和自由活泼的性格,倾心地亲爱。第二十三回写他在园中看见风吹花落,不忍落花被人践踏,兜起来抖入池中;后来又和林黛玉掘土葬花。这种对花怜惜的心情,正是他从对女孩子们的处境和品质的联想产生的。

八

书中关于贾宝玉对女孩子温柔体贴的描写随处都有,并且非常突出。这里只举两三个例,具体看一看贾宝玉这方面思想活动的特点,是有意义的:

第十九回写贾宝玉在宁宅看戏,对那里的富贵繁华和热闹发生厌恶,感觉内心的孤寂,就叫茗烟同他到花家去看袭人。他对袭人说:"我怪闷的,来瞧瞧你作什么呢。"后来袭人回来,贾宝玉和她谈及在花家看见的穿红的女子,袭人有意用歪话缠他。他说她们不配穿红的,谁还敢穿?"他实在好的很,怎么也得他在咱们家就好了。"袭人冷笑道:"我一个人是奴才命罢了,难道我的亲戚都是奴才命不成?"宝玉忙笑道:"你又多心了。我说往咱们家来,必定是奴才不成?说亲戚就使不得?"袭人又故意说:"明儿赌气花几两银子买进他们来就是了。"宝玉笑道:"你说的话,怎么叫人答言呢?我不过是赞她好,正配生在这深宅大院里,没的我们这宗浊物倒生在这里。"后来袭人说及她们明年就要出嫁,宝玉不禁连"嗐"两声气。女孩子出嫁,在贾宝玉看来就像落花一样,遭受封建性的践踏;并且她们出嫁后渐渐成为社会机构的组成细胞,就会失去她们原有的纯真美好的内心精神和品质。贾宝玉一贯听说女孩子出嫁就难过，正是为此；他对女孩子的深切同情，也出于同样的意识。

贾宝玉这种意识和感情在金钏儿惨死，尤其在他和林黛玉的恋爱婚姻问题上所感受的切身压迫愈深的时候，就愈益发展了。

我们可以看看第四十四回“平儿理装”和第六十二回“香菱情解石榴裙”两回的描写。处于“婢妾”地位的平儿，为贾琏和凤姐极端丑恶的争闹受到无辜的殴打和枉屈。贾宝玉招待平儿到怡红院，连声劝慰她：“好姐姐，别伤心。”照料她换衣、梳洗、擦脂粉，替她剪下秋蕙簪在鬓上。平儿到李纨处去了后，贾宝玉自觉在平儿前稍尽片心，引为今生意中不想之乐，歪在床上怡然自得。“忽又思及贾琏惟知淫乐悦己，并不知作养脂粉。又思平儿并无父母兄弟姊妹，独自一人，供应贾琏夫妇二人，贾琏之俗，凤姐之威，他竟能周旋妥帖，今儿还遭荼毒，也就薄命的很了。想到此间，便又伤感起来。复又起身，见方才的衣裳上喷的酒已半干，便拿熨斗熨了叠好；见他的绢子忘了去，上面犹有泪痕，又搁在盆中洗了晾上。又喜又悲……”贾宝玉服侍平儿温慰体贴的用心，这里是刻画得很清楚的。

再看贾宝玉生日那天，香菱和几个顽皮女孩子斗草，彼此逗趣，打闹起来。香菱的石榴红罗裙弄到脏水里玷污了，正在没办法，贾宝玉恰好走来看见，于是招呼她换了袭人的裙子，又无微不至地对她尽了一番温存体贴之心。这里描写两方内心活动是很深细的。贾宝玉说裙子本不值什么，但弄坏了，一则辜负琴姑娘的心，二则姨妈老人家嘴碎，会说只会糟蹋东西，不知惜福。香菱听了，碰在心坎儿上，反倒喜欢起来。这因为贾宝玉替她设身处地，想的深切入微。这在作“婢妾”的香菱是从来没有经过的温情。所以在袭人送来裙子给她换好之后，香菱已经走开，又重复回转身叫住宝玉；红了脸，只管笑，要说什么，又说不出口来；末后脸红说：“裙子的事，可别告诉你哥哥，就完了。”这正因为香菱从未领略过这样的温柔体贴，所以一时心里对贾宝玉有说不出的感激和欣喜。至于贾宝玉这样看待香菱，那心理活动也是很明白的：“一壁低头，心下暗想：‘可惜这么一个人，没父母，连自己本姓都忘了，被人拐出来，偏又卖给这个霸王！’因又想起：‘往日平儿也是意外想不到的，今儿更是意外之意外的事了！'”

可见贾宝玉对平儿和香菱的用心都是很严肃的。他只是对这些处于悲苦地位遭受压迫蹂躏的女子怀着莫可奈何的关怀和怜惜；他无力改变这种现状，于是到处发挥这种不能自制的感伤的温情。

但是贾宝玉严肃纯洁的内心，总是不为人所了解。比如香菱，就以为他对她怀着轻薄。第七十九回所写的，当时晴雯已死，迎春将嫁，和林黛玉的关系陷入一筹不展的苦境，贾宝玉在沉郁中，这种意识更为深入了。他到迎春住处紫菱洲一带徘徊瞻顾，吟咏了“蓼花菱叶不胜悲，重露繁霜压纤梗”这样的诗句；这时遇见香菱，谈到薛蟠将娶夏金桂。香菱是个天真的女子，在薛家长大，也只能有世俗的见解，对她自己悲苦的处境并没有自觉。所以这时她仍很高兴，说“我也巴不得早些娶过来”。宝玉冷笑道：“但只我倒替你担心虑后呢！”香菱道：“这是什么话？我倒不懂了。”宝玉笑道：“这有什么不懂的？只怕再有个人来，薛大哥就不肯疼你了。”香菱听了，不觉红了脸，正色道：“这是怎么说？素日咱们都是厮抬厮敬，今日忽然提起这些事来，怪不得人人都说你是个亲近不得的人！”一面说，一面转身走了。宝玉见她这样，便怅然如有所失，呆呆的站了半日，只得没精打采，还入怡红院来。

这里的描写显出贾宝玉在他的世俗社会里精神内心是多么孤独寂寞；香菱对他的了解，正可以代表一般的世俗之见。

自来《红楼梦》的读者对上述贾宝玉看待女子的用心，也总是以封建社会的世俗之见去了解。他们认为贾宝玉对下层地位的女子都怀着邪念。这是荒谬的。

贾宝玉的这一思想倾向坚定不移。为金钏儿和蒋玉函的事挨了贾政的痛打之后，林黛玉来看他，抽噎地说：“你可都改了罢？”他长叹一声说：“你放心。别说这样的话。我便为这些人死了，也是情愿的！”

他此时对林黛玉说这样的话，主要是因为他明确意识到，自己和林黛玉的爱情关系，跟他被封建势力拿做罪名的那整套行为思想完全属于同一回事。这是贾宝玉坚持他的行为思想和反封建决心的表示，也是他向林黛玉提出他和她爱情关系的再次的声明和保证。

前面已经说过，贾宝玉对于生活环境里的女子们广泛深切的同情与爱护，是和他跟林黛玉的爱情关系互为因果、不可分割的。正因为贾宝玉性格的这一特点，他把它集中专注在林黛玉身上，才发展成为他们之间那样生死不变的深挚的爱情；也正因为他在爱情问题上遭受着封建主义势力的沉重的压迫，他才对环境里的女子愈益深切地怀着那样的同情和体恤。

九

综观上述贾宝玉思想的这些特点——一方面对自己出身的本阶级抱着憎恶和否定的态度，一方面对他所接触的生活环境中居于被压迫地位的人物——尤其女孩子们则寄予尊重、同情和无限亲爱体贴之心：这就积极方面意义看，实即反映了人性解放、个性自由和人权平等的要求，实质上也就是人道观念和人权思想，就是初步的民主主义精神。

贾宝玉非常讲究尊重个性，尊重意志。第二十回他对贾环说："大正月里，哭什么？这里不好，到别处玩去……譬如这件东西不好，横竖那一件好，就舍了这件取那件……你原是要取乐儿，倒招的自己烦恼。"第三十一回"撕扇子作千金一笑"写晴雯生气说到怕砸了盘子，宝玉笑道："你爱砸就砸。这些东西原不过是借人所用，你爱这样，我爱那样，各自性情。比如那扇子，原是扇的，你要撕着玩儿也可以使得，只是别生气时拿他出气；就如杯盘，原是盛东西的，你欢喜听那一声响，就故意砸了，也是使得的，只别在气头儿上拿他出气。——这就是爱物了。"这番议论，我们今天看来自然觉得太过分，很不妥帖，其中流露了浓厚的贵家公子气味。但主要的意思，却是尊重意志，尊重个性；用当时思想家的话说，就是"使人各得其情，各遂其欲"（戴震语）。

第三十六回写"情悟梨香院"的一段，贾宝玉兴兴头头去找龄官，因素日和女孩子玩惯了，只当龄官也一样，央她唱一套"牡丹亭"曲子。不想龄官见他坐下，忙起身躲避，正色道："嗓子哑了。前儿娘娘传进我们去，我还没有唱呢。"宝玉见此景况，从来未经过这样被人弃厌，自己便讪讪的，红了脸，只得出来了。后来看见贾蔷那样体爱龄官，龄官又那样自爱并爱着贾蔷，他就悟出"人生情缘各有分定"的道理。

他是完全尊重龄官的个性、意志和她与贾蔷的关系的。他平日和姊妹、丫环们一处,也总是尊重别人的意见,很少拿自己的主张;更不想强迫别人接受自己的意见。

在日常生活活动中,贾宝玉也一贯流露这一思想。第四十回贾母、王夫人和众姊妹商议给史湘云还席。贾宝玉因说:"我有个主意。既没有外客,吃的东西也别定了样数,谁素日爱吃的,拣样儿做几样。也不必按桌席,每人跟前摆一张高几,各人爱吃的东西一两样,再一个十锦攒心盒子,自斟壶。岂不别致?"这意见立刻为贾母所接受。他做诗也不主张限韵,要求自由发挥个性。

贾宝玉这种思想是和封建主义原则正面抵触的,它直接破坏着封建秩序。我们试看贾宝玉待人接物的态度,他总是否定封建社会的礼法观念,主张听任各人按照自己的意志和心愿去自由活动。

第二十回写他对弟弟贾环:"宝钗素知他家规矩,凡做兄弟的怕哥哥,却不知那宝玉是不要人怕他的。""并不想自己是男子,须要为子弟之表率。是以贾环等都不甚怕他,只因怕贾母不依,才只得让他三分。"

他对茗烟,也是亲密无间,没有什么主奴的界限。像第十九回写的他对茗烟和万儿的喜剧,第二十三回写的茗烟替他买来各种小说,第二十六回写的茗烟受薛蟠之嘱竟诳说老爷叫他,第四十三回写的和茗烟偷偷同到水仙庵去祭奠,茗烟祝告的时候说:"跟二爷这几年,二爷的心事,我没有不知道的。"

在丫环们跟前,反倒经常服侍她们;并且受她们的排揎,不以为忤。正如袭人说的:"你这个人,一天不挨两句硬话村你,你再过不去。"(见第六十三回)麝月甚至这样"村"他:"你偏要比杨树,你也太下流了!"(见第五十一回)傅家婆子议论他:"一点刚性也没有,连那些毛丫头的气都受到了!"(见第三十五回)

在贾宝玉这种思想领导下,怡红院关起门来,除了袭人作些梗,可说是个没多少封建礼法观念的民主自由的世界。第六十三回描写"寿怡红",林之孝家的走后,丫头们要为宝玉安席,贾宝玉笑道:"这一安席,就要到五更了。知道我最怕这些熟套,在外人跟前不得已的,这会子还怄我,就不好了。”众人听了,都说:“依你。”于是先不上坐,且忙着卸装宽衣。(这里“庚辰本”“脂批”:“吃酒从未如此者。此独怡红风俗。故王夫人云他行事总是与世人两样的。”)尤其姊妹们散后,简直弄得“无法无天”。但他觉得称心如愿,无比的快乐。袭人也说:“昨日夜里热闹非常,连往日老太太、太太带着玩,也不及昨儿这一玩。”这话从袭人这样思想的人说出来,可见她们这些处在被压迫地位的女孩子们都是喜爱这种无拘无束的自由生活方式的。所以平儿说:“还说给我听,气我!”

第六十六回兴儿对尤三姐等评论贾宝玉:“再者也没有一点刚性儿。有一遭见了我们,喜欢时没上没下,大家乱玩一阵;不喜欢各自走了。他也不理我们,我们坐着卧着,见了他也不理他,他也不责备。因此没人怕他。只管随便,都过得去。”

贾宝玉这种性格,愈到后来,愈发展得厉害。第七十回写怡红院早晨,晴雯、麝月、芳官笑闹膈肢,贾宝玉也参加进去闹。碧月走来说:“倒是你们这里热闹。”他们在郁闷的生活中,简直作为精神的发泄。第七十九回写道:“这百日内,只不曾拆毁了怡红院,和这些丫头们无法无天,凡世上所无之事都玩耍出来。”

当时封建主义势力在大观园里大肆猖狂,园中素日丰富多采的生活活动日见毁坏,形成“风雨如晦”的局势;贾宝玉和众多女孩子们所受压迫摧残日益加紧,宛如“釜底游鱼”:这样形势下,怡红院中愈是逞心胡闹,愈令人觉得惨切;但同时也足见贾宝玉虽然限于条件,逼于形势,却充分表现了他负隅顽抗、苦战到底、不肯屈服的精神。

从这整套颇具规模的初步民主主义思想看,当时封建主义社会秩序为一个统治阶级的儿子所安排的道路,贾宝玉当然不能遵循。除了家庭中晨昏定省而外,一切应该参加的交游和礼节,他都不愿参加,尽力逃避。这是明显的事:他和处于被压迫地位的女孩子们的纯真自由的世界,与居于统治地位的庸俗腐朽的男子们或利欲薰心的士大夫们的世界——这两个世界在贾宝玉的具体生活环境里是尖锐地矛盾对立着的。对这两相矛盾对立的生活道路加以抉择的问题,早就提到贾宝玉的面前。自幼虽经家长训诫逼迫、袭人和宝钗等规劝,他却利用衰朽制度和腐败社会的空隙，极力抗拒逼来的压力。他批评“读书上进的人”是“禄蠹”，“把一切男子都看成浊物”，把所有士大夫都骂为“国贼禄鬼”。

第三十二回史湘云天真直率地向他提出这个生活道路的问题：“如今大了，你就不愿去考举人进士的，也该常会会这些为官作宦的，谈讲谈讲那些仕途经济，也好将来应酬事务，日后有个正经朋友。让你成年家只在我们队里，搅的出些什么来？”贾宝玉立刻还击，斥为“混账话”。

第三十六回写道：“那宝玉素日本就懒与士大夫诸男人接谈，又最厌峨冠礼服贺吊往还等事……日日只在园中游玩坐卧……却每日甘心为诸丫头充役……或如宝钗辈有时见机劝导，反生起气来，只说：‘好好的一个清净洁白女子，也学的沽名钓誉，入了国贼禄鬼之流。这总是前人无故生事，立意造言，原为引导后世的须眉浊物，不想我生不幸，亦且琼闺绣阁中亦染此风，真真有负天地钟灵毓秀之德了。’”这里概括地写出了贾宝玉日常生活中的坚定不移的信念和战斗姿态。

后来随着家道的愈趋败落，形势对他的要求愈迫切，那逼到头上的压力也愈沉重，他也就愈见陷于力疾苦战的地步。但是在他具体的主客观条件下，他的信念始终不移，战斗也始终不休。贾宝玉对封建主义势力为他安排的生活道路是坚决否定了的，而他的民主主义思想和要求是一直坚持到底的。

贾宝玉和林黛玉的爱情，正就是建立在这种思想和要求的基础之上，同时他和林黛玉的关系，也坚定了和发展了他的这种思想和要求；他被逼被骗和薛宝钗结婚后而终于出亡，也得从他这整套思想和要求来看，才能了解。

十

从以上的阐论中，我们已经可以看到一些贾宝玉形象所含有的民主主义思想的限度。

不错，贾宝玉思想性格中民主主义因素已经具备规模，我们可以看见那色彩鲜明、线条清楚的完整的轮廓;它和封建主义抵触着、矛盾着,不能相容,并且态度坚定,没有调和妥协的意向。这方面都是不容置疑的。但同时,我们却也看得出,它的力量是如此其微弱,所处的境状如此其黯淡,它在衰朽腐败的封建主义势力跟前,宛如一棵幼芽压在大石之下,显得无法与之抗衡,因之也看不见天日、找不到前途。这方面我们也不能忽视。

贾宝玉经常想到死和毁灭。在他的早期就有这念头,到后来不但未变,反倒愈来愈见深彻。

第十九回他和袭人说:"只求你们看守着我,等我有一日化成了飞灰——飞灰还不好,灰还有形有迹,还有知识的!等我化成一股轻烟,风一吹就散了的时候儿,你们也管不得我,我也顾不得你们了,凭你们爱那里去那里去就完了。"

第三十六回他说——还是对袭人:"比如我此时若果有造化,趁着你们都在眼前,我就死了,再能够你们哭我的眼泪流成大河,把我的尸首漂起来,送到那鸦雀不到的幽僻去处,随风化了,自此,再不托生为人:这就是我死的得时了!"

第七十一回尤氏驳辩贾宝玉对探春的批评:"谁都像你是一心无挂碍只知道和姊妹们玩笑?饿了吃,困了睡,再过几年,不过是这样,一点后事也不虑。"宝玉笑道:"我能够和姊妹们过一日是一日,死了就完了,什么后事不后事!"又说:"人事难定,谁死谁活?倘或我在今日明日,今年明年死了,也算是随心一辈子了。"

贾宝玉自幼从生活中明确感觉到那尖锐的矛盾。他身在那矛盾中,为之呕心耗血,苦痛难置;他无法解决那矛盾,也不能为自己的斗争找到支援和出路。他始终在一种莫可奈何的境状中。于是感伤主义情绪随着他的民主主义思想同时生长起来。他一般只能给予处在封建主义势力压迫摧残下的人们以温情和体恤,对自己切身的恋爱婚姻和生活道路问题一般只能作出偏于消极性的奋斗:他坚决不向封建主义妥协投降,但是他也不能积极有为地作出有力和有效的反抗。他一般多是以逃避态度对待面临的矛盾,但这是逃不脱的;为了减轻斗争中的苦痛,他找到了可能找到的虚无主义思想。

感伤主义和虚无主义是贾宝玉民主主义思想的弱点和病症。

他欣赏《庄子》,喜观佛家思想。当他在切身的尖锐矛盾中、在激烈的思想斗争中的时候,他就以此自慰,求得苦痛的解脱。

第二十一回他摹拟南华文,写出什么“焚花散麝,戕宝钗之仙姿,灰黛玉之灵窍,丧灭情意”的句子。第二十二回因听见戏曲中鲁智深唱的“赤条条来去无牵挂”等句,就喜得拍膝摇头,并且做了几句佛偈。这都是他用来自解烦恼,自慰苦痛的办法。在他的现实条件下,他只能找到这样一些精神思想的出路。

当然这些都是他早期的勾当,但是虚无主义一直生根在他的思想里。他的“死”和“化灰化烟”的念头,正就是它的流露。

温情主义和感伤主义是同一东西的两面。贾宝玉对处于不幸运命中的女孩子的温情,实出于一种莫可奈何的态度。这种思想感情的深化和扩大,就成为明显的感伤主义。

第三十九回刘老老向他胡诌了“雪中抽柴”的若玉小姐的故事,他就当成一件了不得的大事去办。第四十三回他为祭奠金钏儿在水仙庵看见“洛神”像,以为真有“荷出绿波,日映朝霞”的姿态,就不觉滴下泪来。第五十八回见园中杏树“绿叶成荫子满枝”,想到邢岫烟已经择了夫婿,又“不免伤心,只管对杏树叹息”。他为藕官掩护烧纸(见第五十八回),为彩云等瞒赃(见第六十一回),也都流露同一思想。

芳官被干妈打了,正吵闹,“宝玉恨的拿柱杖打着门槛子,说道:‘这些老婆子都是铁石心肠似的,真是大奇事!不能照看,反倒挫磨他们。地久天长,如何是好?’”(见第五十八回)

他对面临的现实无可奈何,尤其当他对切身的恋爱婚姻问题束手无策时,比如在第五十七回“情词试莽玉”以后,感伤主义就主宰了他的心神。

十一

贾宝玉思想里这些病症和弱点是根深蒂固的。他对面临的和切身的矛盾无可如何,首先是因为他自己的思想里存在着严重的矛盾。

他的思想上的矛盾在这里：他从生活现实中否定了封建统治阶级社会，否定了封建主义社会秩序，可是，他却没有能够否定君权和亲权——封建主义统治权。这是贾宝玉直到“出家”没有获得解决的思想问题。这个思想问题使他对现实的斗争始终带着阴黯气氛和悲剧色彩，并且他也只能成为悲剧主人，以悲剧来结束他的斗争。

第三十三回“大受笞挞”，众门客劝阻，贾政不许，说“明日酿到他弑父弑君，你们才不劝不成”？这是说在贾政看来，贾宝玉的行为虽然已离经叛道，但“今日”还未到弑父弑君的地步，不过听任不管，“明日”会酿到那地步。

贾宝玉不只没有弑父弑君的思想，他对君权亲权都一直尊重，从来不敢直接违抗。

这首先表现在他的民主主义思想并未突破封建主义体系而独立，他还不能不崇信“孔孟之道”。

第三回他说：“除了四书，杜撰的也多呢。”第十九回袭人复述他的话：“除了什么‘明明德’外就没有书了，都是前人自己混编出来的。”

第二十回作者旁叙他的思想：“只有父兄伯叔兄弟之伦，因是圣人遗训，不敢违忤。”

第七十三回叙道：“更有八股一道，因平素深恶，说这原非圣贤之制撰，焉能阐发圣贤之奥，不过是后人饵名钓禄之阶。”

由于把孔孟之道看做天经地义，由于不敢违忤圣贤遗训，贾宝玉对于封建主义统治从不怀疑。

第二十八回为“金”“玉”的问题他向林黛玉表白：“我心里的事也难对你说，日后自然明白。除了老太太、老爷、太太这三个人，第四个就是妹妹了。要有第五个人，我也起个誓。”

第三十六回他对袭人发议论：“人谁不死？只要死的好。那些须眉浊物只听见‘文死谏’、‘武死战’这二死是大丈夫的名节，便只管胡闹起来。那里知道有昏君方有死谏之臣，只顾他邀名，猛拚一死，将来置君父于何地？必定有刀兵，方有死战，他只顾图汗马之功，猛拚一死，将来弃国于何地？”又说：“那武将要是疏谋少略的，他自己无能，白送了性命：这难道也是不得已么？那文官更不比武官了。他念两句书，记在心里,若朝廷少有瑕疵,他就胡弹乱谏,邀忠烈之名;倘有不合,浊气一涌,即时拚死;这难道也是不得已?要知那朝廷是受命于天,若非圣人,那天也断断不把这万几重任交代。可知那些死的都是沽名钓誉,并不知君臣的大义。”

这些话把他颠簸不破地信持着的君父观念全盘托出来了。

第六十六回里他和柳湘莲有一段对话。柳湘莲说:“你们东府里,除了那两个石狮子干净罢了!”宝玉听说红了脸。湘莲自惭失言,连忙作揖,说:“我该死胡说,你好歹告诉我,他品行如何?”宝玉笑道:“你既深知,又来问我做什么?连我也未必干净了。”湘莲笑道:“原是我自己一时忘情,好歹别多心。”

这里贾宝玉流露了很深的宗族观念;其实在他的具体条件下,这也是理所当然的。

问题不在他只在口里说了什么或心里想了什么。重要的是他在日常生活活动中表现出来:他一贯遵循与顺从亲长的嘱咐,从不当面违抗。当然他心有不愿,但不敢直说,而只是逃避、掩饰,或作侧面的斗争和曲折隐忍的表示;要是逼紧了,也只好顺从。日常晨昏定省之礼,除非特殊原因和祖母叮嘱,也还是谨守不渝的。对父亲,他从心里惧怕;对母亲,他从心里尊重(有人认为芙蓉诔“毁诐奴之口”“剖悍妇之心”二句中有指王夫人的意思,这怕是误解。按情理,按贾宝玉的思想,这还只能是指那些仆妇,如王善保家的之类);对老太太,他从心里崇敬。亲长通不过的事,他只能偷偷地隐瞒着做:如到花家去看望袭人,到水仙庵去祭奠金钏儿。凡这些,他都不能理直气壮、光明正大地在亲长前公开做出来。

下人来传亲长的话,他得站起来答话。甚至走过父亲书房门前要下马这一礼节,他也不肯违犯;他只能要求打角门绕过去,以免下马。周瑞说“老爷不在书房里,天天锁着,爷可以不用下来罢了”。宝玉笑道:“虽锁着,也要下来的。”他不肯越过礼去(见第五十二回)。

到检抄大观园后,晴雯、芳官、四儿等无辜被撵出去,他虽然如丧魂魄,痛愤得万箭穿心,恨不能一死,“但王夫人盛怒之际,自不敢多言”,还一直跟送王夫人到沁芳亭。到了晴雯垂死的时候,贾政叫他随同出去做诗,他也只好去。

贾宝玉在家庭里,在他的社会环境里,在奴仆下人心目中,都有他特殊的地位。他以这种地位或面子对被压迫者被糟践者给予温情和庇护。他的丫环们也依靠了他的地位和势力以对抗婆子们和她们自己长上所施的压迫和干涉。并且,他得有这样的特权:打破了成规,被准许进行为封建主义社会秩序所不容的这样那样的民主自由生活活动(包括和林黛玉的爱情);从这里,培养出来他的具备规模的初步民主主义思想和反封建主义的叛逆精神。

可是,他的地位和特权那儿来的呢? 显然,他依靠的是亲长的爱宠,是封建主义统治势力的支持。

这是可悲的矛盾:他所深恶痛绝的,正是他所仰赖的;他所反对的,正是他所依靠的。

因此之故,在家长威力的压迫之下,他可以变得失去力量,毫无做为。

我们可以看看第七十七回的几段描写。周瑞家的押送司棋出去,坚执不允许司棋辞一辞姊妹们;贾宝玉走来遇见,向周瑞家的求道:“姐姐们且站一站,我有道理。”周瑞家的便道:“太太吩咐不许少捱时刻,又有什么道理? 我们只知道太太的话,管不得许多。”宝玉又恐他们去告舌,恨的只瞪着他们。

到晴雯被撵以后,贾宝玉偷偷地去看她。他“将一切人稳住,他独自得便,到园子后角门,央一个老婆子带他到晴雯家去。先这婆子百般不肯,只说‘怕人知道,回了太太,我还吃饭不吃饭?’无奈宝玉死活央告,又许他些钱,那个婆子方带了他去”。

这样的场合下,贾宝玉社会关系的真相就显出来了:没有了封建主义势力的支持,他就失掉了特殊地位,也就不能得到重视了。当王夫人拿出狰狞面目,残酷地把晴雯等人撵出去时,贾宝玉不但不能挺身而出,有所抗辩,甚至也不敢到老太太那里去求情。为什么? 因为这就和母亲的意志正面冲突,就直接违犯了亲权。

贾宝玉是一贯尊重着与信守着封建主义统治的;违犯了统治权力的事,他就不能理直气壮公开做出来。

所以贾宝玉只能在封建主义统治所特准或其衰朽势力所不能控制的范围里进行他的反封建秩序的活动和发挥他的民主主义精神。这样的反封建活动,这样的民主主义思想,尽管它本身已具有规模,而且很坚决,不妥协,但终究是缺乏力量,没有前途的。

贾宝玉的恋爱与婚姻的悲剧,就植根在他的这种严重的思想矛盾上面:他热烈地进行了自由恋爱,他迫切地要求婚姻自主,可是同时又不得不期待家长的主持和批准,不得不仰赖封建主义势力的赞助与支持。

第五十六回贾母和江南甄家来的女人有一段谈话,透露了他们看待贾宝玉的许多消息,尤其道破了贾宝玉思想的这一症结所在。

贾母笑道:"不知你我这样人家的孩子,凭他们有什么刁钻古怪的毛病,见了外人,必是要还出正经礼数来的。若他不还正经礼数,也断不容他刁钻去了。就是大人溺爱的,也因为他一则生的得人意儿;二则见人礼数,竟比大人行出来的还周到,使人见了可爱可怜,背地里所以才纵他一点子。若一味他只管没里没外,不给大人争光,凭他生的怎样,也是该打死的。"

对于封建主义统治无法违抗,自己的民主主义思想和要求又不能放弃:于是贾宝玉的出路只有出家做和尚——那不是现实世界里的和尚,而是回到虚无飘渺的"太虚幻境"里去,大约还是去做什么"神瑛侍者"吧?

总之,他只能在超现实的世界里找到出路。

而且,当他随着"空空道人"和"渺渺真人"离开这个现实世界的时候,他光着头,赤着脚,身上披着大红猩猩毡的斗篷,还不得不去找在归途中船上的贾政倒身下拜,特意向父亲告辞。

因此,在他决心"出家"以前,也须考得一个功名以报"亲恩祖德"。

续书作者这样一些处理,可说费了很大的心血:他是掌握了他的主人公的性格里这个症结问题的。

十二

贾宝玉典型形象的特征以及它所反映的矛盾和限度,跟原作者曹雪芹的思想是一致的。但是,因为贾宝玉的性格在书中是不断地成长、发展的,所以原作直到原著八十回结束,还曾有多处对他的主人公的某些弱点给予讽嘲和批判。

作者对于贾宝玉的感伤主义和虚无主义并不表示异议或反对,因为作者自己显然具有同样的思想感情。但是贾宝玉一些稚气的、空想的、过痴过傻的感伤与温情,作者则不免要给以同情的挖苦和嘲笑。

第三十九回"村老老是信口开河,情哥哥偏寻根究底",写扮演着丑角的刘老老为博得喜欢、投其所好,胡诌了"雪中抽柴"的若玉小姐的故事;贾宝玉信以为真,显出那等欲罢不能、严肃探挚的用心,打发焙茗去认真访了一整天。焙茗回来说,在田埂子上找到一个破庙,说"可好了",一看泥胎,活似真的似的。贾宝玉喜的笑道:"他能变化人了,自然有些生气!"焙茗拍手道:"那里是什么女孩儿,竟是一位青脸红发的瘟神爷!"

作者对贾宝玉的一些迂阔之见和在斗争的关键问题上认识模糊、易受愚弄哄骗的弱点也加以揭发和讽刺。

第七十七回刚直纯真的晴雯遭受歧视和陷害,被残酷地撵了出去,贾宝玉痛愤难言,对袭人生了疑心,提出许多尖锐问题,使袭人窘态毕露,无可回答。于是袭人就用对贾宝玉惯用的诡谲的挟制手段,把话题岔开,故意说贾宝玉是咒晴雯死。贾宝玉对袭人诡诈的用心毫不觉察,还呆头呆脑的说什么阶下海棠花死了半边的坏兆头,又长篇大论发表迂阔的谬论。袭人接过来说:"就是这海棠,也该先比我,也还轮不到他。想是我要死的了!"这一下贾宝玉被她抓住了弱点,忙掩住她的口,劝道:"这是何苦? ……罢了,再别提这事……"袭人听说,心下暗喜道:"若不如此,也没个了局。"这里通过对袭人鬼蜮伎俩的揭露,狠狠的讥讽了贾宝玉的软弱和胡涂。

贾宝玉不是不知道袭人的思想性格和自己是背道而驰的。但另一方面，袭人的身分和地位，同其他受压迫糟践的女子一样，他对她寄予了深切的同情和爱护；同时袭人从早一片真心待他，对他无微不至，他对她有特别亲切深厚的感情。这样，贾宝玉对袭人的关系就纠结着爱和憎，而他对处于被压迫地位的女子一贯总是以同情和爱护为主导的，这使他无法解决自己对袭人的矛盾。

他的性格的这一特点，不但成为弱点，老是被袭人抓在手里加以利用，而且也使他对袭人的为人在认识上有时清楚，有时模糊，不想去深究。因此，他不只对晴雯“善善而不能留”，对袭人也“恶恶而不能去”。这就使他在斗争的关键上显得软弱没有办法，只能自欺欺人、得过且过地苟安下去。

第七十八回那个伶俐的小丫头顺着贾宝玉的意思编了一套谎话，说晴雯咽气前自说死后去做花神，又见景生情地胡诌，说她专管芙蓉花。这些谎活正符合贾宝玉的内心要求，他不但不以为怪，亦且去悲生喜。他决心到晴雯灵前一拜，但尸已抬出焚化了，他扑了个空，回园顺路找林黛玉，林黛玉到薛宝钗处去了，再寻了去，薛宝钗搬走了，蘅芜院已空寂无人，他不觉大吃一惊，怔了半天。因转念一想：“不如还是和袭人厮混，再与黛玉相伴。只这两三个人，只怕还是同死同归。”

贾宝玉在这样严重的尖锐斗争关头，却一再地持这类迂阔无稽之见来为自己解慰苦痛，对晴雯的惨死、对袭人的奸伪，就都不了了之，安心要苟且地厮混下去了。在这种地方，作者对贾宝玉性格中弱点的揭发和批判是很严厉、很不留情的。

但所有这些，不仅是作者对他的主人公性格在肯定的前提之下持着善意的爱护的态度提出来的讽嘲与批判，而且也是贾宝玉性格在继续发展中存在的问题。

续书里描写了贾宝玉这些弱点的克服，或性格的进一步发展：当林黛玉郁病致死后，他并没有长久和薛宝钗、袭人等苟且厮混下去，而是终于抛弃了她们，毅然决然出走了的。当然，其中许多具体安排——如和薛宝钗做了颇为恩爱的夫妻，日后生子，贾家仍得“兰桂齐芳”；如贾宝玉思想发生变化，是因再游“太虚幻境”，由此悟了“仙缘”，才“斩断尘缘”等——都不对头，有心的读者会觉得遗憾；但这方面问题本文且不讨论。

十三

不用说，作者在书中一贯是以热烈赞扬的肯定态度处理他的主人公贾宝玉的形象的。

开头安排了一系列的神话，突出地渲染主人公为世俗所不容的新的性格和他跟林黛玉的悲剧关系。关于他的前身，一面说它是“顽石”、是“蠢物”，一面说它是“通灵”、是“宝玉”；一面说它“无才补天”，一面说它“灵性已通”。整个的神话以及这种正反两面的口吻，都表露着作者反对世俗之见，寄予主人公特殊的揄扬和赞美。

第二回用冷子兴和贾雨村的谈话来介绍还未出场的主人公，也是先说世俗之见的评论，而后又用较为高明的见解予以驳斥，再从而极力加以赞扬。

书中特意安排主人公和林黛玉见面的场合出场，以最重的着色之笔来反复描绘。仍然先介绍出于世俗成见的贬词，再用站在面前的主人公光彩耀人的具体形象把那些贬词批判掉；两首《西江月》，也还是取嘲弄世俗的反语，以贬为褒，以抑为扬，对主人公作了笼括全书的赞美。

作者所采取的这种从批判反面来歌颂正面，或从否定世俗来肯定反世俗的态度和描写手法，在全书里面是一贯的。我们前面的阐论正是从这两相对立、彼此映照的具体描写来说明作品的思想倾向性的；这里面自然也正体现了作者的这种态度和手法。

作者在书中猛烈地攻击了腐朽罪恶的封建主义统治势力，对贾宝玉反封建、反世俗、一心倾向于被压迫、被糟践者的正义感情，以及他的全部以初步民主主义为主要内容的思想性格和行为活动作了极高的评价，并且以一种不胜悲慨之情，给予全心的同情和歌颂。

同时，从书中所安排的神话和一些超现实的情节描写里，我们也看得出来，作者对他的主人公在热烈爱护中，明显地带着惊异；在极力赞扬中，流露着觉得神奇；在全心歌颂中，显得以为不可解、不可知。于是贾宝玉这一高度现实主义艺术的典型形象出现在我们读者之前的时候，被作者点染了许多神秘主义的云雾。这些神秘主义的东西正是作者企图解释它、说明它，因而才带了出来的。

第二回里写尚在落拓中的贾雨村驳斥世俗说主人公“不过酒色之徒”，“将来色鬼无疑”，罕然厉色道：“非也，可惜你们不知道这人的来历。大约政老爷也错以淫魔色鬼看待了。若非多读书识事，加以致知格物之功，悟道参元之力者，不能知也。”但贾雨村所能作出的解说，只是把他比做古来封建社会里传统的优秀人物——“情痴情种，逸士高人”。

第五回写“太虚幻境”，作者写了一个“司人间之风情月债，掌尘世之女怨男痴”的警幻仙姑。她款待贾宝玉喝“千红一窟”的茶，饮“万艳同杯”的酒，听“开辟红濛，谁为情种”的红楼梦曲子，后来对贾宝玉说：“……吾所爱汝者，乃天下古今第一淫人也”；又详加解说道：“……淫虽一理，意则有别。如世之好淫者，不过悦容貌，喜歌舞，调笑无厌，云雨无时，恨不能天下之美女供我片时之趣兴：此皆皮肤滥淫之蠢物耳。如尔，则天分中生成一段痴情，吾辈推之为‘意淫’。惟‘意淫’二字可心会而不可口传，可神通而不可语达。汝今独得此二字，在闺阁中虽可为良友，却于世道中未免迂阔怪诡，百口嘲谤，万目睚眦。……”

这些议论，我以为都可以看做作者从活生生的对现实体察中，认识了这种新的性格的特征，他努力要正确地说明它，但是难于寻找确当的概念或语言，只好用“情痴”“情种”等名目，又觉得不能尽意，不够妥帖，就又找来“意淫”二字，特意加以诠释，指明须作特殊的意思来理解。此外，作者再无法说明这个性格了。

自来《红楼梦》的评点家批注家，一般也袭用“意淫”二字来说明贾宝玉的特征性格，但已与上引警幻仙姑所解说的词义完全相背，而是用了作者再三驳斥的世俗之见，按照字面望文生义来作理解的。

庚辰本脂批有两段说的比较老实。例如第十九回批贾宝玉对袭人说话一段：“这皆宝玉意中心中确实之念，非前勉强之词，所以谓今古未有之一人耳。听其囫囵不解之语，察其幽微感触之心，审其痴妄委宛之意，皆今古未见之人，亦是未见之文字，说不得贤，说不得愚，说不得不肖，说不得善，说不得恶，说不得正大光明，说不得混账恶赖，说不得聪明才俊，说不得庸俗平凡，说不得好色好淫，说不得情痴情种，恰恰只有一颦儿可对，令他人徒加评论，总未摸着他二人是何等脱胎，何等骨肉。余阅此书，亦爱其文字耳，实亦不能评出二人终是何等人物。后观情榜评曰：'宝玉情不情，黛玉情情。'此二评自在评痴之上，亦属囫囵不解，妙甚。"老实承认对这个新的性格不理解，但认为是"今古未有之一人"，或"今古未见之人"；这倒为我们作了很好的说明。

有位署名"读花主人"的，在光绪十四年版《增评补像全图金玉缘》上面作有人物论赞，对书中人物的理解，我以为高出任何评点家；其中《贾宝玉赞》说："宝玉之情，人情也，为天地古今男女共有之情，为天地古今男女所不能尽之情……此为天地古今男女之至情……我故曰：宝玉圣之情者也。"

这里正面说明的，用来诠释上引警幻仙姑说的话，我想倒还比较中肯些。这所说的"天地古今男女之至情"，不只是男女关系的"情"，而是一种广义的"情"，即"人情"；这是长期封建主义社会秩序所压制的东西；当时进步的思想家特意提出来加以鼓吹，并且用以反对"理"、批判"理"的，也就是这东西；用我们今日的话说，就是要求"个性解放"，要求"人性自由"，就是"人道观念"和"人权思想"，就是民主主义精神。

十四

贾宝玉典型形象的特征是复杂多端的，但是民主主义却无疑是它的主要内容。

有人怀疑贾宝玉性格中民主主义精神的来头。他们说：在那种"富贵温柔之乡"的生活环境里，怎么可能产生这样的进步思想？

有人否认贾宝玉性格反映了当时历史与社会的新的内容。他们说：贾宝玉性格的民主性内容，不过是自古以来中国封建社会内优良传统的因素，其中没有什么新的东西。

也有人承认贾宝玉性格含有新的现实内容。但又觉得贾宝玉成天关在大观园里，现实社会可能给他的影响很遥远，难于指明；因此还是只好过分地去强调我国古代进步文化传统对他性格所起的作用。

根据本文的分析,我想提出下面几点意思:

封建统治阶级和被压迫人民并不是各有一个自己的天地,彼此隔离着,互不相关。因此,贾宝玉固然生活在封建统治阶级社会里,生活在“富贵温柔之乡”的大观园里,但是我们不能以为他的生活环境就和人民的“现实社会”截然划开,没有关系。

我们也不可脱离实际生活,把“阶级矛盾”的概念作简单化的理解,以为只有像《水浒传》所描写的斗争才是阶级矛盾;在贾宝玉的生活里就没有阶级矛盾,而贾宝玉所受的压迫、所参与的斗争就与现实社会的阶级矛盾无关。

我们也不可脱离实际生活,把“人民”或“市民”的概念作简单化的理解,以为只有像住在村庄里的“二丫头”之类才是人民(事实上住在农村里的也不一定就是劳动人民),以为只有城市手工业者、织造工匠才是市民;贾宝玉的生活环境里就没有人民或市民。

从书中的具体描写看,贾宝玉的生活环境里存在着两个矛盾对立的世界,这是很清楚的。贾宝玉认识这两相鲜明映照、尖锐对比着的世界,他以分明的爱憎态度和感情,背叛了自己出身的本阶级,站到处在被压迫地位的一边去;并且把自己的切身问题和这些处在被压迫地位人们的幸福问题完全连结起来:由此,从他丰富的阅历和苦痛经验中,逐步发展了和巩固了他独特的思想性格。

我们也清楚的看出来,给予他的思想性格以积极影响,使他的民主主义精神得以萌生与成长的,主要就是他生活上密切接近、精神上倾心亲爱的居于被压迫地位的众多男女青年们——首先是那些境遇悲苦、资质优美的女孩子们。她们和他们的具体境遇与内心精神以及在生活中所体现的迫切要求,不断地启发着他、薰陶着他;他在切身问题上所作的热情追求、所受的严重压迫,不断地教导着他、锻炼着他:由此,凭他敏锐的体察和很好的文化知识的修养,经过融合与提高,就使他性格中的民主主义精神日见深入巩固起来。

贾宝玉的生活环境正是当时封建主义统治下整个现实社会重要的剖面和缩影;这个环境里极其复杂错综的斗争冲突的主要环节,正是当时整个现实社会主要矛盾的具体反映。

为贾宝玉所倾心亲爱，从而对他的性格给予了积极影响的那众多男女青年们——主要是女孩子们，实质上正就体现了当时人民或市民的历史处境与时代要求；而且，她们和他们之中的绝大多数自身正就是人民或市民。

对贾宝玉性格的形成发展起了决定作用的，是社会现实的条件与因素；只有在这种现实的基础上，他才有可能接受并进一步发扬古来优良文化传统的影响。一味地或过分地强调文化传统的作用，不止不符合作品的具体内容，同时也是违背事理的。

假如贾宝玉只接受了优良文化传统的影响，他的性格自必不会有什么新的内容；那么，就贾宝玉这个具体人物说，恐怕也就只能像书中第二回贾雨村所说的，不过是"情痴情种"、"逸士高人"之类。可是这样的人物或典型，贾雨村也已具体指明，在我国历史上和文学作品中经常出现，为人所熟知；我们从贾宝玉形象的特征内容看，从作者的处理态度看，从作者和他同代人的理解情况看，可以知道事实远不是如此的。

看不到或忽视了产生贾宝玉性格的社会现实的根由，也就不能认识贾宝玉性格的新的内容。

如前文所阐明的，从贾宝玉形象的主要特征，我们可以看出色彩鲜明、线条清楚的民主主义精神的完整轮廓或雏型；这在当时我国历史现实中、在我国古典现实主义文学中，无疑是"新人的典型"。我国封建社会内要是没有资本主义萌芽的孕育，要是当时生产关系在原有的社会基础之上没有发生一些显著的变化，那就不仅不可能出现贾宝玉这样的典型形象，首先应该是不可能出现作品所描绘的那样形态的典型环境、那样形态的人与人间矛盾对立的关系，更为重要的是不可能出现那样种种不同典型的具有光彩耀人的内心精神的女子们。

贾宝玉形象的特征所反映的矛盾和限制，也是复杂多端的；其中有许多东西当然应该归于没落阶级的属性，比如那些感伤主义和虚无主义成分。但是当时的历史条件还是它的矛盾和限制的主要根源。

在当时历史阶段，封建主义制度虽然早已到了衰朽不堪、濒于最后崩溃的地步，资本主义萌芽虽然曾有长久孕育的历史，但后者仍然远没有脱离前者的社会基础而独立。史实告诉我们，当时各种工矿实业、国内外商业和银钱业，随着经济的恢复，开始有了显著的成长。可是这些新的经济因素，都是掌握在封建主义统治者之手；资金所有者和官僚、地主紧密地结合着，成为“三位一体”的社会统治势力。于是处在萌芽状态的资本主义因素，和衰朽的封建主义势力之间，一面抵触着，一面却又依存着。在这种形势下面，生活处境最感苦痛的，首先是被迫脱离了土地、脱离了自给自足小农经济生产的广大城乡被压迫人民；他们迫切要求巨大的变革，但又困在黑暗的现实中，看不到自己的斗争道路。

《红楼梦》的作者曹雪芹从他自己的生活经历里面敏锐地感受到那时代的窒息气氛，深刻体验到社会统治势力的罪恶，通过他天才地创造的以贾宝玉为主人翁的巨著，提出了控诉与诅咒，同时描绘了自己所向往的生活理想；这正和当时广大被压迫人民内心的苦痛状态和热切要求完全相通的。

作为伟大艺术家的《红楼梦》作者，凭他的生活体验和形象思维通过贾宝玉典型所说道、所宣传的，和当时历史阶段我国伟大的思想家、学术家所呼吁、所主张的，那内容实质也是一致的。这些先进的思想家、学术家，一面鼓吹人的“情”、“性”或“欲”，以反对统制文化思想的“理”，但一面还是只能以儒家经典为依据，为孔孟之学作新的解说；一面反对专制政治，攻击“后世之为君者”，一面还只能向往于古代仁君之政，拿“古之为君者”作根据来要求新的政治：他们所提倡鼓吹的，含有明显的民主主义的新的因素，有强烈的反对封建主义文化与政治的要求，可是同时也没有能够脱离封建主义思想体系。

我们知道有一个民间故事：一个樵夫，坐在树枝丫上面，用斧子砍他所坐的那枝丫；他所要砍掉的，正是他赖以托身的。

这个故事是可笑的；但就历史现实说，却是可悲的！

一九五六年六月十六日补毕

（原载《北京大学学报》1956 年第 4 期）

谈《红楼梦》里几个陪衬人物的安排

写小说,在有了内容之后,下笔之前,得先布局。像画画,先勾个底子;像造房子,先打个蓝图,这时候,首先面临的就是人物的安排问题。

比如,把哪些人物摆在主要的、中心的地位,把哪些人物摆在次要的、从属的地位;怎样裁度增减去留、调配先后重轻,使能鲜明而又深厚地显示内在的特征和意义;从而充分地、有力地并且引人入胜地表达出内容思想来:凡是这些,都应该按照题材和主题的具体情况,从全局着眼,作一番精打细算。

人物安排得不对,尽有高明的意思,等到表达出来,会走了样子,或违背了本意;人物安排得不好,尽有高明的描写本领,写了出来,动人的力量会受到削弱,甚至可以弄巧成拙,收得相反的效果。所以这是有关作品思想性和艺术性的重要问题——它是个艺术技巧问题,可又跟作者的思想观点、跟作者对于生活的体验和认识能力紧密地连结着。

关于人物的安排,我想不会有什么一定的标准。看许多大作家的著名作品,事实上也是各有手段,各有匠心。据我的体会,《红楼梦》里安排人物,非常讲究。但是这书人物太多,内容太复杂,一时说不尽,说不清,也难说得没有错误。下面主要只举几个外围陪衬人物的例子,约略谈点苗头,希望引起读者的兴趣,慢慢求得比较确当的理解。

曹雪芹对于他要写的关于贾宝玉和林黛玉、薛宝钗的恋爱与婚姻的悲剧,我以为他是这样认识的:即这个恋爱婚姻的悲剧,一方面植根在当事人的思想性格里面,一方面植根在那个步步趋向崩溃的生活环境里面;这环境非常广阔,以一家为主,延及整个统治阶级社会。同时,当事人的思想性格也是在这个社会生活环境和各人具体的境遇教养里面形成的。作者就要写出这个悲剧发生和发展的复杂细致的现实内容,要写出造成这个悲剧的全面的深刻的社会根源。

因此,《红楼梦》里把贾宝玉和林黛玉、薛宝钗安排做全书的中心人物;围绕着这三个中心人物,安排了为数可惊——男女各有二百多个的有关人物,以展示那极其广阔的生活环境,从多方面具有重大意义的矛盾斗争里,从无比地错综着的人与人的关系上,来充分地描写人物性格和悲剧事件。

对贾、林、薛这三个中心人物,作者不是平列地安排的。像我们所知道的,贾宝玉当然是三个中心人物里面的主要人物。因为书里要写的正是他和林的恋爱悲剧,正是他和薛的婚姻悲剧:林和薛都是拿他做中心的。因此,书里其他的众多人物,固然也构成林和薛的生活环境,但主要还是围绕着贾宝玉、拿贾宝玉做中心而展开的。

林和薛两人,也不是摆在完全对等的地位。书里的描写,是侧重林,即侧重贾的恋爱问题,而把跟薛的关系摆在略次的地位。这不止因为贾和林生活上亲密些,还因为,书里一面批判、揭露封建统治势力,一面歌颂被压迫摧残的新生事物,作者掌握两相对立的矛盾有分明的爱憎和倾向,觉得侧重描写正面,更有重要的意义,同时这对于抨击反面也更显得有力。在对环境里全部人物的安排上,这一精神也是一贯的、相通的。这就使作品的主题显出更多的积极意义和更大的激动人心的力量。

书里的描写,是先把有关全部主题思想的问题略作布置以后,先把主人公贾宝玉的家庭作了大概的介绍以后,接着就在第三回写林黛玉进京到贾家;作者有心安排在两个悲剧主人公见面的场合,写贾宝玉的出场,而不肯在林进贾府以前,单独地描写主人公的出面和活动。不仅这样,而且紧跟着就在第四回写薛家进京,把悲剧事件的另一中心人物薛宝钗也送进了贾府,尽快地让当事的三个人聚集到一处去。这就为书里中心事件的开展作好了准备;也就是安排着要把三个人的恋爱婚姻的纠葛同时在读者面前端出来。第八回《比通灵金莺微露意,探宝钗黛玉半含酸》(“脂本”回目)正是这样写的。而不肯把悲剧的开端,零星断续地分散开来写。

以上说的这种安排,使得场面非常集中,使得描写非常精彩,使得主题非常显豁,使得结构非常紧凑。这实在是很高明,很漂亮的。

但是书里一开始并不是写贾、林、薛三个中心人物，而是写的甄士隐和贾雨村。我们知道，开篇像什么“遗石”、“还泪”的那些神话，都是为了说明贾宝玉、林黛玉的性格和关系的“前因”而写的。从神话写到现实，就安排了甄士隐，让他连系那个超现实的世界和现实世界。同时又写了贾雨村，让他一头连系甄士隐，一头分别连系贾、林、薛三个方面。所以，甄士隐和贾雨村在开头是笼罩全书的主题思想，为准备开展悲剧故事而安排的两个人物。

先说贾雨村。作者安排他，有许多的用处，有多方面的意义，以后还要谈到；但在开头，除了连系甄士隐而外，重要的一点，是为了布置贾、林、薛三个中心人物的会合，这个穷书生原住在葫芦庙里，受了甄士隐的帮助，进京考上进士，升了县官。不上一年，却被革职。由此作了巡盐御史林如海家里的西席，这时恰好接到起复旧员的消息。林如海荐他找贾政谋官，同时让他带女儿林黛玉到外婆家去。这样，贾、林两个人就见面了。紧接着，写贾雨村因为贾政的帮助，题奏复职，选授了金陵应天府。一到任，就审理薛蟠为了买丫头，倚财仗势打死人命的案子：于是薛家进京，薛宝钗也随母亲和哥哥住进贾家。这样，贾、林、薛三个人都会到一处了。

这里作者在“派”贾雨村先后“送”林、薛两个人进府和主人公会合的过程当中，还就手分别介绍了贾、林、薛三家的家世和境况；这对于介绍中心人物、开展悲剧故事是不可少的。

我们单从使书里三个中心人物会合这一点看作者对于贾雨村的安排，就可以看出作者的手法之精练和巧妙。所有这些，都概括了丰富深刻的社会内容，看来却无不出于生活的真实，丝毫不叫我们觉得牵强和斧凿，好像事情本来就是这样，作者并没有费什么心思。

至于甄士隐，他连系神话世界跟癞僧跛道的关系，显然是出于作者虚无主义和宿命论的思想。甄士隐还有和现实世界连系的一方面。他和贾雨村的关系有许多的意义。例如，这甄贾二士，一沉一升、一好一坏、一热中一恬淡、一出世一入世：互相对照着；这跟特意配成对的甄贾二宝玉又两相映衬着。因而甄士隐和贾雨村这两个正反面典型也确有映照主人公贾宝玉的性格、暗示贾宝玉未来出路和下场的意义；另外，甄士隐和贾雨村相配还有作为结束全书的线索的作用(续书正是这么写的)。这种种安排,我们今日看来,认为有的很好,有的未必好,有的不对头。但这些不对不好的地方首先并不是安排本身的问题,而是作者的世界观有毛病;而且又离开了生活现实,架空地搞起来。

但甄士隐这个人物还有更为重要的作用。他和贾雨村之间另有一种关系,即后来因为封肃、娇杏、英莲和葫芦僧等而产生的许多间接关系。英莲,即后来的香菱,是甄士隐之女。上面说过,为了争买她作婢妾而起的人命官司,正落在贾雨村手里审理,由此使得薛家安然进京,薛宝钗和贾、林相会;同时,从前那个葫芦庙的小和尚,作了应天府衙的门子,他把关于"护官符"、被卖的这丫头的来历以及亏心枉法断案子的主意,一一指教给贾雨村,贾雨村照办了,却又寻个不是,把他远远充发出去。关于香菱,除了这里说的作用,后来她成为书里一个重要人物(所谓"副册"之首),那典型意义当然更有不同。但其中要紧的一点,是她有映衬林黛玉、暗示林黛玉的身世境遇和实际社会地位的意义;因为除去林有个外婆,作为飘零的孤女,她俩实在没有不同。

把以上这些总起来看:甄士隐父女、葫芦僧和贾雨村的关系,贾雨村和贾、林、薛各豪门的关系,那本身又自成一个广阔的社会关系:这对当时的社会和政治吏治作了高度的集中概括,揭露与批判的惊人地深刻,和书里的核心内容都是息息相通、处处相关的。这种安排,表现了作者对社会生活丰富的经验阅历,寄托了作者自己深厚的感慨与愤懑。

我们还可以看看第二回出现的冷子兴这个人物。

在第一回作了有关全书主旨的中心故事的布置之后,就是在展开贾家的生活活动以前,作者在第二回里安排了冷子兴这个人物;通过他和贾雨村在村野小酒店里的一次谈话,扼要地介绍了贾家的家世、现状和书里重要人物的关系。在具体描写之先,这样的概略介绍是必要的,正如我们参观某处,先得有个总的说明。我们常见的一般办法,这多是由作者用第三者口吻作概述,而不特意安排人物用对话的场面来作介绍;尽可能少写这样的人物和场面,总是要好些的。但是小说里安排人物和场面,正如我们今天社会主义建设讲节约一样,当省可省者省,是节约;必要的,省了,对工作无益有害。我们知道文艺还有个重要的原则,就是要有内容丰富的生动的形象。概念的叙述,容易流于干瘪平板,难给读者不忘的印象。拿《红楼梦》这样一部内容复杂、结构宏大的作品说,用人物对话,对贾家家势和重要人物各方面作一个总的介绍,以求取更佳的艺术效果,那是十分必要的。试看第二回贾冷两个人反复问答,夹叙夹议表现出来的那些内容,体会那些内容对于全书具体描写所具有的意义,就知道若用第三者概述,实无法能够符合要求。

但是我们也不能为了收得较好的艺术效果而滥用人物、滥写场面。那会产生很大的流弊,比如使得结构臃肿、头绪繁多,甚至喧宾夺主、层次紊乱。这样的安排,自然也失败。我们曾经见过不少这样的作品,《红楼梦》作者不会蹈这种覆辙。请看书里写林黛玉的家庭、写薛宝钗的家庭、写李纨、秦可卿、夏金桂的家庭就都是用的概述之笔。而不特用人物专写场面,像对贾家一样。我们再注意一下书里概写上面说的各家,具体安排在哪里,怎样抓住要点、详略各有分寸,就知道作者下笔的时候都曾经掂斤簸两较量过一番的。

在小酒店和冷子兴谈贾家的是贾雨村。这里我们再补说几句关于贾雨村的安排。作者在开头"派"给贾雨村的主要任务,上面已经谈过,这里又叫他陪冷子兴介绍贾家,这是顺手附带的,作者要充分使用他。而这事正该交他做,因为安排冷子兴来和他谈贾家,可以显示更多的社会意义,产生其他的重要作用。作者以后对贾家生活活动的具体描写里还要继续"借重"他,叫他继续发挥作用,恐怕是要直到结束全书——比如续书最后一回《甄士隐详说太虚情,贾雨村归结红楼梦》为止。他是个贯串全书,在"仕途经济"道路上为主人公贾宝玉的性格和发展始终作映照的一个反面典型。但是到核心内容已经展开的描写里就不再叫他直接出面,而只是间接提他一下;因为他在书里究竟只是个外围次要人物。但所起的作用却非同小可:比如火热天来贾家要见贾宝玉,惹得贾宝玉不高兴,史湘云劝说了几句,被贾宝玉斥为"混账话",因而有贾、林"诉肺腑"之事(见三十二回);贾赦要买石呆子的扇子,石呆子不肯卖,贾雨村就利用职权讹他拖欠官银,弄得他倾家荡产,终于把扇子抄没了来奉献给贾赦(见四十八回)。(有人以为原作里写贾家被查抄，贾雨村又翻过脸来对贾家下井投石；这种揣测也不是没有道理的。）

冷子兴在书里的重要性可不能同贾雨村相比。这里他只有一个任务：陪同贾雨村谈话，介绍贾家。一次出场之后，很难再使用他；否则轻重失当，横生枝节，反倒为害。尽管如此，作者仍然不肯从这一个单一的意义上来安排他。比如，当他和贾雨村的谈话完毕，立刻就写贾雨村得到奏准起复的信，这时就手即写冷子兴献计，叫贾雨村央求林如海转托贾政谋官。这是很现成的。然而作者还不罢休，到第七回忽然从侧面再勾上一笔，把关系点明了，竟另外显示出多方面巨大的意义来。这完全是我们没有料到的。

且看冷子兴是个什么人。他在京里做古董买卖，是贾雨村的老朋友，两个人最相投契。他为什么那样熟悉贾家的事呢？他和贾家有什么关系呢？第二回写他“演说荣国府”的时候，并没交代出来，到了第七回，周瑞家的送走了刘老老，到梨香院薛姨妈住处去找王夫人回话，薛姨妈顺便叫他送宫花给姑娘们和凤姐；就在这送花的当中，周瑞家的正要最后把花送给林黛玉去，走过了穿堂，顶头遇见她的女儿。女儿从婆家来，说是女婿被人放了把邪火，指他来历不明，告到衙门里，要递解还乡，所以找母亲商量，求这里哪一个才可以讨个情分，等等。这样突如其来穿插一段描写，仍然没有说明周瑞家的女婿是谁，好像节外生枝，令人莫名其妙。但是等周瑞家的把送宫花的事办完了，作者这才交代：“原来周瑞家的女婿便是雨村的好友冷子兴，近日因卖古董，和人打官司，故叫女人来讨情。”这样简单的一点明，就使这个不重要的人物，产生了重要的作用。这里不止通过冷子兴描写了贾雨村，具体显示出贾雨村没有飞黄腾达时候的社会地位，同时也反过来衬托出贾家的社会地位，从一个角度上具体确切的描写了贾家；而且总起来——这里所写的贾雨村、冷子兴、周瑞家和贾家的关系，又从另一种幅度集中概括地揭露和解剖了当时社会和政治吏治的内幕。这和书里所写的整个社会政治现实环境连结在一起，构成贾、林、薛的在贾家以外的全面大范围的生活环境，这对表现中心人物和中心事件的深刻意义是不言可喻的。

顺带说一下,《红楼梦》里描写环境是从外到里、由远及近的;即围绕着贾家先从外面的社会政治环境写起,以后又从中心随时不断地勾连延伸出去,写这种大环境和贾家国公府千丝万缕的联系,对悲剧人物和事件直接间接、有形无形的作用与影响。关于这种大环境的描写,就都是从各种层次不同的外围次要人物的安排来进行的:如戴权、夏太监、北静王、南安太妃、冯紫英、张太医、王太医、冯道婆、张道士、静修、智能、金荣、璜二奶奶、卜世仁、倪二、蒋玉函、柳湘莲、赖尚荣家、花自芳家、晴雯的嫂子家,以至王一帖、二丫头、乌进孝、王狗儿等,上上下下各个阶级阶层的人物构成为典型的全面大环境。

现在还回到关于冷子兴的问题上来。冷子兴之妻,即周瑞家的女儿,只在这里露面一次,这以前和以后,书里再没有提到过。这个女角儿,只为她丈夫完成上面说的任务。因此关于她的出面,只是穿插着顺便写一下,随即带住,丢开。这几笔必须抓着要紧处,写出那实质精神来,那才好充分有力地发挥她的作用。否则这个人物就可以成为赘疣。

请看这段三四百字的描写:她这次到贾家找母亲,是为丈夫受人诬告而吃官司。要递解回籍;她特意来托母亲向贾家讨情。按说,这事对她的生活和情绪应该有严重的影响。可是这个古董铺的老板娘一点不着急、不慌张。她打扮着,神情意绪从容自如;见了母亲,先说了许多不相干的话,事情且搁着不提。还是母亲问她,说:"你今儿来,一定有什么事情。"她才笑道:"你老人家倒会猜,一猜就猜着了。"母亲听了她告诉的事,更是不以为意,说:"我就知道。这算什么大事,忙的这么着!"反说女儿"小人儿家没经过什么事,就急的这么个样儿!"说着,便到黛玉房里送花去了。

看这母女俩,真是一种若无其事,有恃无恐的神气。这几笔轻描淡写分量很足:它透过人物内心的底里,将社会形态作了深入的解剖,对这个生活环境作了特征的描写:贾家的地位是何等显赫!贾家的权势是何等炙手可热!所以作者在这个枝节描写里结束道:"周瑞家的仗着主子的势,把这些事也不放在心上。晚上只求求凤姐便完了。"

至于这个小枝节具体描写在这里,我们从送宫花的前后情节场面的关联上看,可以知道它本身还有独特的意义,作者的安排也不是任意的、无心的。百川汇海，涓滴归流，这里约略写了在这个国公府寄居的薛家母女和林家姑娘以后，下面第八回里就要开始描写恋爱婚姻的纠葛了。

有一种打台球（在毡面的台上打一种象牙球）的高手，打出一杆球，击中一个目标，同时碰动了旁边一个或两个球，而后从台沿上反击回来，又连碰一大串，使得满台的球都动；一杆打出去，可以得很高的分数。作者安排冷子兴的这个例子，仿佛有点相似。

再简单谈一谈刘老老。

刘老老给读者的印象非常突出。作者确是把她安排在一个特殊的地位。

她第一次到贾家打秋丰，是第六回写的。那意义之一，和我们已经谈过的贾雨村、冷子兴等有相同的一面，即要从广阔、全面的社会幅度，要从多方面不同的视角，来显示贾家的地位，衬托这个典型生活环境的各种特征，准备展开人物性格和事件发生发展的矛盾斗争。假如在庐山看庐山，就不能认识它的真面目；唯有先让我们从四面八方的平地上看，并且带引着由远而近，步步登入山里，再仔细看，那才能很好的认识庐山。

在这个意义上，刘老老有独特之处：一、她是让我们从最低洼的地方——乡村里一个破落户——来看山的；二、她是带我们一步步登入山里，攀到山的顶峰，而后又周览了全山的；三、若是上述诸人都因为一件特殊的事，比如谋官位、打官司之类，让我们看到了贾家的"贵"（权势与地位），那位刘老老是来替难过日子的女婿家打秋丰，通过她所经验的一些日常琐事和生活活动，让我们看到了贾家的"富"（生活享用与势派）。从那种映衬对比所显示的两极端生活的悬殊，留给我们难忘的真切生动的印象；书里的描写正是从这一意义上着力的。

但是刘老老不止浮泛地让我们看到了贾家的生活；若只是如此，她不可能那么吸引我们。作者显然深思熟虑选择了她来担任特别的角色。在许多外围人物里面，她占的篇幅最多："一进荣国府"几乎占了第六回整回，二进贾家占了三十九至四十二大约整三回。在这些笔墨跳跃、色调丰富的画面里,不止一般地呈现了贾家外强中干的豪华生活,重要的是拿她这个乡里人和国公府的人作对照把社会两端的人物风貌和内心精神作了无比鲜明深刻的描绘。

我们知道,在这个生活环境里,居于特殊重要地位的有两个人:一是贾母,一是凤姐。贾母是国公府的最高权威,凤姐是总揽事务的实际当权者。贾家豪华的生活与势派,主要是在这两个人的主持之下产生的现象。作者安排刘老老进来,正要从一个最好的角度、从最尖锐的性格对比里,来揭示贾母和凤姐的思想性格的特征。

这样,抓紧关节,让我们从特征性格来看国公府的生活,我们就可以从实质内容上,而不是从浮面的生活现象上来认识这个典型环境的特征。

刘老老一共三次进荣国府,两次是出于原作者的手笔。

第一次,刘老老主要是和凤姐见面,两个社会的性格在我们面前对比着:一个那么老实、拙朴、心口如一,一个那么虚骄、拿身分、装模作样。以性格对比为中心的描写里,还显示了贾家的生活势派;妙的是一切都从刘老老的心目中、观感上反映的,两相衬托,格外惹眼。

刘老老第二次进贾府,和贾母见了面。书里主要地是抓紧了这两个老太太,作了又一次的性格对比,揭示的更加广阔深入;国公府这个“老祖宗”以利己享乐主义思想为内容的内心世界,暴露在我们眼前,真是肺腑皆见。贾母一贯把别人当做自己享乐装门面的资料。这次留住刘老老玩了几天,她就尽量卖富、卖贵、卖福气、卖能干、卖聪明。她得到最好的机会来满足自己的优越感,取得异乎寻常的享受和快乐。凤姐等迎合贾母之意,故意从中作弄取笑;刘老老也甘心做丑角,有意无意闹了许多笑话,于是制造出大观园里平日没有见过的狂欢。从这里,国公府外强中干的豪华生活就表现得加倍显著突出起来。

在大观园一片的笑声里,我们也许会替刘老老感觉到屈辱和辛酸。但她是心甘情愿的,为了女儿女婿家的生活问题,她无保留的献出自己的一切。她早就声言要“舍着我这副老脸去碰碰”。她很懂得他们对自己的要求:做取笑资料,说奉承话。她自然都努力满足他们。她认真扮演着丑角,怀着严肃的心情,像在做一件最正经的事。这就是她和国公府老太太内心性格的实质的不同。由于这种性格的尖锐对照，那些具体描写所揭示的社会内容，不言而喻是可惊地丰富和深彻的。

刘老老两次进贾家，表现的性格前后大不相同，有明显的发展。而贾家的境况也已经有了变化。这应该关联到中心问题来看。前面说过，她第一次来，贾、林、薛的纠葛还没有展开，作者对她的安排，正是为了准备提出中心纠葛，借她来显示环境的特征。她第二次来，中心纠葛已经发展到成熟的新阶段，而婚事问题渐渐进入矛盾僵持的微妙局面。作者正要搁下对中心问题的正面描写，掉转笔头，用主要篇幅来大写那个急转直下、趋向崩溃的现实形势，因为婚事的定夺、悲剧的造成，那最后的力量，并非任何个人的意志，而是国公府里环境形势的恶性发展。作者在这里安排刘老老再度进来，好像叫她做以下四十回大规模环境描写的报幕人。从那次狂欢高潮以后，这个封建统治阶级社会各种致命的病症都渐渐转为表面化——帷幕慢慢揭开了。

续书里还写了刘老老第三次到贾家，这是悲剧已到尾声，贾家败局已成。她把巧姐儿打救了出来。这大致也是揣摩着原作者的意思安排的。

当然，借着刘老老，决不止写了凤姐和贾母；通过她，还写了贾宝玉，写了平儿和鸳鸯、李纨和妙玉，写了所有比较重要的人物，这里也不一一谈到了。

早前两年，有些研究者曾经讨论过刘老老是不是劳动人民的问题。这样的讨论所以没有必要，我以为首先是因为忽略了《红楼梦》是个有机的整体；原作者安排人物，都从整体着眼，摆在某一地位，赋予它必要的作用和意义。我们的评论，也应该从作品的整体、从全部关联上看它所摆的地位、所显示的意义和所起的作用，那才有意思。反之，说句笑话，比如我们若把人的鼻子从脸上揪下来，单独拿在手里，讨论这是不是个好鼻子，应不应该在上面戴副近视眼镜等等；这样的讨论自然没什么道理。

上面谈的都是几个外围的陪衬人物。作者安排他们，主要是为了饱满深到地表达中心内容、为了艺术结构的严密和完整，同时又和中心内容血肉联结着，成为不可分割的一体；决不能看作可有可无的外加部分。

我们可以清楚的看出来，人物的安排，本身就是对现实生活的提炼和概括，作者一点都不能离开现实生活来运用他的匠心，而只有在丰富深厚的现实生活基础上，才可以很好地发挥他的艺术才能。同时，它又必然跟作者对现实生活的认识能力和爱憎感情分不开；人物安排得对不对、好不好、高明不高明，并不单凭技巧的本身，实际是表现了作者对于生活的认识是否全面深刻、感情是否真实切挚。

但是人物的安排还是一种艺术手腕，应该下工夫讲究。正如接受了办筵席的任务，有了丰富的好材料，还必须善于配合调度，才可以掌握火候、烹饪得宜，做出经得起咀嚼品味、味道鲜美淳厚、容易消化吸收的佳肴来。

我们从上面举的几个陪衬人物的例子，可以知道《红楼梦》原作者对于人物的安排是下了很大的工夫、发挥了很高的才能的。虽然原书没有写完，前面八十回里出现的一些陪衬人物，到最后四十回里究竟还要给以怎么样的意义、还要起一些怎么样的作用，我们无法全面确切地得到了解（比如冷子兴这个人物，以后是否还要出面？还要表现一些什么内容？都不能悬揣），尽管是这样，我们还是可以从这里看到原作者在人物安排方面、在艺术技巧方面的一些重要的特色。简单说，这就是根据不同的情况、按照不同的需要，他有多种多样的主意和极尽变化的办法；那总的精神，是使每一个安排都尽量地发挥多方面的作用，显示出丰富的内容和深厚的意义，而彼此又处处关合照应，紧紧围绕着中心集结成为一体。

有正书局本《石头记》有篇戚蓼生的序，开篇说：

> 吾闻绛树两歌，一声在喉，一声在鼻；黄华二牍，左腕能楷，右腕能草。神乎技矣，吾未之见也。今则两歌而不分乎喉鼻，二牍而无区乎左右，一声也而两歌，一手也而两牍：此万万所不能有之事、不可得之奇，而竟得之《石头记》一书，嘻，异矣！

又说："第观其蕴于心而抒于手也，注彼而写此，目送而手挥"，等等。这说法有些玄虚神秘，叫人很难具体地捉摸。可是有一点却不能抹煞，就是这些话里确实是感觉到原作者表现手法的高明，和我们上面谈的意思有相似的地方。当然，这是概括全书艺术表现的各方面说的，但人物的安排也是其中的一个重要环节。其实这种艺术本领并不神秘，我们从上面简单的例子里，已经可以约略看到一点苗头了。

一九五九年六月十九日

（原载《人民文学》1959年第8期）

漫谈《红楼梦》亚东本、传抄本、续书

——《〈红楼梦〉版本小考》代序

魏绍昌同志治学脚踏实地，一向重视资料工作。这本研究《红楼梦》版本的著作，有一篇谈“亚东本”，有一篇谈“有正本”。拜读一过，忽如空谷足音，心头不禁砰然而喜。我对版本所知太少，但对亚东本《红楼梦》私心颇有感情。那么，我就先从这个“亚东本”说一点体会。

我在一九二二、十四岁那年考进芜湖的省立第五中学。那时“五四”运动还在蓬勃发展。安徽爆发了“六二”学潮。我们的校长刘希平，站在时代前列，带领我们投身革命爱国浪潮，积极鼓吹新文化运动。我们不少的同学向往十月革命，几位高班同学克服重重困难，跑到莫斯科去学习。

芜湖的大街名叫“长街”。快进“长街”，在“陡门巷”，那里有家书店，窄窄的门面，小小的店堂，名叫“科学图书社”。橱窗里陈列着令人触目心跳的书刊：《新青年》、《少年中国》、《新潮》、《冬夜》、《草儿》、《尝试集》，还有《胡适文存》、《独秀文存》和线装布套的《新文库》等等。此外，就是分外打眼的亚东版汪原放标点的几种大部头白话小说。那时新的白话小说还不为人所熟知。所谓白话小说，就指新文化运动提倡白话文因而声价十倍的明清小说名著。平装本一律厚纸封面：上印一把火炬的装饰图案画，连同书名题签，显得朴实大方。另有精装的，都是三十二开本。

我们这些青少年同学，爱好各不相同。但对传播新文化读物的需求，真是似饥若渴。我们自由阅读的时间不多，手头买书的钱也很有限。买什么书，多是蓄意已久，再三考虑过的。我最先从陡门巷“科学图书社”买到手的就是一部亚东本《红楼梦》。

我在高小时，翻看过一些小说书；多是借来的，土纸木版本，书叶往往毁损，字也难看清。高小毕业时，借看过石印本《金玉缘》，堆墙挤壁的行款,密密麻麻的字迹,看得头昏眼胀,似懂非懂,但是极感兴趣。这中间,听到许多有关的谈论,也看过不少的文字,《红楼梦》就在我心里占据了一个特殊地位。

现在我买到手的,属于我所有的这部书,是跟我平日以往看到的那些小说书从里到外都是完全不同的崭新样式:白报纸本,本头大小适宜,每回分出段落,加了标点符号,行款疏朗,字体清楚,拿在手里看着,确实悦目娱心。我得到一个鲜明印象:这就是“新文化”!

我开始尝到读小说的乐趣。心里明白了小说这东西和读小说的人所受待遇新旧对比是如此其迥不相同!同时读它的还有好些同学。我们不只为小说的内容所吸引,而且从它学做白话文:学它的词句语气,学它如何分段、空行、低格,如何打标点用符号。

我从小念古书,讲究背诵;作文就照背熟的调门编造。因此,见到认为好的白话文,也如法炮制:抄下来,拿着念诵,学它的句法和腔调。后来接触白话文渐多,学着写给报刊投稿。但行文如缠过的小脚走路,句子生硬,语气呆板,词不达意。其故即在笔下写的跟日常口语不通气,没有做到“我手写我口”。我们的国文老师不反对白话文,可是积习难除,课堂上读书作文还是文言为主。这样,我们自然而然拜亚东本白话小说为师,阅读中用心钻研、琢磨。一部《红楼梦》不止教会我们把白话文跟日常口语挂上了钩,而且更进一步,开导我们慢慢懂得在日常生活中体察人们说话的神态、语气和意味。如此,我的白话表达能力有了明显的进步。突破这一关,对我十分重要,比如我画画,至今仍然只能照画帖上的临摹,生活里的东西,尤其牲畜动物,我就一直画不像。

《红楼梦》岂仅教人学写白话文?我们从中受教的,首先当然还是它的内容。拿我作例,仔细回忆,约有三点可说。

一是同情贾宝玉的为人,他真心尊重和爱护女孩儿,给我留下最深刻的印象。这教我对现实社会重男轻女和侮辱女性的现象非常反感。其次,对贾政、贾赦等为父者野蛮无理的恶劣作风极为憎恶。而这在我们现实生活里比比皆是,视为当然。这些方面,启发我开始具体认识到什么是封建,什么是新文化、新道德,以至民主与科学的重要意义。

同时,从中我也接受了不轻的消极影响。主要就是字里行间流露的那种“人生无常”的感伤情调。后来我想，原作者曹雪芹在他的那个时代，不可能知道另外还有什么资本主义、社会主义社会，不可能知道他面对的是个封建社会；他必然会把他所处理的社会问题，错误地看成自古骚人墨客再三慨叹的人生问题，由此滑进当时颇有势力的佛老虚无思想的泥淖，不免传播了颇多的宿命观和无可奈何的悲哀之音。

当年这样一些感触，都很简单肤浅。但也说明，我一方面从“五四”运动接受了一些思想教育；一方面我也能把它同日常生活联系起来，取得一些有血有肉的感性认识和理解。这其间，《红楼梦》的内容确实给了我很可贵的教益。

以上谈了一些个人的往事，无非想说明一个意思，就是，这一运动，包括多方面内容；它们相互关联着，配合着，成为一个整体。我们应该整个地来看这一运动，认识它的各方面内容的具体性和必要性。不应该拆散七宝楼台，只看那些五颜六色的零碎片断。这样整个地看，那么，例如亚东本白话小说的整理出版，连同汪原放的分段标点和胡适的小说考证，都属于这个运动的构成部分，应当实事求是给以应有的评价。看列宁如何评论普列汉诺夫，鲁迅如何评论章太炎，这样革命的科学态度是不可忽视的。

绍昌同志告诉我们，亚东本《红楼梦》采用的是最早排印，也是最通行的程伟元刻本，基本上亦即解放以来国家出版社多次重印的一百二十回本。这是今日我们最广大读者所享有与阅读的版本。

近些年来陆续出现了一些手抄本《石头记》。各本的词句有些出入，残存的章回有所不同。推想起来，它们可能比百二十回刻本接近原作者原稿的面目；又加里面附有脂砚斋等人的批语，于是引起许多学者专家的兴趣。这种抄本研究，当然是不可少的。这里面也含有对后四十回续书不满的意思。这也理所当然。在看出了后面续作的差距之后，谁能不引以为恨呢？

与此同时，也有人认为不但后四十回狗尾续貂，前八十回原作也经过续书作者的许多篡改。于是出现两种难免的论点：一种对续书和续书作者深恶痛绝，认为续和改别有用心，是个政治问题；另一种则出于善良的愿望，说是要恢复曹雪芹原作的本来面目。我想把各种版本研究整理一番,使复杂的疑难问题逐步有所澄清,倒还是大家所期望的。

但是人们担心,是否由此会彻底否定后四十回续书,并进而否定百二十回的流行版本,借以独尊八十回传抄本?尽管这是杞忧,在这里,仍然想说几点窥测的看法:

关于《红楼梦》成书的许多事情,我们所能知道的实在太少,也很不确切。例如原作在八十回后是否已经基本完成?又是怎么“迷失无稿”的?现有的后四十回怎么来的?百二十回本跟八十回传抄本词句和内容的不同之处,是否全都出于续书作者的有意篡改?这样一些问题,总希望能搞清楚一些。

拿“程乙本”跟“庚辰本”对照,先不管词句之类的小差异,有多处情节场面确实经过删改了。且举两处看着:

“庚辰本”第六十三回,贾宝玉叫芳官改扮男装,“将周围的短发剃了去,露出碧青的头皮来”;又说芳官的名字不好,改了个番名叫做“耶律雄奴”,后被叫成“野驴子”;又把她“算个小土番儿”来献俘,“引得合园中无不笑倒”。可是“芳官十分称心”。宝玉还说什么“如今四海宾服,八方宁静”,“咱们一戏一笑,也该称颂,方不负坐享升平了”。后来又把她改名“温都里纳”,而“芳官听了更喜”。跟着,史湘云的葵官、薛宝琴的荳官也改作男装,改掉名字。这一大段描写,到百二十回刻本就删削得不留痕迹。这样的删改,是改好还是改糟,是好心还是恶意?又出于谁的手笔,原作者还是续书的人?在实际生活里,贵家公子小姐恶作剧拿使唤的丫头下人辱弄取笑,是常有的事。但是我们爱好《红楼梦》的读者读到这段文字,恐怕不能不感到抱憾;也很难教我们相信,百二十回本的这种删削倒是出于别有用心的篡改。我们应当可以同意,芳官在书中是个不大驯顺的女子。现在却甘受侮弄,反倒称心自喜。这不止有损芳官颇有些光彩的形象,连带着也损坏了一心尊重爱护女子和丫环的主人公贾宝玉——也是有关此书主旨的性格特征。

第六十五回写了尤三姐。“庚辰本”写道:“贾珍便和三姐挨肩擦脸,百般轻薄起来。小丫头子们看不过,也躲了出去,凭他两个自在取乐,不知作些什么勾当”;“谁知这尤三姐天生脾气不堪,仗着自己风流标致,偏要打扮的出色,作出许多万人不及的淫情浪态来”;并且写到

"底下绿裤红鞋,一对金莲或敲或并,没半刻斯文",等等。尤三姐心高气傲,是书中唯一的光明正大公开要求婚姻自主、自择配偶的一个姑娘。她对惯于玩弄女子的豪门纨袴子弟一向心存反感和蔑视。现在照这样写,明显有损这个光辉形象。书中一贯避免写女子的鞋脚,惟独这里直写无隐;这也违背了书中描写女性的一个美学信念。这些,在百二十回本里,都作了删改。我们是不是也应该认为改得好,改得必要。

像这样的修改,都深入到决定人物形象塑造的情节去取和意义掌握的问题。我想说,可能只有原作者曹雪芹本人有此种敏感;无论续书作者是谁,连同脂砚、畸笏等批者在内,都不像能够有此水平。我设想,曹雪芹以他的历史条件和生平经历,写作这样一部博大精深的作品,随着创作实践的进展,对生活现实的认识自必不断有所提高。写到后面,必得回头改写前面,还须重新修改后面。也未必三两次就可以改好或定稿。所谓"批阅十载,增删五次"的过程必然不免,而且仍然不能完工。例如上举的内容,生活素材里都是会有的真实之事。一时从另外的意义着想:比如写侮弄芳官作戏,是为写其时宝玉的极端苦闷无聊;写尤三姐的佚荡不检,是为写贾珍等人的兽行与无耻,这样随手写了。但回头从全书艺术构思的主旨来看,就安发觉这些描写的严重不妥,必须删掉。

我并不排除这类修改出自续书作者的可能。若果如此,我以为这位作者实在高明。曹雪芹有知,应该引为真正知己(脂砚等人虽很亲近,思想观点实不相侔),衷心感激他的斧正。但这种可能我以为很小很小。

再说,书中需要修改,而还没有改或没有来得及改,和还没有改妥补好的情节场面,也可以举出一些例子。

比如第五回《红楼梦》曲子等,持论多是一些陈陈相因的世俗之见。尤其像论及秦可卿的几处韵语,什么"箕裘颓堕皆从敬,家事消亡首在宁,宿孽总因情";什么"情天情海幻情深,情既相逢必主淫,漫言不肖皆荣出,造衅开端首罪宁",简直是"女人祸水"的谰言!曹雪芹假如多活几年,这种违背全书主旨的地方,应该也是要修改的。这不是凭空臆说。试看写秦可卿的第十三回所谓"淫丧天香楼"的段落,"甲戌本”有条总批说:“老朽因有魂托凤姐贾家后事二件”,“其言其意则令人悲切感服,姑赦之,因命芹溪删去”。我们要搞清楚,这是批者说的话,未必能代表原作者的见解。原作者删去了这一段,也许另有他自己的理由。而且删去之后(据说有五页之多),没有弥缝善后,至今给我们留下了一个秦可卿之死的悬案。看来要愈合这个创口,势必牵涉如何处理整个人物的问题。作者看待此人,忽此忽彼,观点游移,笔下甚乱。关于描写她的卧室和太虚幻境宝玉作梦的那些奇怪的暗示,我以为也跟“天香楼”的场面相类,拿全书主旨衡量,都是不够妥贴的。作者一时拿不定主意,只好搁着再说。

记得俞平伯先生曾提出一个题目。第三十五回末,薛宝钗在怡红院,教她的丫环莺儿用金线给贾宝玉打络玉的络子。正在此时,“听黛玉在院内说话,宝玉忙叫快请”。接着是“要知端底,且看下回分解”。翻过一页,看第三十六回,却不再提黛玉,扯到别的事上去了。俞先生说,我们可以试写几句,补上这里的缺笔:黛玉在此场合该怎么表态,怎么说话?我们知道,那玉上原是黛玉给打了穗子的,也是她为“金玉”之说闹气剪掉的。按照平日以往黛玉的脾气,跟前所见,是个极为敏感的问题,正碰着她心里的疙瘩,一定不能容忍,会说几句极其尖刻的话,难保又要跟宝玉闹一场。但是我们又知道,自从第三十二回“诉肺腑”以至贾宝玉挨打以后,两下里经过一连串的交心,此时她已完全落实了对宝玉的信任,对宝玉的猜疑和矛盾已经解除,从此再没有跟宝玉闹过;困扰她的“金玉”之说也撂过一边,因而对宝钗的戒心也已平缓,接着就有“兰言解疑癖”之事。在此心情变化、处境不同的时候,黛玉不应像过去那样“依然故我”。看第三十六回黛玉见到“梦兆绛云轩”的镜头,以后也只对宝玉冷笑两声,说了句打趣的话完事。可见黛玉对此,心情已有不同。但又不应不有所表示。这种复杂微妙的内心状态,很不容易掌握。对俞先生出的题目,我自问答不上、补不好。因此,我设想,书中所以有此缺笔,是不是正也因为原作者需要忖度一番,一时不好下笔之故。

曹雪芹当然是个了不起的艺术家。但我们也不应该迷信,把他神化。我看在原作者笔下,八十回以后的几十回书,会有更多的疑难,越到末后越须煞费苦心。因为前面从一个中心层层展开,写了许多的人和事,细针密线,头绪繁多;脉络错综,息息相关。入后变故迭起,水涸木落,如何应接伏线,紧扣核心,收得合情理,结得有力量;以作者当年能有的心力和经验,实非轻而易举。从前八十回的情况估量,八十回以后的原作,可能有个大略草图,或者还有一些段落章回的草稿,仍在不断的推敲规划之中,未必已经全部杀青定稿。脂砚斋等人的批语之类,为我们透露了一些零星消息。有的似甚具体,但无定说,比如史湘云,甚至薛宝钗、王熙凤几个重要角色的遭遇和下场。关于主人公贾宝玉,说在狱神庙被囚,又沦为击柝者云云,但最终怎么跟佛道大士真人携手,又怎么做和尚的?“悬崖撒手”什么意思?是写实还是比喻象征的说法,怎么个“撒手”法?不懂,也难于想像。

古来脍炙人口的名著,多曾几经修改,中外文学史上不乏其例,视为正常。若认定初稿草稿才是本来面目,比经过修改的质量要高,不一定符合事实。这也要具体分析。

后四十回续书的作者,接替这样一位原作者之手,来续补这样一部残缺未完的巨制:他没有那样的生活体验,他没有那样的思想认识,他没有那样的艺术才能,相形之下,续书存在不小的差距,自为理所当然。可是,我们看到,在核心部分保持了悲剧结局;有不少的段落写得颇为动人;我们还能看到,字里行间,兢兢业业,亦步亦趋,认真临摹原作的规范,致使一般读者,以至电子计算机,发现不出它的借手痕迹。比起那些数不清的续作之书,这是何等难能可贵!我想打个不恰当的比喻,一个没有下肢的人,装上了橡皮腿;这腿没有神经血肉,捏捏不痛,搔搔不痒;但站得起来了,可以行动了,像个完人了。想到续书比装腿难,岂不教我们叹为不幸中之幸!若没有这个百二十回的本子,单凭那八十回,二百年来,这部书能如此为广大读者所传诵,那是无法设想的!

绍昌同志给我的信说,他这本著作是“着眼现代的本子,如有正本、亚东本,都是民国的本子。这也许有人是不屑谈的。但我认为对现代读者的影响和作用是较大的。那份版本表,我是尽力把头绪纷繁花色特多的各种版本加以简单化,一目了然化,想对初步了解一下红学版本概况的读者,或能提供一些方便”。

我的一些看法跟他的正好是一路，故不揣谫陋，借此机缘写出来，参加讨论，并以求教于大家。

一九八一年三月三日

（原载《红楼梦版本小考》，中国社会科学出版社 1982 年初版）

谈《阿Q正传》

一　阿Q性格的形成及其意义

《阿Q正传》这篇小说不只塑造了阿Q这一个活生生的，具有高度概括意义的典型人物性格，而且深刻而全面的反映了当时特征的历史现实和社会现实。这就是说阿Q这一典型形象，不是孤零零的勾画出来的，而是从他所在的那个历史现实和社会现实中表现出来的。作者写出那个“国民劣根性”的具体形象的同时，并且给我们非常明确地看到产生这种典型性格的特征本质的历史和社会。作者以其火烈的战斗热情尖锐地批判了那个集“国民劣根性”之大成的阿Q思想性格，在这同时就无情地解剖了、揭发了那造成这个典型思想的罪恶黑暗的历史和社会现实。

在这意义上，作者的态度表现得很明白，他也看得很清楚，阿Q的种种劣根性不过是一些表征和现象；造成这些表征和现象的，是那个罪恶黑暗的社会。作者是通过对那个典型形象的批判，集中火力以攻击那个社会。

这并非说，这篇小说的主题不是表现阿Q那样一种典型；是的，是表现那种“国民劣根性”的典型，并且批判它。但这个典型是与那罪恶黑暗的社会血肉相连的；种种劣根性，其产生、形成和发展，是和那个社会环境分不开的；是那个社会环境、历史现实逼出来的。冯雪峰同志说：“……这种‘国民劣根性’，它本身当然是阶级社会的产物，并且深刻地反映着封建社会和半封建半殖民地社会的阶级对立与阶级斗争形态的。”（《论〈阿Q正传〉》）这是一句要紧的话。这篇小说写的就是辛亥革命时代的中国内地农村社会，作者就是从这个具体的历史社会中来表现那典型形象。

鲁迅先生在《灯下漫笔》这篇早期的杂文里有这样一段话：

> 但我们自己是早已布置妥贴了，有贵贱，有大小，有上下。自己被人凌虐，但也可以凌虐别人；自己被人吃，但也可以吃别人。一级一级的制驭着，不能动弹，也不想动弹了。因为倘一动弹，虽或有利，然而也有弊。我们且看古人的良法美意罢——天有十日，人有十等。下所以事上，上所以共神也。故王臣公，公臣大夫，大夫臣士，士臣皁，皁臣舆，舆臣隶，隶臣僚，僚臣仆，仆臣台。（《左传》昭公七年）但是“台”没有臣，不是太苦了么？无须担心的，有比他更卑的妻，更弱的子在。而且其子也很有希望，他日长大，升而为“台”，便又有更卑更弱的妻子，供他驱使了。如此连环，各得其所，有敢非议者，其罪名曰不安分！

对中国社会这种深刻的分析，也具体表现在《阿Q正传》这篇小说里。

县城里白举人、把总——赵太爷（其子赵秀才、茂才先生）、钱太爷（其子假洋鬼子）——赵司晨、赵白眼、邹七嫂——地保——土谷祠的老头子——许多凌辱损害阿Q的人——赌徒们——抢赵家的人——村上王胡、阿Q、小D、吴妈——老、小尼姑。

这是一个典型的封建统治的黑暗罪恶的社会，反映了半封建半殖民地的特征性质。

阿Q因王胡捉的虱子多，咬的响，因而不平打王胡，然而却被王胡打了，于是转而欺负更加弱小的小尼姑，这不正如赵太爷对阿Q一样，不许姓赵，打他嘴巴。阿Q打不过王胡，于是只好歪着头说：“君子动口不动手”，但当阿Q从城里回来后，王胡不也是任阿Q“嚓”了一下而不敢逞强了吗？土谷祠的老头先倨后恭，酒店的人另眼看待，赵太爷喊他“老Q”，不也一样是阿Q相吗？阿Q向土谷祠的老头要饼，正如地保向阿Q要酒钱、夹袄、门幕，赵太太要皮背心，赵秀才和假洋鬼子要宣德炉一样，是贪小便宜，是阿Q相。小尼姑、老尼姑之受阿Q损害（欺侮和偷萝卜），正如钱、赵之损害尼姑（打棍子和栗凿、偷走宣德炉），举人之损害赵太爷（因财物而遭抢），把总之损害举人（因把总要维持面子而不肯追赃)一样,是层层而下的。

阿Q的无是非,一会儿革命,一会儿又说革命杀头,也是来自上层的。种种实利主义,逆来顺受,精神胜利,也都是来自上层的。阿Q盘辫子,不正是赵秀才等人的把戏吗?正如假洋鬼子之挂“柿油党”牌子一样,也是从上层那里学来的。假洋鬼子不准阿Q革命,他见小D盘辫子就生气,要是有权力,阿Q也照样不许小D革命。地保骂他“妈妈的”,于是他也用“妈妈的”骂别人,阿Q的一切思想、观念,都是传统的,上层来的。不过社会是统治者掌握的,像阿Q只能被人凌辱,却很少能够凌辱别人。赵、钱可以做很多坏事,而阿Q只能偷萝卜;赵太爷可以娶小,而阿Q想一想吴妈就弄得身败名裂,为社会所不容。这正如庄子所说的:“窃钩者诛,窃国者为诸侯,诸侯之门,而仁义存焉。”(庄子《胠箧》)旧社会像一个结晶体,整体是六角的,打碎了,每个小块也还是六角的。阿Q的思想,不过是上层统治阶级思想的反映。在那样的社会里,阿Q受凌辱、受损害、受压迫、受剥削、受愚弄,阿Q的性格不可能不是那样的。这是下层的被迫的奴隶主义。

中国历史上不断遭受外来侵略者的野蛮血腥的蹂躏与屠杀,中国的封建帝制统治者,由于腐朽,昏庸,由于荒淫,堕落,由于其残虐无道、脱离人民,因此外来侵略者一到,只有打拱作揖,苟且偷安,奴颜婢膝,代作奴隶总管。鸦片战争之后,晚清以来的一段近代史,面对帝国主义的侵华战争,清廷和北洋军阀以至蒋介石政权,都是以谄媚外族、打拱作揖来应付的。而他们对人民则极力镇压,以人民的头颅和鲜血来向侵略者谢罪,充分表现了上层阶级的自欺欺人的奴才主义。曾国藩镇压了太平天国革命,却跪在慈禧之前;而慈禧是“宁亡外国,不与家奴”;蒋介石政权是唯美帝之命是从;汪精卫则到日本天皇那里“觐见”……最上层奴颜婢膝,中上层奴颜婢膝,中下层也奴颜婢膝;一级级造成,一级级逼出来,于是成为一种普遍的思想,造成这整个的“国民劣根性”。

在半封建半殖民地的中国旧社会里,各阶级都有阿Q相,表现出来或有不同面貌,但本质是没有不同的。在上层,其阿Q相(奴才相)隐而不显,因为他们只压迫、凌辱、损害别人,表现形式也堂皇些。比如赵太爷见阿 Q 在街上大叫“造反”,以为他是革命党,乃呼为“老 Q”;赵秀才因阿 Q 从城里回来,防他偷东西,不许他住在未庄,而老奸巨滑的赵太爷则怕因此结怨。这堂皇形式的阿 Q 相不是更使人憎恶吗?

根据上面的叙述,我们应该这样来说:第一,阿 Q 的性格,其主要内容就是一种失败主义的思想,或失败主义思想的集中表现。这一人物形象是集中了旧中国尤其是清末半殖民地化过程中封建社会各阶层人物失败主义思想或奴隶精神的特征的,并不是阿 Q 这一个人或这一类流浪雇农所独有的。第二,阿 Q 的形象,是当时旧中国罪恶黑暗的封建社会、半封建半殖民地社会的具体的反映。阿 Q 的性格是那个旧中国的社会机构所造成的,是封建统治与帝国主义侵略的历史现实中所产生的。阿 Q 思想的产生与形成,归根结蒂是最上层的封建统治者对内卑劣残暴、对外奴颜婢膝所造成的对于全社会各阶级、阶层的影响。这影响到了最下层,则愈为显著突出。因为一切压迫、剥削、凌辱与愚昧,都是集中于最下层的。

但是,阿 Q 的形象并不是一个思想的概念,也不是一个具有那种思想概念的人物的类型或标本。相反,阿 Q 是个有血有肉、有个性的人物,一个活生生的个别存在的雇农。这是一个典型,而非类型;是一个活的人,而非标本。他具有普遍共有的阿 Q 主义思想的特征,同时,这些特征又是通过一个特殊流浪雇农的活的形象表现出来。虽然阿 Q 主义的某些特征,是被放大了,特写了,集中概括在阿 Q 一人身上,显得有些漫画化了,但阿 Q 还是当时一个真实而又生动的最底层的被压迫者的典型。不只阿 Q 本人是个活生生的典型,就是他所生活的环境也是当时中国封建或半封建半殖民地的农村社会的典型。那些逼真的人和事,也构成当时社会生活的真实面貌。这生活现实与社会环境和阿 Q 的性格是血肉关连的,阿 Q 的性格也恰好就是在这样一种社会生活环境中养育成的,而不可能产生在别样的生活与社会环境中。假如要在这样的环境中写另一种人,比如小商人,或是邹七嫂等,则就不会产生这样一个生动具体的流浪雇农的阿 Q 形象。

阿 Q 的劣根性主要是:第一,愚昧麻木,表现为妄自尊大、健忘、实利主义、无是非观念、不肯正视现实、因袭、保守、排外;第二,逆来顺受,精神胜利，表现为爱面子，实即自卑自贱，对于弱者的欺凌。这些都是罪恶社会加于被压迫者的烙印。作者描写这些劣根性，从而无情地揭露了社会的黑暗和统治者的罪恶。其反封建统治的战斗热情，有如烈火一样燃烧，其火力所集中的目标，是指得非常明确，毫不含糊，而且也非常正确，令人心服。

但阿Q的品质的优良，还是非常明显的：老实，直爽，尤其辛勤劳苦。如他在城里偷东西，就老实说出来；又如在牢中，也老实地说“我想造反”。他努力要活下去，在无法忍受凌辱、压迫与损害的情况下，就用尽一切可能的办法斗争下去。健忘、精神胜利，也是活下去的一种办法，虽然是一种卑微的办法。但在他的具体处境下也只能有这样一些办法。也正因为要活下去，才有革命要求。革命性就是这样产生的，并不是什么神秘的东西。

有人认为一个雇农典型不能有那么多的缺点，不能把账都算在一个人的身上。这种说法是不对的。因为最底层的被压迫者，在当时的历史条件下，必然产生这些劣根性的。也有人认为阿Q应该有革命性。当然，凡是被压迫者都会蕴藏着革命性，有迫切的革命要求。然而那革命的要求，没有受到启发，只能是潜存的，甚至是盲目的，而不可能显现出来，成为自觉的革命力量。

那么，作者为什么把这些奴隶主义思想集中在一个流浪雇农身上来写呢？

鲁迅先生自己说过：“见过辛亥革命，见过二次革命，见过袁世凯称帝，张勋复辟，看来看去，就看得怀疑起来，于是失望，颓唐得很了。……不过我却又怀疑于自己的失望……这想头，就给了我提笔的力量。”（《南腔北调集·〈自选集〉自序》）这里所说的失望，是对辛亥革命一类的资产阶级旧民主主义革命而言的。但是鲁迅先生也知道他“所见过的人们，事件，是有限得很的”。当时他所见的革命和革命者只限于旧民主主义那一次革命，并且他自己也参加了这一次革命，结果是使他失望、颓唐。《阿Q正传》中，对于辛亥革命的真实情形，有着非常深刻的反映。那样为保持面子把个无辜的阿Q给枪毙了的把总；那样的帮办民政的白举人老爷；那样买了“柿油党”牌子挂起来，跑到尼姑庵去“革命”而带走宣德炉的假洋鬼子和赵秀才；总之，都是一些盘上辫子冒充革命的家伙。结果，只换上一块“中华民国”的招牌，内容是一团糟糕，什么也没有革掉。由于资产阶级的软弱性，资产阶级领导的革命终于不能完成它的历史任务而和封建主义、帝国主义妥协了。但鲁迅先生所要求的却是彻底的民族革命与民主革命，他要求彻底打倒封建主义统治，驱逐帝国主义侵略势力。他已经看出当时中国资产阶级的革命力量与领导革命的力量都是不能完成其历史任务的。所以他在《彷徨》集的题辞中借用屈原《离骚》中的话说：“路漫漫其修远兮，吾将上下而求索。”他要继续寻求新的革命力量。

鲁迅先生之所以具有那种彻底的革命要求，这是因为他是站在人民的立场、民族的立场来关怀与参加资产阶级革命的。瞿秋白同志在《鲁迅杂感选集・序言》中说：“鲁迅是莱谟斯，是野兽的奶汁所喂养大的，是封建宗法社会的逆子，是绅士阶级的贰臣……他从他自己的道路回到了狼的怀抱。”“……他回到‘故乡’的荒野，在这里找着了群众的野兽性，找着了扫除奴才式的家畜性的铁扫帚。”鲁迅先生出身没落的官僚地主的家庭，他的祖父是进士，后来入狱，父亲做过京官，后来得重病，拖延三年而死去；于是家庭陷于衰落、悲惨、困顿的境地。他自幼出入当铺和药店，受尽白眼与侮辱。他的母亲是个乡村妇女，他曾寄养在农村他的舅父家，因此他能接近农民。由于他痛恨与蔑视衰落的封建社会和虚伪的绅士阶级，自然对农民发生由衷的热烈的爱。《社戏》、《故乡》中，这种思想感情的流露最为清楚。“吃过狼奶”，就是受了农民的深刻影响，并且他深知农民的优点和缺点。他的心归向农民，所以他的关怀革命与参加革命都是从人民和民族立场出发。既然对资产阶级革命失望，势必寻求一种新的革命力量。他当时对农民的革命力量是估计不足的，他静止地看农民，只看到了农民的缺点，并认为除了这个力量外，没有别的力量可以革命；因此，必须批判人民的缺点，并指出这些缺点是由社会环境与历史造成的，是由于处在被压迫的地位造成的。

鲁迅先生站在人民、民族的立场，是爱憎分明、敌我分明的。因为对农民有热烈的爱，才批判他们的缺点；对敌人，就只有暴露。农民是被压迫者,他们的缺点,愈是受压迫最深的,最下层的,则愈显著突出,也愈可同情。阿Q并不是天生的这样性格,并不是本来就是那样成份。“我们先前——比你阔的多啦!”就表示他是受压迫、受损害,一步步成为赤贫,丧失土地的。中国农民在旧社会里,必然是这样的走向赤贫,丧失土地,成为流浪雇农的。因此将阿Q这样一个流浪雇农,作为思想批判的典型,是非常有意义的,非常恰当的。作者对阿Q是又爱他又恨他。因为爱他,所以批判他;因为期待他,所以针砭他。

在无产阶级政党的领导之下,在伟大的毛泽东思想指引下,已经彻底摧毁了那个旧中国的社会,中国人民的历史已经揭开了崭新的一页,产生阿Q主义思想的社会根源已经消灭了。但是,阿Q主义思想的残余,却不能说已经完全肃清。提到原则上来看,愚昧麻木,就是没有觉悟;逆来顺受,精神胜利,就是对强暴不知反抗和不能反抗。这两方面是关连着的。要彻底肃清阿Q主义思想的残余,只有提高觉悟;而这只有站在无产阶级立场来努力才能做到。共产党领导我们,马列主义毛泽东思想教导我们,我们完全具有克服阿Q劣根性或奴隶主义思想的客观条件,但我们必须发挥主观能动力量,提高阶级觉悟。举例说:缺少爱国主义热情,摆不脱自由主义思想的影响,这就是无是非;不认识与不坚持真理,就是麻木、健忘、因袭、保守,就是精神胜利等等的遗留,就是阿Q主义思想的残余。我们应当承认自己还有不少的阿Q主义思想的残余,但我们不要像阿Q,不正视现实;头上有癞疤,就避讳说癞字,甚至连亮、光、灯都不爱听。我们应当认识自己的癞,彻底消灭旧社会遗留给我们的癞。

二 《阿Q正传》的结构

关于《阿Q正传》的结构,有些同志提出这样的问题:阿Q的精神胜利法等等与恋爱悲剧怎样联系起来?这“两重性格”有何有机的联系?这问题提得不够明确,如“两重性”——怎么会是“两重性”呢?这篇作品,是用许多的情节来表现一个被压迫者的生活遭遇,表现在那受压迫、受凌辱、受损害的处境中所产生的一系列的落后的劣根性。它的主题,是通过这个典型性格来集中火力攻击那造成这种性格的罪恶黑暗的社会,并不是阿Q本人。这里,已经接触到这篇小说的结构问题。

作品的结构,实际就是作品中的故事所表现的内在的矛盾斗争的发展的形式。矛盾的斗争发展,实际就是作品的结构的内容。我们说内容决定形式,应当这样的来作具体的认识。

这篇作品表现了怎样的矛盾?从对主题、对典型人物的分析中,可以简单的这样说:

屈膝于外来侵略势力——帝国主义列强的旧中国封建主义统治势力与被压迫、被凌辱、被损害的人民之间的矛盾。这些旧中国社会数千年来的基本矛盾,至近百年而日益剧烈深刻。这一基本矛盾主要体现在赵太爷的统治集团对社会最底层的人民典型阿Q的压迫与损害上面。鲁迅先生曾经在一篇杂感里说:"我们目下的当务之急,是:一要生存,二要温饱,三要发展。苟有阻碍这前途者,无论是古是今,是人是鬼,是《三坟》《五典》,百宋千元,天球河图,金人玉佛,祖传丸散,秘制膏丹,全都踏倒他。"(《华盖集·忽然想到(六)》)这是人的起码要求。但阿Q所处的境遇是无法生存的,谈不到温饱,更谈不到发展。作为被压迫人民典型的阿Q,这些为人的起码要求,纵无自觉,也不会放弃的,除非他是个死人,没有生命的人,才不会和那种血腥的统治发生矛盾。他要活下去,势必在他的具体处境中进行可能的挣扎与奋斗;他的要求革命,正是他的被压迫地位使然。他原先认为革命与自己作对,乃是不自觉的蒙受了封建统治阶级的思想影响。其实他本身对革命是有迫切要求的,只是没有自觉罢了。一旦看到赵太爷等一班压迫他的人们如此害怕革命,他就非常高兴,要投降革命党,要参加革命了。但他本身荷负着封建主义所加予他的种种传统的旧思想意识(即劣根性)的沉重枷锁,而当时资产阶级所领导的革命——辛亥革命又是向封建主义妥协投降的,于是阿Q的革命要求,终于受到压制。阿Q所体现的旧中国广大人民对封建主义统治的矛盾,终归重复被统一于半殖民地化过程中的封建主义旧秩序之中。这就是矛盾的统一。当然,和今日新社会的发展方向是不同的,完全相反的,因为在那个社会里居于矛盾的主导方面的,并不是新的势力,不是广大被压迫人民的胜利,而是屈膝于外来侵略势力的封建主义势力的胜利。因为当时身负着革命历史任务的资产阶级的软弱无力与广大人民的没有自觉,新的力量还没有成为主导方面。

了解了这一简单的矛盾斗争发展的概括的过程,就会认识这篇的结构形式。

全篇分为九章,第一章是序言,其余八章每两章包括一个发展的阶段。

第一章,序;第二章,优胜记略;第三章,续优胜记略。这是写阿 Q 所受的种种压迫、凌辱和损害,以及他对这种种压迫、凌辱、损害所进行的挣扎斗争的方法——妄自尊大,自欺欺人,欺弱怕强,自卑自贱,精神胜利,愚昧麻木,善于忘却等等一系列的劣根性,都是他所受压迫的烙印和结果,同时也是他在可能范围内所运用的盲目与不自觉的斗争的法宝。作者写这些,是步步深入,层次分明,层层紧逼,丝丝入扣的。这就是矛盾的提出的阶段。

第四章,恋爱的悲剧;第五章,生计问题。这两章所写的,是进一步发展上面所提出的矛盾,是矛盾发展的阶段。也许有人认为阿 Q 不应当恋爱,因此才有所谓“两重性”之说。其实这是人的基本要求之一,就连道貌岸然的孟子也承认:“食色性也。”要吃饭,要恋爱,是人的基本的要求。作者在前三章描写了阿 Q 所受的一般的压迫与挣扎之后,在这两章进一步写他在这两种人的基本要求方面所遭受的压迫与进行的斗争。恋爱嘛,被蒙受封建意识与服服贴贴倾向封建统治者的吴妈拒绝了;阿 Q 因此被赵太爷集团认为大逆不道,吃了一顿痛打。当然,阿 Q 也不会恋爱,不会取得吴妈的好感,那么突然的跪下,突然地说出赤裸裸的要求。但在那样的时代与处境中,阿 Q 又有什么别的办法呢？由于恋爱的悲剧,跟着就产生了吃的问题,即生计问题。阿 Q 想要像个牲畜似的活着,生存着,到这时也不可能了。他挨饿、受冻,在尼姑庵中偷了萝卜之后,就只有决定进城去另谋出路了。阿 Q 连一个人的基本要求都被剥夺了,在这样的遭遇和处境中,他的偷萝卜与决定进城,都是他的斗争以求生存的不得已的办法。但是,阿 Q 从此不但被逼着失去了土地,而且也被逼着离开了故乡。他的流浪性是被逼着进一步发展,进入新的阶段的。因为农民安土重迁,不是到了万不得已,走投无路的地步,是不轻易离开故乡的。而因此,他的受压迫与受损害,也就达到了最高点和最后的境地了。

第六章,从中兴到末路;第七章,革命。这是一个矛盾斗争发展的新阶段,也就是转折的阶段。第二阶段,即第四、五章,已使矛盾斗争向前发展到了最高点,再无可向前发展的余地了,于是进入转折阶段,也就是阿 Q 的处境有了好转和希望的阶段,也就是作为主导力量的封建统治——赵太爷集团的压迫势力对阿 Q 的压迫与损害表现了退却与挫折的阶段。这具体情节是:第一,阿 Q 由城里回来,生计问题暂时好转了,由于他偷窃些东西,暂时不冻不饿了。偷窃,是他的最后的可能的斗争方法,也是他的处境与遭遇逼迫出来的。一个善良的劳动人民,本来可以依靠他的劳动而生活,但是,当没有了劳动求食的可能,又无别的反抗之道可循,他就只有偷窃了。因之,作为一个善良的劳动人民的品质来看,他是进一步堕落下去了。而那个社会,却另眼相看了,王胡有些怕他了;赵太爷也刮目相看,准许他进门了,妇女们,如邹七嫂等也不再躲避他了,反而争着和他打交道了。可见他的“名誉”也恢复了。但是阿 Q 的实际处境并未改变,他还是被压迫与被损害的,因此不能持久。然而革命的浪潮由城里打到未庄来,这就替阿 Q 造成了命运可能转折的大势,于是阿 Q 以革命党自居,人们也把他看成革命党,敬之畏之,赵太爷呼为“老 Q”了,他也有了许多翻身的幻想了。可是由于辛亥革命的失败,他的实际处境仍然未变。他要革命,只能到尼姑庵去,可是尼姑庵已被假洋鬼子和赵秀才捷足先登了,早已“革命”革过了。但是,阿 Q 的进城与革命,终于还是阿 Q 受压迫的命运转折了一下的阶段。

第八章,不准革命;第九章,大团圆。这就是矛盾斗争发展到矛盾统一的最后阶段。封建统治势力是强大的,新的革命力量是薄弱的,作为被压迫人民,本应是革命动力的阿 Q 要参加革命,而代表封建主义统治势力的赵太爷集团反倒居于革命者的地位不准他革命。另一方面,赵家被抢(真正的流氓无产者势力的表现)也没有他的份。于是阿 Q 的思想意识本已倾向于革命,这时又回到奴隶思想的原来样子:“造反是杀头的罪名呵”,他的思想又依附于统治者了。于是有了大团圆。有人说阿Q的大团圆结局,不是必然的发展,好像突如其来。当时有过这样的见解:

> ……但也有几点值得商榷的,如最后“大团圆”的一幕,我在《晨报》上初读此作之时,即不以为然,至今也还不以为然。似乎作者对于阿Q之收局太匆促了;他不欲再往下写了,便如此随意的给他以一个“大团圆”。像阿Q那样的一个人,终于要做起革命党来,终于受到那样大团圆的结局,似乎连作者他自己在最初写作时也是料不到的。至少在人格上似乎是两个。(西谛:《闲谈(一)·〈呐喊〉》,《文学周报》第二五一期)

但鲁迅在《〈阿Q正传〉的成因》里说:“……于是乎就不免发生阿Q可要做革命党的问题了。据我的意思,中国倘不革命,阿Q便不做,既然革命,就会做的。我的阿Q的命运,也只能如此,人格也恐怕并不是两个。”(《华盖集续编》)鲁迅先生的话是完全正确的。在第八章,甚至在第七章,阿Q就已经渐渐走向死路。从具体内容上的矛盾发展看,阿Q作为一个无辜的牺牲者,是很自然的;这也是对于所谓“中华民国”的“新政权”的十分辛辣尖利的讽刺。从形式的结构上讲,也是十分有力,十分完整的。

唯物辩证法所讲的矛盾发展的规律,其实即是正、反、合三个阶段。万事万物的发展,都是循着这个规律,思维的发展也是这样。《阿Q正传》的结构,从内容上说,是掌握了矛盾主要环节,写的十分饱满、充分,发展得非常自然、必然,所以结构也非常完整有力。作品的结构并不是一个简单的或外加的形式问题,单从形式上求其完整,也是舍本逐末的,不可能成功的。要紧的是从内容上来求了解,从内容上的矛盾斗争发展来紧紧的掌握那主要环节。从主观和客观形势上来掌握现实的发展,则结构也就完整。要紧的是深入现实,理解认识现实,否则就成为形式主义。

一九五二年

(初收于《苑外集》,北京大学出版社1988年版)

说《离婚》

鲁迅编选的《新文学大系·小说二集》选了他自己四篇作品，其中一篇是《离婚》。他在《导言》里谈到自己的小说创作，说早期的作品像《狂人日记》和《药》，怎样受了德国尼采、俄国安特烈夫的影响，而又不同。接着说："此后虽然脱离了外国作家的影响，技巧稍为圆熟，刻画也稍加深切，如《肥皂》、《离婚》等。但一面也减少了热情，不为读者们所注意了。"

这番话说得很自谦，也有符合事实的一面：像《离婚》等几篇，对青年读者的吸引力，是比不上他早期那些作品了。这里我们不谈鲁迅小说的艺术道路问题，只想说明，《离婚》是比较难读。据我的体会，小说也像食品，似乎有两种：一种像糖果，一到口就尝到味道；一种有些像花生米或橄榄，这要细细的嚼，慢慢的品，否则任你吃下多少，也不知道它的味道，自然也不能吸取里面的养分。

《离婚》比较难读，跟他说的"技巧圆熟"、"刻画深切"有关。外国的影响我看还是有的，可已经融化在我国传统技法里面，形成了鲁迅的独特的风格。这里所谓"圆熟"的意思，它的要点是：一心描写情节和场面，把意思都从这些描写表达出来；不直接说什么爱憎褒贬和解释说明的话。这些场面和情节又经过精心的提炼和安排，彼此映衬着，相互呼应着，有丰富深刻的内容，有多方面的重要意义。这是所谓"深切"的意思。这种作品，短短的篇幅，往往有可惊的又广又深的含义，要读者自己寻思、品味，不能没有嚼烂就囫囵吞下去。它经得起读，多读几遍，认识可以一遍有一遍的不同；因此对于没有养成这样习惯的读者们，就很难引起注意了。

早前几年，有好多次，青年同志们读了这篇小说以后展开了热烈的讨论。关于它的主要题旨，有的说是写爱姑的婚事；有的说是写旧社会妇女在婚姻问题上受压迫；也有说是写反封建的。这都不能说全错了。

可是，像在讨论中就有人反问，你说主要是写爱姑婚事，为什么不抓住这个，从正面来写？比如，是怎么定亲、出嫁的；在婆家怎么受气和吵闹的；兄弟们又怎么去打架拆灶的等等：这些，有的根本没有提，有的只在对话中虚写了一下，这是为什么？而且即使写了这些，写它干吗，究竟写的什么意思呢？还有人进一步问，你说是写的是妇女受压迫，看来爱姑受的压迫算不了什么，她对公婆丈夫当面顶、当面骂，还有父母兄弟撑她的腰，这算什么受压迫？还有人反驳反封建的说法，说鲁迅的小说多是写的反封建，你说的这样笼统不着边际，能说明什么？等于没有说。这问的驳的，岂不也很有道理。

主要意思写什么？若是把多次讨论提出的意见综括起来，再稍许加些补充，看是不是可以这样说：

> 写的是爱姑为她的婚事争人权这一属于旧民主主义范围的要求，同封建主义统治势力展开一场矛盾斗争；作品借此解剖了辛亥革命以后的中国农村社会，写了各色各样人物的精神面貌和他们彼此之间的内心关系；指出，“中华民国”的招牌挂起来了，但是人民群众的思想觉悟很差，像爱姑的一点民主要求，本身固极脆弱，也得不到社会的同情和支持，在照旧维持着根深蒂固的统治的、以七大人为首的封建势力的威迫之下，非常可悲而又可笑的被压服了。作者从这里不止宣告资产阶级领导的民主革命的彻底失败，而且提出了关于当时中国社会革命的方向问题和路线问题。

这样的说，不管是否妥适，总还是概念的道理，不具体。我们还是要具体分析，看作品是怎样描写的。

读小说，要看人物描写。一般的经验是，看人物的主次关系和性格特征、思想要点；看人物彼此间进行的矛盾斗争，他们所处的斗争地位以及性格矛盾的发展变化；还看作者透露的用心和爱憎褒贬的态度等等。再把这些方面的实质意义实事求是地寻思出来，归总到一起，就容易明白它的主旨，从而评量它的得失与高下。

这篇小说写了两个场面：在船上，在慰老爷家里。庄木三和爱姑贯串在前后两个场面所有的人物里面。他们父女俩是全篇的中心人物，爱姑又是中心人物里的主要人物。

两个场面给我们介绍了当时农村社会两方面人物:七大人、慰老爷、少爷们、跟班的,还有其他一些人,他们是地主统治势力方面的人物;八三、蟹壳脸、胖子汪得贵,还有念佛的两个老女人,他们是普通村民。庄木三父女的社会地位大概在这两方面人物之间,比"大人"、"老爷"低,比村民们高。施家的势力看来好像比庄家差些,但是基本相同。旧社会结亲,往往很讲究门当户对的。

这许多人物,是当时农村社会各阶级阶层的代表人物。让这些人物出面,是要把当时农村社会的全貌都摆到读者眼前。作者用"速写"的手法,从船上写到庞庄慰老爷家里,截取一次行程、两个场面,把这许多人物集中概括在里面,这就好比切西瓜,切开了农村社会的一个剖面。这样,它的意思就不是要写爱姑个人的婚事或爱姑个人的受压迫问题,而是要写一次有重要思想政治意义的斗争,要写关于这一斗争的社会动态和思想动态。这样,它的意思就不是把爱姑的婚事局限在它本身的、表面的意义里面,看做她个人的争执、两家或两姓的争执,而是把它看做一个妇女争人权或民权的问题,看做人民的正面的民主要求刚冒了头,封建统治势力就无所顾忌的伸手把它扼杀掉,人们可都认为理所当然,包括受害者本人。作品写的就是这样一个关于当时革命的症结问题。从这样的内容,我们可以看出它的写法非常精练,构思非常深广、巧妙。假如认为是写婚事、写受压迫,那么写坐船到地主家里,写了这样许多不相干的人,这种写法就是浪费笔墨了。

下面分开来仔细说一说人物。

先说主要人物爱姑。

爱姑当然也受封建压迫,可是受的压迫确实不算重。那么,作者为什么挑这样一个妇女和她的婚事作为题材呢?

要知道,贫苦农民家的姑娘的婚事,地主老爷们不会关心,也不会闹到老爷们跟前去的。旧社会一个妇女,敢于为婚事闹一闹,或说反抗一下,得有相当的社会条件,比如,得有可以依靠的势力。压在底层的农民妇女,就有反抗的要求,也很难表现出来。她们只能含着冤苦,默默的死去。作者以满怀激情和诗意,写下的《女吊》,就是为数不尽的这种妇女们所作的悼念和控诉。爱姑的父亲庄木三,沿海三六十八村知名,高门大户都走得进,脚步开阔,势力地位足够爱姑依仗的。

但是不能说只要有娘家撑腰,就会反抗婚姻压迫。自古以来,什么"三从四德","七出"之条,还有多妻制等等,上层社会的妇女并不知道反对。可见爱姑有反抗一下的思想,除了社会条件,还得有时代条件。有人把爱姑称为"辛亥的女儿",我看很有道理。辛亥时期的旧民主主义思想,包括男女平等、天赋人权或民权之类,自从中国封建社会半殖民地化以后,欧风美雨大量刮进来,原有的封建文化思想统治动摇了。爱姑没有文化,看来还是个文盲,好像难接受这类思想影响。其实这首先应该是社会风气传播的。重要的是爱姑生活在东南沿海地区,商品经济自来特别发达,文化思想本有不同的风貌;而且又靠近不少的名城、商埠和海港。这里的农村容易得风气之先,是可以理解的。若在其他内地乡村,那里的爱姑们恐怕还不能有这种思想表现。

因此,在当时的农村,爱姑算是"新人",她的反抗了一下又屈服了,也算得"新事"。这一"新人新事",反映了辛亥以后初具资产阶级人权思想的农村妇女的典型。

在说明这个典型性格的一些特征之前,顺便插说几句关于怎样描写的话。在短篇小说里,笔头跟牢主要人物,所有的描写都围绕着其人其事来进行,就会笔墨集中,头绪清楚。这篇小说就是这样描写爱姑的。在船上的场面,写爱姑比对另一中心人物庄木三要侧重一些;到了地主家里,所见所闻都是从爱姑的心里眼里来写的。这种写法很巧妙:写了地主家里许多的人物活动,同时也写了爱姑本人的感受;渲染了地主家里的环境气氛,同时又揭示了爱姑的内心境界。这是我国很早就有的写法。比如《左传》写《鄢陵之战》,从楚子的眼里来写晋方的军容;《聊斋志异》里从北方的大名府公子王桂菴的心中目中写江南的佳丽风物;《红楼梦》从林黛玉、刘老老的心里眼里写贾家的势派和生活气氛,都是一笔下去,有两笔的用处。全篇描写爱姑的笔墨并不多,她的思想性格可写得很深入、很饱满。

作者惜墨如金。许多小说爱写的形貌和打扮,他不大愿写,假如认为写不出什么意思来的话。爱姑是什么样子?作品里没有写。却漫不经意似的,带便在两处提到她的“两只钩刀样”的或“钩刀式”的脚。这有什么意思？看来既不是小脚,也不是天足,而是一种放了又未全放的不大不小的脚。过去人们常用这一特点说明中国妇女解放运动,有所谓“小大脚时代”、“半大脚时代”的名目。爱姑一出场,面貌衣装什么也不写,单提她的这种脚,想必有点明她的思想性格的特定时代意义的意思。

现在我们看看这个富有时代社会意义的典型人物有哪些要点:

她自己的事,连父亲庄木三也不能替她做主,必得亲自出马,表示自己的意见,才能算数。

她走出家门,毫不胆怯、害羞。在陌生男子面前,在大庭广众之中,高谈阔论,没有顾忌。

她勇敢直率向众人申说屈辱和冤苦,控诉婆家对自己的压迫虐待,指斥丈夫的恶行,当面揭发并抗议婆家对权势“钻狗洞”、“巴结人”的卑鄙勾当。

她好像没有什么封建礼教观念,好像认为人活在世上都是平等的。你怎么来,我怎么去。她满口“老畜生”、“小畜生”,把许多恶骂回敬给公公和丈夫;因为他们经常辱骂她。甚至对自己的父亲也不留情面,当众骂他“见钱头昏眼热”,骂他“老发昏”;因为她觉得父亲有对不起她的地方。她的泼辣放肆,使人吃惊。她相信自己有理,相信自己的抗争是正义的。她说话理直气壮,义愤填胸。她敢于下决心要赌一口气,敢于拼出一条性命闹得他们家败人亡,走投无路。

她毕竟很幼稚、很脆弱。对统治权势存着幻想,一面仰仗他们评理,一面很自卑,怀着绝望情绪。又缺乏历炼,见识也有限。她作的一点个人反抗,处处显出一种“放刁撒泼”、“初生之犊不畏虎”的意味。这是她所依靠的家庭出身铸成的。因此,她经不起考验,一到觉得“大势已去”,就乖乖巧巧屈服了。

关于这个典型性格的特征,就提这几点。希望另有较好的提法。

现在我们来研究几个问题:“小畜生”跟别人通奸,她争吵无效,就应该主动提出控告以至主动提出离婚,那才合乎争女权的要求。现在相反,对方要离婚,她倒不肯答允。她为什么不肯离婚？她的反抗,只想赌一口气,闹得“他们家败人亡”。这是绝望的挣扎,无目标的斗争。她为什么不能作更好的打算?她把胜利的幻想完全寄托在七大人的评断上。她信赖七大人的权威地位。见了七大人,觉得他神秘、高贵、威严,说话有些自轻自贱了,但又觉得他和蔼近人,没有什么可怕的,于是尽量向他控诉、发作了一番。并且表示要“拼出一条命”,斗争到底。可是七大人忽然发起威风来,她立刻莫名其妙地吓倒了。“她觉得心脏一停,接着便突突地乱跳,似乎大势已去,局面都变了;仿佛失足掉在水里一般,但又知道这实在是自己的错”。她非常后悔:这才知道七大人实在威严,先前都是自己的误解,所以太放肆、太粗鲁了。就不由的说:“我本来是专听七大人吩咐……。”从此,她就服服帖帖,什么怨愤的情绪和反抗意志全都消失了。临走,还心平气和的告辞,说“谢谢慰老爷”。这是为什么呢?她原来以为是的,忽然以为非了;原来理直气壮斗争,忽然变成乖乖的屈服了;原来满腹不平之气,忽然变成心安理得了。这样转了一个一百八十度的弯,她的一场虎头蛇尾的抗争,显得多么可悲可笑!究竟什么原故呢?

以上提的这些,假如都拿爱姑个人的性格软弱、头脑糊涂来作解答,恐怕交代不过去的。像刚才说的,她原先一番说理斗争,不是表现得大胆泼辣,并且说得头头是道,有自己的勇气和信念么?为什么一下子又软弱糊涂起来了呢?所以问题还是要从时代社会方面来了解,才能说明它的实质。

爱姑的时代正是辛亥革命之后,中国资产阶级虽然领导了这次革命,但是并没有完成反帝反封建的革命任务。因为这个阶级从它产生的第一天起,就同帝国主义和封建地主阶级有着千丝万缕的联系,在政治上、经济上异常软弱。中国资产阶级即使在革命时也不愿同帝国主义完全分裂,并且他们同农村中的地租剥削保持着密切的联系。他们不愿也不可能彻底推翻帝国主义的统治和彻底打倒封建势力。所以这场革命只把一个皇帝赶跑,代之而起的却仍然是地主阶级的军阀官僚统治。中国仍旧在帝国主义和封建主义的压迫和剥削之下。

爱姑这个初具人权思想的农村妇女的性格,正是上述这个时代社会和阶级特征的反映。她的斗争的软弱和没有目标,她的迷信封建统治势力以及心甘情愿屈服于七大人的威势之下,从上面的分析可以得到说明。具体说,要她的斗争能有目标,要她能够反抗到底,取得胜利,还缺乏客观条件。她在当时的社会经济生活中,找不到自己的出路,政治上也没有独立自主之权。鲁迅1923年在北京女子高等师范学校作过一次《娜拉走后怎样》的讲演,把妇女问题跟社会经济制度的改革联系起来。以为若是社会经济仍旧,那么娜拉这个不甘愿作丈夫的傀儡的妇女,离开家庭以后,只有三条路好走:堕落,进妓院;饿死;还有,就是依旧回到丈夫跟前来。妇女解放只有从整个社会解放的事业中才能取得,鲁迅这个意见是对的。至于要怎样的社会改革或经济制度,怎样才能取得改革的胜利等等的问题,那时他自己还在"徬徨"与"求索"之中,要到后来成为马克思主义者他才明确起来的。

当然,从爱姑主观方面说,她的软弱和屈服,正是出于她的阶级属性:她所要反抗的,跟她所依靠的,同是那个统治势力。关于这一点,后面还要说到。

在描写里,作者对这个"辛亥的女儿"所持的态度是,赞赏她的敢于斗争和不留情的揭发;可是着重的主要还在讽刺她种种错误的想法,批判她的斗争的软弱以至心甘情愿的屈服。在后一方面,笔锋不只辛辣锐利,并且处处透露着嘲笑意味。这嘲笑不能理解为仅是对爱姑本人,实际是对旧民主主义革命怀着失望与否定情绪的流露。作者从彻底反帝反封建的革命观点出发,站的较高,看的较明,给我们写出这个人物,在今天还是有很好的认识价值的。

其次,谈一谈另一个人物庄木三。

庄木三是爱姑的父亲。上面说过,爱姑有这个父亲,对她的敢于斗争和终于屈服,起了直接的作用。他在篇中是个重要的人物;让他陪衬爱姑,居于中心地位,向读者展示自己的身分、关系和思想内心,是十分必要的。

我们假定庄木三是个富农。他在一般农村居民里面显然有特殊的地位和势力。这从船上农民们对他的态度、言谈可以看出来。庄木三父女一到,全船的人"一齐嗡的叫了起来",对他打拱,招呼,有的称他

“木叔”，有的称他“木公公”。只有父女两个，却给空出四个人的座位。大家的言谈话语里对他都流露出不同的敬畏，有的则满口恭维。

庄木三一出场，单写他有根长烟管。这是有身分的人用的，南方普通农民都用毛竹短烟管。若是说爱姑的脚标明了性格的时代意义，那么，庄木三的长烟管就标明了他的社会地位。他的势力大，跟高门大户往来，“脚步开阔”是重要因素。他带儿子去拆施家的灶，也要凭他的地位或势力；要不然，他怎么敢。他虽然不把慰老爷搁在眼里，但是慰老爷的身分毕竟比他高得多。看他们父女到了庞庄所受的款待，同在船上农民们对他们的态度比一比，就显出来了。父女俩跨进油漆大门，只能被邀到门房落脚，跟船夫、长年在一起喝年糕汤；而没有资格到客厅里跟七大人、慰老爷他们去同席。喝完年糕汤，跟长年进了客厅，七大人他们根本没有理睬，自管玩赏他们的什么“屁塞”，讲究什么“新坑”、“水银浸”的道理。这跟上船时候“许多声音一齐嗡的叫了起来”的情况对照一下，有多大的不同？等七大人的高论发完，慰老爷转脸向庄木三说话了。是这样的口气：“就是你们两个么？”庄木三必恭必敬，简单的回答：“是的。”“他们没有工夫。”这以后，他就一直没有开过口。他的女儿“很怪平时沿海的居民对他都有几分惧怕的自己的父亲，为什么在这里竟说不出话”。甚至女儿当众责骂他不知道人情世故，老发昏了，他也不吭气（在船上，女儿骂他“看得赔贴的钱有点头昏眼热了”，他回骂了一句）。到女儿低头屈服了，他赶忙遵照慰老爷的嘱咐，从肚兜里掏出红绿帖，而后在茶几上打开蓝布包，就细心的慢慢数洋钱，什么事也没有了。真是比瘪臭虫还要瘪。

关于庄木三这个人，有一点很重要，那就是，他是依附于七大人、慰老爷的势力的，他是隶属于封建统治一边，骑在农民老百姓头上的。“高门大户都走得进”，慰老爷跟他打交道，七大人出面过问他女儿的事，是他的重要的政治资本。看他在船上对人家说到庞庄去，说慰老爷劝和，他都不依；说这回连城里的七大人也在，那种声口语气，多么沾沾自喜、洋洋得意。这实在是炫耀他的体面，宣扬他的势力。尽管他在老爷、大人那里不免低头忍气，受些威胁与压迫，他可不在乎，要紧的是会捞到自己渴求的政治资本。鲁迅在一篇《说“面子”》的杂文里讲过一个笑话,说一个小瘪三向人家夸耀说:“四大人和我讲过话了。”人问他:“说什么呢?”答道:“我站在他门口,四大人出来了,对我说:‘滚开去。’”用这笑话来说明庄木三跟七大人、慰老爷的关系,也是贴切的。

这样看来,他在政治、思想上是不是同女儿站在一边呢?有些同志以为他是支持爱姑为婚事争人权的要求的;因为做父亲的当然要为女儿的幸福着想。许多同志持相反的意见,认为父女俩思想立场不同,应该把两人区分开来看。前一种看法有点表面化、抽象化。我们用阶级分析的观点,可以看得很清楚,正像许多同志说的,父女俩在这次婚事斗争上,思想立场确实不同。庄木三是站在封建统治势力一边,他不会支持女儿反对封建压迫的。否则就是支持女儿反对自己的利益。

那么,他为什么又带了六个儿子去拆施家的灶,为什么慰老爷劝和他又不依呢?我们说,这主要是为了显示自己的威势,为了维护自己的体面,也为了要更多赔贴的钱。因为爱姑是他的女儿,女儿受了施家的欺压,被赶回娘家,这就破了他的体面,扫了他的威势。他跟施家这样斗一斗,是对施家,也是对社会,对村民们表示:“我庄木三可不是好惹的。”慰老爷,他顶得住;城里的七大人一出面,他就完了。但是七大人来过问他女儿的事,又添了赔贴的钱,这又使他捞到更多的体面,有益于他的威势。所以他觉得不吃亏,没有什么可抱怨的了。至于女儿的幸福,他不会顾念到的。在庄木三这种人,女儿不过是一笔钱财,一件附庸;什么是女儿的幸福,他的本性里就没有这种观念。女儿屡次不留情面的当众责骂他,使他难堪,他也没有好辩白的;正说明了父女之间的这种矛盾。看他按照慰老爷的通知,遵循七大人的主意,出发去庞庄,不带儿子们,红绿帖却已藏好在身上;看他在船上,在慰老爷家里,自始至终的言谈神态,都证明他早就已经和解了。此来只是为办理了结的手续,主要就是领那笔赔贴的钱。看他打开蓝布包取那九十块洋钱到手,慢慢的数着,数了多久的工夫,多么全神贯注、小心谨慎呀。若为女儿的幸福设想,他能够这样吗?这里面的意思,不只我们读者容易忽略,连当事者的爱姑也不会明确知道的。看她一路来还幻想着能够取得这场斗争胜利的时候,她的父亲已经把红绿帖揣在肚兜里,一心准备着来领洋钱了。这是多大的讽刺呀。

关于地主集团的描写，是以城里来的七大人为中心，许多人物都是围绕着他写的。

七大人与县大老爷换过帖，他与官府互相勾结、互相依附。这是当时中华民国基层政治的封建性的具体特征，也反映了辛亥革命后共和民国的政体的本质特征。因为当时的政治代表了地主利益，地主也代表着封建性的政治机构以统治农村。七大人就成了农村的土皇帝。小说对这个人物形象的描写是这样的：体格魁梧，团头团脑，脸色油光红润。他爱好的是“屁塞”，对此古代坟墓中的东西极有研究。他离不开鼻烟，因为他不事劳动，生理循环不畅，要借它来打喷嚏。他还有一件东西，就是那个跟班。跟班不是作为一个独立的人物来描写的，他只是七大人的一件东西，如同“屁塞”和鼻烟一样。写这个跟班，正是为了写七大人那不可一世的威严和臭架子。他架子大，说话少，人人都被他的威严压瘪了，显不出他自己的人格与个性。所以他的爱好，也就成为地主集团中的人们的爱好；他的意志，就是大家的意志。就连在北京进了洋学堂的尖下巴少爷对他也是必恭必敬地低声说话。慰老爷正是凭借着他的势力来抬高自己，并且口口声声以他来吓唬其他人。

以七大人为首的地主集团是如何统治农村、镇压新兴思想、维护其开始崩溃的封建统治秩序的呢？具体说来，一是欺骗利诱。他们竭力把自己打扮成真理和道义的化身。七大人所讲的无一不是“公道话”，他的话具有很大的权威性，即使打官司到官府，也得问问他的意见。七大人出面调解，一下子就把赔贴的钱由八十元加到九十元，这已经是“天外道理”了。因为就是上海、北京，就是外洋，也不可能像七大人这样“仁慈恩惠”。二是恫吓镇压。爱姑由于对七大人寄予希望，所以一开始就在七大人面前申说自己的冤苦。慰老爷和七大人的欺骗诱哄毫无效果。因此他们就来了硬的一手。“你要是不转头没有什么便宜的”，终于拿出了装腔作势、使得爱姑莫明其妙的两个字：“来……兮。”这怪声怪调和像木棍一样的跟班男人的垂手笔挺，即刻使整个客厅鸦雀无声，接着就是那跟班倒退几步，翻身走了出去。作者着力描写了七大人这种神秘的威严震慑了爱姑，使她觉得局面大变，大势已去，才知道自己错了,戏剧性地屈服了。七大人和慰老爷也就很顺利地达到了目的。这就是通常所说的“胡萝卜加大棒”政策的胜利。当然,地主集团压服爱姑的手段虽然狡猾卑劣,但还说不上残忍。因为爱姑虽然粗野倔强,毕竟还是庄木三的女儿。庄木三是统治势力一边的人,在农村中有其相当的地位和势力,所以相待也就不能不客气些。如果是普通农民的女儿,那就不会如此文雅了。

要说明的,施家老小“畜生”给慰老爷送了一桌酒席,在这场扼杀民主思想的斗争中,固然起到了一定的作用。但送酒席,不只是那物质的贿赂意义,还表示了他们愿意服服帖帖地拥护地主集团的统治,甘做顺民和忠实走卒。地主集团对爱姑婚事的解决如此热心,并不全是从那物质上来考虑的。如果说因为施家送了酒席、庄木三未行贿赂,所以七大人和慰老爷不帮助爱姑,那是停留在爱姑的思想认识水平上。把这场具有政治色彩的斗争归结到行贿上,那就降低了小说主题的意义。地主集团为施家说话,主要是为了维护封建旧秩序。因为爱姑的反抗动摇着封建统治的基础。男性中心、蔑视女权的买卖婚姻制度,正是封建纲常的重要一环。这只要看七大人说的就明白:“要不然,公婆说‘走!’就得走。”这是封建婚姻的千古定规,正是他们想要挽回与补救的。允许爱姑前来说理,而且又“天外道理”地加了十块赔贴的钱,用货币购买了爱姑的“人格”,这倒不一定如有人所说是半殖民地性的反映。封建婚姻本来就是买卖婚姻,妇女在封建社会里本是可以用金钱买卖的物品。地主阶级作出这一点让步是迫不得已的。因为辛亥革命之后,中华民国的招牌毕竟挂起来了,大势所趋,他们不能不在形式上作出一些退让。在民国的招牌下镇压民主思想,维护封建秩序,反映了地主阶级的斗争手段在新的时代条件下的一些变化。

再谈船上的农民群众。

在阶级社会里,统治者的思想,也就是统治思想。七大人的思想意志,也同样统治着农民阶层。地主集团的政治与文化思想统治的威力,沉重地压迫在农民的精神上。

航船上两个念佛的老女人,对爱姑的言语行动,只是互视、努嘴、点头，显出深恶痛绝的态度。这不奇怪，她们本是封建文化思想的信徒与宣传者，她们对爱姑这人这事的看法，反映了地主集团的看法。

八三是个懂世故的农民，对于地主阶级的权威他一定领教过。所以他一听说七大人出场，即刻“眼睛睁大了”，“他老人家也出来说话了么?”这话里就透露着惊奇和畏惧。他不像爱姑那样不知天高地厚，知道闹也无益，就看风转舵，规劝爱姑屈服，并且以精神胜利的口吻说，去年拆了施家的灶已经出了一口恶气，爱姑再回到施家去也无味。但听了爱姑那番自持有理，幻想七大人能够仗义执言的话之后，他也就不再开口了。八三也许是同情爱姑的，但这同情的含义倒不一定认为爱姑反抗夫权争人格是对的，而因为爱姑是本村人，声誉休戚相关，同村同族，不能忍受外姓人的凌辱。这同情的思想实质仍是封建主义，并非民主思想的觉悟，所以他慑于地主集团的威力，甘作顺民。八三在当时农民中颇有典型性。

八三虽无觉悟，但他并不幻想七大人说公道话，也不以七大人的是非为是非，他只是被慑服，这里面也许饱含着多少血泪的教训。胖子汪得贵却有些不同。他完全以七大人的是非为是非，尊崇权势，卑贱自己。他说知书识理的人是专替人家讲公道话的，倒不在乎有没有酒喝。而且口口声声说知书识理的人“不像我们乡下人”。他的思想是地主阶级对农民奴化教育的结果，而且中毒很深。凡是地位高于自己的，他都尊敬恭顺。看他掏出打火刀为庄木三点火吸烟的那种谄谀奉承的神态，完全是一副十足的奴隶相。这是当时农村人民中又一典型的人物。

文中对于蟹壳脸只有几笔描写。他是忠于庄木三的，对庄木三极为尊敬，称之为“木公公”，“八公公”，而且告诉说施家去年年底给慰老爷送过一桌酒席。他只不过担心庄木三斗不过施家，也并非真正为爱姑着想。虽然他掌握了这场斗争的一些具体情况，但并无自己的看法，大约他是以庄木三的意见为意见的。

这群农民都无新的是非观念，他们服从权力，逆来顺受。他们的思想意识完全没有越出封建统治思想的藩篱，只不过是封建统治的顺民，说不上有什么觉悟。他们同庄木三关系的亲疏远近，决定了他们在这个离婚事件中的态度。八三与蟹壳脸很为庄木三着急，比较热情些，表现出一定的关心。胖子汪得贵只是个旁观者,对庄木三和爱姑之事有不关痛痒之感,所以只是迎合他们,说些他们爱听的话,阿谀奉承一番。这些人的表现虽各有不同,但对权力者的畏惧,使他们都带有浓重的阿Q精神和奴隶相。作者写这三个农民,都是寥寥几笔,就神形具现。我们不必强行给他们划定成分,因为当时鲁迅还没有阶级分析的方法,他只是要写出一群阿Q相的奴隶来。正如八三对着爱姑那双钩刀脚打瞌睡一样,他们对于爱姑的一点民主主义思想的苗芽,一点反抗封建秩序的努力,都毫无认识,而是自锢于封建统治的铁屋子里,睡着了。未出场的爱姑的六兄弟也是如此。要不然,为什么敢于去施家拆灶,而七大人一登场,就不敢到庞庄去了呢?

在这样的社会环境和处境下,爱姑完全是孤立无援的。她的那点反抗意识,被压得不能成长是理所当然的。爱姑的屈服是一个历史的悲剧,正如旧民主主义革命的失败是基于特定的历史条件一样。

上述人物,尤其是主要人物只是主题思想所表现的一个凭借。故事也如人物一样。前面概括的主题不仅在人物形象中表现出来,也在小说故事的发展中,即小说矛盾的发展过程中表现出来。

这篇小说的主题思想,包含着当时革命现实的一个什么样的矛盾呢?这个矛盾又有着怎样的时代社会意义呢?由上面分析爱姑的思想看来,显然是:辛亥革命后旧民主主义思想中的个性解放、人权思想、女权思想等等,与数千年来封建思想的矛盾。作者要写的故事正是这两种思想斗争的发展过程,而不是写爱姑婚事发展的始末。

小说全篇故事的发展,即是以爱姑的思想发展为中心线索。爱姑所代表的那一点民主主义革命思想,从一开始就注定了失败的命运。因为在农民群众中,思想认识是那样的落后,对爱姑的斗争不表任何同情,而封建统治在文化思想方面是那样顽强,牢不可破。爱姑的争人权是孤立无援,她的这一思想并没有为周围群众所接受,更谈不上成为群众的斗争。可悲的还在于爱姑自身的软弱。她单纯幼稚,对封建统治寄予幻想,对自身的弱点毫无认识。爱姑的思想局限,首先就表现在认错了斗争对象。她直感地把"老畜生"、"小畜生"当成了自己的敌方,而把自己思想的真正敌人当成所依赖的公允的法官,期望慰老爷、七大人能够为她主持公道。这无异于托鬼看病，与虎谋皮。接受封建权力者来干涉自己的婚姻，解决自己的人权问题，这本身就说明爱姑的斗争没有冲出封建统治的牢笼。老小“畜生”显然只是她的敌对思想的体现者，敌对思想的根子和最有力的支持者，却是封建权力大本营的慰老爷和七大人。这不难理解。因为老小“畜生”正是依附和借助于七大人的势力，才把爱姑镇压下去。而庞庄之行以前的三年多时间里，他们对爱姑最有力的办法也只是打骂。爱姑即以其人之道还治其人之身，弄得他们非常狼狈。看老小“畜生”在慰老爷的客厅里紧挨墙壁站着时，不是分明比半年前苍老多了吗？

其次，爱姑在斗争中错误地接受了父亲的引导，把站在封建势力一边的庄木三当成了自己的依靠力量。庄木三要到慰老爷家，接受七大人的裁决，那是理所当然的。因为他要争取的利益，正是封建制度范畴之内所允许的利益，他的敌方正是施家。这正如鲁迅在《爬和撞》一文中所说：“大多数人却还只是爬，认定自己的冤家并不在上面，而只在旁边——是那些一同在爬的人。”施家抓破了他的面子，损害了他的威势，如果不进行斗争，他就会在农民中降低了威信。所以婚姻问题经过七大人的解决，庄木三在经济上和声势上都得到了满足。当然，这并不排斥庄木三与施家的斗争，有与爱姑一致的方面。但父女之间在与施家斗争的根本指导思想上却南辕北辙、背道而驰。爱姑不是没有感到父女之间的要求不完全一致，她骂父亲见钱眼热头昏，骂父亲不为自己送礼巴结人，都说明她感觉到父亲别有所图。但是她对父女之间的矛盾实质并不认识。爱姑毕竟是庄木三的女儿，她还不能离开父亲的庇护和支持而去进行独立的斗争。

无论是爱姑与老小“畜生”的矛盾，庄木三与施家的矛盾，庄氏父女之间的矛盾，都不是小说的主要线索。小说的主要矛盾正是代表了两种思想的双方，即体现民主主义思想萌芽的爱姑和以七大人为首的地主集团的封建主义思想的矛盾。小说一开篇，就非常明确，毫不含糊地抓紧了这一矛盾斗争，展开了描写。小说题为“离婚”，离婚是民国以后才有的法律。但爱姑要在婚姻问题上争人权，不去法院或官府去打官司、办手续，却跟随自己的父亲到地主绅士家里去求得公平的仲裁，这就在错误的道路上迈出了关键性的一步。因此爱姑一上航船，就埋伏着她在这场斗争中的失败后景，名为“离婚”实为“休妻”的命运正在等待着她。作者以讽刺性的笔调提出了矛盾的开端。船上的谈话都是围绕着对方思想来写的。地主集团虽未出场，但农民的意识却从侧面反映和表现了他们的思想。八三的话，爱姑不信，反而相信汪得贵的胡说。这实际上是敌对的双方一场小小接触的“前哨战”，爱姑以对敌方存着幻想，取得了一种虚假的胜利。这种幻想一直支配着她的行动。文中笔带讽刺地强调了爱姑的幻想。这是矛盾斗争发展的一个关键。见到七大人之后，敌对两方已经处在正面交锋的冲突中，可是爱姑的幻想更加增大了，大吵大嚷地申说了一番自己的道理之后，七大人的真意说明了，父亲的用心也表现清楚了。矛盾斗争既然被推向了顶点，那转折也就不远了。爱姑的幻想开始破灭，意识到自己孤军奋战的处境。这是爱姑思想认识的一个转折点，也是小说矛盾斗争的转折。但她还要作绝望的挣扎。七大人发了一点威风，一声怪叫就把爱姑那点人权思想压服了。矛盾斗争归于统一，统一到封建秩序之内，天下太平，皆大欢喜。爱姑也千恩万谢，跟着领了九十元身价的父亲，走了。

这就是小说矛盾斗争发展的全部过程。从中不难看出，爱姑依附身在封建统治一边的父亲进行争人权的斗争，又幻想封建统治支持她反封建压迫的斗争，她所反对和斗争的，正是她不得不依靠的。她的失败是不可避免的。封建的反动势力终于扑灭了民主的进步势力，这是民国时代的悲剧。鲁迅带着一点同情的讽刺笔调描写了这个悲剧，但他并不哀伤。写作《离婚》时的鲁迅对于资产阶级的软弱和不能领导中国的民主革命已经作过多次深刻的批判总结，这一篇也不例外。反对封建主义的历史重任必须由新的阶级领导的新的革命来完成，这就是鲁迅在这个离婚事件中提出的当时中国革命的方向和路线问题。

一九五二年

（原载 1984 年 1 月《中国现代文学研究丛刊》第一辑）

谈《春蚕》

——兼谈茅盾的创作方法及其艺术特点

一

茅盾在一九三二年十二月所写的《子夜·后记》里说:“我的原定计划比现在写成的还要大许多。例如农村的经济情形,小市镇居民的意识形态,以及一九三〇年的《新儒林外史》,——我本来都打算连锁到现在这本书的总结构之内;又如书中已经描写到的几个小结构,本也打算还要发展得充分些;可是都因为今夏的酷热损害了我的健康,只好马马虎虎割弃了,因而本书就成为现在的样子——偏重于都市生活的描写。”又说:“右《子夜》十九章,始作于一九三一年十月,至一九三二年十二月五日脱稿;其间因病,因事,因上海战事,因天热,作而复辍者,综计亦有八个月之多。”在一九三三年三月二十日所写的《春蚕·跋》里说:“右《春蚕》等七篇写于去年二月至今年一月。”《春蚕》这本书共收集了《春蚕》、《秋收》、《林家铺子》等七篇作品。看其内容,七篇中绝大多数都是由《子夜》的题材中分割出来,单独成篇的。《林家铺子》篇末注明写成于一九三二年六月十八日,《春蚕》篇末注明写成于一九三二年十一月一日,可见它们是在停写《子夜》的八个月期间写成的。由上可知,《春蚕》中的这些作品不论从主题或写作年月看,都与《子夜》有很密切的关系。《春蚕》之后是《秋收》和《残冬》(均发表于一九三三年),这三篇是相连续的姊妹篇,或称“农村三部曲”。《春蚕》写蚕事的失败,从蚕丝业的萧条而引起的农村破产;《秋收》写农民在饥荒中的吃大户斗争;《残冬》写农民生计完全绝望以后,终于走向自发性的武装斗争。三篇中背景及人物都相同,而人物到后两篇才达到最充分完整的发展。《林家铺子》是写小市镇居民的意识形态，与《春蚕》等三篇都是《子夜》题材中“割弃”出来者。茅盾的小说与《子夜》题材同一系统的很多，除上述几篇外，还有短篇《右第二章》、《小巫》，中篇《多角关系》等。在一个主题、一个中心思想之下，写成长篇、中篇、短篇各种小说，这种写法不是自茅盾开始。左拉的《卢贡—马卡尔家族》，巴尔扎克的《人间喜剧》等都是这种写法。我国史传文学中也不乏这样的写法，司马迁的《史记》（他在《项羽本纪》里写到刘邦，在《高祖本纪》里又写到项羽）就是一例。

在写农村的三篇中，以《春蚕》最为完整，所以我们把《春蚕》作为代表作，较全面地加以阐论，以见一般的特色。

上述这一系列的作品，主题是同一的，或者说是彼此密切关连着的，因为它们是从一个整体中分割出来的。作者企图通过这些作品对二十世纪三十年代中国社会性质作大规模的全面分析，从而指出社会发展及革命斗争的方向。在这总的主题之下，就中国都市——主要以中国资产阶级和资本主义民族工业来作分析的，是《子夜》；就中国农村——中国农民来作分析的，是《春蚕》等篇；就中国市镇——商人及小市镇居民来作分析的，是《林家铺子》。我们在论述各篇具体内容之先，有必要简略地一摆各篇所共有的时代背景：

第一，一九二九年世界资本主义发生了经济恐慌，垄断资本家的资本没有出路，到处兴风作浪。那时中国是半殖民地国家，各帝国主义国家都到中国来寻求出路。一九三〇年此毒遂涌入中国都市。其后日见恶化，主要表现为以下两种情况：一是由于金融资本的倾注，投机买卖和交易所大兴。一九三〇年五金工业中的外资增加到百分之九十，纺织业中的外资增加到百分之八十。同时，中国的对外出口贸易也陷于停顿。二是帝国主义向中国大量倾销廉价商品，如美国的棉花和面粉，日本的人造丝等。结果使中国民族工业濒于破产；工人被剥削得难于生活，工人运动因而日趋高涨；农村被剥削掠夺，普遍破产；集镇商业大量倒闭，许多人甚至到乡下盗棺或作收银子买卖。

第二，由于各帝国主义内部的经济恐慌，他们彼此间的矛盾更加复杂化、尖锐化。日本帝国主义自一八九四年中日甲午战争后，就定下侵略中国的计划,即所谓"大陆政策"。但当时由于英美法德各帝国主义的竞争牵制,不能畅所欲为。而这时,一方面由于日本自身的经济恐慌,急需挽救;另一方面由于英美等国忙于本国的严重问题,无暇与日本争霸中国,因此日本乘机转入对中国大规模的军事侵略。一九三一年九月十八日侵占我国东北,一九三二年一月二十八日进攻上海,一九三三年侵占热河、察哈尔,以后又占冀东,直至"七・七"事变,中国部分地区沦为殖民地。中国社会在半殖民地半封建的性质上又兼有了殖民地性。

第三,代表大地主大买办资产阶级的蒋介石政权,背叛了革命,完全投入帝国主义的怀抱,并且依赖英美帝国主义的援助进行内战:一方面是南北之间的军阀混战,一方面是反动派对工农红军的疯狂进攻,连续进行了五次围剿。内战的结果是苛捐杂税层出不穷,抓兵征粮急如星火。农民们除受蒋介石政权的压迫及帝国主义的侵略与掠夺以外,更受着地主阶级的残酷剥削。土地大量兼并,广大农民流离失所,又加上一九二九、一九三〇年连续两年的大旱灾和一九三一年的大水灾,农村经济完全陷于破产。

第四,革命阵营内部,在毛泽东思想没有居于领导地位以前,当时曾有过多次错误路线。一九二八年七月,党的第六次全国代表大会清算了陈独秀的右倾投降主义路线和批判瞿秋白左倾盲动主义错误之后,一九三〇年又出现了立三路线。特别是一九三一年一月王明左倾机会主义路线统治全党之后,使中国革命蒙受了巨大损失。中国革命仍处在低潮时期。

第五,在当时的文化思想界,反动学者大肆嚣张,一般知识分子思想动摇,在广大国统区内,形成极其混乱的局面。当时关于中国社会性质的论战就是这种混乱的一种表现。一九二七年大革命失败后,各派对中国的社会性质有种种不同的分析和认识,这个问题密切关连着中国革命方向和路线的问题。当时的几种反动说法是:第一种,托派陈独秀分子说,中国的资产阶级民主革命已由资产阶级的胜利而终结,资产阶级已经建立了它的统治。中国无产阶级应该放弃革命斗争,转入合法运动,以待将来实行社会主义革命。这就是说,中国社会可以正常地发展它的资本主义,等资本主义发展成熟,再进行社会主义革命。这表面上好像是机械地教条地运用马克思主义，实则是向官僚买办的反动政权和帝国主义、封建主义投降。第二种，蒋介石政权的御用学者及政客们说，在现有的社会机构上应当积极发展国家资本，只有走这条路，中国才能得救。这是欺骗地抹煞了中国的半殖民地性。中国从来就受着帝国主义经济及政治的侵略和压迫，此时尤其受到国际金融资本的统治。中国的所谓国家资本是什么呢？首先是豪门资本，即蒋宋孔陈四大家族。国家银行是他们的，中纺等大工厂也是他们的。其次，他们幻想利用外资以发展国家资本，这实际就是当帝国主义的奴仆，就是作买办。所谓国家，实际就是这样的官僚与买办，封建主义与帝国主义相结合的统一政权。还有一种是书呆子的幻想。这些人认为中国的主要问题是政治不良，所以经济落后，不能和国际资本竞争。只有政治安定，内战停止，工商业及农业才能正常发展。这实际上是有意无意地替帝国主义说教。中国的政治不安定，正反映了帝国主义的角逐与竞争，也反映了帝国主义与封建主义联合起来镇压人民革命。帝国主义不打倒，政治如何能"良"呢？即使内战停止了，也不过是为国际过剩商品及资本提供了安全投资、安全倾销的场所。

上述五点正是茅盾《春蚕》、《子夜》等一系列小说写作时的社会环境和历史背景。明了这一背景，才能深入理解《春蚕》、《子夜》等小说的思想内容与主题。

二

《春蚕》与《子夜》的主题有密切的联系。

在《子夜》中，作者企图要大规模地全面地分析中国社会性质。中国社会无非是都市、农村、小市镇（即工业、农业、商业）三方面。从这三方面可以看到中国社会经济的基本情况，而中国社会性质也可以从中得到说明。作者以上海的社会为典型，以写中国民族工业为主，明确指出中国社会是个半封建半殖民地社会，在帝国主义势力侵略压迫下，在世界经济恐慌的影响下，在农村破产的环境下，在军阀与官僚买办政权统治下，中国民族工业没有出路。小说以主要中心人物民族资本家吴荪甫为典型,通过他与买办金融资本家赵伯韬斗法失败,具体表现了中国民族工业如何受到帝国主义的压迫控制,成为金融资本主义和垄断资本家的奴隶与附庸。从吴荪甫这个有魄力有才干的民族资本家的惨败,使中国社会性质问题得到了一个明确而合理的解答,从而中国革命的方向及革命性质问题也得到了解决。这答案就是:第一,必须反帝反封建,反官僚买办政权,而当时主要的是反帝。第二,当时中国革命的性质不是社会主义的,而是无产阶级领导的各阶级的统一战线的民主革命。这基本上是符合毛主席新民主主义革命思想的。当时毛泽东思想在党内尚未居于领导地位,中国革命正处在最艰苦的时候。在这种情况下,茅盾的《子夜》所概括的主题具有重大的意义与价值。

《春蚕》所描写的是破产中的农村生活,正是《子夜》企图表现而未尽兴的一个方面。到了二十世纪三十年代,由于帝国主义国家过剩商品的倾销和金融资本的掠夺,摧毁了中国的民族工商业(其中包括日美人造丝的倾销,使丝厂纷纷倒闭);日本帝国主义更在这时乘机对我国发动大规模武装侵略;而蒋介石政权却对外投降、对内高压,实行所谓"攘外必先安内"的反动政策,发动南北战争与对工农红军的进攻,配合了帝国主义经济军事的侵略行动;这就直接或间接地造成中国农村经济完全破产,使农民走入空前未有的悲惨厄运。《春蚕》主要就是分析这一方面。它通过农民的主要副业养蚕这一事件,来具体表现中国农村社会半殖民地半封建性的贫困落后和陷于完全破产的惨状,指明我国农民在此走投无路的处境之下,必须甩开一切传统的落后思想,认清新的现实,团结一致,奋起向帝国主义、军阀买办和一切统治阶级进行坚决的斗争,以图自存,否则唯有死路一条。

作者借着养蚕这件事,来表现两方面:一是从养蚕这件事,表现当时中国农村的悲惨遭遇与走投无路的处境。二是表现在封建主义和帝国主义统治之下所造成的落后意识形态,即农民彼此之间的关系和父子两代思想认识的不同与矛盾。在此层层对比中,着重点是在批判居于农村领导地位和家长地位的老一代落后的传统思想,同时又肯定比较进步的青年一代的农民,指出唯有青年一代才有希望,才能担当起历史所赋与的任务。这是一个主题的两方面,不是说有两个主题。这两方面互相糅合,不可分割。中国农村既是半殖民地半封建性的,在帝国主义经济侵略和军阀、官僚、买办的反动统治下,中国农村的生产,任你有多好的天时条件,任你花费多大的气力,都不能挽回悲惨的厄运。可是中国农民万万不能安于这悲惨的厄运,听候侵略者统治者的宰割,而应该奋起向自己的敌人进行殊死的斗争,才能求得生路。但农民的思想认识如何?他们的觉悟如何?是否能够担当这个严重迫切的历史任务呢?于是作者通过全部养蚕过程深入而细致地分析了这些问题,说明农村意识形态一般是这样落后,尤其是老一代农民具有根深蒂固的传统思想。但比较起来,年青一代却是有希望的,他们的思想看法是比较对的。当前的切身的事实教训就证明着,年青一代的思想认识虽不透彻,却基本是进步的,他们正在为寻找自己的生路而奋起斗争。作者在这里通过人物性格的批判与肯定,表现了鲜明而强烈的倾向性。茅盾小说的特点之一,就是抓住主题紧紧不放,从社会生活的各个方面来加深描写他所要表达的主题思想。这一篇还是属于《子夜》的主题范围,它具体分析了中国农村社会的性质,从而指出了中国革命的路线和方向。

三

《春蚕》里人物很多,有老通宝、阿四、阿四嫂、多多头、荷花、李根生、六宝、陆福庆、张财发、黄道士、小宝,共十一人。除张财发是从镇上来的以外,其余都是被压迫、有着同样命运、处于同样环境中的农民。《春蚕》中没有提到一个非农民的农村中人物,如地主之类。地主都跑到上海或镇上去了。甚至于富农也似乎没有。因为在新的现实中,他们的处境和遭遇是与农民不同的。农民当走的路,他们是不会走的。

在这篇小说中,李根生、陆福庆这两个贫农都没有什么交代(陆福庆后来在《秋收》中与阿多共同领导农民吃大户,在《残冬》中也是领袖)。对黄道士、张财发也没有着重地介绍他们思想性格。小宝年龄太小,所以也没有资格来显示他的思想(在《秋收》、《残冬》中已不同)。剩下的就是老通宝、阿四夫妇、多多头、荷花、六宝。这六个人,可以分作三大类:老年的,老通宝;中年的,阿四夫妇;年青的,阿多、荷花与六宝。

《春蚕》主要以老通宝一家为中心,把老通宝一家作为农民家庭的典型。在中国小农经济的生产方式中,家庭就是生产单位。因此老通宝一家,父子三代,三类不同的思想性格,就可以全面概括中国的农家,概括中国的农村。这是小说人物的主要中心。荷花与六宝是从属的,为补足与陪衬这一家三类不同思想性格的关系和影响而安排的。

这三类人物,作者显然是以老通宝为主。这是有意义的。因为年老的一代,在当时居于家长地位和领导地位。老通宝的思想,正是中国老一代农民的典型,代表着中国封建社会一整套的传统思想。他的思想的主要方面,首先是顽固守旧,锢禁于过去的经验,而昧于时势。自私自利,眼光如豆,只看到自己的鼻子尖。对家庭专制,轻视青年,蔑视女性。并且极端排外,一切外洋的东西(如洋蚕种等)都要加以仇视。其次是奴隶意识,勤劳节俭,苦做苦干,安分守己,不作非分之想,依赖仰仗统治压迫阶级。再次是根深蒂固的宿命论和神道观念的思想,深入骨髓的迷信与禁忌,满心的疙瘩。这三方面,本质是一个,其要点在于完全为统治势力所镇服(所谓统治势力就是指地主、官府、神道与命运),从来不相信自己有任何力量,于是安于自己的奴隶命运。被剥削、被敲骨吸髓,以至忍饥挨饿、活不下去。还是顽固地维持与保护那旧有的为统治者压迫者所安排的秩序与手段,不许改变现状,永远要在老一套秩序与制度里挨下去、拖下去,苟延残喘。

这一整套传统守旧思想,在农民中所以形成,而且在封建社会中居于领导地位,不是没有原因的。因为封建社会的经济基础数千年停滞不变,反映到政治上也就不变。当然有改朝换代,但是倒了一个专制皇帝,再来的还是一个专制的宰割百姓的王朝,即所谓以暴易暴。被压迫者活不下去时,就要暴动,改朝换代多是农民的力量。但农民又总是被野心者所利用,作了他们的工具,从来没有得到什么自己的利益,所得的只是连续的血的教训。由于经济基础不变,生产方式不变,老一套的生产经验是可贵的,也是可以解决问题的。由于政权本质不变,老年人的一套世故,明哲保身、苟且偷生的哲学,安于做奴隶顺民的思想也就自然成为权威思想。但是一自帝国主义势力侵入,这个古老的社会基础动摇起来了。可是虽然动摇,却未根本改变和被摧毁,尤其是在农村里。因此像老通宝这样的传统思想,虽在客观上渐次失其权威,连阿四嫂也不相信他了(如本篇中关于洋蚕种问题,《秋收》中关于肥田粉问题),但因其基础未变,且又根深蒂固,所以仍然顽强地居于领导与权威的地位。等到帝国主义侵略与压迫转入新阶段,发展为更残酷的掠夺时,国内统治者完全投入帝国主义怀抱,从而农村的最后一滴血也被喝干,农民们再也无法生活下去,这现实就与过去任何时候不同了。老通宝的一套就迫于形势完全垮台。从前所谓"不听老人言,吃亏在眼前",现在变成"若听老人言,吃亏在眼前"了。在《春蚕》里,老通宝不过病了一场,并没死。这个病也可以说是一场思想斗争,是老一套求生方法与新的现实的斗争与矛盾。到了《秋收》,再碰一个钉子,他就死了。临死时,他的眼睛看着多多头,似乎说:"真想不到你是对的!真奇怪!"这样,不但老通宝死了,老通宝的思想也死了,再也传不下去了。作者不但在洋蚕种问题及整个的养蚕计划上,用具体事实批评了老通宝的思想,而且在全部养蚕过程的每一环节、每一措施上,也详尽细致地揭穿与批判了老通宝的思想。

鲁迅所写的阿Q所处的时代比老通宝的时代要早二三十年,他们虽然有某些相似的地方,但在相似中却又有着显然的根本的不同。阿Q比老通宝进步。阿Q要求变革现状,要求参加革命。而老通宝不然。他死心踏地地靠向统治者一边,顽固地遵守旧有的秩序,维护旧有的制度。这是什么原因呢?作者的现实主义眼光,绝不会放过这点的。在小说一开篇,作者就写出了老通宝的思想根源,写出了他为什么这样顽固守旧,死抱着奴隶思想不放和坚守旧秩序。作者写出他家有二十亩稻田,十多亩桑地,还有三开两进的一座平房。这些财产都是十年间挣起来的,而且为东村庄上人人所羡慕妒忌。单凭这个,就知道他是个中农,而且是个上升的中农。他家的兴败,与没落地主兼商人的陈老爷家同一命运。老通宝总是不忘自己祖父辈的一段光荣历史,因此他是那样看太平军的革命,那样相信自己在上层有面子,并且看不起荷花他们。当然,他的经济地位已因帝国主义侵略等原因而日见下降,到了《春蚕》中,实际已没有了那二十多亩地,并且还欠了三百元债,已成为贫农了。但他原有的上升的中农意识却仍然保持着。他还要向上爬、还要借债来大量养蚕，凭着过去的经验，凭着家中几个很强的劳动力，来挽回失去的好景。作者着重交代了这一些中农的向上爬的自发性的资本主义思想。这些是和他们整套保守思想分不开的。若忽略这些，那老通宝的一整套思想就没了根。若问作者为什么不选取像阿Q那样的贫雇农，如作品中荷花的老丈夫李根生、六宝的哥哥陆福庆来作为主要中心人物呢？为什么不写李家或陆家的养蚕事件呢？这是《春蚕》的主题所决定的。因为像陆、李这样人家，早就一贫如洗了，新的形势、新的农村破产的现实所造成的影响，对他们来说，就远不如老通宝家所遭受的更为显著突出和深刻重大。《子夜》中为何用吴荪甫为主人翁，而不以朱吟秋、杜竹斋、冯云卿、陈和甫、朱仲伟等为主人翁呢，也是出于同样的原因。鲁迅写阿Q，写《离婚》中的农民时，主观上未必有阶级分析的观点，但茅盾写《春蚕》就不同了，他是显著地力图运用马列主义观点和方法了。

作者抓住每个养蚕过程的环节，描写分析老通宝的思想性格，同时又予以讽刺和批判。这是本篇中处理人物的重要一面。在否定老通宝思想的同时，作者又抓住主要环节，用层层对比的手法，来描写下一代的思想，指出农民思想并不都是像老通宝这样。老通宝的思想是即将死亡的思想，还有新的思想在新的现实中成长，并与老一代对抗，将取老一代思想而代之，以见出在急剧变化的现实中农民思想意识的斗争与矛盾。这就是于否定的同时，又有所肯定，指出农村社会中新的一面，能于死中求生的一面。老是一味地批判与否定旧的和行将死亡的，那是批判现实主义。茅盾不是这样。他超过了批判现实主义而进到了新现实主义或革命现实主义的范畴。

阿四夫妇的思想有些地方显然与老通宝不同。阿四嫂坚决主张用洋蚕种(《秋收》中她主张用肥田粉，而老通宝却要用豆饼)。对于大规模借债养蚕，阿四夫妇也不同意。阿四嫂对老通宝将所借的三十元钱全买了桑叶，而一家人忍饥挨饿，就常常发生口角。蚕茧卖不出去，老通宝要缫丝，阿四夫妇就问你哪有这么大力量？这该花多少钱？这些对处理实际生产的意见，都显得比老通宝灵活进步，不像老通宝那样顽固守旧。在对旧秩序旧制度的态度上，显然也有程度上的不同。当然，这个不同并不是本质上的，阿四夫妇并不否定劳动发家，也不要求改革现实。所以说阿四夫妇在思想上还是接受了老通宝的许多传统，如神道观念及宿命论思想等等。

与老通宝迥乎不同，成为鲜明对比的是阿多。作者在否定老通宝时，总是用具体事实来肯定阿多。具体表现在以下几点上：第一，阿多健壮、乐观，浑身充满了朝气与活力，不像老通宝那样被现实压迫垮了，一点生气也没有，只是发愁。阿多在溪边一出现，头顶着五六只湿“团扁”，双手划桨似地走，就给人很深的印象。第二，没有迷信观念与宿命论思想，因此他坦坦荡荡，毫无顾忌，绝不像老通宝那样满心疙瘩。第三，不鄙视荷花，反倒十分同情她，甚至以友好的态度对待她。荷花半夜去抓老通宝家的蚕丢在河里，这是破坏行动，但阿多放过了她。这与老通宝的态度有根本的不同。老通宝嫌弃荷花是白虎星，怕被冲煞，不许家人与她来往。这不只是迷信思想，也不完全是出于封建礼教观念，嫌她不规矩，喜欢和男人打闹等等；最根本的还是阶级意识引起的阶级歧视。他看不起穷人，看不起比自己地位低的人。若是陈老爷家的妇女，必定不会嫌其不规矩，也不嫌其白虎星冲煞了。第四，最要紧的是他们的眼光识见都不同。对老通宝的种种唠叨，阿多只是暗笑。他知道即使今年蚕花好，也不能因此发财。他永远不相信靠一次蚕花好或田里稻熟，就可以还清借债，再有自己的田（而还债买田正是老通宝恢复家业的中农意识）。他知道单靠勤俭劳动，即使做到背脊骨折断也是不能翻身的。这一点认识最重要。他后来领导吃大户及暴动，都是以这种思想为基础的。这种思想说明什么呢？它说明阿多从感性上认识到现实社会是剥削奴役劳动人民的，他不能顺从这样的社会秩序，他要求变革，虽然他还说不出所以然来。他比阿四夫妇要进步得多，甚至有根本的不同。这不只表现在对迷信观念的态度上，也表现在对现实的看法与态度上。这种不同更明显地表现在《秋收》里：阿四借来三斗米，被吃大户的农民拿去吃了。阿四为此大哭大闹了一场，而阿多却正是这些吃大户的农民的领袖。

阿多的进步思想哪里来的？一般说来，转形期间的社会天天在变，而作为上层建筑的意识形态却可以残留一个长时期。因为意识形态由社会经济基础而产生，但产生之后，又保有其一定的独立性，反过来起积极作用于经济基础。中国素朴的说法叫做“先入之见”，这是有巨大力量的。一般的普通人，年岁愈大，旧社会经历多，“先入之见”就愈多，愈不能实事求是地来看急剧变化中的新现实（当然，观点方法对，就会冲破年龄的限制）。而年青人就没有那些成见来遮蔽他的眼睛，这是不必细说的。在社会转形期间，父子两代的冲突是普遍的，成为规律性的现象。老通宝的家庭此时正处于阶级地位转化的时期，即由中农转化为贫农，则其父子间的矛盾，更加反映了阶级意识的矛盾。阿多的要求改革，要求革命，正是贫雇农的意识，因为他的生活地位实际是贫农的了。他的要求与阿Q是相同的，只是时代不同罢了。

荷花与六宝都是为了陪衬、为了表现老通宝与阿多而写的。从这里主要反映了两点：一是不团结的关系，一是男女关系。荷花是个年轻妇女，嫁给（也可以说是卖给）老头子李根生，被社会压迫污辱和损害歧视，她是天然有反抗性的。但她的反抗表现得很落后，即是为了报复。“你们不把我当人看待！”这是她的怒号。她穷得养不起蚕，没办法，拿来倒掉。这是可悲可惨的。可是别人不但不同情她，反而轻视她。她在那种社会里不被人当人看，只有阿多把她当人看，因此她对阿多表示好感，甚至有似乎是单方面的爱情，这是很可理解、很可同情、也很自然的。六宝的家庭也是贫苦的。《春蚕》中写她家没养多少蚕，帮阿多家捋叶；《秋收》中她家的穷困更明白了。阿多跟六宝好，老通宝不愿意，认为阿多不老成，十分痛恨。当然这主要是指阿多对荷花的态度，但也包括六宝。若六宝是陈老爷家的小姐，恐怕老通宝就会很愿意了。另外，六宝因为阿多，对荷花有意见，她们也不团结。年青一代的男女关系，包括荷花的喜欢和男人胡调，阿多与六宝的调情，一方面固然是落后的，一方面又是有进步意义的。它既表现了对封建秩序的反抗，也表现了年青一代的新的生活精神。

从上述分析中，可以见出人物描写所表现的主题的一面：即在那种处境与遭遇中，原来居于社会领导地位的老一代思想已在死亡，为新的现实所否定；而新的一代是有生气、有力量、有新认识的。社会在发生急剧变化，老通宝家庭的阶级地位在转换，年青的一代正在要求变革，开始寻求新的生路。

四

一般地说，文艺作品的创作过程有两种情况。一种是先有生活，从生活中择取题材，加以分析研究，提高加工，而后再获得主题。即由感性到理性，然后又回到感性中去表现出来。或者说这是由具体到抽象，由个别到普通，由特殊到一般，而后反过来表现出来。一般现实主义都是如此。生活现实本是纷纭复杂、五花八门、支离破碎的，一个普通人投入其中，往往如投入汪洋大海，见不到方向，抓不住要点，认不清本质，看不到全面。所以许多人活了一辈子，有许多经历，却没有很好的认识。这就是因为只由生活到生活，为生活现象所迷乱；由感性到感性，始终提不到理性认识阶段上的缘故。他们没有较高的理论作指导，所以往往对自己经历的生活就事论事，只能在一个小框框中来看世界，对于生活的认识也就会产生片面性，成为井蛙之见。要是一个作家这样来写作，主题就会狭隘，他所反映的生活就会片面和不真实。旧现实主义作品往往这样。另一种是像茅盾这样先有主题思想，而后再去找生活，找题材。这是由理性到感性，而后表现出来。也可以说是先有理论，而后去找生活，由抽象到具体，由一般到个别。这种方法有一个好处，就是不会灭顶在生活大海中。在创作上与先有生活，从片面生活中表现主题思想者不同。茅盾的方法显然是贯彻了文艺为政治服务的原则，是从政治原则出发的。同时这也是由客观需要出发，不是从自我主观出发的。他是政治需要什么，我就写什么。这与不管政治、我自写我熟悉的事情完全不同。但是这必须在有了理论之后，深入到生活实践中去，再来重新认识那理论，用丰富的生活材料充实那理论。若受理论之控制，把它当成不变的教条，或是生活实践不足，就会流于公式概念。茅盾基本上是掌握了马列主义理论武器的。他写作《子夜》、《春蚕》时，读了不少分析中国社会性质和论述中国革命性质、革命路线的论文。他是有了这种理性认识之后去找生活、找题材的。他说："我所能自信的，未尝要为创作而创作，换言之，未尝敢忘记了文艺的社会意义。”这里所说的“社会意义”，就是政治。

茅盾对于主题掌握的途径，应该予以很高的评价。第一，他的作品主题，总是有高度的思想性，总是表现了时代与社会的主要矛盾。由于思想性强，视野开阔，要写的总是大题目、大场面，所以富有政治色彩，显出很大的气魄。由于他的作品大规模地尖锐地反映了急剧变化中的现实，所以作品一出现，即使人耳目一新，轰动社会，影响非常之大。而同时代一般小说作家们的小说主题，或者从身边琐事出发，写狭小片面的主题，表现一点小小的讽嘲与不满，表现一点个人的离合悲欢，比起茅盾的作品来，就显得琐碎、萎弱、灰色了。或者虽有热情和理想，却远离社会现实，腾云驾雾，既简单又浮薄，总是那么一套标语口号和革命加恋爱的公式，比起茅盾的作品来，也就显得空洞、幼稚了。第二，他的这些作品的主题，总是有着明显的倾向性与积极性的，因而其主题思想的概念，在当时是政治性很强的。在《春蚕》中，既写老通宝的思想及其遭遇，批判他否定他，同时又赞美、肯定青年一代，指出他们斗争的方向，鼓舞他们的斗争。《子夜》在描写吴荪甫时，作者的看法与态度也基本上是正确的。杜竹斋那等人胆小疲弱，只知捡点小便宜，是小投机的市侩；冯云卿为着谋利而不惜出卖女儿，那简直是丑角。在这种对比中，吴荪甫却有振兴民族工业的雄图，他办了银团和益中公司，要与日本丝厂对抗，要与帝国主义走狗赵伯韬对抗。相形之下，吴荪甫是值得人们同情的。但作者是否就肯定了这个人呢？不是的。作者写出了他依赖官府的势力去镇压农民暴动；勾结警察的势力以镇压工人运动，并且以极卑鄙的手段克扣削减工人工资，以转嫁其受帝国主义势力入侵后所遭受的损失；他又起用走狗屠维岳，用极无耻的手段去分化工人，瓦解工人运动。这就非常明确地揭露了当时中国资产阶级丑恶狰狞的面目。作者又写吴荪甫由鄙视进交易所做投机买卖，而终于不得不进交易所；由轻视别人将工厂抵卖给英日帝国主义，而自己也终于不得不将丝厂抵押给英日资本家；由同日本丝厂和赵伯韬对抗，而又终于不得不屈服。这又进一步指出了当时中国资产阶级软弱性、拜物性的本质，以及中国资本主义工业的穷途末路。可见在对吴荪甫的态度与看法上，茅盾的观点是相当全面的。他基本上把握了吴荪甫这类资本家的错综复杂的关系，辩证地描写和表现了他的两面性。作者对这个人物的处理基本上是正确的。此外，作者还注意地描写了城市的革命工作和农村革命力量的蓬勃发展。虽然他看得不够全面，有些批评也不得要领，但作品所表现出来的革命乐观主义精神是能给读者以感染的。我们看完《子夜》，至少能够得出这样一种印象：中国资本主义是没有出路的，但中国的工人农民运动却正在蓬蓬勃勃发展起来，中国人民的力量正在一天天壮大起来。这样明确的革命立场，正是小说主题的积极性与倾向性的由来。

五

由上面的分析可以看出，《春蚕》、《子夜》等作品的主题思想的概念是基本正确的。为什么这里要说是主题思想的概念呢？因为作品的主题，并不能只是个概念的理性认识，而必须是与生活现实相结合，通过事件与人物表现出来。这也就是说主题是孕含在活生生的人与事之中，溶化在作品的具体形象之中，而不能是游离于具体形象之外的一个概念。而茅盾的这些作品，比起他所要表达出来的主题思想来，他的生活是显得十分不足的。他在一九五二年版《茅盾选集·自序》中说："徒有革命的立场而缺乏斗争的生活，不能有成功的作品。"这话是就他的中篇小说《三人行》而言的，但同样也可以借用来说明他的《春蚕》、《子夜》等作品的缺点。茅盾的这些作品，一般是有说服力的，但感染力则比较薄弱，原因就在于生活不足。《子夜》的问题比较复杂，也不易说得明白。因为我们的生活也远远不够。我们还是说一说《春蚕》。

《春蚕》中写养蚕，写老通宝的思想，大体都是很好的，甚至大半都写得深入细致，没有相当的生活经验写不出来。但看其所要表现的主题，他的生活显然不够，描写也有严重缺点。表现《春蚕》主题的一些主要情节是：老通宝养了太多的蚕（三张纸的蚕种），而他自己却只有十五担叶，为了把一切指望都寄托在养蚕上，他受自发的资本主义思想引导，想大捞一把，所以不惜借债买桑叶养蚕。他先已借了张财发经手的三十元,以后到了大眠,叶价已经飞涨,而蚕又要吃更多的桑叶,于是不得不将桑地抵押出去。结果茧厂不开门,大大蚀本。小说正是通过这样一些情节表现了主题:在帝因主义侵略和蒋介石政权内战政策所造成的残酷现实面前,农民的一切努力终归无用,只有阿多要求改革的思想才是出路。小说主题正是植根于这些情节和老通宝、阿多的思想认识中的。但这些情节和思想是否真实呢?我认为很不真实,甚至有点架空和无中生有。这是因为:第一,世界不太平,外国侵略和国内战争早已存在。至少茧厂驻兵,塘路旁挖有壕沟,在这次养蚕之前是老通宝早已耳闻目睹的事实,他岂能不有所警惕?而要等到收了茧,张财发来告诉他,才知道这些事情。第二,叶价到了大眠时的要紧关头就会飞涨,并非这时的特有现象,平常也是如此。这正如节日食品要涨价、春天青黄不接时粮食要涨价一样。富于养蚕经验的老通宝怎能不知道,又怎么可能在思想行动上毫无考虑与准备?第三,三张纸的蚕种,该吃多少叶,当早有预算,早先筹画好了,岂能等到临时突如其来的桑叶不够而措手不及,出乎意外地将桑地抵押出去?而且差了那么多:三十担!第四,“无桑不能养蚕”,“不拿热钱赶冷钱”,这是农村流行的成语和格言,也是农民的重要生活经验及常识。因为丝茧并非生活的必需品,而丝茧价钱的涨落历来操纵在厂商手里。农民们只是以此为副业,将自己田边或地中的桑叶养蚕,以增加收入,一般是不肯指望着买桑叶来养蚕的。何况老通宝家共需七十五担叶,而其中指着买叶的竟占了六十担之多。这不是农业户的养蚕办法。以上四点,只在说明一般农民不会那样冒险,借债买叶,企图大捞一把,好似投机商人干的那样。老通宝尤其不会如此。因为他只是受自发资本主义思想的引导,不可能有金融资本主义投机商人的思想。这种作风不合一般蚕农思想的常理,与老通宝整个一套保守思想既不相称,也不相容,所以说是架空的,不真实的。如果说老通宝这样做是铤而走险的话,当然不能否认有这种可能性。但那意义就完全不同了。因为第一,这毕竟只是个别人的行为,就失去了典型意义。第二,尤其重要的,是老通宝的失败亏本,也就成为个人处理不当的问题,这与小说所要表现的主题就联系不起来了。

这种故事情节的发展与人物性格一定程度的游离，以及架空生活的不真实情况的出现，并不是作者毫无生活，而是作者从分析中国社会性质的概念出发，离开了人物的思想性格而先定下事件的发展，离开了生活真实来做文章。其实，养蚕的事及农民的许多传统旧思想旧意识（例如老通宝的那些保守思想意识），茅盾还是熟悉的。他早年曾在接近乡村的小市镇住过，经历观察过这种生活。但是，将以往的生活经验放到小说所要表现的特定时代和特定主题之中，老通宝思想的具体内容，是否还是如此，就很难说了。例如，不用洋蚕种的问题，像老通宝这样的农民此时也不见得再坚持了。农民是最能从具体的实际生活经验中接受教训的。至少在用洋蚕种这一点上，老通宝的形象有些歪曲。三十年代初的老一代农民是不会这样的，他倒颇像清末民初的农民形象了。联系起来看，阿多的思想来源也缺乏足够的现实根据。如他主张“扣住自己的十五担叶，只看一张洋种”的高见，与阿多的整个思想并无有机的连系。因此，阿多也显得有些像是作者观念中的人物。到了《秋收》与《残冬》中，这种不够真实的描写，更是厉害了。《子夜》中，这样概念化的人物也很多。即使写得最好的吴荪甫，也不免有时被作者借了来为自己说话。因此吴荪甫的有些话，不像是一个资本家厂长说的。例如小说第二章写吴荪甫与账房莫干丞谈话，他自己说对工人克减工钱，说女工闹事，是由于“生活程度高，他们吃不饱”，“世界产业凋敝，厂经长价”等等，都失去了一个资本家厂长的立场，也不像是一个厂长对他的部属应该说的话。写人物最忌成为作者观念的傀儡，他必须自己生活着，合乎客观的规律，那才真实。不过虽有这些瑕疵，但吴荪甫还是写得成功的，《春蚕》中的老通宝、阿多、阿四、荷花等人物也是写得好的。我们不要看到一个疤就理解为体无完肤。

此外，《春蚕》中有些地方还写得琐屑啰嗦。如第二节写“收蚕”的手续，提到灯芯草、野花片、布子共四次；提到称杆、鹅毛、蚕箪有三次；提到蚕花也有两次。这显然是以好奇心看乡下事，同时也是以此来满足读者的好奇心，超出了表现主题和描写人物的需要。苏联《文学报》在最近的一篇社论《党对文学的关怀》中，批评到一些作家作品中存在的一个严重缺点，指出在许多作品中，“作者迷惑于片面地描写机器、车床、零件、技术操作过程,而完全不够充分地在日常生活中表现人,表现他们的精神世界”。丢开了人物的思想(内心精神世界),或超过了那需要,来大写机器或操作过程,那是不好的。其原因就在于不熟悉生活,不深入生活。下厂的人刚下去,就先学机器上各种零件的名称及操作过程。下乡的人先了解农具及耕耘的手续。这些知识对作家固然是必要的,但不能以此为目的,满足于这一点。文学的目的不在表现技术。大写特写技术问题或生活琐事,其实只是卖弄熟悉生活,正表明了作者生活的贫乏与浮浅。茅盾的作品当然不如此之甚。他不是离开人物思想和表现主题来写养蚕的手续,只是超过了需要,流于琐屑罢了,但这正说明他对生活不够熟悉的缘故。

六

茅盾的手法笔调,明快细腻,总是能抓住主题的关键所在,有意识地来努力表现它。其中需要一谈的,一是强调,一是概括。

先说强调。《春蚕》中一再提天气热,这对养蚕是有利的必要条件。一再描写老通宝全家极度的辛勤劳苦,全心灌注,尽了最大的努力。天时人力都是最好的,但一切努力都成了徒然,结果还是惨败。为什么会失败呢?作者在一开篇勾划时代与社会轮廓时即已提出了答案。写《子夜》也是如此。作者反复强调吴荪甫有气魄、有雄心、最有能力,还以杜竹斋等一批资本家来衬托他,但这样有能力的人物结果还是失败了。作者正是通过这样反复的强调,引导读者追寻小说人物失败的原因,从而强化了所要表现的主题。

再谈概括。《春蚕》以老通宝家为例,概括全村。又以东庄村为例,概括全国农村。如此以扩大其主题的全面意义,使其典型性更为全面丰富。小说第一节,写老通宝的贫困与对于蚕事的殷切期待。第二节,从吃的、穿的,以及大家的脸色来写全村农民的贫困以及大家对于蚕事的期望。写全村准备蚕具,接着就深入写老通宝家对蚕事的准备。然后写收蚕,也是先一般地写全村的收蚕,六宝家快窝种了,荷花家明天就要窝了,然后掉笔重点地写老通宝家阿四嫂的窝种与收蚕。第三节，先写全村的蚕都好，紧张的快乐弥漫了全村庄（只有荷花家例外），而后再详写老通宝家的紧张与劳累。第四节，仍是先写全村在惨局前的欢乐，然后转过笔来写老通宝家失败的惨况。作者总是全面着眼，重点深入，以老通宝家为典型，从个别达到一般，使其主题具有广泛的典型概括意义。

这样的概括手法，与鲁迅写《阿Q正传》、契诃夫写《套中人》那样的概括不同，与一般所说的文艺作品中的典型创造，也不同。阿Q的概括，是将几十人，甚至无数人的特点集中到一个个别的人物身上，是一般的，同时又是个别的，这概括是内在的。茅盾的概括手法，只是发生外在的作用，即在人物思想性格及事件发展以外用笔。《阿Q正传》中的故事发展，与阿Q的思想性格密切地、有机地、内在地关连着，也就是说人物的思想性格决定事件的发展。鲁迅的《离婚》、契诃夫的《套中人》都是这样，一般的现实主义作品也都如此。但茅盾的作品，往往人物思想性格与事件发展相互游离。由于人物性格内在的典型性有问题，就使得作者的用笔与技巧成为外在的概括。这种强调与概括的手法技巧，都见出作者的匠心。《子夜》的开头写吴老太爷的丧事，从那人物众多的大场面来展开全书的故事，介绍全书的主要人物，这与托尔斯泰《战争与和平》的一开篇即用宫廷贵妇人的茶会来介绍人物，展开活动很相似。但是吴老太爷一到上海就死去，却死得没有道理。第一，这与《子夜》的主题并无多大关连。如果说这是为了侧面写农村动乱，只写他到了上海也就行了，不必写他死。第二，若说这是为了表现封建主义与资本主义不相容，上海容不了吴老太爷，那也是不真实的。作为半殖民地半封建社会都市的上海，本是封建主义和帝国主义结合着的。西装革履的大少爷和少奶奶坐汽车到城隍庙里去拜菩萨；法租界静安寺路大公馆里清末民初的官僚旧家，儿子作银行职员或买办，老太爷虔诚地敬奉《太上感应篇》；这些都是司空见惯的事。蒋介石政权本身就是封建主义与帝国主义相互勾结而产生的官僚买办政权。在半殖民地半封建社会的中国，封建主义与资本主义并不是不相容的。所以作者大写特写这样一个大出丧的情节，就只能留下一个意义，即纯粹是为了介绍人物，才精心地运用技巧，安排了这样一个场面。

技巧必须为表现主题思想服务,而作者在这里却倒置了,似乎只是为了技巧,才生造出这样一个情节和场面来。

茅盾非常注意技巧。他写的评介文章,有时也通篇谈的是技巧。他自己的作品在技巧方面也尽了最大的努力。《春蚕》结构的完整,布置的匀称与周到,都是无懈可击的。甚至人物性格与情节的一些漏洞和缺点,也不大显得出来,看去仍是具有很强的说服力,把主题非常饱满、非常明确地表现给读者。我们不能有轻视技巧的观点,技巧也决不是一个不重要的问题。但技巧再好,如果生活不足,也不能弥补由此而造成的漏洞,也不能掩饰性格和情节描写方面的缺点。从这里我们可以得到一个教训。

七

在上面几节里,我们分析了《春蚕》、《子夜》等作品的时代背景和主题,分析了茅盾对主题的掌握,也分析了他在主题表现方面的问题。这些问题归纳起来,就是某些重要情节的不真实,人物形象的歪曲,以及离开主题思想的要求而重视技巧等等。这些缺点,实质上只是一个问题,就是生活不够——与他表现的主题所要求的生活相比,是远远不够的。这些作品的全部优点与缺点,他自己说的话——“徒有革命的立场而缺乏斗争的生活”——就已经完全概括了。有了革命的立场,这就很不容易,在当时尤其了不起。这首先要予以充分的肯定和高度的评价。在这个大前提下,生活的缺乏,从现代中国文学发展的历史来看,也就成为第二义的问题了。我们正是在这样的基点上来谈论《春蚕》等作品的缺点的。这是应当弄清楚的。

现代中国文学的发展,其始即有现实主义和浪漫主义两大流派。现实主义在鲁迅之外,是以文学研究会为中心的作家群。他们提倡写实主义,为人生的文学,重视客观现实和较为冷静地观察生活。浪漫主义则以创造社为中心,他们尊主观、重热情、崇幻想。随着中国革命的发展,创造社的一部分作家接受了无产阶级革命思想,提出了无产阶级革命文学的口号,宣称文学是革命斗争的武器,成为革命的浪漫主义。

随着政治认识上的变化,他们作品的题材、主题,也随着发生了变化。但是由于他们对革命实际缺乏足够的认识,没有工农生活的体验。自身思想也没有得到改造,因此以主观想象来写工农,或写小资产阶级对于革命运动的热情与倾慕,所写的作品也就成为生硬抽象的标语口号式的革命文学。但他们富有革命热情和斗争勇气,为广大苦闷的小资产阶级知识分子指示了道路。与此同时,一部分现实主义作家对于革命也逐渐有了认识。但一般说来,他们还拘泥于客观现实,为感性的观察所束缚,为生活环境所限制,实际上并未真正看到光明的前途。朱自清的诗《毁灭》中说:"从此我不再仰眼看青天,不再低头看白水,只谨慎着我双双的脚步,我要一步步踏在土泥上,打上深深的脚印!"就正是一部分忠于现实,看不到理想前途的作家们生活态度的代表。他们的作品,一般都是写自己熟悉的生活,着重于对黑暗现实的抗议和控诉,偏重于对现实的否定。虽然也有一些作品表现了对于革命的同情和透视了新兴阶级的前途,但还不能突破黑暗丑恶现实的束缚。而多数作品往往只写身边琐事,表现了一些生活现象,并未接触到生活本质。作品中流露的是素朴的人道观念与小资产阶级正义感,基调也还是悲观的。

左联成立之后,革命的浪漫主义作家与现实主义作家汇合到一起。由于革命现实的发展,由于马列主义文艺理论的进一步介绍和苏联文学的影响,左翼两个流派的作家各自认识到自己的缺点,在基本观念上明确了较为正确的方向与前途。但同时两派作家也或多或少受到苏联的所谓唯物辩证法的创作方法的不良影响。虽然重视了革命理论的掌握,却忽略了生活的体验和漠视了对工农的感情。在创作上也就势必出现了概念化、公式化的套子。到了一九三二年,随着苏联文学界对这一错误创作方法的纠正,左联也介绍了苏联的社会主义现实主义的创作方法。左翼作家创作中的一些错误倾向从此逐渐得到了克服。

茅盾的《子夜》、《春蚕》等作品正是这时写的。在这些作品中,茅盾表现了与同时代作家显著不同的新的思想观点和艺术方法。他和当时一般现实主义作家不同。当时一般的现实主义作家采用的都是批判现实主义的创作方法。他们以为艺术文学的任务只止于反映现实、暴露现实。从思想上说,他们只停留于对现实的不满和否定,而未想到他的理想和应该肯定的前途。当然,也有不少作家具有社会主义的理想,但如何才能从具体的现实出发达到那理想,却很少接触到这方面的问题。表现在人物描写中,即是多写被否定的人物或反面人物,而写不出正面的、被肯定的足为模范与学习榜样的人物。但茅盾在反映与暴露当时黑暗现实的同时,还通过人物形象的描绘具体地指出人们应当如何走、如何做,在否定的同时,又有所肯定,从而企图推进现实、改造现实。茅盾也和当时一般的革命浪漫主义作家不同。这些作家在提出指导革命斗争的方向时,不是从具体的客观社会实际出发,而只凭主观幻想,架空地进行鼓舞与宣传。他们两脚不落地,眼睛不看当时的社会现实,对现实不了解也不力求了解,结果有不少作品流于标语口号和千篇一律的公式。而茅盾则努力从具体的现实着眼,从农民们的思想意识着眼,在这个现实基础上来揭示青年一代农民反抗意识的觉醒,来写他们死中求生的斗争道路。不难看出,在现代中国文学发展的历史上,茅盾是明确地表现了一个全新的特点:即在现实主义基础上,有了浪漫主义的特色,从而达到了现实主义和浪漫主义一定程度的结合。在中国现实主义文学的发展途中,他不但远远超越了一般的现实主义作家(鲁迅除外)而且进一步地入于新现实主义即革命现实主义的领域,使中国现实主义文学大大地跃进了一步。

当然,茅盾的《子夜》、《春蚕》等作品还只是新现实主义的萌芽。我们对于一切事情都不能离开时代与社会背景来作抽象的孤立的评论。首先,在新民主主义文化路线上,尤其是文学战线上,守着岗位的,事实上都是小资产阶级知识分子。新现实主义不是天上掉下来的,而是从旧的基础上蜕变发展来的。当时,革命小资产阶级的作家,在国统区反动统治下,不可能很容易地去和革命的人民大众打成一片(参加了革命的,又未必在文化战线搞文艺工作),熟悉他们的生活,体验他们的感情。即使是新民主主义文化的伟大旗手鲁迅也只在上海大陆新村居住,没有机会到工厂和农村去。这是一个时代生活的限制。其次,新现实主义本身也是有其历史条件的。在革命尚未胜利,新的英雄典型尚未普遍成长时,要真正写出新的英雄典型,那是不容易的。要有真正充实饱满的、完全健康的乐观主义,那也是不容易的。新现实主义的发展是随着革命现实的发展而发展的。当革命尚在艰苦的时代,要求出现完整的、成熟的新现实主义作品,也是很困难的。从这里来看茅盾作品的缺点,就不足为奇了。

总之,茅盾的《子夜》、《春蚕》等作品的主要贡献在于:他站在明确的革命立场和政治立场上来创作,使文艺青年具体地进一步地认识了文艺与政治的关系;他接受了马列主义的进步理论,并由此来观察现实,透视现实的本质,虽然不全面,也不深入,但却使一般青年因而重视社会科学。由此,影响所及,摆脱了幻想架空的作品,摆脱了身边琐事的取材,从而产生了曹禺的《日出》和表现农村破产的许多青年的作品。中国的现实主义文学大大向前推进了一步,茅盾的功绩是应该大书特书的。

一九五二年

(原载 1984 年 6 月《中国现代文学研究丛刊》第四辑)

《日出》漫谈

在我国话剧运动发展史上，曹禺是个杰出的作家。他对中国话剧，由剧本的写作以至舞台艺术，都有很大的贡献。他有很高的艺术修养，从中学至大学，一直从事话剧工作。他不但能编剧本，而且能演、能导，可以说是个话剧的全才。他聪明而又用心努力，为人热烈深挚；少年成名（《雷雨》写作于大学时代，《日出》写作于离开大学不久）而又谦逊好学。解放前他一共写了《雷雨》、《日出》、《原野》、《蜕变》、《北京人》、《家》、《桥》等七个剧本，还创作了一些独幕剧和电影《艳阳天》。这些剧本都达到了不同一般的艺术水平。但从反映现实的深度、作品的社会意义及当时发生的社会影响来看，我以为应该首推《日出》。因此，我们就选这个剧本来谈。我们只把它作为剧本来读，只从文学创作的角度来谈它。这不仅因为话剧是一项综合艺术，它包括了文学、演技、美术、音乐乃至灯光、布景等等，而我是不懂话剧演出艺术的；也因为剧本是属于文学创作的范围。至于演出的问题，则属于另一范围，不在我的所谈之列。

一

剧本的创作和演出并非无关。相反，剧本的创作总是为了演出，不是为了供人案头阅读的。也有所谓“案头剧本”，那是说不能上演的，只是取了剧本的形式，算不得真正的剧本。既然剧本的创作是为了演出，通过演出来影响观众、教育观众，发生社会作用，所以剧本又总是和一般文学形式有区别。与剧本相近的是小说。小说中必须有人物，有事件，通过人物性格和事件发展来表达主题。剧本也是如此。虽然有不少小说被剧作家改编成剧本上演，但我们总觉得读那小说的原作，内容更丰富复杂些，表现的生活也更深刻细致一些；总觉得舞台形象与小说中的形象有距离,舞台上的生活与小说中的生活不尽相符,显得单纯浮泛多了。产生这种感觉,当然与改编的好坏有关,但更重要的还是剧本的形式对内容表现的限制。所以我们无宁说,剧本在反映丰富复杂的现实,表现深刻细致的思想感情方面,要更难一些。

剧本与小说最显著的区别在于:第一,剧本主要是通过动作与对话来表现人物性格和事件的发展,小说却可以用客观的口气刻画、分析、描摹人物的思想感情和心态意绪;可以用叙述、解释、说明的笔法来交代事件的发展过程。任你多么复杂微妙的心理意识,任你多么变化曲折的情节事件,在小说中都可以直接写出来,而剧本却只能用动作对话来表达。第二,剧本的动作与对话在舞台上表演出来,要受到时间的限制。这包含了两层意思。其一是说剧本中的一言一动,是随演随过,稍纵即逝的。它不象小说,可以让人拿在手里慢慢咀嚼。一个对话,一个行动的描写,可以任人看它几遍,仔细琢磨。剧本的演出要一句顶一句,一动作,一表情,都要在刹那之中、转瞬之间给人以深刻突出的印象,否则人们就会无法感受和觉识。因此,剧本中的动作与对话必须是对现实生活更集中、更概括的表现,并且要加以凸出与渲染,以收到舞台的效果。所谓戏剧的,戏剧性的故事与人物就是指的这个特点。其二是说剧本的演出时间有一定的限制。它必须恰好在三个小时之内就能演完,否则演员受不了,观众更会不耐烦。所以《雷雨》、《日出》在舞台演出时要删节。小说就不存在这个问题。第三,剧本还受着严格的空间条件限制。它的场面有一定,人物出场有一定,不能随心所欲,随意变换。小说则不同。它的空间无限,场面不拘。茅盾的《子夜》一开头,就可以从轮船的舱房写到码头,从码头写到大马路——外白渡桥到南京路、静安寺路,以至于客厅卧房、走廊花园、土山亭阁,等等。剧本中的场面就不能如此灵活变化,无所不可。小说中人物出场同样不受限制。鲁迅的《离婚》,可以在集中写爱姑、七大人、慰老爷同时,也写到"老、小畜牲"及满屋穿着红青缎马褂的少爷们。这些人物或概写、或稍带一笔,虽然出场,但并不开口说话,甚至有的连动作也没有。剧本的人物就不同了。它必须有一角色就要有戏可演。象"托傀儡戏"那样的出一人物,就把它挂在架上,在话剧里是不行的。——当然也有这样的败笔，那可成了台面上的赘疣。假如一个话剧中人物在台上象个木偶似地站着，没戏做，没话说，这不仅他自己难受，尤其破坏了舞台气氛的完整，使中心表演受到损害。第四，环境气氛的描绘在小说创作中也是自由的。《春蚕》写塘路边的景物，水中有倒影，有波纹的震动；树上有桑拳变成嫩芽；河中有小轮行驶，把民船冲得颠簸、很狼狈。剧本虽然可以利用布景、音响效果及其他手段来构成有丰富内容的人物活动的环境和浓厚的气氛，但它毕竟要受到很大的限制，不能象小说那样去尽情地描绘。

以上不过一般地约略地把剧作这一文艺形式与小说作了一点比较，以图说明话剧所受到的限制，见出话剧艺术本身的一些特点。一个有才能的话剧作者，总是要尽最大努力，充分发挥话剧艺术的特长，尽可能冲破那些艺术形式上的限制，来反映现实，表达自己的思想感情，以收教育观众之功。从这里来看曹禺的剧作，看他如何运用动作对话塑造人物、交代事件、表现主题，给人以深刻的感受与印象；看他如何安排场景、布置人物，巧妙而有力地表现其思想内容；看他如何描写环境、造成气氛，使观众置身剧情的氛围中，获得艺术的美感等等。则我们对曹禺剧作特点的了解，就不会空泛和不着边际了。

要真正欣赏曹禺剧作的艺术，深刻理解曹禺剧作的思想内容，仅仅懂得话剧艺术本身的一些特点是远远不够的。我们只有把曹禺剧作放到具体的历史条件和社会环境中来看，才会看到曹禺创作《雷雨》、《日出》时所受到的社会历史条件的限制，才会理解曹禺创作的艰辛，才会对曹禺剧作的思想内容与艺术特点作出符合历史的恰当评价。简单说来，曹禺写作《日出》时所受到的社会历史条件限制有下列几点：首先，是当时观众理解水平和欣赏趣味的限制。话剧在中国完全是个新型的艺术形式，我国古典文学中并没有话剧。自清末到抗战前，话剧也不过才三十年的历史。话剧完全是在都市中成长起来的艺术形式。它的观众最初只限于市民，尤其是市民中的学生，后来才慢慢地扩大到工厂。广大农民群众对于这种艺术形式至今仍然不大习惯。市民群众看话剧，正如曹禺在《日出·跋》中说的那样："他们要故事，要穿插，要紧张的场面。"这还是欣赏水平与趣味比较高的观众，更多的人是要噱头、要笑料。脱离当时观众的实际水平,凌空要求剧作应表现严肃的主题、高度的思想内容和深刻反映社会本质,有时就难免成为说风凉话。你说这不是做群众尾巴,迎合观众趣味么?这不是对艺术取不严肃态度么?孤立地看,这批评固然有道理。但是只要看一看当时话剧运动的现实,就知道这也是说风凉话。因为当时比较进步的剧团,都是少数爱艺术、有心做文化事业的穷朋友艰苦撑持着的。他们不能不靠卖票的收入来维持,他们赔不起钱。一个剧本再好,如果没有人来看,又怎样发生社会影响呢?所以观众不买票看戏,对于话剧运动是个最大的威胁。这正如曹禺说的那样:"最可怕的限制便是普通观众的趣味","怎样一面会真实不歪曲,一面又能叫观众感到愉快,愿意下次再来买票看戏,常是使一个从事于戏剧的人最头痛的问题。"(《日出·跋》)其次,是剧团条件的限制——导演和演员思想艺术水平的限制。一个剧本,不管你主题思想如何深刻,艺术技巧多么高超,都必须通过导演和演员排演出来,与观众见面,才能发生社会影响。一个负责的内行的作者,他必须也有可能顾及到这一方面,使演出没有问题,或尽可能不发生问题。否则他的剧本便易变质,轻者歪曲主题,重者甚至完全失去作者原来的精神。有人说,《日出》作者用了许多括号,对人物和场景作了过于详细的说明与描写,使演员与导演受到限制,不能充分发挥他们的独创精神。我觉得这看法有问题。也许我说的是外行话,但我知道一个事实:就是当时的演出往往歪曲了剧作的原有精神和主题。常有一些剧作者去看自己写的戏演出——尤其是在较小城市或学校的演出,结果大失所望,因为剧作的原有精神被弄得面目全非。《日出》在当时演出,就曾多次被人删掉第三幕,大大损害了原作主题。曹禺称这种做法是"残忍的""挖心的办法"。导演与演员应该深入体会剧本原意,剧作者的详尽描写与说明对于演员和导演只会有帮助。若是不顾剧作原意,那是自作聪明,不叫发挥自己的创造才能。也有导演高过剧作者的,那也应该与剧作者商量,征得同意,再来删改。再次,是政治现实的限制。当时蒋介石政权的反动势力集中于大小城市,并且正在实行反动文化围剿和文化管制政策,而话剧就在这些城市中流行。剧本的政治色彩稍一明显,检察官老爷通不过,剧团就不敢演。如果演了,立刻就会受到残酷的迫害。《日出·跋》中说："我不能使那象征着光明的人出来，因为一些有夜猫子眼睛的怪物无昼无夜，眈眈地守在一旁"，如果"着意写那些代表光明的人物"，"那些有夜猫子眼睛的怪物可能轻易放过我这一着"？这说的也是实情。但这种情况也不能为作者自己的思想水平作辩护。这就有一个作者自己思想水平限制的问题。我们不能脱离当时具体的历史条件，对剧作者提出过高的思想要求。要求他当时就深入工农生活，熟悉"光明面"的人物，是很难办到的。因为那时的历史环境还没有提供这样的条件。曹禺为了写《日出》第三幕而去体验生活，作了种种艰苦的努力。现在看来，也许有人觉得不算一回事，其实在当时是难能可贵的，也很感动人的。倘若作者的思想水平较高，那么上述种种限制都可以冲破。现代文学史上的作家，如鲁迅就是如此。所以这些社会历史环境的限制是不能作为剧作思想水平不高的借口与饰词的。但我们却应该理解这些历史的原因，不应当用今天的现实眼光去看过去历史条件下的作者与作品，以致提出不适当的过高要求。在现代文学史上，小说创作，鲁迅和茅盾占有突出的地位；而话剧创作，曹禺的成就也应给与最好的肯定。

二

我们现在看到的《日出》剧本有两个版本：一个是一九三六年十一月上海文化生活出版社的初版本，我们不妨称之为"旧本"；另一个是一九五一年八月北京开明书店出版的《曹禺选集》中的本子，我们称之为"新本"。作者在一九五一年版《曹禺选集·自序》中说："《日出》这本戏，应该是对半殖民地半封建的中国旧社会的控诉，可是当时却将帝国主义这个罪大恶极的元凶放过"，所以"趁重印之便"，"根据原有的人物、结构，再描了一遍"。"描"的结果，使得新本与旧本有了许多不同。对这些不同之处，我们不可能深入细致地来分析，只能谈个荦荦大端。新旧本主要不同之点，即新本的主要改动处有下列五点。

第一，方达生这个重要人物的形象改变了。在旧本中，方达生原是"那么一个永在'心里头'活的书呆子，怀着一肚子的不合时宜，整日地思索斟酌,长吁短叹”,“空抱着一腔同情和理想,而实际无补于事的好心人”;是个“多么可笑又复可怜的”吉诃德式的人物。他莫名其妙地由乡下来到都市,怀着旧日的恋情找到女友陈白露,要她脱离堕落的生活,嫁给他,并且连同行的两张卧铺车票都已买好。否则,他就要自杀,或是走得远远的。结果被陈白露把他当成小孩子一般地嘲笑一顿,并且撕毁了车票,他也就毫无主意地留了下来。他同情爱惜小东西这样一个在苦难中挣扎的女孩子,却无力保护她,结果被福升告密给黑三,小东西被卖到妓院。为了寻找小东西的下落,他找到宝和下处,却被黑三哄骗过去。他问陈白露:“人与人之间为什么要这么残忍?”“为什么你们允许金八这么一个禽兽活着?”陈白露说:“是金八他们允许我们活着不允许我们活着的问题。”方达生不相信金八有那么大的势力,他要在这里多住些天,要做一点事情。他说:“事情自然很多,我也许要跟金八打打交道,也许要为着小东西跑跑,也许为那小书记那一类人做点事,都难说。”直到最后,他还坚持要陈白露跟他走;要陈白露结婚,嫁给打夯的,过真正自由的生活;还告诉陈白露,“外面是太阳,是春天”;而这时陈白露已经服了安眠药,永远地“睡”去了。旧本中的方达生就是这么一个理解幼稚、认识模糊、持着个人的正义感,和对现实没有任何办法而悲天悯人的温情主义、感伤主义的小孩子气的书呆子。正如作者所说,这是一个不能“担当日出以后重大的责任”、“心有余而力不足的书生”。而在新本中,方达生则已成为一名地下党员。他在做革命工作时偶然碰见陈白露,不是专为来拉她走的。他的主要工作是从事工人学生运动。他很少考虑个人的安危,为此受到特务的盯梢与跟踪。他接触陈白露,不再是为了个人的爱情,而是为了同她“谈点严肃的问题”,要她忍痛摆脱现有的生活,“从一个新的方向看”,参加成千成万被压迫劳苦大众反帝反封建的有益的工作。在说服陈白露的过程中,他满口理论,对于政治和时局的认识似乎也很透彻。为了营救小东西,方达生同工人一起奔走,终于救出了她。最后,他又去参加指挥工人学生运动的斗争。显而易见,新本中的方达生已经是一个名副其实的革命者,已经成为担负起推动日出和日出以后的重大责任的人物。

第二,新本反映了工人学生反帝运动的高涨。剧本主要通过人物对话,从侧面写工人学生为反对日本纱厂打死工人举行示威大游行。写他们在游行中同巡捕斗争,冲到租界。正在市政府举行的市长的婚礼也因此而中断。工人学生运动还影响到金融交易所的买卖。仁丰纱厂的事情闹大,国民党派来军警特务也镇压不住工人,全市的纱厂正在起来响应。工人一致要求抗日,要赶走日本鬼子。日军司令部说工人藏有军火,向日本监工开枪,打死了他们的人,认为工人要暴动,宣布要用武力采取断然处置。这就影响到交易所公债买卖大跌特跌,并且导致大丰银行经理潘月亭破产。虽然日本海军陆战队出动,架上了机关枪对付工人学生,而工人学生运动的组织者和领导者却联络组织了全市的工人,包括盖房子的打夯工人在内,全市的工厂都在同一天罢工。罢工运动的领导人田振洪说:"帝国主义就这两手,他们压不倒我们。"方达生说:"中国人民从来不向帝国主义者低头的。"剧作者就是这样以暗场处理的手法,描写了工人学生运动的影响以及他们顽强斗争的精神。

第三,新本在侧写工人学生运动的同时,对反面人物金八、潘月亭的形象也有一些改动。旧本中的金八原是一个象征性的无所不在的人物。他是黑暗社会的操纵者,是都市罪恶的总代表。在新本中,金八已成为日本仁丰纱厂的总经理。他背景复杂,勾结特务,巴结日本鬼子,是他指使特务打死了小东西的父亲傅荣生,成为直接杀害工人的血债累累的刽子手。这样,金八的形象就比较具体、落实了。旧本中,潘月亭在公债投机市场上的失败,是因为金八操纵金融市场,运用阴谋诡计同他斗法,最后吃掉了他。新本中则改成因为工人学生运动的影响,日军出动,时局将有大的变动,致使国民党政府的公债一落千丈,潘月亭因而失败,就连金八也吃了亏。潘月亭破产的直接原因,虽然还是金八不讲信用,提前索要他在大丰银行的存款,但索取存款的原因却作了改动。旧本中金八索款是预先设下的圈套。新本将金八存款改成仁丰纱厂的钱,因为日本老板要提款,所以金八才逼债,致使潘月亭一筹莫展,终于破产。

第四,小东西的身世遭遇有了改动。旧本中,小东西是一个母亲早丧、父亲新近意外致死的无依无靠、无名无姓、刚到城里不久的贫苦女孩子。新本中，小东西成为仁丰纱厂工人傅荣生之女，名叫傅连珍。她的父亲因参加工人运动被特务害死，自己又被流氓地痞抢拐而来。许多工人正在寻找她。旧本中，小东西并无阶级仇恨的意识，在残酷的侮辱与压迫之下，虽然也有反抗，但基本是软弱的。她被卖进下等妓院后，经过黑三毒打，翠喜劝说，还是出来接客。只是因为她太小，挂不上客，终于上吊而死。新本则表现了小东西的阶级仇恨和她始终不屈、反抗到底的精神，最终被她父亲的同事从火坑中救出。为了写傅连珍的被救，新本还增加了两个工人形象，即老工人田振洪和青年工人郭玉山。

第五，作者处理人物的态度也稍有改变。旧本中，作者对人物的爱憎有时是模糊的。当时就有人指出作者对《日出》中人物都有些“过分的护短，即便是鞭打，无意中也是重起轻落。纵放他们躲入无罪中去”。曹禺当时对于这一批评是首肯的。他说：“我赞美他的深刻和锐利。《日出》里这些坏蛋，我深深地憎恶他们，却又不自主地怜悯他们的那许多聪明。（如李石清、潘月亭之类。）奇怪的是这两种情绪并行不悖，憎恨的情绪愈高，怜悯他们的心也愈重，究竟他们是玩弄人，还是为人所玩弄呢，写起来，无意中便流露出这种偏袒的态度。”曹禺认为，社会的黑暗，人心的堕落，“症结还归在整个制度的窳败，想到这一点，不知不觉又为他们做一些曲宥，轻轻地描淡了他们的责咎”（《日出·跋》）。这种曲宥与偏袒的态度特别显著地表现在对陈白露、李石清的描写上。他把陈白露当成与方达生一样，“都是所谓的‘有心人’。他们痛心疾首地厌恶那腐恶的环境，都想有所反抗”。所以作者同情她，惋惜她，写她有孩子的爱娇和一定的正义感。新本中则改得稍为坏一些。旧本写她是与一位诗人分手的情侣，新本则改成伪“满州国”官员的离婚之妻，同时还加深了她与潘月亭的关系。但作者基本态度未变，对她还是同情的。对李石清，旧本写他是“一个讨厌而又可悯的性格”，写他对黄省三有一定的同情，写他不得不坏。新本对这些也都略有变化，曲宥的地方少了一些，但基本态度仍是模糊的。

总的说来，新本中这些改动，是力图暴露旧中国腐烂大都市的上层社会,力图在写作的时候追根问底,把造成这些罪恶的基本根源说清楚,在对半殖民地半封建的中国旧社会控诉的同时,把矛头指向"帝国主义这个罪大恶极的元凶"。所以他要重新描出"当时严肃的革命工作者",描出"向敌人做生死斗争的正面力量"(《曹禺选集·自序》),更具体地指出光明的前途,即日出以后的方向。就这一企图说来,新本似乎是做到了。因为他写了工人学生和人民群众反帝运动的高涨,表现了人民反帝力量的强大。光明的力量压倒了黑暗的势力:潘月亭这种剥削者垮台,金八这种洋奴买办也受到重大打击,甚至被黑暗势力所迫害的孤女也虎口逃生。所以,主题的积极性是加强了。

但我们也不能不看到,新本不仅对旧本中原已存在的有些问题未加解决,且又添出一些新的严重缺点。首先,方达生虽然成了一个地下革命者,但他找陈白露,救小东西,信任陈白露甚至达到暴露自己身分的地步。这就显露出人物身分与行动的矛盾。他虽然满口反帝爱国言辞,说话好象很"左",但这个人物实质上还是原来的方达生,是一个莫名其妙的人。其次,新本虽然表现了光明面,但也只是侧面描写工人学生运动,仍然未能表现出作者想要表达的人民大众与帝国主义及其罪恶势力这一主要矛盾。剧本中的重要登场人物仍然无一劳动人民。而作者对于第三幕的描写,也仍然没有超出素朴的人道主义观点。再次,新本的一些主要改动处违背了历史真实。作者写工人学生运动和城市革命力量如此强大,这不但违背了历史真实,而且实际上肯定了城市革命工作中的左倾盲动错误。不是说工人学生运动不能写,而是说作者写的是左倾盲动思想指导下的工人学生运动,并且是以肯定的态度来写,这就不好了。作者写小东西的被救,也改得不真实。当时都市里被黑暗势力凌辱的那些出卖肉体的弱者,她们的命运实际上操纵在帝国主义与封建主义结合的金八势力手里的。象小东西那样落入虎口的弱女子,她的命运只能是两条路:要不是死,要不就如翠喜那样活着。所以小东西的死是有意义的。它更能激起人们对那黑暗社会的愤恨,更能增强控诉的力量。让她那样轻而易举地逃离虎口,反而令人难以信服了。

三

旧本《日出》的主题，作者自己说是要揭露那个“损不足以奉有余的社会”，其实这是笼统的说法。若真是从这样一个主题的概念出发来写剧本，那是不会产生这样一部动人的《日出》的。因为人类历史上所有的阶级社会，都是“损不足以奉有余”的社会。春秋时代的老子，处在奴隶社会与封建社会交替的历史时期，他根据自己对当时社会体验观察的结果，概括出这句警语，到后来几千年仍是这样。部落社会、奴隶社会、封建社会，以至半殖民地半封建社会中的农村与城市，都可以戴这顶“损不足以奉有余”的帽子。其实曹禺所写的题材，是一九三五年顷中国半殖民地半封建社会的都市、上层与下层。这是一个腐烂的社会。活动在这个都市社会中的人物，自潘月亭至翠喜，都不过是这个腐烂社会的一些残渣。作者着重地写了潘月亭、张乔治、顾八奶奶、胡四等腐烂阶层的崩溃，同时又写了在这腐烂阶层之下的都市一个黑暗的小角落——宝和下处。剧中主要的两件事——或线索，一为潘四的公债投机买卖，一为小东西的遭遇。这上下层社会都被金八势力笼罩着。这一个“腐烂的阶层的崩溃”是必然的。这一主题，反映了半殖民地半封建社会都市的一个剖面，对当时社会现实作了很好的暴露与控诉。

《日出》并未反映当时社会现实的主要矛盾。当时的主要矛盾应该是金八所代表的帝国主义势力与工人群众的矛盾。但他们都在场外，只是象征性地在剧中表露出来。上层社会的潘四、张乔治、顾八奶奶、胡四，下层社会的小东西、翠喜等人物都不是社会矛盾的主要方面。作者所憎恶的顾八奶奶、胡四和王福升，并不居于社会的重要地位，只不过是一些僵尸和游魂；作者所要同情的翠喜等弱小者，也不是什么紧要人物，她们只是些牺牲者与渣滓。作者要写他们，是出于小资产阶级的正义感和素朴的人道主义。作者以悲天悯人的态度来看待这些人和事，好象每个人都是无辜的。作者这一点对人类的爱的热力，是很可宝贵的。他从自己的世界观出发，带着鲜明的爱憎和真挚的感情来处理每个人物，不仅使全剧贯穿着浓郁的抒情主调，具有很强的感染力；而且写出了一个个栩栩如生的人物形象。中国话剧中人物有鲜明的性格，实自曹禺始；而剧中人物具有如此突出生动的形象，尤为曹禺话剧的艺术特色和突出成就。

作者的世界观和方法论虽有矛盾的一面，但主要的是客观定命论。他认为一切都是社会制度不好。这本来是一个正确的认识。沿着这个认识出发，他完全可以得出必须推翻这个罪恶腐朽制度的高明结论。但是他却认为这个罪恶腐朽社会中的每个人都是受了客观制度的作弄。而制度与人是无关的，人对制度无能为力，人是没有主观能动力量的。沿着这样一个错误认识前进，他就把这客观制度，看成不可抗拒的命运。人受命运的播弄，只好听天由命。这实际上走向了宿命论和素朴的机械唯物论，亦即唯心论。作者的这一世界观，明显地表现在选择题材和处理人物的态度上。他择取了腐烂都市社会走向没落的黑暗面，而让光明面停留在台后，"太阳并没有能够露出全面"。他"描摹的只是日出以前的事情，有了阳光的人们始终藏在背景后，没有显明地走到面前"(《日出·跋》)。而剧中的一个主要人物方达生，实际上就是作者自己思想的体现者。"方达生不能代表《日出》中的理想人物"，"讽刺的对象是我自己，是与我有同样书呆子性格，空抱着一腔同情和理想，而实际无补于事的'好心人'"(《日出·跋》)。作者的思想是矛盾的。他并不相信自己的世界观，但也不能完全否定它。因为作者并未明确地找到正确的世界观。对这样的黑暗社会现实，他和方达生一样，虽然憎恨它，希望它尽快地毁灭，但自己却毫无办法。

作者的世界观并没有妨碍他的创作方法。严肃深刻的现实主义精神，常常不受错误世界观的支配，而且还可以突破它的束缚。作者熟悉他要写的人物和题材，对于腐烂社会的上层与下层，他都有过接触，并且有着深刻的感受。一个现实主义作家只要忠实地写出他所深刻感受的生活，他的认识论就不能阻碍他在表现生活的达到一定的深度。托尔斯泰、巴尔扎克如此，曹雪芹、吴敬梓都是如此。在《日出》中，只有潘月亭、李石清两个形象稍稍受到损害。他写了潘月亭性格上本质的一面，但又原谅他，好象他的行为是李石清不好之故，而李石清又是很可同情的。由于《日出》在主要方面反映了社会的真实，虽未能捉住社会的主要矛盾，但作品的社会意义与价值，还是应该充分肯定的。当时的话剧观众都是一些城市知识分子，让他们看一看他们不知不觉将要走进去的、或是心向往之的这个腐朽堕落的阶层，让他们认识一下这个阶层的死路，认识一下他们所熟知的这些人物形象，就不能不惊心骇目。这正如作者所说的那样："果若读完了《日出》，有人肯愤然地疑问一下：为什么有许多人要过这种'鬼'似的生活呢？难道这世界必须这样维持下去么？什么原因造成这不公平的禽兽世界？是不是这局面应该改造或根本推翻呢？如果真地有人肯这样问两次，那已经是超出了一个作者的奢望了。"（《日出·跋》）《日出》确实是向读者提出了这样一些值得深思的问题。

作者的观点自然是小资产阶级的。但小资产阶级的观点，在当时是不可一笔抹煞其进步作用的。除了鲁迅等少数几位作家而外，当时的文艺界谁是无产阶级观点呢？正是这点小资产阶级的正义感，推动着这些作者走向革命的。更何况作者在剧中所暗示的那点邈远的象征性力量，也是不可轻视的。这是作者"劳工神圣"思想的体现，也是当时一部分作家思想的主流。虽然这一思想已经落后于时代，但从当时的现实主义作品、尤其是剧本创作来看，却是作家们的一线光明和希望。这只是憧憬，却给了作者以热力，使他有勇气爱，有勇气恨，有勇气说出"我们要一齐做点事，跟金八拼一拼"，而不至于取一种完全彻底的悲观主义态度来看待社会现实，也不至于使观众看完全剧之后凉了心，索性自暴自弃沉没到黑暗中去——如同某些自然主义作品产生的效果那样。作者对生活的这种热情和那点憧憬是个力量，正如在大海中将要灭顶的人抓到一根树枝，他会由此找到生路。对于当时的知识分子阶层，《日出》的进步作用和积极意义是不可低估的。

四

虽然作者自己在《跋》中说："《日出》里没有绝对的主要动作，也没有绝对的主要人物。顾八奶奶、胡四与张乔治之流是陪衬，陈白露与潘月亭又何尝不是陪衬呢？这些人物并没有什么主宾的关系，只是萍水相逢，凑在一处。他们互为宾主，交相陪衬，而共同托出一个主要的角色，这'损不足以奉有余的社会'。"实际上这也是笼统的说法。剧本中的人物安排和事件发展，还是有中心，有主次的。假如作者真的把顾八奶奶、胡四、张乔治与陈白露、潘月亭、方达生等同平列着来写，以表现那主题，就不会给我们这样明确完整的统一印象。

根据剧本的实际描写来看，作者显然是以陈白露、方达生、潘月亭三个人物作为全剧的核心，而三人又不是同等平列的，陈白露显然又是三人中心之中心。陈白露一方面连系着方达生，另一方面连系着潘月亭。剧中主要事件一是公债投机买卖，一是小东西的遭遇。通过陈白露、潘月亭与公债投机相连结；通过陈白露、方达生与小东西的遭遇相连结。前者反映上层社会，后者反映下层社会。陈白露居于其间，连结着公债投机与小东西遭遇两个方面，即连系着上层与下层社会，从而组织起一系列的情节与人物：由潘月亭而连系了李石清、李太太、黄省三，连系了顾八奶奶与胡四；由陈白露连系了张乔治；由方达生、陈白露而连系了小东西，又由此而连系了黑三、翠喜、小顺子；由陈白露、潘月亭连系了王福升。这些人物彼此之间又有着错综复杂的关系。此外，还有许多出场或不出场的人物，也各有所属，各有清楚的脉理可寻。这些人物在剧中的地位和作用是有差别的。比较起来，陈、潘、方是主；李、黄、顾、胡、张、王、黑、小、翠是次；丁牧之、张先生、乞丐、胖子嫖客、卖报童子、各种叫卖者等等，当然又次之，是真正的陪衬人物或从属人物。在陈、潘、方所连系的全部人物和整个上下层社会之上，是未出场的人物金八。金八一面操纵了公债投机市场，一面掌握了小东西的命运。以潘月亭为首的上层社会和以小东西为线索的下层社会，亦即整个的半殖民地半封建都市社会，全部掌握在金八手里。因此，金八是一个无处不在的象征性人物——代表着帝国主义与封建主义相结合的黑暗势力。但剧本中还暗示了比金八势力更加强大的一种力量，那就是打夯工人与其歌号所象征的劳动人民的力量。所谓"损不足以奉有余的社会"正是以陈白露作为全部剧情的脉络主干和中心枢纽组织起来、表现出来的。

从以上的分析来看，《日出》主题所反映的主要矛盾冲突是很清楚的，它集中体现在陈白露身上。矛盾斗争的两方力量，一是方达生所代表的小资产阶级，一是潘月亭所代表的金融资本家。方达生的后面，似乎应该是劳动人民的革命力量。这个力量虽然强大，但对方达生来说，还不过是一种邈远的希望，一种朦胧模糊的憧憬。因为他对无产阶级的力量还没有明确的认识，他不过是一位“空抱着一腔同情和理想”的吉诃德式的书呆子。一个和劳动人民没有结合的小资产阶级知识分子，是不会有什么力量的。潘月亭作为一个半殖民地半封建社会的金融资本家，当然也不会有什么大的力量。但是他有钱，他能供给陈白露以物质生活的享受。潘月亭依仗着金八。他那个摇摇欲坠的大丰银行主要是依靠金八的款子来维持门面的。他的后面是金八势力支持的。方达生与潘月亭及金八势力的矛盾冲突，实际上是作者的主观（小资产阶级素朴的人道主义思想）与半殖民地半封建社会都市腐烂的上层阶级集团的矛盾冲突。在这个矛盾斗争中，方达生是必然要败阵的。这不仅表现在他不能搭救罪恶势力魔掌控制下的小东西，更表现在他不能引领陈白露脱离腐朽堕落的深渊。

陈白露原是一个出身于所谓没落旧家的名门闺秀。一个没落阶级出身的人，总得转化，依附于另一阶级或阶层，寻找她的出路。陈白露的出身使她追求虚荣和物质享受，很自然的成为交际花，供都市上层阶级玩弄。但她毕竟有没落官僚地主家庭的教养，又读过书，所以她和潘四这样的金融资本家还保持着一定的距离，不甘愿被这老头子作践玩弄到底。她还有一些日渐消灭的理想和个人幸福的追求，有一点正义感和同情心。因此，她在物质生活上依附着潘四等人，但在精神生活上却很感苦闷，不甘如此了局。在这样的处境之下，方达生来找她。由于曾经沧海，阅历世故，所以当她看到方达生的思想认识与行为时，一方面觉得幼稚可笑，另一方面也着实喜欢。因为在精神内心上，比之潘四，她是接近方达生的。方达生对她并不是没有吸引力的。但对于陈白露，方达生的力量究竟不如潘四大。剧中的陈白露说得很坦率，她不会跟那个可笑的方达生走。因为方达生既不能供给陈白露以奢侈的物质享受，也不能为她指示出一条光明之路，而所谓真正的爱情在她看来也是没那么回事的。所以在陈白露身上所体现出来的爱情与金钱的矛盾，或者说小资产阶级的正义感与追求资产阶级物质生活的矛盾，在第一幕中即已见分晓，定了局的。方达生不能抵敌潘月亭，也是已经定了局的。

陈白露精神生活的苦闷与物质生活享受的矛盾并未解决。她拒绝了方达生的要求，但又不放他走。她和方达生有着一个共同点，就是所谓的同情心与正义感。于是有了小东西的命运纠葛。陈白露对小东西深抱同情，表现了一番慷慨的正义感，那是十分自然的。而这一点也正投方达生之缘。这点正义感与同情心，本质上只是小资产阶级一点可怜力量的表现。拿这点力量去碰金八，无异于螳臂挡车，蜉蝣撼树。陈白露幻想利用潘四的力量来搭救小东西，可是潘四却依仗着金八，不敢得罪金八。虽然糊过了一时，终于被福升弄鬼，把小东西抓走。方达生虽然追到宝和下处，却毫无办法，扑空而回。小东西默默地死去了，她被金八的黑暗势力吞噬了。由陈白露精神生活方面所生的一个主要事件——小东西命运纠葛的线索，至此结束。而小东西与翠喜的结局也昭示了陈白露未来的命运。

既然陈白露在精神生活方面是死路一条，那么就死心塌地象顾八奶奶那样生活下去吧，跟潘四或张乔治去享受那腐朽的物质生活吧。可是潘四这个阶层却不能逃脱他们那个社会的规律。他处在金八的掌握之中，虽然仰仗着金八，而金八却要吃掉他。这正如李石清、黄省三依附着他，而他却要吃掉李石清、黄省三一样。潘月亭作了种种挣扎，虽有种种起伏，但还是被吃掉。潘四垮台了，金融投机事件的线索也就结束。顾八奶奶的命根是攥在潘四手里的，她与胡四的坐楼杀惜也不会唱下去了。陈白露还有什么路可走呢？她找张乔治，可这个小鬼魅无力接纳她，并且很狡猾地拒绝了她。安眠药是现成的，陈白露只能跟潘四一块儿永远地“睡”去了。方达生不能引领陈白露走上一条生路，她终于彻底投入以潘四为代表的黑暗腐烂势力的怀抱，并与他们一起走向灭亡。剧作者正是通过方达生与潘四各自代表的力量在争夺陈白露的激烈戏剧冲突中，揭示出“这是一个腐烂的阶层的崩溃”。《日出》的现实主义力量是深刻的。

一九五二年

（初收于《苑外集》，北京大学出版社 1988 年版）

关于三十年代的散文

这回新文学大系的编选,在诸多文学样式中增添了杂文和报告文学。它们原属散文,现在划分为独立的门类。事物总是发展的,由简到繁,势所必然。尽管这类作品早前有,甚至从来就有,但是显示了优异的性能,使人认识了它们的特点,还是得归因于时代社会:那就是,三十年代是中国人民水深火热的年代,是中华民族死里求生的年代,斗争的现实需要轻武器,剧变的社会生活需要及时反映。有识之士这么说过,看来是有道理的。

但是,涉及文体的区分及其名目特点,只能大体言之,好象不宜深究。事物的构成有多方面复杂因素,且在不断的变异之中,人们的设想往往不全吻合实际。比如刚才说,杂文和报告文学,适应了需要,见出了特长,故从散文中独立出来;这话我们就不能理解得过死。不然,那么,现在剩下的这一般散文作品岂不意味着成了脱离现实等而下之的次品了吗?假如这么想,就不对。那犹如听营养学家说玉米和大豆养分高,大家就不吃米和面了?这是不会的。

事实并非如此。试看,散文仍然是重要的一个大门类。散文仍然是随心所欲自由地写自己的思想感情和见闻的文体。

摆在我们面前,这里各家的作品,有的刻骨镂心,有的可歌可泣;有苦难的倾诉,有悲愤的叫号;还有上下求索、焦思苦虑的;还有喜笑怒骂、宛曲臧否的;当然也有抱膝长吟、举杯邀月的。如此等等,不一而足。总的说,这正反映了三十年代的历史面貌,表现了三十年代现实色调,压力阻力和困顿最终未碍作者写自己的真情实感。

进一步看,和前十年相比,散文的领域发展了。它所开拓、增益的方面日新月异了。

首先是,作者大量增多。过去只是屈指可数的几家,现在新人一批批涌现出来。他们各以自己的所遇所养和敏感,显现了不同的身手。

作者眼界扩大了，心胸开阔了；生活视野，关心的事物，以至意境情趣，更为广泛而多样了。笔头从一些身边感见，伸向逼到眉睫的广阔世界；即使写身边的人和事，但观感不同了，看得深想得远了。

如此，散文的取材和立意，显见丰富。立足现实，遍及生活的各个方面。从国家大事、时代风云、社会动态、日常琐事以至一时的感念和稍纵即逝的心情意绪，多能随手拈来，形诸笔墨。

因为发扬了“五四”以来民主与科学的精神，形成说真话的风气。讲肺腑之言，抒由衷之情，写真切的见闻感想。干扰虽多，顾忌不大。作者仍能各有自我表现，由此蔚成不同的风格。“人心不同各如其面”，“物之不齐物之性也”。其多彩多姿，比过去更为耀目。

风格是什么？实是人格的流露，心灵的投影；不是技巧或手法可以造作出来的。其核心实质，还是与思想内容分不开。若取同舍异、略小存大，就能看到流派的存在。在对抗阵容之间及其内外，诸多流派有如夜空远近星座。近来文学史家已开始在这方面进行研讨。但因其有如白云苍狗，形态飘忽，征象不常，我看很不容易一一认明落实。

这里选录的作品，看来不一定都以优美的“范文”作标准，好象也要从文学史的角度显示当时散文的实绩；抓重点，也不遗个别和次要，以见全局。使之如一湾河水，其中有主流中流，也有旁流以至漩流和回流逆流。

有一时期，在文学上，有些人心目中似乎形成一种倾向，就是“独尊”革命现实主义。三十年代文学的主导力量谁都不能否认，但同时，还有各种的路数或流派的存在，这也是抹煞不掉的。因此，“独尊”不行。一“独尊”，把许多人看成了“异端”，那只能说明自己的鄙陋和偏狭。敞开来说，比如三十年代的老舍，谁都没把他归到革命现实主义里面去；巴金么，好象也另有所属。于是顺理成章，对他们势须另眼相看，难道可以打入“另册”？“浩劫”中，“被鲁迅骂过的”，成了十恶不赦的罪犯；那是另一码事。但和这种潜流就毫不相干？至于青年应否读《庄子》、《文选》，关于“静穆”或“金刚怒目”的论辩，只有在当时的社会环境下才有意义；其本身也只能是学术问题。若有谁扯到什么思想政治路线上去，那也是指鹿为马。

我们今天读这里的作品，也许会觉得反映当时第一线如火如荼的灾难和血与火生死搏斗的文章，质和量都似嫌不足。这种印象不免会有的。这主要是作者很少能深入生活和群众相结合的问题。毛主席《在延安文艺座谈会上的讲话》的号召是对症下药，抓住了要害的。但在三十年代的当时，一般说，主客观都不具备这样的条件，要在人民的政权下，才有可能。历史的局限，很难逾越。当时的作者们，处境多很艰苦，安全没有保障，生活朝不保夕。知识分子作为人民的代言人，好象只能尽其在我做到这样。但也还有象夏衍的《包身工》这样一些作品，不是很多，却显得非常突出。

在这里，想起几件旧事，顺便一谈。

当年曾有人在报上写文章，说天热，买了西瓜来吃，但不禁想到中国要被列强瓜分，就难过得吃不下去。吃瓜不忘国事，精神够可敬的了。可是鲁迅很不以为然，提出来给以批评。看来还是鲁迅的意见对。因为此文所说，不但有点矫情，而且以这种多悲善感之心来爱国，实在无益有害，远不如痛痛快快、高高兴兴把西瓜吃下肚去。因为这是生活需要，自应心安理得，爱国者也不例外。

爱国爱民之心，总和多方面现实生活关联着，有血有肉，不是抽象孤立的概念。多年来有些人评说南宋爱国诗人陆游，把他的万首诗分为两类：一为爱国诗，一为闲适诗。那首为人传诵的名篇《游山西村》，也被归入闲适诗类，说是宣扬了剥削阶级消极思想，加以批判消毒。其实若结合作者的生活背景看，我们可以会有完全相反的看法。先说此诗五六联："箫鼓追随春社近，衣冠简朴古风存"，以热烈的情怀赞美故乡人民的节日活动和衣冠装束。服装式样和节日的风习，来自悠久的民族传统，也寄寓着深厚的民族感情。这两句的言外，显然指着金国占领的大片土地——那里人民的这些传统风习日渐消失无存了；这是当时百姓和出使人员竞相传告，为人们所熟知，也最为痛心难置的。再看三四联"山重水复"、"柳暗花明"的美词与激情，当然也不可抛开作者的国土沦亡、山河破碎之恨的。开头两句"莫笑农家腊酒浑，丰年留客足鸡豚"和结尾"从今若许闲乘月，拄杖无时夜叩门"，满腔热情歌颂故乡人民丰足的和平生活、自己罢官后与乡民亲密无间的生活幸福，无须多说。总起来看,这首所谓闲适诗的爱国之情实比别的爱国之作更为深切和浓厚。

相似的,还有苏东坡的《念奴娇》,有一句“人生如梦”的话(一作“人生如寄”),就被指为没落阶级的消极悲观思想。其实这是人人都会有的感触。问题在于如何对待。词中对年轻即功成业就的周瑜特加钦慕,由此慨叹自己年岁老大而遭遇坎坷。这种牢骚是出于对人生的积极态度,哪有什么消极悲观的意思?

举的是诗词例子,读散文、小说,或有繁简之别,问题是相同的。鲁迅曾自叹“两间余一卒,荷戟独彷徨”,并题自己的小说集为《彷徨》。这却真正表现了对当时革命的悲观失望。他的有些散文,说得更明白。当他认清了辛亥革命的彻底失败及其所以失败之故,又还没有找到新的道路的时候,自必会产生这种心情。这是一个革命爱国者热切深挚之心的表露,是很动人,很有振奋人心的力量的。鲁迅的《野草》,不容易读懂,里面也熔铸着同样悲观失望的心绪。喜怒哀乐,人之常情,却各有不同的内容和意义。一提悲观就害怕,就认为消极悲观,是没落阶级思想,未免太简单、也太虚弱了。

我们习惯于简单行事,贪图便宜,越省事省力、越不动脑筋越好。其要点是一刀切、单打一,有此无彼,有一无二。谈文学,过去是只讲思想性,讲点艺术就有宣扬资产阶级趣味之嫌。这种风气已经杀下去了。这是好事。现在掉了过来,作兴讲艺术了。艺术是什么呢,一种,认为艺术就是技巧、手法,与思想内容无关;一种,认为艺术就是形象思维,排除了理性或逻辑思维。近来更进一步,有人反对反映论,一提作品的社会思想意义,就指为庸俗社会学(或直截指为社会学)。有的批判过去只讲文学的“外面”,现在要讲文学的“里面”;有的否定过去只讲客观现实,现在要讲主观心理;有的厌恶过去观点方法的旧框框,一心一意要搞艺术创新;如此等等。这类的鼓吹与努力,都有扭偏纠正的新精神,很有令人拍掌高兴一面。但是艺术和思想不可分。过去把二者截然分割开,根本错了;现在仍然把它一分为二,还是未必对。作品是艺术,其中表述的却是思想内容;换言之,即思想内容通过艺术表达出来。作品写人写事,写见闻观感,对作者说,都离不开客观的反映。当然,这客观是通过作者的主观反映的，而这主观又千姿百态、千变万化，象个万花筒。因此反映的内容，各有不同的烙印和面目。机械论者完全无视或抹煞了这主观的方面，导致了错误和偏差。我们现在要纠偏补正，确实十分必要。但是，这变异莫测的主观，并非神秘不可知，它本身还是摆不脱客观的制约，还是逃不掉客观的决定。人是社会动物，是有思想的动物。在人的心目中，客观事物都有其内容和意义。内容有好坏，意义有大小，人的认识有高下。这就构成艺术作品的思想内容。社会生活现象纷纭复杂，须要认识它；作者的艺术匠心五花八门，也可以寻求其缘由。撇开了“外面”，恐怕“里面”也搞不清；割弃了思想内容搞艺术突破，那艺术不容易站立起来。早年一度只许讲“一分为二”，不许讲“合二而一”。人们也许忘了？世界上万事物都是对立矛盾的统一体。没有“合二而一”，哪来的“一分为二”？就连社会主义和资本主义，也不一定象过去人们所以为的那样，只能是势不两立、有你无我的。这已经是题外话，不要扯远了。

话说回来。三十年代散文承先启后、继往开来，有其鲜明的风貌，担当了特有的时代使命。我们今天读来，可以开眼界、益心智、振精神、资借鉴。这是实话。只是以上所说不得要领，又很谫陋，许多地方也没有说清楚，实在抱歉得很。

一九八五年八月

（本文是作者为上海文艺出版社出版的《中国新文学大系·散文集（1927—1937）》写的《序》）

吴组缃先生学术年表

1908 年

4 月 5 日(农历三月初五)出生于安徽省泾县茂林村。原名吴祖缃,字仲华,后改学名吴祖襄。笔名吴组缃、野松、寄谷、木公、芜帝等。

1915 年　7 岁

2 月,与兄吴祖光一起进私塾,开始接受传统的启蒙教育。

1917 年　9 岁

塾师因欠烟债出逃,停学一年。

1918 年　10 岁

2 月,入茂林私立育英小学高等班(学制三年)一年级。

1919 年　11 岁

在"五四"新文化运动中,父吴吉孚托人从芜湖、上海、北京等地购买白话文刊物,供兄弟二人阅读。由此,开始接触新文化运动的报刊,受到民主和科学思想的启蒙教育。

1920 年　12 岁

冬,毕业于育英小学高等班。

1921 年　13 岁

2 月,考入宣城安徽省立第八中学。

7 月起,因病停学半年。

1922 年　14 岁

2 月,改名吴祖襄,考进芜湖安徽省立第五中学。在五中新的办学活动中,曾担任过图书馆主任,主持编辑了五中学生会文艺周刊《赭山》,并在《赭山》上发表过一些散文、杂记。

1923 年　15 岁

10 月 7 日,小说《不幸的小草》发表于上海《民国日报》副刊《觉悟》,为迄今发现的最早作品。

本年,在芜湖《皖江日报》副刊上发表过一些白话新诗和散文。

1924 年　16 岁

2 月,入南京新民中学高中一年级。

本年,写成自传性长篇小说《狗尾草》,手稿于抗战期间下落不明。

1925 年　17 岁

2 月,入上海私立持志大学高中部二年级。

3 月,短篇小说《鸢飞鱼跃》发表于《妇女杂志》。

11 月,应《妇女杂志》"我将怎样做父母亲"专题征文,发表杂文《和大家谈谈可能罢》,抨击贾政式封建家长制,提出民主主义家庭教育的主张。

1926 年　18 岁

秋,入上海持志大学英文系一年级。

1927 年　19 岁

3 月 16 日,与沈菽园结婚。沈菽园,1908 年生,1930 年毕业于省立安庆女子师范幼稚专科。

夏秋,与兄吴半农、妻沈菽园等八位爱好文艺的青少年朋友,组成文学团体"野草社",编辑和手抄了文学刊物《野草》第一期。"野草社"活动期间,吴半农提出"今日的文艺主潮"应是"表同情于无产阶级的社会主义的写实主义的文学"。吴组缃发表在这个刊物上的《献诗》、《游云》、《我们怀着渺冥的情绪》、《去问前面的大哥》等诗文,都强烈地表现出对黑暗现实的痛愤情绪。

本年秋至 1928 年春,任茂林村养正小学和福群小学教员。

1928 年　20 岁

7 月,女吴鸠生出生。

9 月,至上海持志大学复学。课余从事写作。

1929 年　21 岁

9 月,放弃上海持志大学学籍,考入清华大学经济系。

12 月,发表散文《歌蕾梦娜者》。由于余冠英的建议,始用笔名吴组缃。

本年,世界经济危机波及中国,皖南农村普遍破产。吴组缃的父亲逝世后,家庭经济进一步受到沉重打击,家境败落,只是在妻子和亲友的帮助下,才得以继续求学。他在苦闷中寻求对现实生活的理论认识,努力攻读马克思主义的社会科学著作。

1930 年　22 岁

春,作散文《清华园之春》,刊于同年八月《清华年刊》,署名野松。其纯熟的文笔受到清华中文系教授浦江清、刘文典的好评。

9 月,受余冠英怂恿,经中文系系主任朱自清批准,转入中文系。

1931 年　23 岁

8 月,长子吴葆羽出生。

9 月,任清华中国文学会委员会委员、《清华副刊》第 36 卷编辑。

11 月 21 日,发表文艺论文《谈谈清华的文风》,批评"纤弱趣味"的小资产阶级文学倾向,主张克服小资产阶级文风。

本年,在清华大学参加"反帝大同盟"和"社会科学研究会"。经常参加这两个团体组织的马克思主义理论学习和讨论。

1932 年　24 岁

1 月,吴半农、邢苏华、赵乐丞等青年经济学者创办《中国社会》半月刊。吴组缃参加该刊的部分编辑工作,并在该刊发表作品。吴半农在《中国社会》上发表的《中国经济蜕变中的绝大危机底到临》等分析中国社会性质的论文,对吴组缃认识中国社会和小说创作产生过一定影响。

2 月 1 日,文艺论文《斥徐祖正先生》发表于《中国社会》,署名木公。文章批判了"为艺术而艺术"的文学观。

2 月 21 日,任《清华周刊》第 37 卷文艺栏主任。

2 月 22 日,任清华中国文学会文书。

4 月 2 日,短篇小说《官官的补品》发表于《清华周刊》。自认为这篇小说虽然"带上了些人道主义的色调","不过究竟是这个社会里的实录,毫不夸大,毫不虚饰"。

9 月,任《清华周刊》第 38 卷编辑。

1933 年　25 岁

1 月 14 日,短篇小说《菉竹山房》发表于《清华周刊》。

2 月，任《清华周刊》第 39 卷编辑。

5 月 25 日，在清华中国文学会讲演讨论会上作题为“大众文学问题”的发言。

6 月 1 日，书评《子夜》发表于《文艺月报》创刊号。

同月，任 1933 年《清华年刊》中文主编。

6 月 23 日，毕业于清华大学中国文学系，获文学学士学位。同期毕业的有诗人林庚。

8 月 18 日，因学习成绩优异，直接升入清华研究院，专攻中国文学。同时进入研究院的有剧作家曹禺。

9 月，将妻女接来清华，移居清华园附近的西柳村。

11 月 1 日，散文《黄昏》发表于《文学》杂志。

1934 年　26 岁

1 月 1 日，应郑振铎的约稿和催促，作短篇小说《一千八百担》，发表于《文学季刊》。茅盾于同年 2 月发表评论，认为这篇小说很有力地刻画出了崩坏中的封建社会的侧影，作者的开始已经证明了他是一位前途无限的大作家。

4 月 1 日，短篇小说《天下太平》发表于《文学》杂志。同日，短篇小说《樊家铺》发表于《文学季刊》。

夏初，在选修课“六朝文”的代考论文中，贬斥骈体文为“涂脂抹粉的娼妓文学”，任课教授刘文典给了 79 分。由于这门课不满 80 分，将被学校取消研究生津贴，故决计退学，登记就业。

7 月，短篇小说集《西柳集》由上海生活书店出版。茅盾、白苹等给予评论介绍。

夏秋间，致信茅盾，谈写作一部长篇小说的计划：打算分四部写，反映“五四”之前到“九・一八”之后 20 年中的社会变化。小说中的人物将是自己最熟悉的亲戚本家或邻居，将从经济上潮流上的变动来说明这些人物的变动和整个社会的变动。这部构想中的长篇拟题为《绿野人家》。

7 月，经朱自清联系，就任南京中央研究院总干事室丁文江的秘书，在职六个月。公余仍从事写作。

本年，美国人伊罗生为了译介中国现代文学作品，约请鲁迅、茅盾编选短篇小说集《草鞋脚》，鲁迅、茅盾推荐了吴组缃的短篇小说《一千八百担》。

1935 年　27 岁

1 月 1 日，接受冯玉祥的聘请，前往泰山任冯的国文教师，抗战期间兼作秘书工作，先后达 13 年之久。主要工作是为冯选讲古今诗文，修改冯所作诗文和传记，代拟函电稿、讲演稿、谈话稿等。

1 月至 3 月，由于对幽默和讽刺的理解不同，与日本的中国文学研究者增田涉在通信中发生争论。同年 7 月 1 日，增田涉以《我的日本式的中文和中国小说家的信——幽默和讽刺》为总题，将双方的通信发表于日本《斯文》杂志第 17 编第 7 号。

6 月，与 17 个团体 148 人联名发表《我们对于文化运动的意见》，反对"读经救国"和文化界的复古运动。

10 月 1 日，散文《泰山风光》发表于《文学》杂志。

11 月，冯玉祥出任国民政府军事委员会副委员长，吴组缃同至南京。

12 月，小说散文集《饭余集》由巴金代编，上海文化生活出版社出版。

本年，在南京参加"救国会"活动。

1936 年　28 岁

1 月，短篇小说《天下太平》由日本深川贤治译成日文，刊载于《文学案内》。

6 月 15 日，与鲁迅、巴金、曹禺、张天翼等 63 位作家联名发表《中国文艺工作者宣言》。

7 月，短篇小说《某日》发表于夏丏尊编辑的开明书店成立十周年纪念特刊《十年》。

9 月 16 日，散文《柴》由增田涉译成日文，收入佐藤春夫编《世界短篇杰作全集》第六卷《中国印度短篇编》出版发行。增田涉在译者前言中认为，吴组缃的创作主要是以中国农村现实生活中经济的社会的衰落为题材和鲜明的写实主义作风而著称。

9 月，在"国防文学"和"民族革命战争的大众文学"两个口号论争中，为增进团结，克服宗派情绪，吴组缃与欧阳山、张天翼等 12 位作家一起，联名发起召开“小说家座谈会”，并于10月15日创刊文学杂志《小说家》。

11月5日，散文《闻鲁迅先生死耗》发表于《中流》杂志。

12月，子吴葆刚出生。

1937年　29岁

3月，应葛琴之邀，与邵荃麟、叶以群、刘白羽、张天翼、朱凡、王悌之、蒋牧良等到宜兴丁山窑场聚会，讨论如何积极投身即将到来的抗日战争，以及文学创作等问题。“丁山之行”后，吴组缃曾两次向邵荃麟要关押在南京监狱的政治犯名单，并通过冯玉祥陆续营救华岗、楼适夷等出狱。

7月，“卢沟桥事变”发生后，冯玉祥先后出任第三、第一战区司令长官，吴组缃随冯玉祥参加战区工作，并与赖亚力、杨伯峻在济南创办《抗日早报》。

本年起，时断时续修改冯玉祥自传《我的生活》。

1938年　30岁

1月，担任中华全国文艺界抗敌协会正式筹备会筹备员，参与“文协”的发起工作，并与老舍共同起草了《中华全国文艺界抗敌协会宣言》。

3月16日，散文《差船》发表于《七月》杂志。

3月27日，中华全国文艺界抗敌协会成立，吴组缃当选为“文协”常务理事。

同日，在《新华日报》发表《我对于全国文艺界统一战线的几点管见》。

4月26日，在胡风、聂绀弩、欧阳凡海、鹿地亘、艾青、奚如等人参加的“宣传·文学·旧形式的利用”专题座谈会上发言。

5月，担任中华全国文艺界抗敌协会会报《抗战文艺》编委会委员。

12月，武汉失守后，冯玉祥出任新兵督练公署司令长官。吴组缃随同冯玉祥从武汉出发，途经湖北、湖南、广西、贵州，于1939年5月抵达重庆，住市郊南温泉余家祠堂，同年夏迁至陈家桥。

1939年　31岁

4月9日，当选为“文协”第二届理事会理事。

9月1日，短篇小说《离家的前夜》由日本梅村良之译成日文，刊载于《中国文学月报》第54号。

1940年　32岁

1月22日，文艺短论《一味颂扬是不够的》发表于《新蜀报》副刊《蜀道》。文章为张天翼的短篇小说《华威先生》辩护。

初冬，开始写作长篇小说《鸭嘴涝》上篇七章。

12月1日，为纪念鲁迅逝世四周年而作的散文《副官及其他》发表于《抗战文艺》。

1941年　33岁

1月至3月，长篇小说《鸭嘴涝》上篇连载于《抗战文艺》。

3月20日，文艺论文《如何创作小说中的人物》发表于《抗战文艺》。文章认为，描写人物是"写小说的中心"，生活中的"每个人都是典型"。

4月4日，在日军空袭重庆中，与老舍躲防空洞，闷坐无以自遣，遂以现代作家姓名联成绝句七首，律诗三首，用《与抗战有关——近体诗十首》为总题，发表于《新蜀报》副刊《蜀道》。这些作家姓名诗在重庆文艺界引起较大反响，一时间颇多续作、仿作。

12月26日，应余冠英约稿，为《国文月刊》介绍抗战以来的优秀作品，作《介绍短篇小说四篇》。

1942年　34岁

春，因小病得暇，继续写完《鸭嘴涝》后十章。

5月16日，作《鸭嘴涝·赘言》。文中谈到，自己过去七八年中半途而废的稿子少说也有一二十篇，对一个有志于文艺写作者尚不能依靠写作为职业，深感苦闷。

6月至8月初，因生活窘迫，为求兼职事，往国民政府资源委员会访钱昌照和吴景超，但终不愿在资源委员会兼职；因为一则不喜其人物空气，二则其职不合自己的工作能力。

8月上旬，经老舍介绍，兼任国立中央大学师范学院国文系讲师。先后讲授过"现代文艺"、"现代文"、"小说研究"、"文学概论"等课程。

8月8日，与中央大学教授伍叔傥、罗根泽、李长之等谈自己对文化思想和文学的态度是无所不容，有所不为。

8月29日，与力扬谈文学诸问题及自己的见解，认为在理论上文学与政治须配合一致，但事实上政治往往妨害艺术，过去所谓革命文学作品，皆为思想之号筒，即此故也。

9月5日、11日，文学论文《文字永远追不上语言》发表于《时事新报》副刊《青光》。

9月7日，因家庭经济拮据，妻沈菽园应内政部招考，录取后任办事员。

9月9日，致函张天翼，详论对文学与政治关系的思考。认为早年自称现实主义者，其实只是理想的现实主义者而已。文学只可与政治平行着走，并须保持一相当距离，作家当以执著所接触之现实生活为主要之点，不赞成文艺家在政治口号之下从事写作。

11月1日，短篇小说《铁闷子》发表于《中国青年》。

11月10日，为中央大学学生讲中西文学风格之不同。

11月间，结识中央大学教务室职员、诗人杜谷。读其诗集《泥土的梦》，认为甚清新厚挚。与杜谷谈小说人物创造，以为当以有实在模子为较易讨好。

12月1日，为"现代文"一课编选的讲义印就，选印的文章有：胡适的《试评所谓中国本位文化的建设》，朱光潜的《诗人的孤寂》，鲁迅等人的小品文，以及梁启超、吴稚晖文各一篇。

12月8日，与王仲荦谈托尔斯泰写人物无明显善恶之区分。认为人本无是非善恶之别，其区别皆是从极狭窄偏执之观点得之。托翁气魄雄大，观察深刻，故有此表现。

1943年　35岁

1月6日，得郭沫若快函，约请为所办之《中原杂志》特约撰稿。

1月25日，与中央大学英文系副教授叶君健、赵瑞蕻座谈，认为今日人之消沉，若期有禅世道人心，以翻译西洋浪漫主义作品最为适宜。自己虽近乎现实主义者，然深知现实主义之弊端，如果稍进一步，即成为实际主义或实用主义者，所以对理想主义者之言论作品，不但不歧视，且甚佩悦尊重。

3月，长篇小说《鸭嘴涝》单行本由文艺奖助金管理委员会出版部出版,列为"抗战文艺丛书"第三种。

7月1日,《新蜀报》副刊《蜀道》推出吴组缃的《鸭嘴涝》、老舍的《离婚》、沙汀的《淘金记》、臧克家的《古树的花朵》、艾青的《黎明的通知》等五部作品向读者征文。

1944年　36岁

2月下旬,与中央大学柏溪分校春草文艺社同学谈现实主义、理想主义、实际主义三者之间的区别。认为理想主义者多盲动,失之幼稚,易变为实际主义,终无所成就。实际主义者无理想,以现实为合理,唯利是图,本来就不想有所成就。现实主义者执著现实,认识现实,怀有理想,尚改革,必有成功。今日我国青年知识分子,心智方面往往是理想主义者,而日常为人(实际活动方面)则又往往是实际主义者,此最可悲。

4月18日,为庆祝老舍创作20周年,赋作家人名诗《敬贺舍予兄创作廿年纪念》,并由郭沫若在纪念茶会上朗诵。席间,曹禺劝告吴组缃说,多年不写作太可惜,生活苦些不要紧,苦不死人。吴组缃渴望能伸展自己的写作抱负,因而对中央大学的教席感到形同鸡肋。但又想两全其美,不辞职而又能写作。

6月15日,书评《霜叶红似二月花》发表于《时与潮文艺》。

9月,受张自忠将军的弟弟张自明委托,与邢仲采共同编集《张上将纪念集》,并起草《编集例言》

10月间,费时约十天,将冯玉祥本年所作的诗整理完毕。

11月15日,散文《烟》发表于《时与潮文艺》。

1945年　37岁

2月22日,与郭沫若、茅盾、巴金、老舍、曹禺等312人在《新华日报》联名发表文化界对时局进言,要求召开临时紧急会议,商讨战时政治纲领,组织全国一致政府。

4月24日,为中央大学学生讲提高与普及之关系问题,以为二者皆重要,不可偏废。

5月2日至4日,参加第一届文艺节纪念活动。3日在文协与徐盈、以群等谈小说创作,批评徐盈之小说以描写事象为主,认为小说须透过事象以了解与认识事象中之人物。4日,胡风多次商请吴组缃等人开一小说座谈会，吴谓各人路线不同，说假话无意思，说真话则打架，遂作罢。4日，在“文协”第七届年会上，当选为“文协”理事会理事。

5月7日，接四川省立教育学院余书麟函，拟聘为新文学教授，上课两月，可领五个月薪，下学期正式续聘。11日往教育学院晤余书麟、马少弥，表示多得薪，非所愿，请自下学期起就聘。

5月9日，得中央大学伍叔傥函。伍表示，不论吴组缃是否出国，中大必将续聘，请吴不要他就。

5月12日，沙汀来访，赠新作《困兽记》，畅谈整日，对文坛上的褊狭与门户之见，均为之摇头叹息。

5月21日，梦与骆宾基谈文学。以为文学若作为政治工具，未必有实益。文学只有教育之价值，即潜移默化是也。其效果殊不著，其功能影响不能与实生活本身相抗衡。但在文化领域，有不可移易之地位。

6月4日，读骆宾基自叙式长篇小说《少年》，以为骆是抗战以来新作者中最有才能的一个。

6月7日，臧克家见访，谈文艺问题，两人对褊狭窄小的生活态度，文学上的宗派主义和教条主义，政治的文学观等，都深为忧虑。

6月中旬，为冯玉祥讲课，着重谈东西文化之比较与异同，意在使冯明白今日民主思潮之传统及其真谛。

6月24日，为庆贺茅盾50寿辰，在《新华日报》发表散文《为中国现实主义文学祝贺》，称赞茅盾是中国新文学的“老长年”和“老保姆”。

6月26日，接中苏文协函。中苏文协受苏联之托，征集中国文学作品及作者自传。27日作自传，并寄赠《鸭嘴涝》。

7月16日，应冯玉祥邀请，同赴成都。

7月22日，在成都看望朱自清。朱自清嘱咐多多“囤积”生活经验，以便将来写作。

7月23日，应陈白尘邀请，在成都燕京大学暑期讲座作题为“谈生活态度”的讲演。

8月，应聘兼任四川省立教育学院国文系教授，至1946年5月复员时辞职。

9月15日，与童式一谈文艺问题。认为自己的创作是以知识分子为对象,写给知识分子看的,所以无法写出使普通老百姓发生兴趣的作品。文艺不当降格迁就迎合大众,而应当提高大众文化。其中的关键在于普及教育及生活之改变,不当一概归于文艺问题之内。

9月24日,致函冯玉祥,请将国府名义开缺,并停发额外之钱米。因为抗战结束,冯玉祥即将离渝,吴组缃不愿随他去作"无聊秘书",于是决定此时表示自己的心愿。

10月16日,周恩来邀请晚宴,与老舍、叶圣陶、以群、胡风、靳以、何其芳、徐彬等出席。

10月24日,苏联大使招待冯玉祥晚餐会,与老舍、邵力子夫妇等出席。

10月间,在中央大学师范学院国文系升为副教授。

同月,曹辛之往上海创立出版社,拟再版《鸭嘴涝》,建议更改书名。以群建议以两个字包含"人民潜伏力量初初发动之意",于是重新取名"惊蛰"。老舍以为不好,为之取名"山洪",认为醒豁,响亮,切合内容,字面也较为大方。于是决定改"鸭嘴涝"为"山洪"。

11月26日,在中央大学与部分同学谈自己的小说《卐字金银花》,说全篇用淡淡的笔,写一种淡淡的悲哀。

12月9日,昆明"一二·一"惨案发生后,与学生座谈,指出这次惨案与"三·一八"惨案的性质完全相同,它暴露出当局者伪装民主的面目,其狰狞嘴脸比北洋军阀更丑恶,更卑劣。

12月10日,读司空图《诗品》,认为其论"雄浑"与自己平日所论生活态度及美学观实相符合。

12月26日,冯玉祥招待郭沫若、柳亚子等文艺协会友人。柳亚子请诸人为其册子题词,吴组缃为其题写"时人不识予心乐,将谓偷闲学少年"二句。

12月间,因同情"民主运动",中央大学校方欲解聘他,遭到同学反对,遂作罢论。

1946年　38岁

1月25日,为促进政治协商会议成功,以中央大学学生为主导的重庆沙磁区学生九千余人举行示威游行,要求当局实践诺言,要求讲学自由，抗议英法的非法行动。吴组缃认为，这完全是纯洁的学生运动，而组织周密，作风老成，十分可喜。

2 月 23 日，冯玉祥拟赴欧美考察，正式邀请吴组缃同行。

4 月，长篇小说《鸭嘴涝》更名为《山洪》，由上海星群公司出新一版。

5 月 27 日，应冯玉祥邀请，吴组缃全家乘民联轮由重庆出发，复员回南京。

6 月，向中央大学请假一年，随冯玉祥考察团赴美国访问考察。旅美期间的主要工作是为冯玉祥代拟函稿、讲演提纲、修改日记等。

1947 年　39 岁

7 月，在美国为修改文稿及其他事情，与冯玉祥发生意见分歧，辞事回国。同月，被中央大学解聘。

9 月，应聘任南京金陵女子文理学院国文系教授，讲授"西洋小说史概述"、"现代文学"等课程。

10 月 8 日，应邀在金陵女子文理学院国文系学术文艺讲座会上作题为"谈生活"的讲演，主张对生活既要有"勇猛迈进"的"儒家执着的态度"，"也需要道家超脱的态度"。

1948 年　40 岁

5 月 1 日，作《〈张自忠的故事〉编者的话》，提出记事传人，要破除隐恶扬善，使人物成为泥塑木雕偶像的观念，主张写英雄人物应当写"人"的英雄，而不应把人写成神。

5 月 4 日，为纪念"文协"成立 10 周年暨文艺节，发表谈话说："离开了人民大众，知识分子就完了蛋！"

5 月下旬，在金陵女子文理学院校方召集的会议上，反对校方惩处参加纪念南京"五・二〇"惨案游行示威学生的企图，使惩处之议搁置。

9 月 15 日，为追悼朱自清逝世，在《文讯》杂志上发表散文《敬悼佩弦先生》。

本年，根据各方面的纪念文字和家属友辈的口述所编写的《张自忠的故事》，由上海教育书局出版。

1949 年　41 岁

4 月 23 日，南京解放。彻夜未眠，清晨，即往中山北路迎接解放军入城。

5月20日，为纪念“五·二〇”惨案，作短论《我的认识》发表于《新华日报》副刊。

6月20日，为庆祝南京解放，作散文《感想说不尽》发表于《新华日报》副刊。

6月间，被推举为出席中华全国文学艺术工作者第一次代表大会的代表，随南方代表第二团抵达北京。

7月2日至29日，出席中华全国文学艺术工作者第一次代表大会。会议期间，担任代表资格审查委员会委员。7月23日，当选为中华全国文学工作者协会全国委员会委员。

9月，应清华大学聘请，担任该校中文系教授、系主任，讲授“现代文学”、“历代诗选”等课程。

10月17日，担任清华大学辩证唯物论与历史唯物论教学委员会、教职员联合会、学生会联合出版的《清华学习》编辑委员会编委。

1950年　42岁

春，在清华大学加入中国民主同盟，先后担任民盟总部文教委员会委员，民盟清华大学总分部委员。

11月，任《人民清华》主编。

12月，在抗美援朝运动中，清华大学中国文学会在《光明日报》编发“抗美援朝文学特辑”。吴组缃在这个“特辑”上先后发表了《“吃风景”》、《“人是生而平等的”》、《“友谊”的面具之下》等散文。

本年，担任北京市教育工会执委会常委兼组织部长。

1951年　43岁

3月，参加中国人民赴朝慰问团，并担任北京分团副团长，抵朝鲜前线慰问。

10月18日，听了周恩来和钱俊瑞的关于知识分子思想改造的报告之后，在《人民清华》上发表《克服客观主义，在工作中锻炼自己》一文，检查了自身“客观主义”的各种表现，认为改造自己的思想，首先要去掉“客观主义”。

冬，赴江西参加土地改革运动，担任全国政协中南区土改工作团

16 团团长。

1952 年　44 岁

夏，自江西回北京。

9 月，全国高等院校院系调整后，调任北京大学中文系教授，讲授“中国现代文学作品选”、“中国现代文学史”等课程。

1953 年　45 岁

9 月 23 日至 10 月 6 日，出席中国文学艺术工作者第二次代表大会，当选为中国作家协会第二届理事会理事。

11 月 23 日，在中国作家协会文学讲习所作“关于茅盾小说”的专题报告。报告记录稿后来经过整理，以《谈〈春蚕〉——兼谈茅盾的创作方法及其艺术特点》为题，发表于 1984 年《中国现代文学研究丛刊》。

1954 年　46 岁

2 月，任北京大学中文系现代文学教研室主任。

5 月，《吴组缃小说散文集》由人民文学出版社出版。

8 月，为纪念吴敬梓逝世二百周年而作的论文《〈儒林外史〉的思想与艺术》发表于《人民文学》。

10 月 24 日，出席中国作家协会古典文学部召开的“红楼梦研究座谈会”并发言。

同月，出席北京市文艺工作者联合会会议，当选为北京市文联理事。

1955 年　47 岁

3 月，短篇小说《一千八百担》作为“文学初步读物”第二集第七册，由人民文学出版社出版单行本。

9 月起，在北京大学中文系讲授“红楼梦研究”专题课。

12 月起，担任《人民文学》编委会委员。

1956 年　48 岁

2 月 27 日至 3 月 6 日，出席中国作家协会第二次扩大理事会会议。3 月 3 日作“关于向古代文学作品学习技巧”的发言。被推选为新成立的中国作家协会书记处书记。

5月,在北京大学中文系加入中国共产党,为中共预备党员。

11月,论文《论贾宝玉典型形象》发表于《北京大学学报》。

同月,参加中国作家访问团,赴南斯拉夫访问。

12月,参加中国文化代表团,任团长,赴阿尔巴尼亚访问。

1957年　49岁

5月26日,在《文艺报》发表《我的一个看法》,对当时存在的"政治挤瘪了业务"的偏向提出批评。

春夏,在中共整风运动中,对知识分子政策提出批评,认为"党的知识分子政策,像大人哄小孩子一样,打一个屁股,给一块糖吃"。

9月起,在北京大学中文系讲授"《聊斋志异》研究"专题课。

1958年　50岁

4月,论文《关于古典作家的世界观》发表于《人民文学》。

7月,香港万里书店出版《吴组缃小说选》和《吴组缃散文选》。

冬,在"反右"浪潮中,被取消中共党员预备期。

1959年　51岁

1月,短篇小说《一千八百担》注音本由文字改革出版社出版。

8月,论文《谈〈红楼梦〉里几个陪衬人物的安排》发表于《人民文学》。

11月,短篇小说《一千八百担》译成英文,刊载于英文月刊《中国文学》。

1960年　52岁

2月,俄文版短篇小说集《离家的前夜》由苏联国家文学出版社出版。

7月22日至8月13日,出席中国文学艺术工作者第三次代表大会和中国作协第三次理事会(扩大)会议。

本年,日本学者饭田吉郎为注释短篇小说《一千八百担》,来信求教,于是作《一千八百担》注释一百余条。原稿由饭田吉郎以《〈一千八百担〉补注》为题,发表于1960年11月《大安》月报第6卷第11期和1961年3月第7卷第3期。

1961年　53岁

7月底,参加中央作家、艺术家访问团,赴内蒙古参观访问。

8 月初,应邀在内蒙古大学中文系师生座谈会上作题为“谈文学的基本功练习和遗产继承问题”的讲演。

1962 年　54 岁

年初,在解放军文艺社学习座谈会上作题为“生活 · 写作 · 读书”的讲演。

本年起,任北京市政协委员。

1963 年　55 岁

5 月,应邀在宁夏大学中文系讲学,作题为“贾宝玉的性格特点和他的恋爱婚姻悲剧”的讲演。

6 月,应邀在甘肃师范大学讲学。

9 月,应邀在郑州大学中文系讲学,分别就《水浒传》、《三国演义》、《红楼梦》等中国古典小说名著作了多次讲演。

10 月,应邀在安徽师范大学讲学。

12 月,应邀在中山大学讲学。

1964 年　56 岁

1 月,短篇小说《菉竹山房》译成英文,刊载于英文月刊《中国文学》第 1 期。

1965 年　57 岁

秋,在北京市延庆县参加“四清”运动。

1966 年　58 岁

5 月,“文化大革命”发生,被打成“反动学术权威”,遭受了长期的迫害和摧残。

1971 年　63 岁

短篇小说《樊家铺》收入美国夏志清编、哥伦比亚大学出版社出版的英文版《二十世纪中国小说选》。

1977 年　69 岁

9 月,诗歌《抆泪应须争著鞭》发表于《人民文学》,这是“文化大革命”后首次发表作品。

1978 年　70 岁

5 月 27 日至 6 月 5 日,出席中国文学艺术界联合会第三届全国委员会第三次扩大会议。

8月8日，文学论文《林冲的转变》发表于《光明日报》，这是“文革”后首次发表古典文学研究论文。

1979年 71岁

3月20日至4月4日，应郭绍虞邀请，赴昆明出席中国古代文学理论学术讨论会及教材编写会议，并在中国古代文学理论学会的成立大会上，当选为常务理事。

5月起，担任《红楼梦学刊》编委会编委。

9月起，在北京大学中文系讲授专题课“中国小说史论要”。

10月，出席中国民主同盟第四次全国代表大会，当选为民盟第四届中央委员。

10月30日至11月16日，出席中国文学艺术工作者第四次代表大会，当选为中国作家协会第三届理事会理事。

12月，香港上海书局有限公司出版吴组缃短篇小说选集《某日》，列为“中国文学名著小丛书”。

本年，转为中共正式党员。

1980年 72岁

3月7日，为纪念蒲松龄诞生340周年，作《颂蒲绝句》27首。

4月29日，在中国作家协会文学讲习所作题为“关于红楼梦”的学术讲演。

5月，应邀在上海华东师范大学讲学。

同月，回到阔别四十多年的故乡茂林村看望，并游览黄山，赋七绝一首。

6月24日至30日，出席北京市文学艺术工作者第四次代表大会，当选为北京市文联第四届理事会常务理事，北京市文联副主席，中国作家协会北京分会第一届理事会常务理事，作协北京分会副主席。

6月，论文《短篇和长篇小说创作漫谈》发表于《文艺研究》。

7月底，当选为中国《红楼梦》学会常务理事，《红楼梦》学会会长。

12月25日，接待沈承宽、吴福辉来访，谈张天翼的生平和文学创作等问题。

1981 年　73 岁

2 月，《谈散文》发表于《文艺报》。

3 月 3 日，作《魏绍昌〈红楼梦版本小考〉代序——漫谈亚东本、传抄本、续书》。

9 月，与萧军、戈宝权、林非等应邀赴美国参加“鲁迅及其遗产”国际学术研讨会及爱荷华国际写作者中心活动，访问了美国爱荷华大学、加州大学、旧金山大学、历仁佛大学等。

9 月 2 日，在美国访问期间，晤美籍华裔作家白先勇。白先勇亲笔题辞赠香港万里书店 1958 年 7 月出版的《吴组缃小说选》和《吴组缃散文选》。

同月，为纪念鲁迅诞辰一百周年而作的散文《感激和怀念》发表于《文艺报》。

本年短篇小说《官官的补品》、《天下太平》和《樊家铺》，收入夏志清等编选、美国哥伦比亚大学出版社出版的英文版《现代中国小说选》。

1982 年　74 岁

6 月 5 日，作《〈老舍幽默文集〉序》。

10 月至 1983 年 6 月，多次接待美国高级进修生魏纶的访问，回答了有关自己生平和创作方面的问题。

本年，短篇小说《一千八百担》和《菉竹山房》，收入《中国文学》杂志社出版的英文版“熊猫丛书”《三十年代小说选》。

1983 年　75 岁

3 月 7 日，论文《关于我国古代小说的发展和理论》发表于《文艺报》。

12 月，出席中国民主同盟第五次全国代表大会，当选为民盟第五届中央委员。

本年，短篇小说《菉竹山房》译成法文，刊载于法文季刊《中国文学》第 2 期。

1984 年　76 岁

1 月至 4 月，《作品漫谈——关于现代派和现实主义》发表于《小说选刊》。

夏，为泾县"星潭诗社"题赠七绝一首：《星潭诗社留念》；为泾县政协题赠七绝一首：《赠泾县政协》。

8月，当选为中国散文学会会长。

12月29日至1985年1月5日，出席中国作家协会第四次会员代表大会。在1月5日的全体大会上，被审议通过为中国作家协会顾问。

1985年　77岁

4月10日，接待美国高级进修生彭佳玲访问，回答了有关自己作品方面的问题。

4月，为故乡茂林小学60周年校庆题赠七绝一首：《茂林小学校庆纪念》。

7月，招收首批博士研究生刘勇强、张国风。

11月下旬，因患胃溃疡住院治疗，胃被切除五分之四。1986年1月出院。

1986年　78岁

1月18日，为上海文艺出版社编辑出版的《中国新文学大系(1927—1937)散文集》所作的导言《关于三十年代的散文》发表于《文艺报》。

7月，夫人沈菽园逝世，享年78岁。

本年，短篇小说《樊家铺》和《卐字金银花》译成英文，刊载于英文季刊《中国文学》。《卐字金银花》译成法文，刊载于法文季刊《中国文学》。

1987年　79岁

3月18日，在朗润园寓所晤沙汀，并接待中国现代文学馆拍摄录相资料。

6月6日，为北京大学出版社出版的《红楼梦资料丛书》作《前言》。

7月9日至18日，应大连市金州区旅游局和《人民日报》(海外版)邀请，赴大连市金州区金石滩旅游区度假。其间，为金州区政府和金州旅游局分别题诗。8月，作散文《游金石滩漫兴》。

1988 年　80 岁

3 月 6 日，出席中华职业教育社举行的“叶圣陶同志追思座谈会”并发言。

4 月 5 日，北京大学中文系举行隆重集会，庆贺吴组缃八十寿辰。吴组缃赋诗《八十述怀》和《八十敬谢诸友》，题赠与会者。

5 月下旬，出席在安徽省芜湖市召开的第六届全国红楼梦学术讨论会，并在 5 月 26 日、27 日、30 日的大会作了三次发言。

6 月 1 日，重返故乡茂林村，向茂林小学捐赠稿费一万元设立奖学金，希望故乡人民关心教育，培养人才，为“四化”做贡献。当晚留宿茂林村。6 月 2 日谒父母墓。

7 月上旬，在朗润园寓所接待美国学者彭佳玲女士来访。

9 月 8 日，作《〈宋元文学史稿〉前言》。

1990 年　82 岁

年初，出席北京市作家协会的评级会议，任评议委员。在会议中，坚持周恩来在上世纪 50 年代中期提出的评级主要应该看专业水平、专业成就、并参看资历的标准。

2 月，为祝贺诗人林庚八十寿辰，赋诗《贺静希学兄八十华诞》，并亲笔题赠条幅：“皎如白雪，煦若阳春；六十年来，实钦此心！”

同月，为夫人沈菽园建造的预备合葬骨灰的墓立碑，并题写碑文：“竟解中华百年之恨，得蒙人民一世之恩。炉边北国寒冬暖，枕上东川暑夜凉。愿生生世世为夫妇。”

9 月 5 日，作散文《同老舍的一次唱和》。

10 月，为悼念俞平伯逝世，作散文《清风明月　高山流水——我心中的俞平伯先生》。

深秋，在朗润园寓所接待美籍作家白先勇来访。

1991 年　83 岁

春夏，为杨犁编辑的《胡适文萃》作序。

8 月 3 日，作散文《帚翁谈老》。

10 月 23 日，散文《帚翁话旧》发表于《文汇报》。

12 月，因病住院治疗，1992 年 2 月出院。

1992年　84岁

1月13日,文学论文《我国古代小说的发展及其规律》发表于《文史知识》。

1993年　85岁

2月10日,作散文《我与二十世纪》。

3月19日,接待中国文化研究会口述历史资料馆的工作人员来访,并录制口述图像资料。

夏,开始构思写作"吴批红楼梦"。

7月下旬,在朗润园寓所接待美籍学者遇笑容女士来访。

9月,由亲属陪同乘轮椅访林庚,并拍照留念。

10月,《关于〈金瓶梅〉的漫谈》发表于《文学遗产》第5期,为生前发表的最后一篇学术论文。

11月1日,因患急性肺炎住院治疗。

1994年　86岁

1月11日,因心肺综合性衰竭逝世,享年86岁。

方锡德

1986年初稿,经吴组缃先生修订,1994年9月增补。

(本年表原载北京大学出版社1995年出版的《吴组缃先生纪念集》,收入本书时作了删节。)